JENNY COLGAN

Auf Rosen gebettet

Buch

Holly hat Schreckliches hinter sich, als sie in ihre neue Wohngemeinschaft zieht. Soeben der Horror-WG mit einer putz- und kontrollsüchtigen Frau entronnen, ist sie unglaublich erleichtert, endlich ein neues Zuhause gefunden zu haben. Zugegeben, auch ihre neuen Mitbewohner sind nicht gerade der Inbegriff der Normalität, aber da Holly in dieser Hinsicht nicht gerade verwöhnt ist, hat sie sich schnell mit ihnen arrangiert. Da ist zunächst Josh, ein freundlicher junger Mann aus gutem Hause, der in Sachen Liebe gewisse Orientierungsschwierigkeiten hat. Dann die ehrgeizige Kate, der klassische Karrieretyp mit einer Schwäche für verheiratete Männer. Und schließlich Addison. Addison sieht fantastisch aus, aber sonst weiß eigentlich keiner etwas über ihn, denn er verbringt den ganzen Tag allein in seinem Zimmer und kennt nur eine Leidenschaft: die für seinen Computer. Holly jedoch genügte sein bloßer Anblick, um sich Hals über Kopf in ihn zu verlieben. Aber wie verführt man einen Mann, der außer durch das Internet keinen Kontakt zur Außenwelt pflegt und dabei auch gar nichts vermisst? Holly startet verschiedene Annäherungsversuche, deren Absurdität nur noch von ihrer Erfolglosigkeit übertroffen werden. Und dann überwirft sie sich auch noch mit der Chefin des Blumenladens, in dem sie arbeitet, und verliert ihren Job. Holly ist wirklich nicht auf Rosen gebettet – bis es ihr zuletzt doch noch gelingt, Addison aus seiner Höhle zu zerren, und das mit wahrhaft durchschlagendem Erfolg …

Autorin

Jenny Colgan, geboren 1972 in Ayrshire, studierte in Edinburgh und lebt mittlerweile in London. Sie arbeitete sechs Jahre lang als Angestellte im englischen Gesundheitswesen, hatte aber erheblich mehr Spaß an ihren beiden Nebenbeschäftigungen: Cartoons zeichnen und als Komödiantin in Clubs auftreten. Nach dem überwältigenden Erfolg ihres Debüts »Amandas Hochzeit« hat Jenny Colgan ihren Job gekündigt und widmet sich nun ganz dem Schreiben.

Von Jenny Colgan außerdem im Goldmann Verlag lieferbar:

Amandas Hochzeit. Roman (45262)

Jenny Colgan

Auf Rosen gebettet

Roman

Deutsch
von Marieke Heimburger

GOLDMANN

Die Originalausgabe erschien 2000 unter dem Titel
»Talking to Addison«
bei HarperCollins, London.

Umwelthinweis:
Alle bedruckten Materialien dieses Taschenbuches
sind chlorfrei und umweltschonend.

Deutsche Erstveröffentlichung Mai 2003

Umschlaggestaltung: Design Team München
Umschlagfoto: Mauritius/Beauté
Satz: deutsch-türkischer fotosatz, Berlin
Druck: Elsnerdruck, Berlin
Verlagsnummer: 45358
Redaktion: Andrea Brandl
JE · Herstellung: Katharina Storz/HN
Made in Germany
ISBN 3-442-45358-5
www.goldmann-verlag.de

1 3 5 7 9 10 8 6 4 2

Ich widme dieses Buch mit Liebe
meinen wirklich fantastischen und leidgeprüften
Eltern – Mum, tut mir Leid, dass ich
doch nicht Wirtschaftsprüferin geworden bin;
Dad, verzeih mir, dass ich so viel fluche.

ERSTER
TEIL

1

Ein berühmter Polarforscher hat einmal gesagt, Expeditionen an den Nordpol seien die erfolgreichste Erfindung der Menschheit, wenn es darum gehe, sich das Leben so schwer wie möglich zu machen. Wahrscheinlich hat er sich nie auf die Annonce eines Haufens wildfremder Leute gemeldet, die noch eine Mitbewohnerin für eine neu zu gründende WG suchten. Andererseits hätte ich Addison nie kennen gelernt, wenn sie nicht gewesen wären. Hmm. Das klingt ein bisschen so, als würde man sagen: Gut, okay, ich habe mir zwar sämtliche Finger und Zehen abgefroren, aber ich habe unterwegs ein paar richtig süße Pinguine kennen gelernt …

Sechsunddreißig Stunden nach meinem Einzug in die Wohngemeinschaft in 12a Wendle Close, Harlesden stellte ich fest, dass ich einen schrecklichen Fehler gemacht hatte. Es ist schon merkwürdig genug, in einer *fremden* Wohnung auf Zehenspitzen herumzulaufen, vor allem, wenn man ziemlich spät nachts nach Hause kommt und sich weder erinnern kann, wie die Bewohner heißen, noch, wo sie die Sugar Puffs aufbewahren, oder aber wenn man zum Beispiel ein Einbrecher ist.

In der *eigenen* Wohnung auf Zehenspitzen herumzulaufen ist gelinde gesagt unbehaglich. Aber genau das tat ich gerade: Nach einer Stippvisite bei den Läden in der unmittelbaren Nachbarschaft, die dazu diente, mich mit meinem neuen Zeitschriftenhändler anzufreunden und zu eruieren, welche Sorten Skips er verkaufte, schlich ich in die von mir mitbewohnte Wohnung und schloss extrem leise und mit klopfendem Herzen meine Zimmertür hinter mir.

Ich drückte ein Ohr gegen das dünne Holzfurnier der Tür

und hörte meinen neuen Freundinnen in der nahe gelegenen, schrecklich offenen Laminat-Küche zu.

»Also, ich finde ja, dass wir auch einen *langfristigen* Dienstplan für Spezialaufgaben brauchen. Wir müssen festlegen, wer wann den Duschvorhang wäscht und die Schubladen sauber macht. Und die Fußleisten abwischt.«

»Tolle Idee, Carol«, stimmte eine zweite Stimme, tief vor Ehrfurcht, zu. »Vielleicht könnten wir jeden Samstagabend einen gründlichen Hausputz veranstalten und ein richtiges Happening daraus machen! Und uns vielleicht sogar Pizza bringen lassen!«

»Und uns Haarnetze überziehen!«, kreischte die auf den etwas unglücklich gewählten Namen Farah hörende und höchstens sechzig Zentimeter große Mitbewohnerin, die ständig mit einem Affen oder Martin Amis verwechselt wurde. »Ich hole eben meine Buntstifte und fange an, den Plan aufzuzeichnen. Ach, das wird so *lustig*!«

Einstimmiges Miauen.

»Habe ich nicht eben Holly reinkommen hören?«, fragte Laura, die etwas phlegmatisch und meistens sitzend anzutreffen war. »Das war doch ihre Zimmertür, oder?«

Mist.

»Nein!«, versuchte ich ihnen telepathisch zu übermiteln. »Das war der Wind. Dieser … merkwürdige Innenwind.«

»Wollen wir eben rübergehen und sie fragen, was sie gerne machen möchte?«

Ich atmete tief ein.

»Au ja, los!«, schrie Farah. Und schon klopfte es an meiner Tür.

»Holly? Holly, bist du da?«

Carol, die offizielle Vorsitzende der Sterilheimer & Co. KG, steckte zielstrebig den Kopf zur Tür herein. War es wirklich erst eine Woche her, seit ich ihr Fußkettchen entdeckt und darüber nachgedacht hatte, ob wir uns jemals würden verstehen können? Sie sah mich spöttisch an. Ich ahnte bereits, dass sie insgeheim über mein wissenschaftlich erwiesenes, antithetisches Verhältnis zu Hausarbeit Bescheid wusste (je unordentlicher und schmutziger es war, desto weniger machte ich Anstalten, etwas dagegen zu unternehmen), obwohl ich mich in den ersten Tagen in dieser WG wirklich angestrengt hatte, einen tadellosen Eindruck zu machen.

»Wir haben uns gerade gefragt …«, zischte sie.

Laura schniefte geräuschvoll im Hintergrund. Laura schniefte ständig, was in mir das Verlangen weckte, sie zu trösten und ihr zu versichern, dass sie keine Strafrunde um den Sportplatz drehen musste. Carol strafte sie mit einem bösen Seitenblick.

»Äh. Wir wollten gerade den Dienstplan für die Hausarbeit aufstellen – ha! –, und da haben wir uns gefragt, ob es vielleicht irgendetwas gibt, das du besonders gerne machst?«

Ich sah sie unverwandt an. Von jemandem, der sich die Lippen mit dunklem Konturenstift umrandete, ließ ich mich doch nicht einschüchtern.

»Wie wär's, wenn ich die Glühbirnen abstaube und große Spinnen entferne?«

»Hey, das hört sich gut an«, kreischte Farah irgendwo rechts neben meinem Knie. Carol bedachte sie mit einem weiteren Robert-de-Niro-gegen-die-Gangster-Blick.

»Wir dachten, Klos, Waschbecken und Fußböden wären dir vielleicht lieber«, gab sie spitz zurück.

»Oh …«, sagte ich. »Aber das sind ja gleich drei Wünsche auf einmal!«

»Tja!« Sie lächelte. »Kochen scheint ja nicht gerade deine Stärke zu sein, was?«

Da wurde mir klar, dass ich ins Aus manövriert worden war.

Ich ging zum Gegenangriff über. »Und was übernimmst du?«

»Die Koordination«, sagte sie, und Laura nickte glücklich.

»Oh, *das* ist ja hart!«

»Das bedeutet, dass ich sämtliche Reinigungsmittel einkaufen und den Dienstplan entwerfen muss. Ich muss die externen Putzhilfen organisieren – zum Beispiel die Leute, die ich zum Teppichreinigen bestellt habe –, außerdem die Telefonzeiten der einzelnen Mitbewohnerinnen einteilen und ein Auge darauf haben, mit welchen Farben die jeweiligen Zimmer gestrichen werden. Ich glaube also schon, dass wir alle *ausreichend* zu tun haben werden, meinst du nicht auch?«

Eigentlich wollte ich ja noch einen letzten Seitenhieb loswerden – indem ich zum Beispiel vorschlug, dass Farah für die Fußböden zuständig sein sollte, weil sie am nächsten dran war –, brachte aber nur hervor: »*Telefonzeiten?*«

»Ja, ich weiß, war meine Idee«, verkündete Carol stolz.

»Eine *geniale* Idee«, sagte Farah, die zwischen Carols Beinen stand.

»Das Grundprinzip lautet, dass man das Telefon nur zu bestimmten Zeiten benutzen darf, und zwar sowohl, um Leute anzurufen, als auch, um angerufen zu werden. Wenn wir dann die Rechnung bekommen, bezahlt jede für die Anrufe in ihrer Telefonzeit, sodass es gar keinen Streit um die Telefonrechnung mehr geben kann.«

Ich starrte sie an.

»Ja, aber – das bedeutet ja, dass meine Einnahmen durch Telefonsex drastisch sinken werden!«

Laura riss entsetzt die Augen auf. Carol lachte einmal höflich, um mir zu signalisieren, dass sie genau so kampflustig war wie ich.

»Und wer oder was soll mich daran hindern, außerhalb meiner Telefonzeit jemanden anzurufen?«

»Wir werden uns ein abschließbares Telefon anschaffen, für das nur ich den Schlüssel habe. Wenn du das Telefon benutzen möchtest, kommst du einfach zu mir, und ich sehe nach, wessen Telefonzeit gerade ist. Also, wirklich«, sagte sie und schüttelte den Kopf, »deine Aufgaben sind doch viel einfacher als meine.«

»Oh, mein Gott, ich glaube, mein *Handy* klingelt!«, rief ich aufgeregt.

»Wenn ihr mich bitte entschuldigen würdet«, sagte ich, als die drei keine Anstalten machten, sich von meiner Zimmertür zurückzuziehen. »Ich muss nur eben, ähm, also, entschuldigt mich bitte …« Glücklicherweise reagierten Carols Knappen sofort auf ihr Signal, sich zurückzuziehen – da ich als Nächstes nämlich »Raus hier! Haut schon ab!« geschrien und sie gleichzeitig hinausgeschubst und mit einem Gartenschlauch bespritzt hätte.

Ich knallte die Tür hinter ihnen zu und setzte mich aufs Bett. Mein Handy klingelte natürlich nicht, aber ich holte es trotzdem hervor und dankte dem kleinen Gerät. Wie hatte ich nur jemals glauben können, diese Dinger seien nur etwas für irgendwelche Idioten im Stadtbus, die glaubten, es würde auch nur eine Menschenseele, die nicht in diesem Bus saß, interessieren, dass sie in diesem Bus saßen? Aber was viel wichtiger war: Wie zum Teufel sollte ich bloß aus dieser WG rauskommen?

Manche Frauen suchen sich immer wieder die falschen Männer aus. Ich suche mir immer wieder die falschen Unterkünfte aus. Gut, okay, ich suche mir auch die falschen Männer aus, aber darum geht es jetzt nicht. Vor nicht allzu langer Zeit litt ich zum Beispiel unter einem Vermieter in Hackney, der nach Urin stank und die Angewohnheit hatte, wann immer es ihm passte (und mit Vorliebe nachts), mein Reich zu »inspizieren« (inklusive meiner Wäscheschublade). Dem folgte ein Aufenthalt in einer WG in Dulwich, wo ich mit drei Mädchen zusammenwohnte, die alle irgendeinem Wallebart-Kult angehörten und keinen Mann über die Schwelle ließen außer ihrem Kultführer, mit dem sie auch alle bereitwillig schliefen, wann immer ihm danach war. Und nun war ich in dieser neuen Haus-WG gelandet, zusammen mit drei völlig bekloppten Schrauben, die allesamt in der Phlebotomie des örtlichen Krankenhauses arbeiteten. Soweit ich weiß, bedeutet das, dass sie den Leuten Blut abnehmen. In Carols Fall nahm ich an, dass sie die Patienten einfach biss.

Wie dem auch sei, die drei hatten in der *Loot* per Anzeige eine vierte Mitbewohnerin für eine neue WG im geschmackvollen Harlesden gesucht, und erstaunlicherweise war ich die Auserwählte. Vielleicht war ich die Einzige, die während des »Bewerbungsgesprächs« nicht blass wurde, als Laura hereinkam und Carol ergeben berichtete, dass sie soeben die Teetassen gebleicht habe.

»Und wie oft kochst du dein Geschirr ab?«, hatte Carol mich gefragt.

»Ähm … ich finde, so etwa alle halbe Stunde ist gerade ausreichend«, war die Antwort, für die ich mich entschied und die mir einen großen Pluspunkt auf meinem Bewerbungsbogen eintrug, der hübsch übersichtlich in sechzehn Abschnitte eingeteilt war. Meine Erleichterung darüber, der zügellosen Zwielichtigkeit von Hackney entkommen zu sein – wo man für ein Innenklo extra Miete zahlen musste – und in einer nagelneuen Luxuswohnung in der berühmten Industriemüllgegend Nordwestlondons zu landen, war grenzenlos, verwehrte mir allerdings leider auch den Blick auf die nackten Tatsachen: nämlich darauf, dass diese drei Grazien total durchgeknallt waren. Aber sie waren in diesem Haus nun mal in der Überzahl, und darum glaubte ich langsam, sie seien normal.

Ich war gerade dabei, mein Handy auf mögliche Krankheitserreger hin zu untersuchen und war ihm wirklich ziemlich nah, als es mir ohne Vorwarnung ins Gesicht klingelte.

Ich schrie erschrocken auf, jonglierte das Handy wie eine heiße Kartoffel bühnenreif von einer Hand in die andere und ließ es schließlich unters Bett fallen.

»Alles in Ordnung?«, erkundigte sich Carol direkt vor meiner Zimmertür. Die belauschte ja anscheinend alles. Ich schrie noch einmal auf, verschluckte mich, hustete und keuchte schließlich: »Ja, ja, danke.«

»Muss ja ganz schön staubig sein unter deinem Bett.«

»Ja, ja, genau, danke«, sagte ich mit dem Telefon in der Hand, ehe ich entsetzt zusammenzuckte – woher wusste sie überhaupt, wo genau ich war? Mir lief ein Schauer über den Rücken.

»Hallo?«, keuchte ich schließlich ins Telefon.

»So habe ich schon seit Jahren keine Frau mehr zum Schreien gebracht«, ertönte eine wohlklingende Stimme aus dem Hörer.

Ich entspannte mich ein wenig.

»Josh, so hast du noch *nie* eine Frau zum Schreien gebracht. Wie denn auch?«

»Hohoho! Natürlich habe ich das!«

»In deinem Heimatland?«

Er schwieg.

»Nicht ganz.«

Damit ärgerte ich Josh schon, seit wir uns kannten, und das war ganz schön lange. Nur weil er gut aussah und Mädchen gegenüber immer freundlich war, nahmen die meisten Leute an, er sei schwul. Für jemanden, der aus gutem Hause stammte, einen tollen Job und eine ordentliche Frisur hatte, schnitt er beim anderen Geschlecht unglaublich schlecht ab, was ich einfach nicht verstehen konnte – nicht dass ich selbst jemals daran interessiert gewesen wäre, mit ihm in die Kiste zu steigen, aber er war so *nett*.

Jedenfalls hatte er mich zum Glück zurückgerufen. Nachdem ich die Zimmerdecke besorgt nach der Überwachungskamera abgesucht hatte, setzte ich mich aufs Bett.

»Josh, weißt du noch, als du nach Pimlico gezogen bist und ich gesagt habe, dass ich da nicht mit hinziehen will, weil da nur Snobs wohnen und weil du mit Kate zusammenziehst, die mich nicht ausstehen kann?«

»Äh, ja.«

»Na ja, also weißt du, wie … wie läuft es denn so mit eurer WG?«

»Prima.«

»Okay – SUPER! Okay. Und wie läuft es mit diesem anderen Typen, den du dann statt mir dazugeholt hast?«

»Addison? Der ist klasse … also, ruhig. Und unkompliziert.«

Das hörte sich so gar nicht nach mir an.

»Aha. Das heißt, bei dir zieht nicht zufällig gerade jemand aus?«

Josh seufzte. »Bitte nicht. Nicht schon wieder ein Kollektiv lesbischer Türkinnen?«

Das war in Hoxteth, vor zwei Jahren. Ich wurde rausgeschmissen, weil ich keine Kichererbsen mochte und jenes entsetzliche Symbol männlicher Vorherrschaft kaufte: Damenbinden.

»Nein. Schlimmer.«

»Die Katzenlady?«

»Oh Gott. Nein, so schlimm auch wieder nicht. Aber trotzdem. Ziemlich schlimm.«

»Holly! Möchtest du eine Tasse Tee? Du bist nämlich damit dran, welchen zu machen!«, hörte ich Carol sagen.

Ich ignorierte sie.

»Josh, es ist wirklich entsetzlich. Was ist mit diesem kleinen Abstellraum, aus dem du ein Arbeitszimmer machen wolltest?«

»Meinst du den, den du als Sarg bezeichnet hast?«

»Ja. Ganz genau den. Ähm … hast du …?«

»Ein Arbeitszimmer draus gemacht? Nein, jedenfalls nicht seit deinem letzten Besuch. Stattdessen habe ich ein Bett reingestellt und das Zimmer vermietet.«

»NEEEEIIIIN!«

Er lachte.

»Blödmann! Josh, ich weiß, dass es ziemlich viel verlangt ist – und bitte sag Nein, wenn du nicht willst –, aber bitte, bitte, bitte darf ich bei dir einziehen und in dem Sarg wohnen? In dem Abstellraum, meine ich?«

»Das hast du mich schon mal gefragt, Holl«, seufzte er.

»Ich weiß.«

»Und dann haust du immer ab, und das Nächste, das ich von dir höre, ist, dass du vor einer Badmintonmannschaft aus graduierten Mathematikern auf der Flucht bist.«

»Ich *weiß*. Ich bin verrückt.«

»Du bist verrückt. Warum bist du denn nicht einfach mit eingezogen, als ich die Wohnung gekauft habe?«

»Weil du reich bist und Kate mich immer so nervt.«

»Ich bin nicht reich, und Kate kann nichts dafür, dass sie ... Kate ist. Aber egal, wenn du das Gefühl hast ...«

»Nein, nein! Tut mir Leid! Bitte. Bitte. Bitte.«

Es klopfte ziemlich laut an meiner Tür.

»Holly! Den Tee, bitte! So steht's im Mietvertrag!«

»Die Gestapo!«, flüsterte ich in den Hörer. »Wann kannst du hier sein und mich holen?«

»Ich muss zuerst mit Kate und Addison sprechen.«

»Josh!«, kreischte ich den Tränen nahe. »*Bitte.*«

»Okay«, meinte er. »Ich hole dich gegen sieben ab. Hast du viele Sachen?«

»Bloß einen Sarg voll.«

»Aber wehe, du tauchst wieder plötzlich unter, klar?«

»Ja, Sir«, murmelte ich widerstandslos.

Ich hätte ihn küssen können, so froh war ich, Josh zu sehen. Am liebsten wäre ich vor ihm auf die Knie gefallen, hätte seine Beine umklammert, vor Dankbarkeit geheult und ihm die Füße gesalbt. Oder doch nur küssen?

Carol war nicht sonderlich begeistert, vor allem, als ich meinen Kautionsscheck aus der glänzenden Silberdose fischte, zu der nur sie den Schlüssel hatte (ich lenkte sie ab, indem ich ihre Asda-Coupons über den Küchenboden verteilte, und in dem Moment, als sie sich bückte, schnappte ich mir den Schlüssel). Sie rückte mir so dicht auf die Pelle, dass ihr Gesicht nur wenige Zentimeter von meinem entfernt war – oder sagen wir besser, ihr Make-up. Ihr Gesicht war wahrscheinlich noch einen halben Meter entfernt.

»Du meinst wohl, du kannst hier machen, was du willst, was?«, fragte sie drohend.

»Ja, im Grunde schon. Darum bin ich nämlich bei meinen Eltern ausgezogen.«

»Und wer übernimmt dein Zimmer? Du musst erst einen Nachmieter finden.«

»Ah. Ja, also ... Ich fürchte, da muss ich dich enttäuschen. Hier, ich habe dir meine neue Adresse aufgeschrieben«, ich wedelte mit einem Stück Papier, auf dem stand: 1 Holly Lane, Hollywood, 020 8555 5555, »und vergiss bloß nicht, mir meine Rechnungen nachzuschicken!

»Ganz bestimmt nicht«, knurrte Carol. Lauras Unterkiefer klappte abwechselnd auf und zu wie bei einem Fisch.

»Also, ich finde es das Allerletzte, wie du Carol hier so einfach sitzen lässt«, verkündete sie bebend. »Nach allem, was sie für dich getan hat!«

»Und ich!«, meldete sich Farah irgendwo an meinem Fußgelenk zu Wort. »Ich habe die Dienstpläne gemacht!«

»Es tut mir Leid«, sagte ich. »Aber mein bester Freund hat Krebs. Ich will ihn pflegen, bis er stirbt.«

Laura wich entsetzt zurück.

»Oh mein Gott. Das tut mir ja *so* Leid«, murmelte sie.

»Ach, ja?«, sagte Carol. »Was für eine Art Krebs hat er denn?«

Mir fiel nichts ein. »Ähm, Nasenkrebs?«

»Du hast sie doch nicht alle«, sagte sie, drehte sich um und marschierte davon.

»Aber du, oder was?«, schrie ich ihr hinterher.

Sie drehte sich noch einmal um und gewährte mir einen letzten Blick auf ihre Radikaldauerwelle.

»Ich bin wenigstens *sauber*.«

Glücklicherweise war Joshs schnittiger kleiner Sportwagen inzwischen aufgetaucht, und Josh hupte voll Begeisterung. Josh tat *alles* voll Begeisterung.

Ich stürzte aus dem Haus.

»Wo zum Teufel soll ich denn meinen ganzen Kram verstauen?«, jammerte ich, nachdem ich mich vor Erleichterung regelrecht in seine Arme geworfen und mir seinen Zweisitzer genauer angesehen hatte.

»Tut mir echt Leid, Darling. Eigentlich wollte ich Bessie ja für einen Volvo in Zahlung geben, aber ich habe einfach keine Zeit gehabt.«

»Hahaha. Hättest du was dagegen, auf meiner Bettdecke zu sitzen?«

Er warf mir einen sonderbaren Blick zu.

»Ist das etwa schon ein unmoralisches Ansinnen?«

Wir brauchten eineinhalb Stunden, um im Schritttempo in die Stadt zurückzufahren. Und obwohl es erst April war, bestand Josh darauf, mit offenem Verdeck zu fahren, sodass ich meine Habseligkeiten umklammern musste wie ein Erdbebenflüchtling.

»Ich bin frei!«, schrie ich. »Und ich werde nie, nie wieder in irgendeine lausige Wohnung einziehen!«

»Abgesehen von der, in die du noch heute einziehen wirst.«

»Josh – und wenn es ein Schuppen ganz hinten im Garten wäre: Das ist mir egal. Ich bin FREI!«

»Okay, jetzt mal piano«, sagte Josh, der offenbar fürchtete, ich würde mich gleich über die Kühlerhaube lehnen und »My Heart Will Go On« singen.

Bezüglich der Folgen, die eine unschöne Scheidungsschlacht der Eltern auf deren kurz vor der Pubertät stehende Kinder hat, herrschen zwei unterschiedliche Lehrmeinungen. Die eine lautet: So ist das Leben nun mal – Kopf hoch! Wer weiß, vielleicht verleitet die gedrückte Amtosphäre zu Hause die Kinder dazu, bis spät abends in der Bibliothek zu sitzen und sich in dem Versuch, bloß niemals zu den Gestrandeten zu gehören, mächtig anzustrengen und es zu etwas zu bringen. Schließlich haben sich die Eltern so vieler berühmter Leute scheiden lassen. Sie erbringen überdurchschnittliche Leistungen, um Aufmerksamkeit zu erlangen. Ich kann nicht behaupten, dass diese Auslegung auf mich zutraf.

Die *andere* Lehrmeinung geht davon aus, dass man sofort hyperaufsässig und anstrengend wird und alles, was man im Leben so tut, auf die eigene gescheiterte Erziehung schiebt. Das traf schon eher auf mich zu – war doch viel einfacher. Und außerdem resultierte das in der Regel in ziemlich netten Weihnachtsgeschenken (und schlechteren Noten). In der Teeniezeit hat das ganz gut funktioniert, aber sobald man seine Freunde nicht mehr zwangsläufig jeden Tag in der Schule sieht und alle anderen wahnsinnig damit beschäftigt sind, Karriere und all solche Dinge zu machen … – na ja, will sagen: Inzwischen war ich achtundzwanzig und betrachtete die allgemeine Entwicklung wenig belustigt. Zumal alle, die ich von früher kannte, plötzlich nichts anderes mehr als HYPOTHEKEN im Kopf hatten. Ich kapierte das einfach nicht. Jungs und Popmusik – klar, total interessant. Aber Hypotheken? Das ist doch das Wort, auf da man stößt, wenn man im Wörterbuch unter »uninteressant« nachschlägt, oder? Daher auch mein ständiges überstürztes Wohnungs-Hopping.

Noch schlimmer allerdings war, dass mir langsam bewusst wurde, wie meine Anti-Establishment-Tendenzen mich immer mehr in eine Art Randgruppenexistenz beförderten – allerdings nicht in die eines Freigeistes, wie ich immer gedacht hatte, sondern in die, die sich die alten Hippies mit den sozialistischen Arbeitern und solchen Leuten teilen, die einst die Parole »Smash the State« skandierten, es aber nicht einmal auf die Reihe bekamen, jemals ihre Hosen zu waschen. Es war wirklich ziemlich deprimierend. Ich meine, natürlich macht es niemandem Spaß, seine Hosen zu waschen, aber ich wollte auch nicht, dass das meine gesamte Existenz definierte. Die Krönung war, dass mein Vater, der nach seiner Trennung von meiner Mutter den lieben langen Tag lang eine Blondine nach der anderen nach Hause brachte, neulich eine aufgegabelt hatte, die genau so alt war wie ich. Und die hatte auch schon eine Hypothek am Hals. Und fuhr einen Sportwagen. Seufz.

Josh hatte zwar auch eine Hypothek, war aber ein absolutes Goldstück, auf das in Krisensituationen stets Verlass war – was ich in der Vergangenheit schon mehrfach festgestellt und auch schamlos ausgenutzt hatte.

Schließlich hielten wir vor dem baufälligen viktorianischen Schuppen in Pimlico, in dem er wohnte.

»Oh, die Handwerker sind wohl noch nicht ganz fertig, was?«

»Nein. Die konnte ich mir nämlich nicht leisten«, antwortete Josh, der aus dem Auto sprang, ohne die Wagentür zu öffnen, und nach zwei der Mülltüten mit meinen Sachen griff. »Bis jetzt«, fügte er hinzu und schenkte mir ein zuckersüßes Lächeln.

»Ach ja, genau, also, was die Miete angeht ...« Ich klammerte mich an meinen Wäschebeutel, meinen Gummibaum und Frank Sinatra, den Bären. Einer der Gründe dafür, dass ich in Harlesden gelandet war, war nämlich, dass man als freiberufliche Floristin und in der Regel leistungsschwacher Freigeist nicht so wahnsinnig gut verdiente – und Pimlico hatte sich zu einer der teureren Wohngegenden entwickelt.

Josh sagte mir, was er haben wollte, und ich stieß einen erleichterten Seufzer aus. Die Sargmieten hielten sich anscheinend noch einigermaßen in Grenzen.

In der Wohnung war es still. Sie war groß, schmuddelig und komfortabel, und ich hatte sie schon immer gemocht. Josh hatte sie zu einem Zeitpunkt gekauft, als der Immobilienmarkt florierte, und eine horrende Summe dafür bezahlt – Hausschwamm, Holzwürmer und alle möglichen anderen ekligen Sachen inklusive. Und ein neues Dach brauchte die Hütte auch, aber sie war gemütlich. Heimelig. In der ziemlich großen Küche standen hässliche alte Schränke, ein wackeliger Tisch und vier Stühle auf den angeschlagenen Fliesen, und in der hintersten Ecke war ein großes Fenster, durch das man im Notfall auf ein rostiges Etwas gelangen konnte, das eine Feuerleiter darstellen sollte. Ich hantierte in meinem neuen Zimmer herum, wobei ich mich die meiste Zeit gegen irgendwelche Schranktüren lehnen musste, um sie schließen zu können, wenn ich nicht gerade etwas von meinen Sachen unter das Bett stopfte.

»Äh, tut mir Leid, dass es hier so unordentlich ist«, murmelte Joshua, als ich etwas später wieder in die Küche kam, um eine Tasse Tee zu trinken. »Normalerweise ist das gar nicht … Oder doch, eigentlich schon.«

»Super!«, sagte ich.

Er lächelte mich wenig überzeugt an. Ich lehnte mich über den Tisch.

»Danke, Josh. Es tut mir Leid, dass ich dich damit so überrumpelt habe. Ich verspreche dir, eine gute Untermieterin zu sein. Ehrlich. Du wirst sehen.«

Er grinste mich an.

»Gut. Mir könnte ein bisschen Gesellschaft eigentlich

auch nicht schaden, wenn ich ehrlich bin. Kate arbeitet die ganze Zeit, und Addison ist ... na ja ...«

»Ja!«, unterbrach ich. »Was gibt es Neues über Kate?«

»Ach, sie ist dieselbe grässliche Kuh wie früher«, sagte Kate, die in der Küche erschien und eine Tüte von Marks and Spencer's, einen riesigen Aktenkoffer, einen Nicole-Farhi-Regenmantel und eine teure Lederhandtasche auf einem der wackeligen Stühle abstellte.

»Hallo, Holly. Josh hat mir eine Nachricht auf meiner Mailbox hinterlassen. Ich habe sie vor ungefähr zehn Minuten abgehört. Aber macht ja nichts. Trotzdem herzlich willkommen.«

Ich ging auf sie zu, um sie in den Arm zu nehmen oder so, aber sie war bereits auf dem Weg zum Korkenzieher. Josh berührte sie sanft am Arm.

»Wie war dein Tag, Skates?«

»Super. Toll. Wie immer. Ich musste mir zwei sexistische Kommentare anhören, habe für diese Woche vier Berichte aufgebrummt bekommen, plus eine außerplanmäßige Prognose, und morgen früh um acht muss ich in Dublin sein, um einen Bericht zu präsentieren, den ich noch nicht einmal *gelesen* habe. Bis zwölf muss ich wieder im Büro sein, um über die Präsentation Bericht zu erstatten, dann habe ich noch zwei Meetings, und um 16 Uhr ist Abgabeschluss für den Kinley-Bericht. Ach, und dann muss ich noch zu einem Geschäftsessen mit einem Haufen alter Langweiler, die mir in der Met-Bar wahrscheinlich sowieso nur an die Wäsche wollen.«

Josh nickte weise. Kate entkorkte die Flasche mit einem leidenschaftlichen »Plopp« und schenkte drei Riesengläser Wein ein.

»Und was machst du so, Holly?«

Kate hatte mich schon immer irgendwie eingeschüchtert. Wir kennen uns eigentlich nur deshalb, weil wir drei früher im Studentenwohnheim in der gleichen Etage wohnten. Wir waren beide mit Josh befreundet geblieben – wie die meisten anderen Leute auch –, haben uns aber nie wirklich gut verstanden. Sie gehörte zu den Menschen, die sich aus eigener Kraft hoch arbeiteten und dafür ab und zu mal Speichel leckten.

Sie hatte Wirtschaftswissenschaften studiert und sich einen unglaublich gut bezahlten Job in der City geangelt – was unserem etwas angespannten Verhältnis ebenfalls nicht gerade zuträglich gewesen war. Ich hatte immer das Gefühl, sie würde gleich fragen, ob sie mir eine dieser Obdachlosenzeitungen abkaufen sollte.

Aber das war nicht der wahre Grund dafür, dass wir uns nicht vertrugen. In Wahrheit lag es daran, nun ja, Sie wissen schon, in diesen Einführungswochen für Erstsemester wird man doch geradezu dazu ermuntert, sich ... Jedenfalls wohnten wir drei direkt nebeneinander auf einem dieser grässlichen endlosen Korridore, die so gar nicht meinem Traum von der Brideshead University entsprachen. Und zu allem Überfluss befanden sich Wohnheim und Universität auch noch in Coventry.

Wir mussten uns damals tatsächlich noch die Duschen auf dem Gang mit anderen Studenten teilen – eine exzellente Vorbereitung für spätere Wohngemeinschaften. Man kam aus dem Staunen nicht mehr heraus, wenn man sich die Leute da so betrachtete – und gerade, wenn man dachte, man hätte alles gesehen, eröffnete sich einem eine ganz neue Variante der Widerlichkeit.

Josh hatte sich an seinem allerersten Tag in seine sperrangelweit offen stehende Zimmertür gesetzt und jeden, der an ihm vorbeikam, ziemlich ordinär angegrinst – eine Technik, die sicher bedeutend schlechter funktioniert hätte, wäre er nicht so hübsch und blond gewesen. Ich stolperte rein zufällig an ihm vorbei, nachdem mein Vater und seine Blondine mich abgesetzt und sich ungeduldig sofort wieder aus dem Staub gemacht hatten. Das hatte mich ja etwas geärgert, aber der vermeintlich wahnsinnig großzügige Scheck, der mir jetzt förmlich ein Loch in die Tasche brannte, hatte mich doch wieder beruhigt. Der Scheck reichte in der Tat für eine ganze Menge Caramacs, aber leider nicht – wie ich nach einigen Wochen feststellen musste – für besonders viele Gläser Bier und Taxifahrten.

»Hi«, sagte Josh damals. »Nett hier, oder?«

»Dieses Dreckloch?«, entgegnete ich und betrachtete die mit Vorschriften tapezierten Wände, den fleckigen Teppich und die voll gestopfte Pinnwand.

»Na ja …« Er sah sich um. »Stimmt eigentlich. Aber egal – nur noch drei Jahre.«

»Und eine Woche«, sagte ich.

»Natürlich. Hmm. Was meinst du, ob die Kochgelegenheit wohl zu etwas zu gebrauchen ist?«

»Keine Ahnung – was ist eine Kochgelegenheit?«

Durch die papierdünnen Wände hörten wir auf einmal lautes, ziemlich dramatisches Schluchzen. Wir sahen uns mit hochgezogenen Augenbrauen an.

»Sind wir denn hier in der Grundschule, oder was?«, fragte ich etwas herzlos.

»Vielleicht vermisst sie ihre Mutter«, sagte Josh.

Ich schnaubte spöttisch – eine Geste, die ich in meiner Teeniezeit stets mit großem Effekt praktiziert hatte.

»Komm schon«, sagte er. »Wir versuchen sie aufzuheitern.«

»Wow – das ist dann wohl der Anfang meiner verrückten Unizeit«, maulte ich, folgte ihm aber trotzdem.

Im Zimmer nebenan kauerte sie bei offener Tür auf dem schmalen Bett: Kate, dünn und leicht verhärmt, von Kopf bis Fuß in tipptopp gebügelter Benetton-Damenmode. Ich stellte fest, dass sie zwar völlig aufgelöst war, aber dennoch die

Disziplin besessen hatte, eine ganze Reihe ebenfalls perfekt gebügelter Blusen aufzuhängen.

»Na?«, sagte Josh. »Komm schon, so schlimm wird's schon nicht werden. Als ich ins Internat kam, habe ich meiner Mutter auch vier Tage lang nachgeheult. Aber damals war ich auch erst sechs.«

»Meine *Mutter*?«, stieß Kate hervor. »Du glaubst doch nicht im Ernst, dass ich meine *Mutter* vermisse? Ich fasse es einfach nicht, dass meine Noten so schlecht gewesen sein sollen, dass ich an einer so beschissenen Uni wie dieser gelandet bin!«

»Hast du dich denn nicht genug angestrengt?«, fragte ich. Das war immer meine Standardausrede.

»*Natürlich* habe ich mich angestrengt!«, antwortete sie und sah auf. »Ich hatte sogar schon einen Studienplatz am Magdalen-College in Oxford!«

»Verstehe. Die wollen aber nur Mädchen über einsachtzig, oder?«, fragte ich mitfühlend.

»Aber was bringt es einem schon, sich vor Nervosität fast in die Hose zu machen?«, fuhr Kate fort, ohne auf mich zu achten. »Jedenfalls keine besseren Noten. Ach, hätte ich doch bloß einen richtig schönen Nervenzusammenbruch gekriegt, dann hätten sie mich aufnehmen *müssen*.«

»Krieg doch jetzt einen«, schlug ich vor. Mir war klar, dass sie nicht mich persönlich anschrie, trotzdem tat sie es eindeutig in meine Richtung.

»Reg dich doch nicht so auf«, versuchte Josh sie zu besänftigen und legte ihr eine Hand auf die Schulter. »Hast du Lust, was mit mir zu unternehmen? Ich wollte beim YMCA Schlittschuh laufen gehen.«

»Du bist doch nicht etwa Christ?«, fragte ich enttäuscht. Er war mir wirklich sympathisch gewesen.

»Nein! Aber ich kann Schlittschuh laufen!«

Und so schlitterten wir drei in eine dieser Freundschaften,

die in der Not der allerersten Zeit am College in Windeseile entstehen. Kate beschloss schon bald, dass Josh ihr ganz persönliches Eigentum war, was mich ärgerte. Gut, dann hatten sie eben beide flache Bäuche und eine gute Haltung, aber ich wollte nicht einsehen, dass ich mich zurückziehen sollte, nur weil Kate besser aussah – zumal ich nichts von Josh wollte und sogar von Anfang an davon ausging, dass er schwul war und nicht (wie ich später herausfand) einfach nur völlig daneben.

Kate kapierte das allerdings nicht und behandelte mich mit ausgesuchter Penetranz wie eine nervige kleine Schwester, die gern bei den Erwachsenen sein möchte. Ihr Repertoire reichte von »Du schon wieder, Holly?« über »Macht dir doch nichts aus, oder? Ich hab leider nur zwei Tassen« bis zu »Sorry, Holl, aber ich darf nur *eine* Begleitperson mitbringen!« Es dauerte nicht lange, bis Kates und Joshs Status als wohlhabende, distinguierte Studenten an einem armen, durchschnittlichen College so klar war, dass ich mich mit einem schmierigen Sportwissenschaftstudenten zusammentat, der mir Kung-Fu beibringen wollte und mir dabei das Schlüsselbein anbrach. Ich überließ die beiden also sich selbst – was nicht heißen soll, dass es mir nicht tierisch auf den Geist ging, dass Kate mich wie das kleinste Ferkel aus einem Wurf einfach beiseite drängte, um an die größte Zitze der Muttersau (Josh) heranzukommen. Eine sich hart an der Ekelgrenze bewegende Analogie, ich weiß – aber so war es nun mal.

Irgendwann wurde natürlich selbst Kate klar, dass sie noch lange kein Paar waren, nur weil sie und Josh sehr oft NUR ZU ZWEIT ausgingen. Doch vorher bekam ich noch meine Rache …

In dem törichten Versuch, aus sämtlichen Studenten des College eine große, glückliche Familie zu machen, arrangierten zwei sozial minderbegabte, aber quietschvergnügte Mitglieder der Studentenvertretung am Anfang des ersten Semesters ein »fetziges Flurfest« (wenn man zu diesem Verein gehörte, war dies ohnehin quasi eine Bestätigung mangelnden Partyvermögens). Offiziell gab es natürlich einen guten und komplizierten Grund für eine solche Veranstaltung, obwohl es letztendlich doch nur eine Entschuldigung war, um jede Menge billigen Alkohol anschleppen und die naiven, aber appetitlichen Achtzehnjährigen damit abfüllen zu können – in der Hoffnung, dass diese aus Versehen ihr Oberteil ausziehen und den Flur herunterrennen würden. Vielleicht war das sogar der offizielle Grund für das Fest, und es klang damals irgendwie okay.

Josh nahm natürlich begeistert an allem teil, was irgendwie nach Gruppendynamik klang, und Kate befand sich noch immer in dem »Ich-bin-mutig-und-mach'-mit«-Stadium (bevor sie erkannte, dass sie sich auch als Riesenantilope verkleiden konnte und trotzdem immer noch keine sexuelle Anziehungskraft auf Josh ausübte), und deshalb schlenderten wir alle hinaus in den Gang, um zu sehen, was abging.

Und das war nichts anderes als das, was immer abgeht, wenn ein Haufen schüchterner und unbeholfener Leute aufeinander trifft, die zum ersten Mal länger von zu Hause weg sind und ihre ganz persönliche Identitätsfindung noch nicht abgeschlossen haben: In Zweier- und Dreiergruppen drückten sie sich in dunklen Ecken herum, grunzten sich nervös an und kippten so schnell sie konnten aus dem früheren Ostblock stammende hochprozentige Getränke in sich hinein. Eine Gruppe von Rugbyspielern (oder Rugbyspielaspiranten) wurde langsam laut und fiel unangenehm auf, und die beiden (weiblichen) Mitglieder der Studentenvereinigung plapperten wie die Wasserfälle vor Aufregung darüber, dass sie möglicherweise nicht zu den 29 % der Studentinnen gehören würden, die immer noch Jungfrauen waren, wenn sie die Universität Coventry verließen. Allerdings wussten sie zu diesem Zeitpunkt noch nicht, dass, ganz unabhängig davon, welche Hochschule sie besuchten, 100 % aller weiblicher Mitglieder noch Jungfrauen waren, wenn sie ihren Abschluss in der Tasche hatten.

Ein zierliches, sehr hübsches blondes Mädchen, das ganz offensichtlich versuchte, bei einem der Rugbyspieler zu landen (hier war »Warum?« die einzige unbeantwortete Frage), war die Erste, die so gegen halb elf und nachdem sie ausreichend dazu angestachelt worden war, ihr Oberteil auszog und unter tosendem Applaus fröhlich hüpfend den Flur herunterrannte. Gleich darauf meinten fünfzehn Jungs, die gleiche Prozedur mit wippendem Schwanz wiederholen zu müssen – wieso müssen britische Männer sich eigentlich ständig ohne triftigen Grund komplett ausziehen? Ich habe sogar schon mal miterlebt, wie einer mit seinem kleinen Freund Klavier gespielt hat.

Anthropologen könnten an einem solchen Tag exzessive Feldforschung betreiben – die wenigsten von uns hatten wohl in den vergangenen zwölf Monaten irgendwelche Männer nackt gesehen, mit denen sie nicht blutsverwandt waren.

Zu fortgeschrittener Stunde – und hier verschwimmt meine Erinnerung leider ein wenig – hatte so ziemlich jeder einen kleinen Sprint hingelegt und war so in die Gemeinschaft aufgenommen worden. Meine Darbietung wäre sicher etwas aufreizender ausgefallen, wenn ich nicht über diesen dämlichen, ausgestreckten Fuß gestolpert wäre und im Landeanflug ein Geräusch von mir gegeben hätte, das wie ein Furz klang (aber keiner war!). Josh tänzelte eher dahin, was ihm so einige »Schwuchtel!«-Rufe einbrachte – wenn auch keine feindseligen.

Und schließlich war nur noch eine Person übrig. Kate wäre natürlich lieber gestorben, als sich an einer solch vulgären Vorstellung zu beteiligen. Sie setzte einen entrückten Blick auf, als denke sie darüber nach, was für einen romantischen und aufregenden Abend sie *in diesem Augenblick* in Oxford haben könnte. Ich begann sie ein wenig anzustacheln, während ich die anderen darauf hinwies, dass sie als Einzige noch nicht an der Reihe gewesen war – damit sie ja nicht ungeschoren davonkam.

»Halt's *Maul*, Holl«, zischte Kate.

»Kate hat noch nicht! Kate hat noch nicht!«, rief ich den Rugbyspielern laut zu.

»KATE! KATE! KATE! KATE!«, fingen diese an zu brüllen.

Kate wurde so rot wie noch nie.

»Alle anderen haben schon«, nervte ich.

»Komm schon, Skatie«, sagte Josh, der auf Grund seiner Erziehung absolut nicht nachvollziehen konnte, warum irgendjemand nicht an einer gruppendynamischen Erniedrigung im Namen des Spaßes teilnehmen wollte. Die Rufe der Rugbyjungs arteten in wildes Geschrei aus.

»*Verdammt* noch mal!« Kate war außer sich.

»KATE! KATE! KATE!«

Kate zog sich blitzschnell das Oberteil über den Kopf und stürzte den Gang hinunter. Von einer Sekunde zur anderen war es mucksmäuschenstill. Kate hatte die kleinsten Brüste, die die versammelte Gemeinde je gesehen hatte.

Heutzutage macht so etwas natürlich gar nichts. Kate Moss sieht aus wie ein Junge, der von zwei Bienen gestochen wurde, und kein Mensch zuckt deswegen auch nur mit der Wimper. Aber wenn man neunzehn ist und unbedingt gut aussehen will …

Langer Rede kurzer Sinn: Ich hätte mir keinen ungelegeneren Zeitpunkt aussuchen können, um völlig unbedacht und so laut, dass alle es hören konnten, zu rufen:

»Liebe Güte, dagegen ist Holland ja ein Mittelgebirge!«

Kate reichte mir ein Glas Wein.

»Entschuldigung, das habe ich nicht ganz mitbekommen … Was machst du?«

»Äh, ich ... ich bin Floristin.«

»Immer noch! Meine Güte. Ist das die ... Erfüllung?«

»Hä?«

Erfüllung? Ich hatte keine Ahnung, was sie damit meinen könnte, und machte ein ratloses Gesicht, bis mir einfiel, dass Kate auf ihre Fragen eine logische Antwort erwartete, und zwar *schnell* – Zeit ist schließlich Geld und so.

»Ja, könnte man sagen«, erwiderte ich. »Die Bezahlung ist lausig, die Arbeitszeiten sind unmöglich, man hat den ganzen Tag nasse Hände, aber abgesehen davon ist es wirklich toll.«

Sie lächelte verkniffen. »Mach dir nichts draus. Auf einen Karrierejob hättest du ja sowieso keine Lust.«

»Das *ist* ein ...«

»Und wo arbeitest du?«

»Genau genommen, bin ich zurzeit freiberuflich tätig ...«

Mittlerweile konnte ich nicht mehr zu Hackney Flowerama pendeln, aber ich hatte einen Kumpel im New Covent Garden, der meine Hilfe gebrauchen konnte.

»Ach, dann bist du also so eine Art Aushilfsfloristin? Das ist ja witzig!«

Da mir keine passende Erwiderung einfiel, gesellte ich mich zu Josh und half ihm, Zwiebeln für die Spaghetti Bolognese zu schneiden. Ich sah Kates Spiegelbild im Küchenfenster. Sie sah klasse aus – müde, aber klasse. Ihr dunkles Haar glänzte und war im Nacken zu einem Knoten gebunden; außerdem trug sie ein teures beigefarbenes Kostüm. Ich wischte mir die Hände an der Schürze ab und seufzte.

»Erzähl mir doch mal was von eurem mysteriösen Mitbewohner, Josh. Ist er ausgegangen?«

Josh und Kate sahen sich an und lächelten.

»Ausgegangen?«, wiederholte Kate. »Addison geht nie *aus*.«

»Willst du damit etwa sagen, dass er zu Hause ist? Hier?«

Plötzlich war ich nervös. Jetzt trampelte ich schon zwei Stunden in der Wohnung herum, sang unbekümmert vor mich hin und machte auf der Toilette laute Geräusche, und die ganze Zeit war noch eine unsichtbare Person anwesend gewesen. Gespenstisch.

»Ja, ja«, antwortete Josh. »Ich schätze, ich stelle ihm später etwas zu essen hin. Er vergisst ständig zu essen, und dann wird er ohnmächtig, deshalb stelle ich ihm etwas vor die Tür.«

Das wurde ja immer merkwürdiger.

»Kann ich ihn kennen lernen?«

Sie tauschten erneut einen Blick.

»Ähm, besser nicht.«

»Aber irgendwann muss ich ihn doch kennen lernen«, widersprach ich. »Was, wenn er eines Tages plötzlich im Badezimmer steht? Dann schreie ich die ganze Bude zusammen!«

»Das wirst du ohnehin tun«, sagte Kate.

»Addison ist sehr ... na ja, sensibel. Er ist ein Computernarr, du weißt schon.«

Josh war der Einzige, der immer noch Vokabeln wie »Narr« benutzte.

»Du meinst ... was? So einer mit Anorak? Ein Freak? Ein Spinner?«

»Ähem.«

Josh hüstelte kurz, als ein Schatten an der offenen Küchentür vorbeihuschte.

»Ist er das?«, zischte ich. »Ich will ihn sehen.«

Kate stellte sich mir in den Weg und schloss die Tür.

»Was ist denn bloß los?«, fragte ich. »Ist er grausam entstellt, so wie der Elefantenmensch?«

Josh tätschelte mir die Schulter.

»Tut mir Leid, Holly, wir machen das nicht, um dich zu ärgern. Aber Addison hat mit hochtechnischen Computersachen zu tun, und er kann es nicht ausstehen, bei der Arbeit gestört zu werden.«

»Aber er ist doch zu Hause.«

»Er arbeitet von zu Hause aus.«

»Und zwar schätzungsweise dreiundzwanzig Stunden am Tag«, murmelte Kate. »Man kann seinen eigenen harten Arbeitstag wirklich ganz wunderbar vergessen, wenn man nach Hause kommt und es im Nebenzimmer die ganze Nacht piepen und klappern hört.«

»Na ja, besser als …«, begann ich, als mir einfiel, dass ich das Zimmer neben Josh hatte, und verkniff mir den Rest.

»Aber wie *ist* er denn so?«, startete ich einen neuen Versuch. Ein geheimnisvoller Mann? Hörte sich doch gut an!

»Erzähl du es ihr, Josh, ich bin total fertig«, sagte Kate. Sie holte ihren elektronischen Terminkalender heraus und fing an, darauf herumzuhämmern, was mir das Gefühl gab, ein totaler Volltrottel zu sein. Doch als Josh und ich unseren »Ist-eben-Kate«-Blick tauschten, fühlte ich mich augenblicklich etwas besser.

»Also …«, hob Josh an und rührte in der Soße. Ich trat neben ihn und lehnte mich gespannt gegen das Schränkchen.

»Er ist ruhig. Sehr ruhig. Genau genommen, glaube ich, dass er am liebsten gar nicht sprechen würde. Er war überrascht, als er hörte, dass wir nicht in jedem Zimmer E-Mail haben, damit wir auf diese Weise miteinander kommunizieren können.«

Ich zog die Augenbrauen hoch. Kate saß weiterhin am Tisch und stieß einen tiefen »Wie-soll-ich-denn-jemals-reich-und-berühmt-werden-wenn-jemand-in-meiner-Küche-*Spaghetti-Bolognese*-kocht?«-Seufzer aus.

»Immer wenn er einem von uns im Flur über den Weg läuft, zuckt er zusammen wie ein verschrecktes Kaninchen, als hätte er nicht erwartet, jemandem zu begegnen. Und er weigert sich strikt, ans Telefon zu gehen oder die Tür aufzumachen, wenn es klingelt. Und essen tut er auch nie.«

»Daher die Lebensmittelzuwendungen.«

»Hm? Ja.« Josh goss schwungvoll einen Schuss Wein in die Soße und stieß einen affektierten Schrei aus, als ein Tropfen davon auf seiner profimäßigen Kochschürze landete. Es gibt Augenblicke, in denen ich vollstes Verständnis dafür habe, dass es Frauen schwer fällt, Josh ernst zu nehmen.

Er merkte, dass ich ihn beobachtete.

»Bin ich jetzt wieder schwul?«

Ich lächelte ihn an und errötete leicht. Während des Studiums habe ich ihn regelmäßig damit aufgezogen, wenn er mir von irgendwelchen Mädchen erzählte, aber jetzt war ich ja seine Untermieterin, und deswegen fühlte ich mich nicht ganz wohl dabei.

»Das war ein sehr maskuliner Schuss Wein. Aber ich muss gestehen, dass ich von meinem neuen, unsichtbaren Mitbewohner restlos fasziniert bin.«

»Dann kannst du ja im Zimmer neben ihm wohnen – da lässt die Faszination ziemlich schnell nach«, brummte Kate vom Tisch aus. Sie war immer noch mit *wahnsinnig wichtigen Dingen* beschäftigt.

»Ehrlich, darf ich?«, quietschte ich, bevor mir der Fauxpas bewusst wurde.

»Tut mir Leid, Süße«, sagte Josh, »aber Kates Zimmer kostet die vierfache Sargmiete.«

Kate und ich sahen ihn angewidert an, worauf er sich für seine Geschmacklosigkeit entschuldigte.

Das Essen war köstlich. Josh kochte gerne und gut. Er hatte seine Pfründe in der alteingesessenen Anwaltskanzlei seiner Familie in der Nähe der Chancery Lane, die ihm abverlangte, so gegen halb elf vormittags tipptopp gepflegt dort aufzutauchen, an ausgedehnten Mittagessen teilzunehmen und ausländische Mandanten mit seinem typisch englischen Auftreten und seinen handgemachten Schuhen zu beeindrucken, bevor er sich gegen halb fünf nachmittags in das Büro des Seniorpartners zurückziehen und einen frühen Gin Tonic genehmigen durfte. Anschließend ging er nach Hause. Das war schon in Ordnung so, schließlich war Josh nicht gerade der akademische Typ: Oder würden Sie sich im Falle einer Mordanklage gern von jemandem verteidigen lassen, der im Gerichtssaal nichts Besseres zu tun hat, als die hübsche Stuckdecke zu bewundern? Zwischen uns brach nur deshalb nicht der totale Klassenkrieg aus, weil er dabei wenigstens nicht *allzu* viel verdiente. Es überraschte mich nur immer wieder, dass es solche Dinge außerhalb von Rupert-Graves-Filmen tatsächlich noch gab.

Kate aß schätzungsweise drei Bissen, tupfte sich ostentativ die Lippen mit der Serviette ab, ehe sie verkündete, sie habe noch unglaublich viel zu tun, und sich mit dem Weinglas in ihr Zimmer zurückzog. Sie sagte mir zwar Gute Nacht, was jedoch bestenfalls knapp ausfiel.

Ich sah Josh an.

»Was ist denn mit der los?«, fragte ich. Ich meine, sie war ja schon immer etwas verklemmt gewesen, aber das hier sah ja nach einer Totalverweigerung aus.

Josh spielte mit seinen Spaghetti.

»Ach, es ist nur wegen ihres blöden Jobs«, sagte er. »Sie hat einen Vierzehnstundentag, und wenn sie nach Hause kommt, führt sie sich auf wie ein Bär.«

»Was soll das heißen. Macht sie etwa in den Wald?«

»Sie ist brummig.«

»Oh. Sind lecker, die Spaghetti.«

»Danke.« Josh errötete leicht. »Jedenfalls sage ich ihr immer wieder, sie soll sich einen anderen Job suchen, bei dem es etwas weniger stressig zugeht, aber dann schnauzt sie mich nur jedes Mal an, ich sei privilegiert und würde niemals verstehen, was es bedeutet, für etwas zu kämpfen.«

»Ihr Vater ist Arzt, stimmt's?«

»Hmhm.«

»Hm. Aber sie verdient doch anscheinend eine ganze Menge. Warum wohnt sie dann hier?«

Josh sah mich amüsiert an.

»Erfrischend direkt wie immer, Schätzchen.«

»Komm schon, du weißt genau, was ich meine.«

»Ich weiß. Und ich bin mir nicht sicher. Sie verdient wirklich eine Menge. Ihr Bonus allein ist wahrscheinlich höher als mein Verdienst eines ganzen Jahres.«

Und höher als meiner in einem ganzen Jahrzehnt, dachte ich traurig.

»Wir sind zusammengezogen, als ich nach London gekommen bin«, fuhr Josh fort. »Und seitdem wohnt sie hier. Ich nehme also an, dass es ihr hier gefällt. Sie muss nur vier Stationen mit der U-Bahn fahren, und die Miete ist ziemlich günstig.«

Mir fiel noch ein viel besserer Grund ein. Tststs, nach so vielen Jahren. Aber selbst wenn sie nicht mehr hinter Josh her war, hätte auch ich an ihrer Stelle nichts dagegen, nach einem anstrengenden Arbeitstag in eine schöne warme Wohnung zu kommen, wo ein Teller Spaghetti auf mich wartet und ein netter Mensch wie Josh, zu dem ich richtig eklig sein kann. Mit mir würde sie allerdings nicht so umspringen können.

»Wärst du *bitte* so freundlich, endlich die Dusche frei zu machen?«, kreischte Kate und schlug um fünf Uhr früh ihre Clarins-Flaschen gegen die Badezimmertür (ich war gerade von der Nachtschicht auf dem Markt wiedergekommen). Sie trug diese Flaschen täglich zwischen dem Bad und ihrem Zimmer hin und her – wahrscheinlich hatte sie Angst, ich würde sie sonst klauen.

»Ich verstehe wirklich nicht, warum du so lange unter der Dusche stehen musst. Du kannst doch höchstens nach Blumen riechen.«

Dann hämmerte sie wieder gegen die Tür.

»Okay, okay, ich komme ja schon!«, schrie ich zurück, während ich mich in Windeseile abtrocknete und überlegte, ob ich Kate wohl mit einem Wattestäbchen erstechen könnte.

»Ich muss meinen *Flug* kriegen, Holly!«, sagte sie. Weil ich nämlich eine erfolgreiche Geschäftsfrau bin und du nicht, hätte sie ebenso gut noch hinzufügen können.

»Oh, mein Gott! Kurseinbruch beim Euro!« Reichlich zerzaust und in zwei zerschlissene Handtücher gewickelt, die mich fast, aber eben nicht ganz bedeckten, öffnete ich die Badezimmertür.

»Wirklich?«, stieß sie entsetzt hervor, ehe sie den Zusammenhang begriff und sich entspannte. Sie lächelte mich verkniffen an, sagte »Entschuldige bitte« und schlüpfte in ihrem Liberty-Bademantel an mir vorbei.

Blöde Kuh, dachte ich bei mir – das gehört zu meinem Standardrepertoire gefürchteter imaginärer Retourkutschen – und ging ins Bett.

Im Laufe der nächsten Woche lebte ich mich langsam ein. Ich arbeitete auf Teilzeitbasis in unterschiedlichsten Tages- und Nachtschichten auf dem Markt am New Covent Garden, und da Kate morgens um halb sieben das Haus verließ und erst abends um neun wiederkam, begegnete ich ihr in der Regel gar nicht, und von der Dusche hielt ich mich am frühen Morgen auch fern.

Das Haus war zwar immer unaufgeräumt, aber sauber – was für meine Begriffe den Idealzustand darstellte. Kate bezahlte für eine »Putzhilfe«, die einmal pro Woche kam – ein Arrangement, das ich prinzipiell ablehnte, dessen angenehme Seiten ich aber durchaus genoss. Ich fühlte mich immer mehr zu Hause, trotz des Sarges, der nur zwei Meter siebzig mal zwei Meter zehn groß war. Ein Zimmer, in dem man keine Katzen halten sollte, da zu befürchten war, sie könnten sich bei einer zu schwungvollen Drehung den Schädel zertrümmern.

Ich schlich mich zu den unmöglichsten Tages- und Nachtzeiten in die Wohnung und war jedes Mal erstaunt, das gedämpfte Klappern einer Computertastatur, gelegentliches Piepen und leise Brummgeräusche aus Addisons Zimmer zu hören.

Ich hatte ihn noch nie gesehen – was meine Fantasie natürlich nur beflügelte. War er ein Monster? War es Kates und Joshs gemeinsames, missgestaltetes Kind der Liebe – halb Mensch, halb Robocop? Oder vielleicht war er blind! Darum schlich er immer nur im Dunkeln herum und ging nie aus dem Haus. Ich spann mir eine romantische Geschichte zurecht, in der ich seine fürsorgliche Lebensgefährtin, Geliebte und Blindenführerin war: »Holly«, sagte er in meinen Träumen, »*du* bist meine Augen.« Das wäre gar nicht so übel, weil ich mir dann nämlich jenseits der vierzig keine Gedanken mehr darüber machen müsste, wie ich aussehe.

Doch dann ging mir schlagartig auf, dass das Internet ja ein primär visuelles Medium ist, und ich entschuldigte mich im Stillen bei allen blinden Menschen auf der Welt.

Nach etwa zwei Wochen hielt ich es nicht mehr aus.

Es war ungefähr drei Uhr morgens und totenstill im Haus. Ich hatte seit elf Uhr abends Tulpen ausgepackt, aber irgendwann war nicht mehr viel zu tun gewesen, deshalb hatte mich Johnny, mein Chef, nach Hause geschickt. Mit Joshs Fahrrad brauchte ich ungefähr zehn Minuten – nachts, wenn die Straßen wie leer gefegt waren, sauste ich freihändig bergab und musste mich beherrschen, um nicht laut in die Londoner Stille zu schreien.

Aufgekratzt und mit von der Frühlingsluft geröteten Wangen war ich ins Haus geschlichen. Meine Haare waren zerzaust, und ich war überhaupt nicht müde. Mein Tagesrhythmus war so durcheinander, dass ich keine festen Schlafzeiten mehr hatte. Der Fernseher stand allerdings im Wohnzimmer, was wiederum direkt neben Kates Zimmer lag – mit anderen Worten, kein Channel-5-Softporno für mich. Ich wollte gerade schon in die ausgekühlte Küche gehen, um mir einen Tee zu machen, als ich das allgegenwärtige blaue Licht unter Addisons Tür hindurchscheinen sah und das bekannte Klappern hörte.

Verdammt noch mal!, dachte ich mir. Das ist doch nicht normal, zwei Wochen mit einem Menschen unter einem Dach zu leben und ihn noch nie gesehen zu haben! Das ist durchgeknallt und unnatürlich. Es konnte doch wohl nicht schaden, wenn ich mal eben bei ihm reinsah und mich vorstellte! Es war ja schließlich erst, naja, zehn nach drei Uhr früh. Plötzlich war ich seltsam aufgeregt, wie ein Kind, das jemandem einen Klingelstreich spielt. Wenn er mich deswegen anschrie, konnte ich mich ja immer noch verstecken und behaupten, es sei Kate gewesen.

Ich schob mich durch den Flur, statt ganz normal zu gehen wie sonst, wenn ich mitten in der Nacht nach Hause kam und nicht mit einem Einbrecher verwechselt werden wollte. Dann atmete ich tief durch und klopfte sachte an die Tür.

Das Klappern der Tastatur verstummte. Ermutigt klopfte ich noch einmal. »Hallo?«

Keine Antwort.

Ich kam mir ziemlich bescheuert vor, sagte aber noch einmal »Hallo?« und lehnte mich vorsichtig gegen die Tür.

Sie war nicht verschlossen.

Obwohl ich selbst kaum fassen konnte, was ich da tat, öffnete ich die Tür.

Das große Zimmer wurde nur vom Licht des Mondes und den Straßenlaternen erhellt, abgesehen von diesem unheimlichen grünen Leuchten, das – wie ich feststellte, nachdem meine Augen sich an die Lichtverhältnisse gewöhnt hatten – von einem riesigen Datensichtgerät kam. In diesem Zimmer befand sich so viel elektronisches Equipment wie auf der Kommandobrücke von Raumschiff *Enterprise*. LEDs blinkten, und Monitore piepten leise vor sich hin.

Mit dem Rücken zu mir saß ein riesiger Mann. Ein ganz normaler Mann, der aussah, als hätte man ihn auf eine Streckbank geschnallt und kräftig in die Länge gezogen. Seine kurzen schwarzen Haare standen ihm wie Stacheln vom Kopf ab. Sein Gesicht konnte ich nicht sehen.

Obwohl er mich gehört haben musste (schließlich hatte ich gesehen, wie sein Rücken sich anspannte), drehte er sich nicht um.

»Hallo?«, flüsterte ich. »Tut mir Leid, wenn ich störe, aber ich habe gesehen, dass du noch arbeitest und, naja, ich bin vor zwei Wochen hier eingezogen, und ich heiße Holly, und ich dachte mir, also, wenn wir schon unter einem Dach wohnen, dann sollten wir uns vielleicht zumindest mal gesehen haben.«

Ich schluckte. Mir kam es vor, als würden meine Worte in dem spärlich möblierten Zimmer widerhallen, und ich kam mir ziemlich blöd vor. Doch als er nicht antwortete, wurde ich sauer. Ich meine, ich erwartete doch nun wirklich nichts Unzumutbares von ihm! Was ich wollte, war ganz einfacher zwischenmenschlicher Kontakt! Das war doch lächerlich, wie Kate und Josh um diesen Addison herumschlichen. Meiner Ansicht nach musste ihn endlich einmal jemand wachrütteln. Er hatte es bis zu diesem Zeitpunkt noch nicht einmal für nötig befunden, sich überhaupt umzudrehen! Was für eine Frechheit!

»Oh, tut mir Leid«, pampte ich ihn an. »Ich wusste nicht, dass du keine Erziehung genossen hast. Soll nicht wieder vorkommen. *Entschuldige.*«

Als ich mich zum Gehen wandte, hörte ich, wie sich der Bürostuhl ganz langsam drehte. Ich sah über die Schulter zurück.

Ein Paar riesiger brauner Augen, die hastig blinzelten, betrachtete mich mit einer Mischung aus Neugier und Angst.

Ich war kurz davor, laut zu juchzen. Er war ... atemberaubend schön. So wie ... *Oh, mein* GOTT*!* Nicht wie einer dieser geschniegelten Boygroup-Typen, sondern eher wie ein sensibler Adonis, der einem zuruft: »Ich habe zwar fünfzehn Stunden diesen Computerbildschirm angeglotzt, aber wie du meiner Physiognomie ansehen kannst, bin ich tief in meinem Inneren ein Poet. Und zwar keiner von denen mit Haaren in der Nase, die man in den Literaturbeilagen der Wochenendausgaben sieht.« Trotz seiner Brille konnte man sehen, dass seine Wimpern lange Schatten auf seine grotesk hohen Wangenknochen warfen. Ein Anflug von einem Runzeln huschte über seine hohe Stirn.

Nur mühsam konnte ich mein spontanes Bedürfnis unterdrücken, mich ihm vor die Füße zu werfen und ihm meinen Bauch hinzuhalten, so dass er ihn kitzeln konnte – als mir auffiel, dass er ein *Star-Trek*-T-Shirt anhatte. Ich dachte: Das ist ja originell, jemand, der sich den ganzen Tag mit Computern beschäftigt, mag *Star Trek*.

»Entschuldigung«, sagte er. Seine Stimme war sanft und leise, und er sprach völlig akzentfrei. Im Gegensatz zu mir, die immer mehr den typischen Londoner Tonfall annahm, je länger ich hier Blumen verkaufte.

Er betrachtete seine Hände. Seine Finger waren unglaublich lang – wie die eines Klavierspielers. Ich seufzte.

»Ich war irgendwie ganz vertieft in das hier.«

Er klang tatsächlich reumütig, und ich befand mich unversehens in einer Zwickmühle: Da saß eindeutig ein Seelenverwandter vor mir – und ich empfand einen beinahe überwältigenden Drang, ihn zu beleidigen.

»Das heißt, du hörst Leuten, die kommen und Hallo sagen, nicht zu? Was hast du denn gemacht?«

Er starrte weiter schweigend auf seine Hände. Ich dachte einen Moment nach.

»Okay, wir fangen noch mal von vorne an, ja?«, schlug ich

vor. »Ich bin Holly, und du bist Mister Addison, nehme ich an.«

»Nicht Mister, nur Addison«, sagte er leise.

»Hey, toller Name!«, rief ich und streckte die Hand aus. Aber er betrachtete sie nur mit beunruhigter Miene. »Addison Madison?«

Wie bitte? Was hatte man mir denn in den Tee getan, dass ich mich auf einmal in den dämlichsten Volltrottel der westlichen Welt verwandelt hatte? Wie peinlich.

Er blinzelte. Seine Wimpern berührte dabei förmlich seinen süßen Schmollmund. »Ähm, nein ... Addison Farthing.«

»*Farthing, Farthing* – ja, *natürlich*, wie *dumm* von mir!«, sprudelte es aus mir hervor, als würde ich ihn fürs Frühstücksfernsehen interviewen. »*Natürlich.*«

Ich ging ein paar Schritte zurück.

»Naja, wie dem auch sei, also, ich hatte mir bloß gedacht, du weißt schon, ich sehe mal eben rein, sag Hallo, quatsche ein bisschen mit dir ...«

Addison musterte mich noch immer teilnahmslos.

»Und siehe da – ich bin hier, bei dir, wir quatschen ein bisschen ... und es war wirklich *richtig* nett, mit dir zu quatschen. Ehrlich. Müssen wir unbedingt mal wieder machen.«

Er starrte mir unverwandt nach, während ich den Rückzug antrat.

»Super! Toll! Hat mich gefreut, dich kennen zu lernen! Schönes Raumschiff *Enterprise,* übrigens!«, plapperte ich, als ich die Tür erreichte, aber er hatte sich bereits wieder zu seinem überdimensionalen Bildschirm umgedreht und meine Existenz aus seinem Speicher gelöscht. Dicke Kabel wanden sich um die Tischbeine und führten wer weiß wohin. Die Tastatur fing wieder an zu klappern, und ich schloss vorsichtig die Tür. Im Flur lehnte ich mich an die Wand und ließ meine Kinnlade nach unten klappen. Oh, mein Gott. Kein Wunder, dass Kate wollte, dass er in seinem Zimmer blieb.

»Ich habe letzte Nacht mit Addison gesprochen«, verkündete ich Josh am nächsten Tag. Er aß zu Abend, während ich frühstückte und mich bemühte, seine warme Mahlzeit zu ignorieren – vom Geruch nach Schweinekoteletts, hatte ich herausgefunden, wurde mir kurz nach dem Aufstehen immer ein klein wenig schlecht.

Josh war in einen Artikel in der *Homes & Gardens* vertieft, sah aber zu mir auf.

»Und?«

»Und?? *UND??* Also, entschuldige bitte, aber du bist der Vermieter hier, und ich finde, es ist deine Pflicht, mich darüber in Kenntnis zu setzen, wenn du eine Freak-Ausgabe von Johnny Depp in deiner Wohnung versteckst!«

»Hättest ja fragen können.«

»Nein, wie *dumm* von mir!«, sagte ich und schlug mir auf die Stirn. »Aber weißt du, bei der Masse von umwerfend aussehenden Computerfreaks, die mir täglich über den Weg laufen, bleibt mir ja fast gar keine Zeit mehr. *Josh!* Wenn ich letzte Nacht nicht so extrem mutig gewesen wäre, hätte ich meinen zukünftigen Lebenspartner vielleicht nie kennen gelernt! – Oh, wow!«, fügte ich hinzu, als mir noch etwas einfiel. »Dann werden unsere Kinder ja richtige Superhirne!«

»Ja, er sieht wohl ziemlich gut aus«, sagte Josh ein klein wenig verträumt. Ich kniff die Augen zusammen.

»Ich meine doch bloß ganz objektiv ästhetisch betrachtet!«, rechtfertigte er sich. »Nicht irgendwie romantisch verklärt! Nicht, dass das irgendwie verwerflich wäre oder so … Aber so hab ich es nicht gemeint. Ich meine, nicht dass das schlimm wäre!«

»Halt, halt! Jetzt hast du dich in dieser ›Ich-bin-nicht-schwul-aber-schwul-sein-ist-okay‹-Schlaufe à la Richard Gere verheddert. Und du wirst dich nur aus ihr befreien können, indem du den Teller mit den Schweinekoteletts möglichst weit wegstellst, bevor ich darauf kotze.«

»Gott sei Dank, dass du immer wieder weißt, wie man jemanden aus einer peinlichen Situation rettet«, sagte Josh, nahm seinen Teller und ging zur Spüle.

»Ich muss ihn haben, Josh«, sprach ich weiter.

»Aber er *spricht* nicht.«

»Kein Problem. Ich kann ja mit dir reden oder mit meiner Mutter. Addison wäre nur fürs Küssen und Verehren da.«

»Das heißt, du machst keinen Unterschied zwischen deiner Mutter und mir?«, fragte Josh bedrückt, während er seinen Teller abwusch.

»Naja, du wolltest noch nie, dass ich dir beim Abwasch helfe, also vielleicht gibt es doch einen Unterschied ...«

»Musst du nicht langsam zur Arbeit?«, fragte er leicht verärgert.

»Ah, das hört sich doch schon viel eher wie Mum an.«

»Gut. Bis später dann. Ich werde mich in der Zwischenzeit weiter der Mission meines Lebens widmen und versuchen herauszufinden, wie groß der Anteil der weiblichen Veranlagungen in mir wirklich ist.«

Ich steckte noch einmal schnell den Kopf zur Tür herein.

»Also, wenn du das sarkastisch gemeint hast, dann würde ich dir empfehlen, die Schürze auszuziehen.«

Das quittierte er mit dem Stinkefinger.

»Bye, Addison!«, rief ich fröhlich, als ich an seiner Zimmertür vorbeiging. Das Tastatur-Geklappere verstummte einen Augenblick, was ich als ein gutes Zeichen wertete.

2

Es wurde bereits dunkel, als ich mich aufs Fahrrad schwang und in Richtung Markt fuhr. Die kühlen Nächte waren die schlimmsten, da mehrere Stunden vor mir lagen, in denen ich mit nassen Händen hin- und herlaufen musste, während um mich herum unzählige Menschen mit einem Neun-bis-fünf-Job nach Hause eilten, wo ein dampfender Teller Pasta und ein öder Krimi auf sie warteten – und die alle doppelt so viel verdienten wie ich. Das war doch ungerecht. Die Arbeit auf dem Markt war mit der Arbeit in einem Blumenladen keinesfalls zu vergleichen. Im Laden kann man die Blumen selbst aussuchen und zusammenstellen, und wenn jemand am Telefon unfreundlich ist, steckt man später einfach einen Käfer in die bestellten Gladiolen. Auf dem Markt hingegen musste ich zehntausend Tulpen begutachten und die besten heraussuchen.

Ich arbeitete für Johnny, einen verschrumpelten Blumenhändler, der schon seit vierhundertsiebzig Jahren in dieser Branche tätig war, wie er mir immer wieder ins Gedächtnis rief.

»Ach, also, solche Farben hat es zu meiner Zeit nicht mal gegeben«, konnte er zum Beispiel verächtlich schnauben, wenn ihm eine dieser etwas überzüchteten Hybriden unter die Augen kam.

»Das kommt daher, dass damals alles schwarzweiß war«, klärte ich ihn dann auf. »Das war damals so.«

»Während des Krieges haben die Leute sogar Blumen *gegessen*, wusstest du das?« Er schwelgte gern in Erinnerungen. Ich kannte niemanden, der sich mehr (und bessere) Geschichten über den Krieg ausdachte als er.

»Hey, Johnny!« Ich winkte ihm zu, als ich um die Ecke geflitzt kam. Die Lastwagen wurden noch nicht entladen, deshalb standen die Leute müßig herum, rauchten selbst gedrehte Zigaretten und unterhielten sich über Magnolien. Die Blumenleute konnten die benachbarten Obstleute nicht ausstehen, während diese die Blumenleute für einen Haufen Pissnelken hielten, die nicht einmal eine Kiste Melonen heben könnten, selbst wenn ihr Leben davon abhinge.

»Hallo, Mädchen.« Er beäugte mich kritisch. »Als ich in deinem Alter war, habe ich Blumen von meinem eigenen Lastwagen verkauft.«

»Johnny, du weißt doch gar nicht, wie alt ich bin. Ich bin neun. Und ich habe auch meinen eigenen Lastwagen. Ich mache das hier nur zum Spaß.«

»Die Mädchen heutzutage wissen einfach nicht, wann sie den Mund halten sollten«, stellte er traurig fest, ehe er mir ein Paar schwere Handschuhe zuwarf.

Ich arbeitete erst seit ein paar Wochen dort, hatte aber die Nase schon jetzt gestrichen voll. Es war genau wie in der Schule. Die anderen Mädchen waren alle völlig unangemessen gekleidet, rauchten hinter den Buden und hackten ständig auf mir herum. Oder sie waren so blöd, dass man ihnen jeden Tag aufs Neue beibringen musste, wie man eine Kiste Blumen hochhob, ohne ständig dummes Zeug daherzureden.

Deshalb arbeitete ich am liebsten für mich allein und hielt höchstens inne, um Johnny als Sklaventreiber zu beschimpfen oder um den quasselnden Mädchen verbale Hilfestellung zu geben: »Kiste – da! ... Du sehen Kiste? Kiste aufheben?«

Die Raucherinnen zogen mich auf, weil ich studiert hatte, insbesondere Tash, ihre Anführerin, ein dürres Mädchen mit dickem schwarzen Eyeliner, das aussah, als hätte seine Mutter während der Schwangerschaft Kette geraucht. Heute Abend schlich Tash sich an mich heran und beobachtete mich einige Minuten lang bei der Arbeit.

»Hmm, schon klar. Jetzt verstehe ich, wieso man dafür einen Uni-Abschluss braucht. Gar nicht so einfach, alle Tulpen hübsch in eine Reihe zu bekommen«, sagte sie schließlich.

Die Kerle um uns herum grölten, während ich mich bemühte, ebenfalls zu lachen. Vergeblich. Ich hasste Tash, und ich konnte es nicht ausstehen, schikaniert zu werden. Ganz egal, wie frech ich Johnny gegenüber sein konnte – für diesen Haufen musste ich andere Geschütze auffahren.

»Würdest du mir mal bitte den Lieferschein reichen?« So sehr es mir auch missfiel, ab und zu war ich gezwungen, mit ihr zu sprechen.

»Tut mir furchtbar Leid, Süße, aber ich habe leider nur mittlere Reife.«

Die Jungs lachten sich wieder kaputt, und einer rief: »Pass bloß auf, Tash, sonst stolpert die noch über deinen Komplex.«

Ich machte gute Miene zum bösen Spiel und tat, als würde ich mitlachen, während ich innerlich natürlich kochte. Ich fühlte mich genau wie damals, als mich mit elf Jahren ein paar ältere Mädchen in die *Rocky Horror Picture Show* mitgenommen hatten – alles war so schwülstig und überladen, und ich habe absolut nichts kapiert, aber trotzdem mitgelacht. Die anderen waren immer so gemein.

»Bitte«, flehte einer der Typen und fiel vor mir auf die Knie. »Eure jungfräuliche Hoheit, darf ich Ihnen nur eine Sekunde unter den Rock gucken?«

»Die hat sich doch ihre Unterhose an den Hintern schweißen lassen!«, kreischte Tash.

Ich war kurz davor, meine Bluse aufzureißen und ihm meine Brüste zu zeigen, um ihn zu ärgern, stattdessen schwor ich mir jedoch, mich für sämtliche Floristenjobs im Umkreis von achttausend Kilometern zu bewerben.

Den Rest des Abends brachte Tash es fertig, vierzehn abfällige Bemerkungen zu machen, viermal meine Blumen durcheinander zu bringen und mindestens eine Stunde über mich herzuziehen (vermutete ich), während sie ausgedehnte Zigarettenpausen mit den Jungs machte. Kaum zu glauben, aber ich wurde hier gemobbt! Was für eine Ungerechtigkeit!

Meine Schicht war um vier Uhr früh zu Ende, und ich rollte auf dem Weg zurück nach Hause wie immer im Leerlauf den Hügel hinunter. Ich schlich mich in die Wohnung und sah Licht unter Addisons Tür. Das Verlangen, ihn wiederzusehen, war so enorm groß, dass ich in die Küche ging und zwei Tassen Tee machte. Da ich nicht wusste, wie er seinen Tee trank, tat ich auf gut Glück drei Stück Zucker hinein (ich sah ihn ja nie essen, er konnte also bestimmt ein paar Nährstoffe gebrauchen). Dann suchte ich noch ein paar Kekse, die ich dazulegen konnte, fand aber nur einen einzigen, einsamen Penguin, von denen sich Kate alle vierzehn Tage einen gönnte. Ich nahm ihn trotzdem, mit dem festen Vorsatz, umgehend für Ersatz zu sorgen.

Ich klopfte sachte an die Tür.

»Addison, ich bin's.«

Die leisen Klappergeräusche verstummten eine Sekunde lang. Ich konnte mir lebhaft vorstellen, wie er da saß und sich das Hirn zermarterte, wer um alles in der Welt »ich« sein könnte.

Ich öffnete die Tür und ging hinein.

»Ich habe uns Tee gemacht!«, verkündete ich wie eine Hausfrau in den Fünfzigern.

Seine kurzsichtigen – aber ach! so schönen – Augen richteten sich auf mich. Seine Brille lag oben auf dem Kontrollpult des Hauptrechners.

»Tee!«, verkündete ich und hielt die Tassen in die Höhe.

Sein Blick heftete sich auf eine der Tassen und folgte ihr konzentriert, als ich zu ihm ging und die Tasse neben ihm abstellte, während ich mich gleichzeitig fragte, ob er geistig minderbemittelt war.

»Nicht dahin!«, bellte er.

»Okay, okay, immer schön sachte, ja? Wie wär's, wenn ich sie dir *gebe*?«

Langsam streckte er den Arm aus. Ich übergab ihm die Tasse mit dem Henkel in seine Richtung – was bedeutete, dass ich mir fast die Finger verbrannte. Aber das spielte in diesem Moment keine Rolle, denn als er die Tasse nahm, berührten sich unsere Fingerspitzen, worauf ich mich fühlte, als hätte ich einen elektrischen Schlag bekommen.

Ich wedelte mit dem Keks.

»Penguin?«

Er starrte ihn eine Weile an und schüttelte dann den Kopf, also aß ich ihn. Er hatte den Tee ja angenommen, was darauf schließen ließ, dass wir einen Pakt geschlossen hatten, der es mir erlaubte, ein bisschen zu bleiben.

Ich beugte mich in Richtung Bildschirm, der wie in einem James-Bond-Film über und über mit bizarren Symbolen gefüllt war.

»Was machst du da eigentlich?«

Er versuchte, den Bildschirm zu verdecken, was ihm jedoch nicht so recht gelang, da seine Arme so dünn wie Streichhölzer waren. Und überhaupt, diese Symbole sagten mir in etwa so viel wie EU-Bekanntmachungen zur Landwirtschaftspolitik, deshalb waren seine Anstrengungen ohnehin überflüssig.

»Ähm, nichts. Danke für den Tee …«

Er nippte daran und versuchte, sich seinen Würgereflex nicht anmerken zu lassen.

»Gern geschehen. Wie war dein Tag heute? Meiner war ziemlich scheiße.«

Und dann erzählte ich ihm alles über die gemeinen Jungs in der Blumenhalle. In erster Linie, um Konversation zu machen, denn ich war mir im Klaren darüber, dass absolute Stille herrschen würde, sobald ich aufhörte zu reden.

Zu meiner Überraschung schien er mir tatsächlich zuzuhören – zumindest tat er in der Zwischenzeit nichts anderes.

Als ich fertig war, trank ich noch einen Schluck Tee und fragte:

»Also, was meinst du? Was soll ich tun?«

Er sah mich einen Moment lang an, ehe er mir ein absolut herzzerreißendes Lächeln schenkte.

»Die Klappe halten?«

Ein Satz! Fast. Ich grinste ihn an und beschloss, dass man gehen sollte, wenn es am schönsten war. Ich nickte wortlos, formte ein stummes »Gute Nacht« mit den Lippen, zog mich zurück und überließ ihn seinem Tee, an dem er misstrauisch schnupperte.

»Ich hab's geschafft!«, jubilierte ich vor Josh am nächsten Abend. »Er hat mit mir *geredet.*«

»Und was hat er gesagt?«

»Na ja, er hat mir empfohlen, die Klappe zu halten. Aber davon abgesehen, stufe ich das ganz klar als einen Erfolg ein.«

»Apropos Erfolg: Hast du Kates Penguin geklaut?«

Mist, das hatte ich ja ganz vergessen.

»Hmmm ... Kann sein.« Mit der Zunge tastete ich so unauffällig wie möglich jeden Quadratmillimeter meiner Mundhöhle ab, um zu überprüfen, ob sich noch Schokoladenspuren darin befanden.

»Dann kriegst du Ärger.«

»Okay, okay, ich hole ihr schnell einen neuen.«

»Zu spät. Außerdem weiß sie, dass es ein blauer war. An deiner Stelle würde ich mich vorläufig von ihr fern halten.«

Leider musste ich an diesem Abend nicht arbeiten und verspürte dieses eiskalte Gefühl im Magen, das sich immer dann einschleicht, wenn man genau weiß, dass man Ärger bekommt.

»Ach was! Ich kriege keinen Ärger! Ich gehe jetzt los und kaufe ihr fünfzehn neue Penguins und ... und bringe sie dazu, sich zu Tode zu fressen, genau wie in *Sieben*. Von Kate lasse ich mich doch nicht einschüchtern! Die ist so verdammt penibel ...«

»Und genau darum ist sie eine der besten Unternehmensaufkäufer unter dreißig in ganz London –«

»*Knapp* unter dreißig.«

»Ich weiß, wie sie ist. Sei nett zu ihr. Sie hat es bei der Arbeit schon schwer genug, weil alle dort so gemein zu ihr sind.«

»Aaaah, ein bisschen Klatsch? Spuck's aus!«

Josh war eine unverbesserliche Klatschtante – und konnte es absolut nicht leiden, wenn man ihn auf diese Eigenschaft hinwies.

»Na ja, sie ist nun mal einfach nicht in der Lage, verheiratete Männer von unverheirateten zu unterscheiden. Ich meine, selbst wenn einer einen unübersehbaren weißen Streifen am Ringfinger hat, glaubt Kate ihm noch, er hätte Eiterflechte. Und jetzt hat sie etwas mit einem Typen, der sie immer nur um halb zwölf nachts höchstens zwei Minuten lang aus irgendwelchen Telefonzellen anruft und mit dem sie sich im Grunde nur in den Mittagspausen trifft ... Es ist nur eine Frage von Tagen, bis sie herausfindet, dass auch er sie nur benutzt hat. Ich glaube, tief in ihrem Innern weiß sie das selbst. Ist so ein richtig übles psychologisches Kuddelmuddel.«

»Wow«, sagte ich und nickte nachdenklich. »Ein psychologisches Kuddelmuddel.«

Und dann dachten wir beide eine Weile über unsere eigenen psychologischen Kuddelmuddel nach.

»Das heißt also«, fasste ich zusammen, »dass sie die ganze Zeit schlecht drauf ist und es nicht an mir liegt.«

»Ich glaube, sie ist nicht besonders glücklich darüber, noch eine Frau in der Wohnung zu haben.«

»Ich stelle doch keine Bedrohung für sie dar«, sagte ich und sah an meinem Pyjama herunter, an dem ein Knopf fehlte. Gut, dass ich Josh schon so lange kannte.

»Darum geht es nicht. Ich glaube, das hat etwas mit Revieransprüchen zu tun.«

Ich grunzte. »Du meinst, so wie bei Hunden? Ich denke schon die ganze Zeit, dass es in meinem Zimmer so seltsam riecht … Vielleicht hat sie reingepinkelt.«

»Pst«, machte Josh, als sich eine Tür öffnete.

»Mist! Ich habe vergessen, die Penguins zu holen!«

Josh zwinkerte mir zu, als Kate ihr übliches Ritual abspulte: 1. Ein abgrundtiefer Seufzer. 2. Geräuschvolles Ablegen der teuren Ausrüstung. 3. Hechtsprung in Richtung Korkenzieher.

Josh zwinkerte noch einmal, und ich lächelte tapfer.

»Hallo, Kate. Wie geht's denn so?«

»Scheiße. Hast du meinen Penguin gegessen, Holly?«

Ich zuckte zusammen – und damit passierte genau das, was *nicht* passieren sollte. Und statt auf den Boden zu spucken und etwas wie »Ja – und? Willst du deswegen jetzt einen Aufstand machen, oder was?« zu entgegnen, sagte ich doch tatsächlich: »Ja. Tut mir Leid, Kate, ehrlich, ich kaufe dir auch gleich neue.«

»Nein, schon okay«, schniefte sie, und das war eine LÜGE. »Ich habe ja nur einen zwölfstündigen Arbeitstag hinter mir, an dem ich ohne Pause an einer riesigen Offshore-Investition geschuftet habe, für die ich fast ausschließlich die Verantwortung trage, was mehr als ungewöhnlich ist für jemanden unter dreißig …«

»Knapp …«, flüsterte ich.

»… warum zum Himmel sollte ich also, wenn ich nach Hause komme, mich nach ein bisschen Entspannung sehnen oder sie gar verdient haben – Entspannung, die ich bereits gekauft und bezahlt habe? Dumm von mir, wirklich. Ich sollte einfach kündigen, ins Blumengeschäft einsteigen und den lieben langen Tag anderen Leuten die Süßigkeiten wegessen.«

Sie schnappte sich die Weinflasche. »Wirklich, wie kann ich nur so *unglaublich egoistisch* sein«, fuhr sie fort, während sie den Raum verließ.

Als sie verschwunden war, rückte ich etwas näher an Josh heran.

»Gib mir mal das Brotmesser.«

»Holly, du weißt doch, was ich dir gesagt habe ...«

»Ich weiß, was du mir gesagt hast, und jetzt werde ich sie erstechen. Mit dem Brotmesser. GIB es mir.«

»Nein.«

»Entschuldige bitte. Ich glaube, du hast nicht ganz verstanden: Ich werde Kate jetzt mit einem Messer umbringen müssen, und ich bitte dich, mir das Messer zu reichen.«

»Setz dich«, sagte er und reichte mir einen Teller Couscous. »Vergiss es. Und was hat Addison sonst noch gesagt?«

»Nichts.«

»Komm, jetzt schmoll nicht.«

»Nein, wirklich. Er hat wirklich nicht mehr gesagt. Hat er überhaupt schon mal mit dir gesprochen?«

»Nicht so richtig. Er stand einfach vor der Tür, nachdem wir die Anzeige geschaltet hatten, und er hatte so viele Computerteile dabei, dass wir es nicht übers Herz gebracht haben, ihn wieder wegzuschicken. Und außerdem fand Kate ihn süß.«

»Er ist mehr als süß. Heißt das, sie hat versucht bei ihm zu landen und hat's nicht geschafft?«, hakte ich eifrig nach.

»Nein, sie hat zehn Minuten lang versucht, mit ihm zu reden, aber dann wurde die Konzentrationsspanne zu lang. Und außerdem war er nicht Arschloch genug.«

»Aaaah, nein, das darf doch nicht wahr sein, was für eine KUH!«, rief ich.

»Sie ist in Ordnung. So, und jetzt gehst du die Kekse kaufen.«

»Wie bitte?! Nach all dem hier – du machst wohl Witze?«

»Wenn du *all das hier* nicht den Rest deines Lebens jeden Abend erleben willst, solltest du jetzt losgehen und dieses Zeug kaufen.«

»Okay, okay, okay. Ich gehe los und kaufe die Kekse. Und dann *pinkle* ich drauf.«

Schließlich machte ich mich also auf den Weg zu dem gigantischen Supermarkt, der jeden Tag rund um die Uhr geöffnet hat. Ich glaube, dass die Angestellten dort wie Tiere in einem Käfig gehalten werden und alle an Rachitis leiden, weil sie so lange keinem natürlichen Licht ausgesetzt waren.

Ich kann Supermärkte nicht ausstehen. Weil ich dort immer stundenlang vor dem Shampooregal stehe und völlig aufgeschmissen bin. Brauchen meine Haare Fruchtwachse? Was passiert, wenn sie keine bekommen? Und was ist Shampoo überhaupt? Gibt es noch mehr Nahrungsmittel, die nur darauf warten, entdeckt zu werden? Usw. usw. Ich brauchte wieder einmal drei Stunden, um eine relativ zufällig zusammengestellte Produktauswahl sowie vierzehn Packungen Penguins zusammenzutragen. Eigentlich hatte ich ja gewollt, dass Josh mitkam, oder noch besser, freiwillig allein einkaufte, aber plötzlich war er irgendwie unruhig geworden, hatte Unterlagen hervorgeholt und gesagt, er müsse noch arbeiten – haha.

Traurig trottete ich wieder nach Hause und blieb alle fünf Minuten stehen, um die Tüten abzusetzen.

Als ich zu Hause ankam, war es totenstill. Josh hatte sich in seinem Zimmer verkrochen – hoffentlich zusammen mit seiner Playstation –, und Addison war verschwunden. Ich hatte ihn bisher noch nicht einmal zur Toilette gehen sehen. Das gefiel mir. Er war einfach zu überirdisch für schnöde

Körperfunktionen. Männer – oder zumindest die, die ich bisher kennen gelernt habe – glauben ja immer, dass es liebenswert sei, wenn sie andauernd furzen. Addison ganz bestimmt nicht. Und wenn doch, dann würden sie nach Rosenwasser duften.

Mit einem leichten Gefühl der Übelkeit schleppte ich meine sechzehn Tüten in die Küche und wuchtete sie auf den Tisch, wobei ich mit der einen aus Versehen Kates Kopf streifte. Ausgerechnet mit der, in der sich die Konservendosen befanden.

»Aua!«, herrschte sie mich an.

»Tut mir Leid«, erwiderte ich kleinlaut, wenn auch nicht ganz wahrheitsgetreu. Aber ich wollte nicht, dass sie dachte, ich hätte das mit Absicht getan.

»War keine Absicht!«

»Schon gut«, sagte sie.

Moment mal. Das klang so gar nicht nach Kate. Normalerweise würde sie jetzt doch mein erstgeborenes Kind als Opfer fordern und mir mit ihrem Anwalt drohen.

»Es tut mir wirklich Leid«, sagte ich noch einmal und stellte die restlichen Tüten ab, ehe ich sie zum ersten Mal richtig ansah. Ihre Augen waren gerötet, und sie schniefte verräterisch. Da ich selbst Weltmeisterin im Heulen war, wusste ich sofort, was mit ihr los war.

»Alles in Ordnung?«, fragte ich so ernsthaft wie möglich, was natürlich bedeutete, dass ich wie einer dieser Fernsehbeichtväter aus den Nachmittags-Talkshows klang.

»Ja, ja, mir geht's gut.« Sie schniefte noch einmal und strich sich über das wunderschön glänzende Haar. Kate kannte sich ganz bestimmt mit Shampoo aus.

Ich fing an, meine Einkäufe auszupacken.

»Was ist denn los?«, fragte ich möglichst lässig, als wäre ich ausgebildete Therapeutin und würde diese Frage täglich stellen.

»Nichts … nichts. Oh, GOTT.« Jetzt brach sie in Tränen aus. »Ich HASSE ihn. Ich HASSE, HASSE, HASSE ihn! Und ihn INTERESSIERT das nicht einmal!«

Ich stellte die Dose mit den Heinz-Spaghetti ab (wo kam die denn her? Hatte ich einen Vierjährigen zum Einkaufen geschickt?) und setzte mich neben sie.

»Ganz ruhig«, sagte ich, tätschelte ihr den Arm und gab die Sachen von mir, die man in einer solchen Situation eben so sagt. »Mach dir keine Sorgen. Es wird schon alles wieder gut. Was für ein Arschloch.«

»Du kennst ihn doch gar nicht«, schniefte sie.

»Okay. Ist er ein Arschloch?«

»JAAA!«

Ich tätschelte etwas intensiver. »Gut. Also, was ist passiert?«

Ihre Schluchzer kamen jetzt in etwas längeren Abständen.

»Ich hatte da was mit diesem Typen, und ich hatte ihn richtig gern, und ich dachte … ach, ich bin so blöd, wie konnte ich nur glauben, dass ich mal mit jemandem zusammen bin, der NICHT verheiratet ist?«

»Oh, nein!« Ich musste daran denken, was Josh gesagt hatte. »Das tut mir aber Leid. Hat er es dir denn nicht gesagt?«

»Er hat gesagt, er dachte, ich wüsste es. Ich hatte ihn gebeten, an meinem Geburtstag zu mir zu kommen, aber er hat gesagt, er kann nicht, weil er mit Saffy zum Zahnarzt muss …«

»Wer ist Saffy?«

»Das habe ich ihn auch gefragt. Er hat gehustet und kurz gezögert und dann gesagt, sein Hund.«

»Ein Hundezahnarzt.«

»Hmhm.«

»Und da wusstest du dann Bescheid?«

»Ähm, nein. Ich habe es ihm geglaubt.«

»Nein, wie ärgerlich.«

Sie bekam Schluckauf. »Am Tag vorher bin ich zu ihm gegangen, um ihm eine Geburtstagsüberraschung zu bringen ...«

»Aber ich dachte, *du* hattest Geburtstag?«

Sie ignorierte meinen Kommentar und schniefte wieder etwas heftiger. »Und da lag seine Brieftasche aufgeklappt auf seinem Schreibtisch ... und in der Brieftasche war ein Foto von Saffy.«

»Kein Hund?«

»Ein fünf Jahre altes Mädchen!«

»Na ja, also schon so eine Art Hund ...«

»Nein!«

»Vielleicht ist er ja geschieden?«

»Ist er nicht. Ich habe ihn gefragt. Und jetzt ist es aus.« Sie fing wieder an zu weinen.

»Warum hat dir das niemand von den Kollegen im Büro gesagt?«

»Ich weiß es nicht. Ich ... ich rede nicht so viel mit den anderen Frauen im Büro.«

Das wundert mich nicht, dachte ich. Wahrscheinlich hatten die das Ganze sogar mit Absicht arrangiert.

»Wie wär's mit Heinz-Spaghetti?«

Sie dachte einen Moment nach.

»Ja, bitte.«

Schweigend aßen wir die Spaghetti. Ich hätte ja gern das Thema Josh angeschnitten, brachte es aber nicht über mich. Wenn ich mit Kate zusammen bin und nach einem Gesprächsthema suche, habe ich immer höllische Angst, aus Versehen Holland oder irgendwelche Mittelgebirge zu erwähnen, und komme mir dabei vor wie Basil Fawlty in Gegenwart seiner deutschen Gäste (»Don't mention the War!«).

Ein wenig schüchtern hob Kate ihre Gabel.

»Äh ... Hast du Lust, zu meinem Geburtstag zu kommen?«

»Klar!«, sagte ich. Ich war so erleichtert, weil sie mir keinen Ärger machte, dass ich zugesagt hatte, bevor mir klar wurde, worauf ich mich da gerade eingelassen hatte.

Josh kam nicht zu Kates Geburtstag, da er familiären Pflichten nachzukommen hatte. Seine Eltern gehörten jetzt offiziell zum verarmten Adel und lebten in einem riesigen Haus, das sie nicht länger unterhalten konnten. Der Unterhalt dieses Hauses, Joshs Ausbildung und die Ausbildung seiner drei wunderschönen, aber nicht unbedingt mit Hirn gesegneten Schwestern hatten die Familie ruiniert. Und obwohl die Schwestern durchaus positive Attribute vorweisen konnten, war bis heute keine der drei verheiratet, was bedeutete, dass kein neues altes Geld in die Schatullen der altehrwürdigen Familie floss. Der Clan schlug sich aber sehr tapfer und machte einfach weiter mit jeder Menge guter Anekdoten, vielen Hunden und zahllosen Gin Tonics.

Für Kates Geburtstag hieß das, dass alle ihre schicken Freunde aus der City kamen – und ich. Ähem. Eigentlich wollte ich wirklich gern hingehen. Lauter junge, reiche, wahrscheinlich gut aussehende Männer ... Hörte sich gut an. Ja, ich weiß, Addison und ich würden heiraten, aber das hieß noch lange nicht, dass ich bis dahin nicht noch ein paar Mal schön essen gehen könnte.

Leider war alles, was ich anzuziehen hatte, ziemlich schmuddelig. Auf dem Markt wurde sowieso alles schmutzig, so dass es im Grunde keine Rolle spielte, was ich trug. Das einzig Präsentable war mein Pyjama, was für diesen Anlass wohl nicht ganz das richtige Outfit darstellte. Letztendlich grub ich ein altes schwarzes Sommerkleid aus, das so verblichen war, dass es als grau durchgehen konnte, was anscheinend zurzeit *die* Farbe schlechthin war. Selbst jetzt, im April, war es noch zu kühl für dieses Kleid, und mit meiner Winterblässe sah ich darin aus wie klinisch tot, aber ich hatte einfach nichts anderes, was ich deprimierender fand, als ich in dem Moment zugeben wollte.

Ich peppte das Kleid mit meiner Lieblings-Gänseblümchenkette auf und drehte mich vor dem Spiegel. Ich sah aus, als wäre ich neun Jahre alt.

In einem schicken Pub über einer Schlittschuhbahn in der Nähe der Liverpool Street stieß ich zu Kate und ihrer Truppe. Der Pub wogte vor schreienden, identisch aussehenden jungen Männern, die zwar bessere Haut hatten als die Typen, mit denen ich aufgewachsen war, ansonsten aber genau die gleichen blöden Wichser waren – bloß mit Geld.

»Mir kann es gar nicht extrem genug sein!«, schrie ein rotgesichtiger junger Mann seinem Kumpel zu, der einen halben Meter von ihm entfernt stand.

»Klar!«, brüllte der andere nicht weniger phlegmatische Typ zurück. »Darum chartere ich im Sommer auch einen Helikopter im kanadischen Teil der Rockies!«

»Oh … ja! Ich auch!«

Die Frauen waren alle ebenso unheimlich wie Kate: glänzende Haare, geschürzte Lippen. Es war gar nicht so einfach, Kate in diesem Nicole-Farhi-Größe-38-Dickicht zu finden, aber schließlich gelang es mir doch. Sie wirkte nicht gerade erfreut, mich zu sehen, was mir ziemlich auf die Nerven ging, weil ich mich ohnehin schon leicht fehl am Platz fühlte.

»Schön, dass du kommen konntest«, behauptete sie ein wenig steif – und erinnerte mich damit daran, dass wir uns noch vor achtundvierzig Stunden am liebsten gegenseitig umgebracht hätten. Ich antwortete genau so steif mit einem Nicken, überreichte ihr mein Geschenk und sah mich um. Ich entdeckte ungefähr acht Typen, die je nach Alkoholpegel unterschiedlich laut wieherten. Super, dachte ich. Überall standen Sektflaschen und -kübel herum.

»Cool!«, rief einer der Männer. »Mehr Sekt!«

Ich bemerkte, dass sie mit mir sprachen, und bekam Panik. In der Zwischenzeit hatte Kate mein Geschenk ausgepackt – einen Plüschpinguin. Ich fand ihn wirklich witzig, doch alle anderen musterten ihn nur verächtlich.

»Nein, wie charmant«, sagte einer der Typen, bevor die versammelte Mannschaft die Blicke wieder auf mich richtete, realisierte, dass ich ihnen wahrscheinlich keinen Sekt ausgeben würde, und sich enttäuscht abwandte.

Kate schenkte mir ein halbherziges Lächeln, reichte mir ein Glas Sekt und stieß den Mann neben sich an.

»*James,* das ist Holly.«

James grunzte mich an, während Kate sich zu James' Gesprächspartner hinüberlehnte und auch ihn anstieß.

»Und das ist James B.«

»James B.«, nickte ich.

»Und das da drüben sind Jamie Egbert, Jim und, ähm, Finn.«

Finn war der Einzige, der sie hörte und sich umdrehte. Auf den ersten Blick sah er etwas seltsam aus, obwohl mir nicht sofort klar war, warum. Dann bemerkte ich, dass seine Krawatte lose und seine Brille schmutzig war. Das machte ihn auf einen Schlag symphatisch, und ich grinste ihn entwaffnend an. Doch ich musste ihn damit ziemlich erschreckt haben, da er sich sofort wieder seinem Glas zuwandte und es konzentriert anstarrte.

»Tja!«, sagte Kate fröhlich. »Ist ja richtig nett hier.«

»Wer sind die vielen Jameses?«, fragte ich.

»Die meisten sind Arbeitskollegen«, sagte sie.

»Alle?«

»Äh, ja.«

»Geburtstage können so ätzend sein, stimmt's?«, sagte ich voller Mitgefühl.

»Ich weiß nicht, was du damit meinst«, gab sie schnippisch zurück.

»Ach, ist auch egal! Toller Sekt.«

Ich spielte einen Moment mit meinem Glas und versuchte dann, einen Einstieg in das Gespräch der beiden Jameses zu finden. Sie unterhielten sich angeregt über die viel zu hohen Steuern und darüber, was für eine Frechheit es doch war, dass die Regierung monatlich etwas von ihrem gigantischen Gehalt abzwackte, um damit irgendwelche stinklangweiligen und uralten Einrichtungen zu finanzieren. Dabei gelang es ihnen ganz nebenbei, mir eine Ewigkeit nicht ins Gesicht zu sehen, während ich krampfhaft überlegte, mit welchem Statement ich mich vielleicht einbringen könnte.

»Ich finde Steuern auch scheiße«, verkündete ich, als einer der beiden endlich Luft holte. »Aber gut, ich bezahle ja auch bloß zehn Prozent.«

Die beiden zogen sämtliche Augenbrauen hoch und sahen mich an. »Echt? Und wie machst du das? Auslandsanleihen, oder was?«

»Das Rezept hätte ich auch gern«, sagte der zweite James. »Hast du eine GmbH gegründet? Erzähl!«

»Äääähm ... also, eigentlich ... meistens falle ich einfach unter die Einkommensgrenze«, murmelte ich.

Auf ihren Gesichtern spiegelte sich Entsetzen und gleich darauf beschämte Verlegenheit – die beiden waren ja trotz allem unglaublich wohlerzogene Jungs.

»Hast du ein Glück«, sagte der eine und wünschte sich kurz darauf sichtbar, es nicht gesagt zu haben. Ich kam mir vor wie ein Paria – man sollte unter keinen Umständen in der City etwas trinken gehen, wenn man nicht mindestens einen goldenen Zeh oder so etwas hat.

»Und was machst du so?«, fragte James II., der es schon jetzt bereute, mir überhaupt jemals Aufmerksamkeit geschenkt zu haben.

»Äh ...« Ich dachte fieberhaft nach. Dieses Gespräch war – ganz gleich, wie erniedrigend – das Einzige, woran ich mich außer meinem Sektglas festhalten konnte, und ich wusste, dass es zwei Sekunden, nachdem ich »Floristin« gesagt hätte, abrupt enden würde. Okay, sie waren ein Haufen Wichser, aber sie waren ein Haufen gut aussehender, reicher Wichser, und eine Frau wie ich muss nun mal sehen, wo sie bleibt. Mal sehen: Astronautin? Philosophin? Krankenschwester? Au ja, darauf standen die meisten.

»Ich bin Krankenschwester«, sagte ich. Sie hätten mal sehen sollen, wie sich ihre Mienen aufhellten – allein das war die Lüge wert.

»Hey, wow«, rief der eine. »Und was für eine Krankenschwester genau?«

Ich trank noch einen großen Schluck Sekt. »Ich arbeite in der ... Andrologie.«

James II. wurde bleich.

»Keine Sorge, ich habe mir die Hände gewaschen.«

»Oi! Jimmy! Egbert! Finn! Kommt mal hier rüber! Das hier ist Kates Mitbewohnerin – sie ist Krankenschwester!«

Ich hasse Jungs.

Kate warf mir einen vernichtenden Blick zu, und ich zuckte zusammen. Das Ganze sollte doch nur ein Witz sein, aber wenn sie mich jetzt verriet, würde ich mich praktisch selbst zerstören müssen vor lauter Demut.

Die anderen Typen kamen herüber. Sie waren ein bisschen angetrunken und durchaus in der Stimmung, jemanden zu foppen, den sie für so etwas wie eine Prostituierte hielten, nur mit einem noch größeren Herzen.

»Musst du denn auch mal, du weißt schon, Salbe einreiben oder so? So, wie Joanne Whalley-Kilmer in *Der singende Detektiv?*«, fragte einer von ihnen atemlos.

»Manchmal schon, ja.« Ich nickte weise. »Meistens, wenn ich Nachtschicht habe.«

Kollektives Stöhnen.

»Tragen Krankenschwestern heutzutage eigentlich immer

noch – ähem – so eine Art Uniform …?«, fragte ein anderer und tat, als interessierte es ihn aus rein historischer Sicht.

»Ja, ja. Im St. Mungo sind unsere Uniformen weiß. Ist so eine Art Überbleibsel aus der Zeit, als das Krankenhaus noch von« – und jetzt kam mein *pièce de résistance* – »*Nonnen* geführt wurde.«

»Ooooh.«

»Und was ist so das Interessanteste auf diesem Gebiet? Ich meine, hast du nicht ziemlich viel mit Prostataleiden zu tun? Wie schätzt du das denn ein: Entwickelt sich das eher zu einem umweltbedingten Syndrom, oder kann man davon ausgehen, dass so etwas genetisch bedingt ist?«

Mist! Das kam von Finn, dem Typen mit der verschmierten Brille, der mir vorher schon aufgefallen war. Blöder Schlauberger. Die anderen Jungs stöhnten erneut auf, während ich mich fragte, was Prostata war. Ich wusste, dass es was mit Pimmeln zu tun hatte, aber nicht, was.

»Äh … also, weißt du, wegen des Treibhauseffektes sind heute eigentlich immer mehr Dinge umweltbedingt«, stammelte ich.

»*Echt?* Wirklich wahr? Das ist ja interessant! Ist dir dieses Phänomen denn auch schon an anderer Stelle begegnet?«

Sehr zu meinem Ärger wandten sich die anderen Jungs nacheinander von mir ab. Die schienen diesen nervigen Typen schon zu kennen, und ehe ich mich versah, war aus der sexy Krankenschwester eine wissenschaftliche Krankenschwester geworden. Buuh. Kate warf mir immer noch Blicke wie Küchenmesser zu.

»Ja, klar, überall«, antwortete ich gedankenlos.

»Wirklich … also, ich weiß ja, dass du jetzt nicht im Dienst bist, und es ist mir wirklich unangenehm, dich damit zu belästigen, aber ich interessiere mich wirklich brennend für Medizin und …« Er errötete. »Ähem … Könnten wir uns vielleicht mal treffen und uns darüber unterhalten?«

»Klar«, sagte ich. Ein Typ müsste schon ein echter Troll sein, bevor ich mich nicht auf eine Verabredung mit ihm einlassen würde. Ich bin immer davon ausgegangen, dass das mit dem Gesetz der Serie zu tun hat, was natürlich so einiges in meinem Leben erklären würde.

»Okay! Okay, super!«, rief er, deutlich überrascht und ein wenig überwältigt. »Äh ... Wie wär's mit dem Museum für Naturgeschichte?«

Wie bitte? Du bist doch ein reicher City-Typ! Ich meine, springt dabei nicht wenigstens der Oxo Tower für mich raus?

»Nächsten Samstag? Oder hast du da Dienst?«

Etwas widerwillig verneinte ich, was wenigstens der Wahrheit entsprach.

»Super! Sagen wir um zwei Uhr dort? Okay! Klasse! Toll!« Unter endlosen Dankesbekundungen zog er sich wieder in seine Gruppe zurück, und ich musste entsetzt mit ansehen, wie ihm seine Kumpels anerkennend auf den Rücken klopften. Ich war nicht besonders stolz auf mich.

Kate kam zu mir. »Na, du hast ja ziemlich großen Eindruck gemacht. Wissen die, dass du in einem Gänseblümchen-Krankenhaus arbeitest?«

»Es tut mir Leid, Kate. Aber sonst hätte sich doch kein Mensch mit mir unterhalten. Und du musst zugeben, dass es funktioniert hat. Hey! Ich habe eine Verabredung!«

»Finn ist keine Verabredung, sondern eine CD-Rom auf zwei Beinen.«

»Hört sich doch nicht schlecht an. Was macht er denn?«

»Er entwickelt Stringtheorien für Börsenmärkte.«

»Wow! Ich weiß zwar nicht, was das ist, aber anhören tut es sich, als müsste er REICH sein.«

»Nein – das hört sich an, als müsste er LANGWEILIG sein. Ist nur eine gut gemeinte Warnung ... Ach ja, und er arbeitet an einem Forschungsprojekt für die University of London, reich ist er also auch nicht.«

»Ich gehe mit einem *Studenten* ins Museum für Naturgeschichte?«

»Und er mit einer Krankenschwester.«

Die »Party« dauerte nicht mehr allzu lange. Seltsamerweise schloss der Pub nämlich schon um neun – ich vermutete, dass er von den Banken geführt wurde, die natürlich peinlichst darauf achteten, dass ihre Bonus-Sklaven abends nicht zu lange aufblieben. So kam es, dass Kate und ich bereits um zehn Uhr wieder am Küchentisch saßen und noch eine Flasche Wein öffneten. Kate erzählte mir, was sie an ihrem Arbeitsplatz erdulden musste, aber da ich mit den vielen Jameses durcheinander kam, nickte ich nur hin und wieder zustimmend.

Schließlich kam auch Josh auf Gin-Tonic-bedingt wackligen Beinen nach Hause.

»Ich habe eine Verabredung!«, brüllte ich ihm entgegen, sobald er hereinkam.

»Nein!«, stieß er überrascht hervor.

»Yeah, ein ganz tolles *Idioten*-Date«, sagte Kate und versenkte sich in ihrem Weinglas.

Josh setzte sich mit glänzenden Augen hin.

»Erzähl«, sagte er. »Wie hat er dich gefragt?«

»Na ja, er hat einfach gesagt: ›Hättest du Lust, mit mir ins Museum für Naturgeschichte zu gehen?‹«

»Unter Vorspiegelung falscher Tatsachen«, warf Kate ein.

»Und du hast Ja gesagt«, stellte Josh bewundernd fest.

»Jep.«

»Er hat einfach gesagt: ›Hättest du Lust, mit mir ins Museum für Naturgeschichte zu gehen?‹«

»Ich habe gehört, man zahlt nur den halben Eintrittspreis, wenn man keine Ahnung von Naturwissenschaften hat«, fügte Kate hinzu.

»Und mehr muss man nicht tun, um eine Verabredung mit einer Frau zu kriegen?«

»Mehr muss man nicht machen, um eine Verabredung mit *mir* zu kriegen«, präzisierte ich, bevor Kate es tun konnte.

»Wow«, sagte Josh. »Ist ja ganz einfach.«

»Genau.«

Wir starrten in unsere Drinks.

»Kate«, sagte Josh. »Hättest du Lust, mit mir ins Museum für Naturgeschichte zu gehen?«

Kate hob mit beunruhigter Miene abrupt den Kopf.

»Bist du auf eine Verabredung mit mir aus, oder ist das bloß eine Trockenübung?«, fragte sie knapp.

»Sei nicht albern, natürlich ist das reines Training. Meinst du, so hätte ich Erfolg?«

»Oh«, sagte Kate. »Nein, das glaube ich nicht.«

»Aha. Okay. Gut.«

»Das ist kein universell einsetzbarer Anmach-Spruch«, tröstete ich ihn.

»Nein, Holly ist vielmehr das, was man landläufig als *leicht zu haben* bezeichnet«, erklärte Kate.

»Okay«, sagte ich und erhob mich schwankend. »Wenn du jetzt wieder ekelhaft zu mir sein willst, gehe ich eben zu meinem *anderen* Freund in dieser WG, zu Addison.«

Ich torkelte aus der Küche und quer durch den Flur auf das immer vertrauter werdende blaue Licht unter Addisons Tür zu.

Ich öffnete die Tür einen Spalt breit.

»Addison!«, sagte ich so laut, dass meine ehemaligen Freunde in der Küche es auch bestimmt hören konnten. Sein ganzer Rücken spannte sich an, so wie beim ersten Mal. Gott, war das erotisch.

»Was machst du?«

Ich ging ins Zimmer, stellte mich hinter ihn und schielte über seine Schulter. Zu meiner grenzenlosen Überraschung waren auf dem Bildschirm keine Computerhieroglyphen zu sehen, sondern das Bild einer fetten, nackten Frau mit riesigen Brüsten.

Addison lief rot an und drückte hektisch auf die Escape-Taste – aber zu spät.

»Addison!«, wiederholte ich schockiert. In meinem leicht benebelten Zustand fühlte ich mich zutiefst beleidigt. Ich meine, ich war doch schließlich da, und trotzdem hatte er das Bedürfnis ... nun ja.

»Addison«, sagte ich nun schon zum dritten Mal. Er sah mir immer noch nicht in die Augen. »Kennst du eigentlich viele Frauen?«

Seine wunderschönen braunen Augen waren fest auf seine Tastatur gerichtet.

»Ich meine nur, weil ... weißt du, manchmal ist das, was man sucht ... viel näher, als man glaubt.«

Ich konnte selbst nicht glauben, dass ich mich ihm derart an den Hals warf. Andererseits musste man zu solchen Taktiken greifen, wenn das Objekt der Begierde so schüchtern war wie Addison. Und außerdem war ich natürlich betrunken – was die Moral ganz automatisch sinken lässt.

Ich nahm seine Hand.

»Weißt du eigentlich«, sagte ich, »dass du wunderschön bist?« Am liebsten beziehe ich mein Repertoire an derartigen Zeilen aus *Denver Clan* von 1986.

Seine Hand lag in meiner wie eine nasse Melone. Unwillkürlich beugte ich mich vor und küsste ihn auf die Stirn. Er duftete herrlich: frisch, trocken und nach Tinte.

Er erwiderte meinen Kuss nicht, wie ich nach etwa dreißig bis vierzig Sekunden bemerkte. Keine Reaktion. Nada. Nichts. Ich küsste ihn noch einmal auf den Kopf, doch auch jetzt rührte er sich nicht.

»Also«, sagte ich aufreizend, »ähm, du weißt ja, wo ich schlafe ...«

Puuuh. Das war's dann ja wohl. Das war das Allerletzte. Robocop oder das Museum für Naturgeschichte. Tiefer konnte ich doch nicht mehr sinken.

Erstaunlicherweise nahm er einfach meine Hand von seiner Stirn und drückte sie. Weniger erstaunlich allerdings war (wenn man bedachte, dass er ein nüchterner Mensch war, der soeben von einer verrückten Hyäne angegriffen wurde), dass er meine Hand losließ und sich wieder seiner Tastatur zuwandte. Ich blieb noch etwa zehn Sekunden stehen – schätzungsweise, um die Demütigung noch ein bisschen in die Länge zu ziehen –, ehe ich mich langsam und rückwärts schleichend zurückzog, während er bereits wieder vollauf mit irgendwelchem Computerkram beschäftigt war, der, soweit ich das sehen konnte, nichts mehr mit der Barbusigen zu tun hatte.

»Oh, Gott.«

»Ach, du wirst schon drüberwegkommen. Das hast du doch schon bei Schlimmerem geschafft.«

»Zum Beispiel?«

»Zum Beispiel darüber, dass du extra Snowboard fahren gelernt hast, nur um den tollen Eric zu beeindrucken, und dir dabei den Fuß gebrochen hast.«

Joshs Versuche, mich am Frühstückstisch zu trösten, schlugen fehl. Aber nicht nur das – außerdem hatte ich am gleichen Tag ein Vorstellungsgespräch in einem richtigen Blumenladen. Und das, nachdem ich mich wenige Stunden zuvor bis auf die Knochen blamiert hatte, weil ich mich meinem Mitbewohner gegenüber praktisch wie eine Prostituierte benommen hatte. Ich war mir nicht sicher, ob das als mildernde Umstände durchgehen würde.

»Außerdem sind mir schon viel schlimmere Sachen passiert«, behauptete Josh.

»Zum Beispiel?«

»Keine Ahnung ... Ich bin zum Beispiel schon mal von einem Hund gebissen worden.«

»Ah, Josh, ich glaube ehrlich gesagt nicht, dass das den

Hund in irgendeiner Weise in Verlegenheit gebracht hat. Schlechter Vergleich.«

Kate war natürlich bereits auf dem Weg zur Arbeit, mit klarem Kopf und »hoch motiviert«, wie ich vermutete.

»Okay. Aber ich habe geheult, als ich die Tetanus-Spritze bekommen habe.«

»Damals warst du ungefähr acht.«

»Trotzdem war es peinlich.«

»Und außerdem hast du danach ein Sahnetörtchen bekommen, das heißt, das ist auch kein Vergleich. Los jetzt, frag mich irgendwas über Blumen.«

»Äh ... Welche Farbe haben Tulpen?«

»Okay, frag mich was über eine Blume, die du schon mal gesehen hast.«

»Wusstest du eigentlich, dass ich vom Pfarrer meiner Heimatgemeinde dreimal nacheinander einen Preis für die schönsten Blumenarrangements in der Kirche bekommen habe?«

»Was du nicht sagst ...«

»Es waren sehr ... maskuline Arrangements. Okay. Wie zieht man eine Sonnenblume?«

»Man steckt den Kern in einen Haufen Mist und kümmert sich monatelang nicht darum.«

Wir hielten beide eine Minute inne.

»Wie im wirklichen Leben«, sagten wir dann unisono.

Ich hätte nie gedacht, dass ein Vorstellungsgespräch bei einem Blumenladen so anstrengend sein könnte. Es waren drei Leute in dem winzigen Büro hinter dem Ladenlokal: ein alter Mann, der ebenso gut hätte tot sein können; eine gebieterisch wirkende Frau mit einer ausladenden Frisur und riesigen Brüsten; und eine junge, mürrische Inderin, deren Nase entweder ein gigantischer Popel oder Metallstecker zierte – es war zu dunkel, um es genau auszumachen.

»Wir von That Special Someone nehmen unsere Kunden *sehr* ernst«, verkündete die üppige Frau (ich wusste, dass *sie* das Gespräch eröffnen würde). »Können Sie uns ein Beispiel aus Ihrem bisherigen Berufsleben schildern, das uns verdeutlicht, dass auch Sie Ihre Kunden ernst nehmen und zuvorkommend behandeln?«

Ich hasse Vorstellungsgespräche. Sie sind sowieso alle gleich. Man bekommt jede Menge dämlicher Fragen gestellt, und in Wirklichkeit wollen sie doch nur wissen, wie man riecht und inwieweit man bereit ist, sie in ihren bizarren Ansichten zur Rassenhygiene zu unterstützen.

»Nun ja«, hob ich bescheiden an, »da kamen mal ein paar Schulkinder in den Laden. Einer von ihren Freunden war auf dem Schulweg von einem Auto angefahren worden, und sie hatten alle ihr Taschengeld zusammengelegt und wollten ihm ein Bouquet kaufen, aber das Geld reichte nicht, um ihm die Blumen liefern zu lassen. Also habe ich sie dem kleinen Tommy höchstpersönlich gebracht.«

Und diesen Blödsinn kauften sie mir tatsächlich ab! Ich konnte es nicht fassen! Die Frau hatte Tränen in den Augen.

»Ja?«, sagte sie. »Und weiter?«

»Na ja, es stellte sich heraus, dass Tommys Vater eine Reihe von Konferenzsälen gehörte, und wir wurden von da an damit beauftragt, die Blumen für sämtliche Säle zu liefern.«

Das Popel-Metallknopf-Mädchen grinste etwas seltsam, während die dicke Frau schwer beeindruckt schien. Und so ganz gelogen war es ja auch nicht – ich meine, wenn ich jemals in eine Situation geriete, in der meine Nächstenliebe gefragt wäre, würde ich mich dieser Herausforderung doch ganz bestimmt stellen. Ich hatte mich nur noch nie in einer solchen Situation befunden.

»Na, das ist ja wunderbar. Vielleicht könnten Sie ein wenig von diesem Zauber bei That Special Someone verbreiten – oder was meinen Sie, Mr. Haffillton?«

Erstaunlicherweise wirkte Mr. Haffilton beim Sprechen kaum weniger tot.

»Dachte ich es mir doch. Schön, Holly, wie steht es denn um Ihre Qualifikationen als Gärtnerin?«

Meine Qualifikationen als Gärtnerin? Warum wurde man eigentlich nie nach den einzigen beiden Qualifikationen gefragt, die man wirklich mitbringen musste: die Umgangsformen am Telefon und das Einpacken der Blumen in Folie?

»Ja, also, in erster Linie habe ich außerhalb von London Erfahrung gesammelt« – ich verließ mich darauf, dass sie nicht wussten, wo Harlesden war, und ich wurde nicht enttäuscht – »aber ich verbringe so viel Zeit wie möglich im Chelsea Physic Garden, darauf können Sie sich verlassen!«

»Aber selbstverständlich nicht in Ihrer Arbeitszeit!«

»Hahaha! *Natürlich* nicht.«

Oh, Gott, wenn ich diesen Job doch bloß nicht so dringend bräuchte! Aber Tash hatte mir neulich mit einem Ruck am hinteren Hosenbund die Unterhose so weit zwischen die Pobacken gezogen, dass ich mich tatsächlich einen Moment verkriechen musste und in Tränen ausgebrochen bin.

»Chalitha! Möchtest du Holly nicht auch eine Frage stellen?«

Chalitha zuckte bockig mit den Schultern.

»Nun komm schon, Chalitha! Wir sind doch alle eine große, glückliche Familie hier!« Big Lady grinste mich an, als hätte Chalitha gerade einen rasend komischen Witz gerissen.

»Weiß nich … Was ist deine Lieblingsband?«

Ich gab mir große Mühe, die Situation richtig einzuschätzen.

»Die Sex Pistols.«

»Cool.« Sie nickte und wandte sich dem toten alten Mann zu. »Die ist in Ordnung, Onkel«, erklärte sie. Aha. Dann wandte sie sich wieder an mich.

»Die Letzte stand auf Mariah Carey.«

Eigentlich war die Frage nicht dämlicher gewesen als alle anderen, die bei einem Vorstellungsgespräch gestellt wurden, und die Antwort darauf war zweifellos mehr als aufschlussreich.

»Mit der hätte ich niemals zusammenarbeiten können«, versicherte ich ihr.

»Nein, ich auch nicht! Die hätte bestimmt immer winzige Miniröcke angehabt und den ganzen Tag Liebesschnulzen vor sich hin geträllert.«

»Allein der Gedanke!«, distanzierte ich mich und brach in gekünsteltes Gelächter aus, bis mir auffiel, dass Big Lady mich mit hochgezogenen Augenbrauen anstarrte.

»Haha! War nur Spaß. Ähm, ich finde ja, dass die richtige Stimmung am Arbeitsplatz die beste Voraussetzung für erstklassigen Kundenservice ist. Sie nicht auch?«

Sie nickte ernst. »Ja. Aber wir sind hier sehr um Effizienz bemüht. Da ist kein Platz für Mauscheleien.«

»Selbstverständlich nicht, Ma'am.«

Das mit dem »Ma'am« gefiel ihr, wie ich augenblicklich feststellte.

»Gut, wir geben Ihnen Bescheid«, sagte sie und erhob sich würdevoll.

»Vielen Dank, Ma'am.«

Ich verließ das Büro praktisch im Rückwärtsgang.

An diesem Abend hing ich zu Hause herum und wartete verzweifelt darauf, dass das Telefon klingelte, bevor ich – womöglich zum letzten Mal – den Berg hinaufstrampelte.

»Und dann dachte ich, ich könnte ja sagen ›Tash, es tut mir echt Leid für dich, dass du im Mutterleib nicht ordentlich ernährt worden bist und keine Zukunft hast, aber LASS MICH JETZT ENDLICH IN RUHE!‹«, erzählte ich Josh.

»Und die Jungs wollte ich auch ein bisschen bemitleiden. So ungefähr ›Ist doch wirklich eine Schande, dass ihr so grässlich ungebildet seid.‹«

Josh, der gerade Gemüse schnippelte, hielt inne und sah mich an. »Findest du nicht, dass das ein bisschen ... naja, du weißt schon, zutiefst faschistisch wäre?«

»Ich finde, das wäre nur fair nach allem, was sie mir angetan haben. Im Ernst, im Grunde meines Lebens bin ich wirklich humanitär.«

»Ja, klar, Mr. Gandhi.«

»Ganz genau. Ich meine, du glaubst doch nicht im Ernst, dass ich jemals den Mumm hätte, so etwas wirklich zu sagen.«

»Du könntest es ja versuchen, wenn es dir wirklich so wichtig ist.«

Kate kam herein und machte eine Handbewegung, die als Winken gedeutet werden konnte. Sie war zu erschöpft, um zu sprechen.

»Ja, und bei dem Versuch den Heldentod sterben.«

Ich dachte nach.

»Josh? Eigentlich tue ich den ganzen Tag nichts anderes als herumzuhängen und mir schlimme Sachen mit anderen Leuten vorzustellen. Glaubst du, ich bin ein schlechter Mensch?«

Josh schaltete die Küchenmaschine ein, um sich Zeit zum Nachdenken zu geben.

»Du kannst jetzt doch nicht einfach die Küchenmaschine einschalten, um in Ruhe darüber nachdenken zu können! Darauf musst du sofort antworten können!«

»Ich glaube nicht.« Das kam von Kate – und zwar völlig unerwartet. »Ich glaube, du bist ganz normal. Den ganzen Tag nichts anderes zu tun als herumzuhängen und andere Leute umbringen zu wollen, liegt doch in der Natur des Menschen.«

»Hmmm ... Ich weiß nicht, ob ich sie tatsächlich *umbringen* möchte ...«

»Also, ich ...« Josh legte konzentriert die Stirn in Falten.

»Ich denke nicht schlecht über andere Leute. Oder zumindest glaube ich nicht, dass ich das tue.«

Kate und ich tauschten einen viel sagenden Blick, und Kate verdrehte die Augen. Aber er hatte Recht. Josh war wirklich ein ganz »Lieber«, wenn man die Grundschulmesslatte anlegte. Und wir hassten ihn nur deswegen nicht, weil man ihn immer so gut ärgern konnte. Und weil er kochte.

»Ja, aber du bist ja geradezu unerträglich nett«, sagte Kate. »Du bist anders und verrückt.«

Einen Moment lang herrschte Schweigen.

»Wenn ich es mir recht überlege, glaube ich, dass ich in diesem Moment doch schlecht über jemanden denke«, sagte Josh und schaltete die Küchenmaschine wieder ein. Ausnahmsweise herrschte ein kurzer Moment der verschwörerischen Verbundenheit zwischen Kate und mir, und wir grinsten uns an – als Gott sei Dank das Telefon klingelte.

»JOSH! MACH DIE KÜCHENMASCHINE AUS!«, schrie ich und wedelte mit den Händen.

»Klar, kommandier mich nur herum! Mit dem süßen, alten, gebeutelten, ach-so-netten Josh könnt ihr's ja machen«, brummte er.

»MACH SIE AUS!«, brüllte ich in dem Moment, als Kate den Hörer abnahm.

»Büro Holly Livingstone«, säuselte sie. Ich fuhr zusammen und hechtete in Richtung Hörer, den sie auf Armeslänge von sich hielt.

»Ja, sie ist da … Darf ich fragen, mit wem ich spreche?«

Ich hüpfte auf dem Linoleumfußboden herum und tat so, als würde ich ihr im nächsten Augenblick die Augen auskratzen.

»Ich seh mal eben nach, ob sie ans Telefon kommen kann.«

Endlich reichte sie mir den Hörer.

»Einen wunderschönen guten Abend«, meldete ich mich

mit meiner schönsten Telefonstimme. »Hier spricht Holly Livingstone.«

»Einen wunderschönen guten Abend!«, antwortete Big Lady.

»Hier spricht Mrs. Bigelow« – ach *deswegen* hatte ich mir ihren Namen nicht merken können – »von That Special Someone. Wir haben beschlossen, Ihnen die Stelle als Cheffloristin anzubieten. Von neun bis sechs, fünf Tage die Woche, jeden zweiten Samstag frei.«

Dann nannte sie das Gehalt, das zwar höher ausfiel als das, was ich für die Schichtarbeit in New Covent Garden bekam, aber garantiert immer noch niedriger war als sämtliche Gehälter sämtlicher ehemaliger College-Mitstreiter. Sogar niedriger als das von dieser vollschlanken Kommilitonin, die ständig mit Ei bekleckert war und mit der englischen Sprache umging, als wäre sie nicht ihre Muttersprache (obwohl dies der Fall war). Und sogar niedriger als das der Kunsthistoriker!

»Super! Klasse!«, stammelte ich, ehe ich mich daran erinnerte, dass ich tun sollte, als bekäme ich ständig von allen Seiten Jobs angeboten. »Ich meine, ja, ich glaube, darauf könnten wir uns einigen. Wann soll ich anfangen?«

»Samstag?«

Oh, nein. Samstag war mein Tag im Museum.

»Wäre Montag auch in Ordnung? Ich möchte meinen derzeitigen Arbeitgeber nicht einfach hängen lassen.«

»Oh, ja«, stimmte sie mir beeindruckt zu. »Selbstverständlich, das kann ich sehr gut verstehen. Die Loyalität unserer Mitarbeiter ist auch bei That Special Someone *sehr* wichtig.«

Und damit war die Sache geritzt. Kate hätte mir fast eine Ohrfeige gegeben, weil ich mein Gehalt nicht noch einmal neu verhandelt hatte – schließlich hatte eine hochrangige Angestellte wie ich ihren Preis.

Ich dachte noch kurz darüber nach, ob ich meinen Job am New Covent Garden nicht einfach mit sofortiger Wirkung aufgeben sollte, entschied mich am Ende aber doch dagegen und lief völlig unbekümmert eine Dreiviertelstunde zu spät ein.

»Im Krieg hättest du dir so etwas nicht erlauben können«, brummte Johnny, als er mich sah.

»Tut mir wirklich Leid, aber – auf dem Weg hierher kam ich in einen Bombenangriff, und dann habe ich schnell noch ein paar Waisenkinder aus den Trümmern gerettet. Alles okay? Und abgesehen davon kündige ich.«

»So, so, jetzt geh rein und fang an.«

»Johnny, hast du nicht gehört, was ich gesagt habe? Ich kündige. Heute Abend arbeite ich noch hier, dann bezahlst du mich, und ich verschwinde.«

Er sah mich überrascht an.

»Das heißt, du verschwindest.«

»Ja, das wäre in etwa ein Synonym für ›Ich kündige‹, richtig.«

Er nickte langsam.

»Und was machst du stattdessen?«

Ich beschloss, ihn ein bisschen aufzuheitern.

»Ich gehe zum Militär.«

»Im Ernst?«

»Ja, natürlich. Um deine kühnen Versuche, unser Land mit Hilfe der beiden Stützpfeiler ›Blumen‹ und ›Pflicht‹ zu beschützen, fortzuführen.«

»So'n Quatsch, was erzählst du denn da?«

»Du wirst mir fehlen«, sagte ich.

Er zuckte mit den Schultern. »Werd ich nicht. Und jetzt rein mit dir. Die Osterglocken müssen aufgeräumt werden.«

Ich stellte das Fahrrad ab und schlich mich auf Zehenspitzen in die riesige Halle.

»Wo warst du denn?«, schrie einer der Jungs. »Es hat gar

keinen richtigen Spaß gemacht, hinter den Melonen zu wichsen, so ganz ohne dich.«

Es beruhigte mich doch ungemein, wie wenig ich diesen Arbeitsplatz vermissen würde.

Etwa auf der Hälfte meiner Schicht passierte das, was ich die ganze Zeit berfürchtet hatte. Tash tauchte neben mir auf und bleckte ihre gelben Zähne.

»Bisschen spät dran heute, was? Hast am College wohl nicht gelernt, die Uhr zu lesen, wie?«

Ich sagte gar nichts.

»Und sprechen kannst du auch nicht mehr?«

Oh, Gott. Ich war wirklich zu *alt* für solche Späße.

»Verpiss dich, Tash«, sagte ich leise. »Ich höre hier auf.«

»WAS hast du gesagt?«, rief sie. »Hey, Leute, habt ihr das gehört?«

Ich tat, als würde ich ihr keine Beachtung schenken, und hob eine Kiste hoch, während ich innerlich zu zittern begann.

»Unsere liebe Miss Diplom hat gerade zu mir gesagt, ich soll mich verpissen. Stimmt's?«, fragte sie und zeigte auf mich.

»Tash, ich möchte wirklich keinen Ärger. Ich bin heute zum letzten Mal hier, du kannst dir also jemand anderen suchen, auf dem du herumhacken kannst, okay?«

»Ach, du armer schwarzer Kater! Du möchstest keinen Ärger?« Sie steckte die Hand unter meine Blumenkisten und riss sie hoch, sodass die Blumen über den ganzen Boden flogen.

»Meinst wohl, dass du zu gut für uns hier bist, was?«

»Nein«, sagte ich, obwohl ich »ganz genau« meinte.

»Gib's ihr!«, rief einer der Jungs.

»Meinst wohl, dass du was Besonderes bist, was? Was Besseres als wir?«

»Gib's ihr! Gib's ihr! Gib's ihr!«, hoben die Jungs an.

»Nein, das meine ich nicht«, sagte ich und rang im nächsten Moment um Atem, weil sie mich geschubst hatte. Das Blut rauschte mir in den Ohren, aber ich hatte keine Ahnung, wie man sich prügelte. Ich bückte mich, um die Kiste aufzuheben, als Tash gegen meine Schulter trat.

Und plötzlich ging alles ganz schnell. Ehe ich mich versah, hatten sich die geifernden Jungs und Mädels in einem Kreis um uns herum versammelt, und ich saß in der Falle. Ich stand auf und fragte mich, was ich jetzt bloß tun sollte. Tash sah mich an und lachte.

»Da fällt dir wohl kein schlauer Kommentar mehr ein, was?«

»Mein Gott, Tash, lass gut sein.« Ich bemühte mich, vernünftig zu bleiben, trotzdem zitterte meine Stimme bedenklich. In der nächsten Sekunde stürzte sie sich ohne Vorwarnung auf mich wie einer dieser fliegenden Vampire im Kino. Ich fiel zu Boden und spürte, dass jemand nach meinem Gesicht und meinen Haaren griff. Tausend Dinge schossen mir durch den Kopf – unter anderem: Wie peinlich! Ich bin achtundzwanzig und prügele mich zum ersten Mal!

Als ich mich wieder etwas gesammelt hatte, bemerkte ich, dass Tash auf mir saß und mir eine Ohrfeige verpassen wollte, während die Jungs wie verrückt grölten. Ich versuchte Tash abzuschütteln, doch sie verpasste mir einen Schlag. Oh, Gott. Mein Herz raste in Überschallgeschwindigkeit.

»JETZT VERPISS DICH ENDLICH!«, schrie ich sie an. »HAU AB!« Sie gab mir eine zweite, noch festere Ohrfeige, ehe sie die Hand zur Faust ballte und ausholte.

Sie schlug mit so großer Wucht zu, dass mein Kopf auf den Betonboden prallte. Ich war wie benommen von diesem Gewaltausbruch und dachte, ich würde bewusstlos. Nein, ich wünschte es mir sogar. Ich konnte nichts mehr sehen, doch plötzlich hatte ich das Gefühl, als würde sie anfangen zu schweben – das Gewicht auf mir verschwand, und ich fragte mich, ob ich vielleicht gestorben war und eine dieser extrakorporalen Erfahrungen machte.

Das Nächste, woran ich mich erinnern kann, war, dass

Johnny mir beim Aufstehen half und mich abklopfte. »Mädchen, die sich prügeln! Also, ich weiß nicht!«, entrüstete er sich.

»Ich habe dir doch gesagt, dass ich Kriegsdienst leisten will«, schniefte ich, ehe ich bemerkte, dass ich weinte und mein Gesicht blut- und rotz- und tränenverschmiert war. Tash wurde von zwei der Jungs zurückgehalten, die sich fast totlachten.

»Du KUH!«, keifte sie mich an. »ELENDE, HOCHNÄSIGE KUH!«

Ganz bestimmt würde ich nichts erwidern, das sie nur noch mehr gegen mich aufbrachte. Aber ich wollte ohnehin nicht eine Sekunde länger bleiben.

»Ich gehe nach Hause«, schniefte ich.

»Wir müssen dich erst mal ein bisschen sauber machen, meinst du nicht? Das gibt ein ganz schönes Veilchen.«

»NEIN!«, sagte ich. »Ich gehe nach Hause. JETZT!«

»Soll ich jemanden anrufen, der dich abholen könnte?«

»Nein ... ich habe ja mein Fahrrad. Ich will einfach nur nach HAUSE.«

»Gut, wenn du meinst ...«

Besorgt begleitete er mich zu meinem Fahrrad. Dann bat er mich, noch einen Moment zu warten, verschwand in seinem Büro und kam mit einem Umschlag wieder, den er mir reichte.

»Pass auf dich auf«, sagte er. »Du bist nicht so hart, wie du glaubst.«

»Ich glaube, ich bin so hart wie eine kleine Maus«, entgegnete ich. »Und *noch* nicht so hart wie ich glaube.«

Er tätschelte freundschaftlich meine Schulter. »Fahr vorsichtig.«

Aber ich fuhr nicht, sondern schob heulend mein Fahrrad den Berg hinunter und bemitleidete mich selbst. Auf den

Straßen war um diese Zeit nicht viel los, und nur ganz selten kam ein Auto vorbei. Das passte mir gut. Ich wollte nicht gesehen werden.

Im Haus war es wie immer kalt und still. Und nach dem Debakel letzte Woche würde ich ganz bestimmt nicht bei Addison reinschauen. Schniefend schleppte ich mich ins Badezimmer, wo ich mir vorsichtig das Gesicht wusch. Mein linkes Auge tat ziemlich weh und fühlte sich geschwollen an, außerdem hatte ich oberhalb der Augenbrauen und auf der Wange mehrere Kratzer.

Als ich an Addisons Zimmertür vorbeischlich, fiel mir etwas Ungewöhnliches auf. Normalerweise war seine Tür zu, als wollte er auf diese Weise eventuelle Störenfriede abschrecken. Heute Abend aber stand sie *offen* – nur einen winzigen, kaum wahrnehmbaren Spalt, aber eindeutig *offen*. War er nicht da? Doch. Mein Gehör hatte sich nur schon so an das Tastaturgeklappere gewöhnt, dass ich es gar nicht mehr wahrnahm – es sei denn, ich spitzte die Ohren. Und außerdem – schon vergessen? – ging Addison nie aus. Und angesichts der Tatsache, dass er nie etwas unbewusst oder ohne Absicht tat … dann gab es einen Grund dafür, dass er die Tür offen gelassen hatte. Vielleicht … vielleicht wollte er ja mit mir *reden*???

Da ich förmlich nach menschlicher (notfalls auch stummer!) Anteilnahme lechzte, öffnete ich die Tür einen Spalt mehr. Er saß starr wie immer vor seinem Bildschirm. Doch als ich das Zimmer betrat, sah ich, dass sich sein Drehstuhl bewegte. Addison wandte sich vom Bildschirm ab und sah mich an.

»Addison …«, piepste ich, ehe ich in unkontrolliertes Schluchzen ausbrach. »Addison!«

Mit entsetzter Miene stand er auf, so dass ich ihn zum ersten Mal in voller Größe sehen und voll Staunen seine langen Beine erkennen konnte. Mit bebender Unterlippe starrte ich ihn an.

»Wie siehst du denn aus?«, fragte er sanft.

»Ich kann nichts dafür!«, schnaubte ich.

»Bist du überfallen worden?«

»Ähm, nein, ich bin in eine Prügelei geraten … aber ich konnte nichts dafür!«

Er nickte, als wäre es nicht weiter überraschend, dass ich in eine Prügelei verwickelt war.

»Komm«, sagte er, und ich folgte ihm ins Badezimmer. Widerstandslos ließ ich mich von ihm auf den Badewannenrand setzen und meine Wunden mit Antiseptikum verarzten. Ich hatte zwar noch immer ein flaues Gefühl im Magen und war völlig aufgewühlt, trotzdem war es aufregend, dass Addison mein Gesicht berührte. Das war doch praktisch so etwas wie eine Verabredung. Und dann sah ich mein Gesicht im Spiegel.

»Oh, mein GOTT!«, stöhnte ich. Mein Auge war etwa auf seine doppelte Größe angeschwollen und so rot und violett wie das eines Profiboxers.

»Immer mit der Ruhe«, tröstete Addison mich. »Bleib sitzen.«

»Ich kann nicht … Ich meine, ich muss zu einer Verabredung und zu einem neuen Job, und – oh, GOTT! Aua! Wo hast du denn deinen Erste-Hilfe-Kurs gemacht?«

»Wenn es brennt, ist das ein gutes Zeichen.«

»Jaja, das sagt die Feuerwehr auch immer.«

»Pst«, machte er und klebte ein Pflaster auf meine rechte Wange. »Morgen früh sieht das schon viel besser aus.«

»Ist es morgen früh wieder weg?«

»Ähm … nein, aber es wird bedeutend besser sein.«

»Danke.« Ich sah mit tränenfeuchten Augen zu ihm auf. Und dann lächelte er mich zum allerersten Mal an. Ich war kurz davor, in Ohnmacht zu fallen.

»Und jetzt schlaf ein bisschen.«

»Okay.« Ich spielte mit dem Gedanken, noch ein paar innere Verletzungen vorzutäuschen, damit er mich auszog, als mir das Szenario von neulich nachts wieder einfiel. Also besann ich mich eines Besseren.

Die Überdosis Adrenalin sorgte dafür, dass ich zehn Stunden am Stück schlief. Als ich am nächsten Nachmittag aufwachte, fand ich den Umschlag wieder, den Johnny mir gegeben hatte. Das Geld darin entsprach etwa zwei Wochen Lohn.

Josh konnte nicht glauben, dass ich mich geprügelt hatte. Er war richtig neidisch. Wir beschlossen, dass Bier die einzige Antwort auf meine Qual war – oder ein gespritzter Weißwein, wenn man Kate hieß –, und so begaben wir uns in einen neuen Pub gleich um die Ecke, wo zu meinem Vorteil nicht existente Beleuchtung mit »Atmosphäre« verwechselt worden war.

Ich hatte lange darüber nachgedacht, ob ich versuchen sollte, mein blaues (beziehungsweise mittlerweile fürchterlich gelbgrünes) Auge mit Make-up zu kaschieren, was mir allerdings nur noch mehr das Aussehen eines erschrockenen Pandabären verliehen hätte, als es ohnehin schon der Fall war. Also verwarf ich diesen Plan und trat die Flucht nach vorn an: Ich schminkte das rechte Auge ziemlich übertrieben mit Eyeliner und grünem Lidschatten, was aus der Ferne eigentlich gar nicht so schlecht aussah – man hätte meinen können, ich gehöre irgendeiner glamourösen Rockband an. Aus der Nähe allerdings sah ich entsetzlich aus. Aber das spielte keine Rolle, denn da ich von weitem wie eine Prostituierte aussah, traute sich sowieso niemand näher an mich heran.

Kate konnte sich kaum halten vor Lachen, nachdem sie sich vergewissert hatte, dass ich nicht vergewaltigt worden war. Und Josh stellte mir pausenlos irgendwelche dämlichen Fragen, ob mir das Blut durch den Kopf gerauscht sei und so. Ich sagte Ja, natürlich, es hätte gar nicht aufgehört zu rauschen, und zwar aus meiner Nase heraus, aber ob er vielleicht ein bisschen sensibler mit mir umgehen könnte?

»Jaja, diese Sandkastenkrieger können ganz schön ungemütlich werden, wenn man sich nicht an ihre traditionellen Kampfmethoden hält«, schimpfte Kate. »Pass auf, sonst verpasst sie dir eine Mega-Brennnessel.«

»Hahaha«, sagte ich und bekam dann den Mund nicht mehr zu, als direkt vor mir ein wahnsinnig gut aussehender Typ aus der Dunkelheit auftauchte.

Ich vergaß einen Moment lang, dass ich aufgedonnert war wie Marilyn Manson, und sah hoffnungsvoll zu ihm auf – um mir im nächsten Moment noch blöder vorzukommen, als er schnurstracks an mir vorbeieilte, um sich Kate vorzustellen.

Josh sah mich völlig entsetzt an – wie konnte dieser Typ einfach auf eine Gruppe Leute zugehen und sich einer wildfremden Frau vorstellen? Er lehnte sich zurück und wartete darauf, dass Kate den Typen ordentlich abblitzen ließ. Josh kennt sich mit Frauen nicht besonders gut aus.

Zuerst versuchte ich mir einzureden, dass dieses Prachtexemplar – das einen grauen Kaschmirpullover und einen Burberry-Trenchcoat anhatte, der exakt zu Kates passte – ganz sicher auf mich zugekommen wäre, wenn ich nicht dieses entsetzliche blaue Auge gehabt hätte, sah aber dann doch ziemlich schnell ein, dass ich die verschrobenen Wissenschaftlertypen anzog und Kate die schönen Reichen. Der Typ kam mir sogar irgendwie bekannt vor, er sah so amerikanisch aus.

Er war tatsächlich Amerikaner, und es dauerte nicht lange, bis Kate unaufhaltsam kicherte – kein natürliches Kichern, obwohl Kate sich sehr darum bemühte – und selig mit ihm plauderte. Im nächsten Moment tauchte wie aus dem Nichts eine Flasche Champagner auf, und er schenkte ihr ein Glas ein. Ihr wohlgemerkt, nicht uns. Ich ging davon aus, dass sie sofort Einwände gegen diese himmelschreiende Ungerechtigkeit erheben würde, doch als ich zu ihr hinübersah, fiel mir auf, dass ihre Körpersprache inzwischen mit keiner Silbe mehr verriet, dass sie mit uns hergekommen war. Inzwischen steckten die beiden die Köpfe zusammen. Irgendetwas sagte mir noch immer, dass ich ihn schon einmal irgendwo gesehen hatte.

Josh rückte seinen Stuhl näher an mich heran und brummte beleidigt.

»Tut mir Leid, aber sieht ganz so aus, als seien wir von der Tagung des internationalen Burberry-Verbandes ausgeschlossen worden«, sagte ich und erntete ein Grunzen, doch schon im nächsten Moment heiterte sich sein Gesicht auf.

»Wie wär's, wenn *wir* uns auch eine Flasche Champagner bestellen? Wir können uns doch auch amüsieren!«

Kate und der große schöne Unbekannte lachten laut auf.

»Josh, deren Definition von ›sich amüsieren‹ ist wahrscheinlich, die internationalen Finanzmärkte zu vergleichen. Aber ich hätte absolut nichts gegen ein weiteres Becks, wenn du mich einlädst. Und ein paar Chips mit Salz und Essig, die sind sehr wichtig bei der Behandlung von blauen Augen.«

Da der Pub sich mächtig ins Zeug legte, trendy zu sein, verkauften sie dort diese süßen Miniflaschen Moët & Chandon, und als Josh mit meinem Bier und einer Tüte Chips zwischen den Zähnen wiederkam, hatte er eine Piccolo-Flasche Champagner bei sich, die er wenig amüsiert mit einem Strohhalm austrank. Ich musste unwillkürlich lachen und mich wirklich beherrschen, ihm nicht das Haar zu verwuscheln.

»Hey, lach mal!«

»Ich habe nichts zu lachen. Ich bin achtundzwanzig und hatte seit drei Jahren keine Freundin!«

»Und keinen Freund.«

»Würdest du bitte *sofort* damit aufhören!« Er schmollte. »Manche brauchen eben ... etwas länger für gewisse Dinge als andere.«

»Wofür denn zum Beispiel? Die Pubertät?«

»Legst du es darauf an, dir eine neue Bleibe suchen zu müssen?«

»Nein!«

»Und außerdem habe ich das Recht, mich zu beklagen – du hast eine Verabredung, und Kate hat anscheinend ihren Seelenverwandten gefunden, und bald zieht ihr alle aus und kriegt Tausende von Babys, und ich sterbe einsam und allein.«

»Ich habe eine Idee!«, rief ich erfreut. »Wenn Addison und ich heiraten, bleiben wir bei dir wohnen, und du kannst auf unsere wunderschönen, superintelligenten Babys aufpassen!«

»Klar. Und ich bin der traurige Fantast.«

»Überhaupt nicht. Er hat mir dieses Pflaster auf die Wange geklebt, und ich werde es für immer aufbewahren als Symbol für unsere erste Berührung.«

Josh starrte mich entsetzt an.

»Ich glaube, mir wird schlecht. Holly, *bitte* werd nicht komplett sentimental wegen Addison …«

»Zu spät!«, triumphierte ich.

»Ich glaube wirklich, dass irgendetwas mit ihm nicht stimmt. Du weißt schon, diese merkwürdige Form von unberechenbarem Autismus, die so viele Jungs kriegen.«

Er dachte einen Moment nach.

»Vielleicht könnte ich das auch kriegen.«

»Du könntest anfangen, Sachen zu zählen. Und sie dir dann merken.«

»Ah ja. Schon kapiert.«

»Josh«, sagte ich. »Mach dir keine Sorgen wegen Addison und mir.«

Es überraschte mich nicht, dass Kate – die wieder ganz ihrer Gewohnheit entsprechend den persönlichkeitszerstörenden Methoden ihres Gegenübers verfiel – den ganzen Abend ausschließlich mit diesem Beau plauderte und dann mit ihm abzog, um irgendwo zu Abend zu essen. Wahrscheinlich im Le

Caprice. Ich hatte keine Ahnung, wie das Le Caprice war, aber es hörte sich ganz nach der Art von Restaurant an, in der Leute essen gingen, die Designerunterwäsche trugen (ich wusste, dass Kate das tat, weil ich einmal eine ihrer Unterhosen aus dem Trockner stibitzt hatte – leider bekam ich nur ein Bein rein).

Josh und ich blieben nicht mehr lange, da er plötzlich unbedingt nach Hause wollte, um sich über die neuesten Fußballergebnisse zu informieren.

Am nächsten Morgen – Samstag – war ich natürlich sehr gespannt, ob Kate letzte Nacht nach Hause gekommen war oder nicht –, und stellte ziemlich enttäuscht fest, dass sie zu Hause war und folglich nicht volltrunken an irgendetwas Verderbtem teilgenommen hatte. Schade. Gegen zehn Uhr schwebte sie mit einer *Financial Times* in die Küche und sah ausgesprochen gelassen und ausgeruht aus. Ich tat so, als würde ich Kaffee machen, während ich vor Neugier beinahe platzte. Sie setzte sich in aller Seelenruhe hin und schlug die Zeitung auf. Es kostete mich einige Mühe, meine Enttäuschung zu verbergen.

»Kaffee?«, fragte ich.

»Gern. Koffeinfrei, wenn du welchen machst. Schwarz, ohne Zucker.«

Ich sah sie an.

»Aber so eine Tasse Kaffee ist doch völlig sinnlos.«

Sie zog die Augenbrauen hoch.

»Eigentlich nicht, weil sie nämlich mehr Kalorien verbrennt, als sie enthält, genau wie Sellerie.«

»Aha.« Ich goss das Wasser in die Kanne. »*Das* ist also der Sinn einer Tasse Kaffee.«

Sie lächelte mich steif an und wandte sich dann wieder der Zeitung zu. Ich startete noch einen Versuch.

»Heute habe *ich* mein großes Date. Du weißt schon, im Museum für Naturgeschichte.«

»Wie schön für dich.«

»Hey, vielleicht könnten wir ja irgendwann mal zu viert ausgehen – Finn und ich und du und …«

Kate ließ die Zeitung sinken.

»Ist das dein Ernst?«

Ich versuchte, mir dieses Vierer-Gespann vorzustellen. Unmöglich.

»Oh, tut mir Leid – seht ihr euch nicht wieder?«

»Doch, natürlich. Ich gehe davon aus, dass John und ich uns in Zukunft sogar sehr regelmäßig sehen werden!«, erwiderte sie empört.

»John? John wie?«

»Weiß ich nicht mehr!«, meinte sie herablassend.

»Hört sich ja reichlich erfunden an.«

»Was hört sich erfunden an?«, murmelte Josh, der unsicher wie ein neugeborenes Kätzchen in die Küche tapste.

»John Nobody – Kates neue Liebe.«

»Oh, Gott – nicht noch einer!«, stöhnte Josh und gab löffelweise Zucker in den Kaffee.

»Was soll *das* denn bitte heißen?«, brauste Kate auf.

»Keine Ahnung – wie viele von diesen niedlichen, gut aussehenden Männern haben dich dieses Jahr schon aufgerissen und dir ihren Nachnamen nicht verraten, damit du sie nicht im Telefonbuch ausfindig machen kannst?«

»John ist *nicht* verheiratet. Das hätte ich gemerkt.«

Josh und ich sahen uns nur an.

Plötzlich klingelte das Telefon und ließ uns alle drei zusammenzucken. Kate sprang sofort auf die Füße, bemühte sich jedoch um einen schlendernden Gang, als sie merkte, dass wir sie beobachteten.

»Äh … ich geh schon ran … ist wahrscheinlich das Büro.«

»Wahrscheinlich die Eheberatung«, sagte ich. »Sie brauchen dich als Zeugin.«

Josh und ich sahen ihr nach, als sie wütend die Küche verließ und den Telefonhörer abnahm. Enttäuscht legte sie die Hand über die Muschel.

»Addisons Mutter.«

»Ich hole ihn«, sagte ich schnell und klopfte an seine Tür.

»Hhm?«

»Addison, deine Mutter ist am Telefon.«

»Kannst du ihr nicht sagen, dass ich nicht da bin?«

»Ich glaube nicht, dass ...«

»Er ist zu Hause«, verriet Kate seiner Mutter.

»Kannst du ihr nicht sagen, dass ich ... keine Zeit habe?«

»Er hat keine Zeit«, sagte Kate. »Ja, er isst gerade. Nein, ansonsten alles wie immer. Nein, er schläft nicht. Okay, ich sag's ihm.«

Sie legte auf.

»Wann hast du zum letzten Mal mit deiner Mutter gesprochen, Addison?«, fragte ich ihn.

Hinter der Tür herrschte Schweigen.

»*Bevor* er hier eingezogen ist«, flüsterte Josh.

»Meistens rede ich mit ihr«, erklärte Kate. »Sie klingt eigentlich immer sehr nett.«

»Aha.«

Kate bückte sich, um die Post aufzuheben, als etwas aus der Tasche ihres frisch gewaschenen Meg-Ryan-Pyjamas rutschte.

»Was ist das?«

»Nichts«, antwortete sie und riss das Nichts hastig wieder an sich. Es war ihr kleines Handy.

»Ach, dieses lästige Büro, was?«, stichelte Josh.

»Ähm, ja.«

Ich dachte, es würde höchstens drei Minuten dauern, bis ich fertig war, aber ich hatte mein blaues Auge vergessen, das mittlerweile in verschiedenen Rottönen schillerte. Ich geriet in entsetzliche Zeitnot, und es sah so aus, als würde ich überhaupt nicht mehr aus dem Haus kommen. Ich verzichtete auf den Alice-Cooper-Look und versuchte stundenlang, das Auge weiß zu schminken, mit dem Ergebnis, dass ich wie eins von diesen augenbrauenlosen Sciencefiction-Wesen aussah. Ich spielte mit dem Gedanken, mir eine Augenklappe zu kaufen und zu behaupten, ich wolle ein Revival der frühen Achtziger initiieren, doch das würde zu viele Erklärungen erfordern, und da ich diesen Typen erst ein einziges Mal gesehen hatte, wollte ich gerne so un-verrückt wie möglich wirken.

Ich hatte keine Ahnung, was ich mit dieser Krankenschwester-Sache machen sollte. Ich meine, schließlich hatte ich diese Verabredung sozusagen unter Vorspiegelung falscher Tatsachen ergattert, was wiederum bedeutete, dass Finn ein klein wenig pervers sein musste. Jedenfalls trödelte ich viel zu lange zu Hause herum, was Kate ganz offensichtlich auf die Nerven ging. Normalerweise war sie samstags um acht Uhr auf den Beinen, eilte zum Schwimmen oder ins Fitnesscenter und stattete dem Büro, Joseph und dem fünften Stock von Harvey Nicks Besuche ab, während Josh und ich uns auf den knautschigen alten Sofas im Wohnzimmer lümmelten, uns alte Schwarzweißfilme ansahen und Jaffa-Kekse mampften – aber jetzt war es bereits halb elf, und sie war noch nicht einmal angezogen. Neben ihrem Handy lag jetzt auch ihr Piepser auf dem Küchentisch, und es sah ganz so aus, als hätte sie sich schon eine beträchtliche Weile mit ein und derselben Seite ihrer Zeitung befasst.

»Verdammt noch mal, Holly, nun geh schon endlich! Sonst hängt er den ganzen Nachmittag allein in diesem Museum herum …«

»Aber *Trottel* stehen auf so etwas«, behauptete ich.

»Sag's ihm doch einfach. Sag ihm, dass du total betrunken warst …«

»Sehr nett.«

»… oder vorübergehend unzurechnungsfähig. Aber bitte

hör jetzt endlich auf, in der Küche herumzuhopsen deswegen, das macht mich echt verrückt.«

»Gut, okay. Ich gehe. Oh, nein! Und was, wenn er mich mitten im Museum stehen lässt und ich mich zwischen den vielen Brontosauriern verlaufe?«

»Und was, wenn du nicht gehst und die größte Chance deines Lebens verpasst?«, fragte Kate mit überraschend verträumter Stimme.

»Und was, wenn ihn nur Leute in Uniform so richtig anmachen? Iiiiih.«

»Josh leiht dir bestimmt seinen alten Taucheranzug. Und jetzt geh bitte.«

»Mit Taucheranzug oder ohne?«

»Raus! Raus hier! Raus! Und viel Glück, wird schon schief gehen. Aber jetzt RAUS HIER!«

»Dir auch viel Glück«, rief ich zurück.

»Oh Gott, jetzt bin ich ja GANZ ALLEINE«, hörte ich Josh noch jammern, als ich das Zimmer verließ.

3

Als ich endlich am Natural History Museum in Kensington angekommen war, hatte ich mir selbst eingestanden, dass diese ganze Aktion so ziemlich das Idiotischste war, was ich je in meinem Leben gemacht hatte – sogar noch idiotischer als die Geschichte mit dem Typen damals, bei dem ich gehofft hatte, das Motorrad würde seine fehlende Persönlichkeit kompensieren. Bis mich ein gebrochenes Handgelenk vom Gegenteil überzeugte. Angestrengt dachte ich darüber nach, ob ich eigentlich jemals einen Freund gehabt hatte, der mir nicht durch irgendeinen Unfall einen Knochenbruch zugefügt hatte, ehe ich bestürzt aufgab. Super. Selbst wenn Finn ansonsten ein netter Kerl war, würde ich trotzdem unter Garantie im Krankenhaus landen.

Ich wusste nicht einmal, ob ich Finn wiedererkennen würde. Und dann noch dieser dämliche Name. Mein Gott, was tat ich da eigentlich? Es war ein schöner, milder Frühlingstag, und ich könnte so schön auf dem Sofa liegen und fernsehen. Aber nein, ich stand vor dem Museum für Naturgeschichte, sah aus wie das Opfer eines Verkehrsunfalls und war mit einem qualligen, brilletragenden, halb perversen Schwachkopf verabredet, der mich für eine Pornokrankenschwester hielt.

Es war doch immer dasselbe. Und dazu kommt, dass ich am Meine-Eltern-haben-sich-eine-Scheidungsschlammschlacht-geliefert-als-ich-mitten-in-der-Pubertät-steckte-Syndrom leide, was bedeutet – wie man mir immer wieder zu fortgeschrittener Stunde erklärt, sobald ich nur einen *winzig kleinen* negativen Kommentar über mein Liebesleben abgebe –, dass es mit allen meinen Freunden und Beziehungen folgendermaßen aussehen wird:

- Meine Freunde werden immer das krasse Gegenteil meines Vaters sein, weil ich meinen Vater hasse,
- meine Freunde werden immer ganz genau wie mein Vater sein, weil ich meinen Vater hasse,
- meine Freunde werden immer eine Art Rache an *beiden* Eltern sein,
- meine Beziehungen werden immer von Anfang an dazu verdammt sein, in einem Desaster zu enden, weil ich nie gelernt habe, wie man eine gute Beziehung führt,
- meine Beziehungen werden immer von Anfang an dazu verdammt sein, in einem Desaster zu enden, weil das genetisch so programmiert ist,
- meine Beziehungen werden immer von Anfang an dazu verdammt sein, in einem Desaster zu enden, weil ich ein schlechter Mensch bin.

Die letzte Hypothese stammt von mir. Aber davon einmal ganz abgesehen: Welche Beziehung endet nicht in einem Desaster? Man kann nur hoffen, dass man zu den Glücklichen gehört, bei denen das Desaster der natürliche Tod ist ... Aber genau aus diesem Grund bin ich nicht in Therapie, obwohl ich mir in dem Augenblick, als ich Finn erblickte, wie er unsicher vor dem Eingang stand, nichts mehr wünschte, als auf dem Weg dorthin zu sein. Oder auf dem Weg sonst wohin. Finn wirkte genau so unglücklich darüber, hier zu sein, wie ich. Mein Gott, warum tun wir uns so etwas eigentlich immer wieder an?

»Hi!«, begrüßte ich ihn eine Spur zu begeistert. »Hi! Äh ... Ich bin's. Holly.«

Er sah mich einen Augenblick verwirrt an. Verdammt noch mal, du hast mich doch selbst gefragt!

»Hi! Ach, tut mir Leid, haha. Mein Gott, was ist denn mit deinem Auge passiert?«

»Ähm … bin mit einem geisteskranken Patienten aneinander geraten.« Stimmte ja auch fast.

»Ach, du meine Güte. Du Arme. Was hast du denn in der Psychiatrie gemacht?«

»Äähmmm … aufgeräumt«, log ich. Oh, Gott, das hielt ich auf keinen Fall eineinhalb Stunden lang aus. Finn ging zur Kasse und wollte für mich bezahlen, doch als ich sah, dass es uns dreizehn Pfund kosten würde, da hineinzukommen, wurde mir klar, dass ich handeln musste.

»FINN!«, kreischte ich, als er seine Visa-Karte herausholte. »Bitte steck die Karte wieder ein.«

»Nein, kein Problem, ich bezahle«, sagte er.

Mit fragendem Blick streckte die streberhafte Jungkassierin die Hand nach der Karte aus.

»Nein, darum geht es nicht. Ähm, Finn, ich fürchte, wir gehen unter Vorspiegelung falscher Tatsachen zusammen ins Museum«, sprudelte es aus mir heraus. »Ähm, ich bin keine Krankenschwester.«

Er sah mich ziemlich verwirrt an.

»Wie … bist du nur Schwestern*schülerin*?«

»Nein, ich meine, ich habe überhaupt nichts mit Krankenhäusern zu tun.«

»Soweit ich weiß, ist es verboten, sich als Krankenschwester auszugeben«, mischte das Mädchen an der Kasse sich ein. Ich warf ihm einen vernichtenden Blick zu.

»Das war nur … eine Art Streich, weil ich mit … äh, Kate gewettet hatte«, improvisierte ich hastig. »Sie meinte, ich würde es nicht schaffen, einen ganzen Abend lang so zu tun, als wäre ich Krankenschwester, und … naja. Ich hab's geschafft!«

»Kate und Streiche spielen?«, fragte er misstrauisch. »Das habe ich ja noch nie erlebt.«

Ich auch nicht.

»Tut mir wirklich Leid, dass du jetzt den ganzen Weg hergekommen bist ... War blöd von mir. Tut mir Leid. Ich glaube, ich gehe dann jetzt besser.«

»Na, großartig«, sagte er. »Du bist also nur hergekommen, um mir zu sagen, dass du wieder gehst, ja?«

»Ich gehe gerne mit dir durchs Museum«, schaltete sich die Streberkuh von der Kasse wieder ein. Finn muss irgendwelche Schwingungen aussenden, die ätzende Streber anziehen.

»Sag bloß, du warst noch nie dort drin?«, pflaumte ich sie an.

Das brachte sie zum Schweigen.

»Na, dann. Ciao«, sagte Finn.

Ich betrachtete ihn noch einmal. Er trug eine ausgebeulte alte Kordhose und ein kurzärmeliges Hemd, aus dessen Brusttasche ein Stift ragte, dazu einen Tweedmantel, allerdings *ohne* Lederflicken. Er sah süß und verwirrt aus und hatte eine gewisse Ähnlichkeit mit einem erwachsenen Harry Potter. Das Mädchen an der Kasse bedeutete seinem Chef bereits, dass es Pause machen wollte.

»Ich komme gratis rein«, flüsterte sie Finn vertrauensvoll zu. Moment mal, Schwester! Das hier ist *meine* Verabredung!

»Gut, dann eben nur einmal, bitte«, sagte Finn. »Gibt es Studentenermäßigung?«

»In diesem Fall natürlich«, säuselte sie.

»Du willst mich also nicht dabeihaben?«, fragte ich beleidigt.

Er drehte sich um.

»Oh, tut mir Leid, ich dachte, du wärst gegangen.«

»Wie du siehst, bin ich noch hier.«

Die Kassiererin schnalzte mit der Zunge. Finn dachte nach.

»Heißt du wirklich Holly?«, fragte er.

»Ja. Ehrenwort.«

»Und was machst du so, Holly?«

»Ich bin ... ähm ... Astronautin?«

Jetzt lächelte er zum ersten Mal.

»Hört sich doch gut an. Zweimal bitte«, sagte er zu dem Mädchen, das aussah, als wollte es mich mit einem der Velociraptorzähne enthaupten, die im Museumsshop verkauft wurden.

»Also ... wer bist du?«, fragte er, als wir mit der Rolltreppe durch die ziemlich triste Lavalandschaft fuhren.

»Ach, niemand«, antwortete ich verschämt.

»Überhaupt niemand?«

»Ich bin Kates Mitbewohnerin.«

»Na, das ist doch schon mal etwas. Das heißt, dass du außergewöhnlich mutig bist.«

»Und ich arbeite als Floristin.«

»Echt?« Das heiterte ihn sichtbar auf. »Botanik interessiert mich noch viel mehr als Medizin! Obwohl das eine natürlich mit dem anderen zusammenhängt ...«

»Ich kenne mich weder mit dem einen noch mit dem anderen aus.«

»Echt? Wie schade, Botanik ist nämlich wirklich interessant. Es gibt da zum Beispiel eine Orchideenart, bei der sich die Blüten wie ein Kelch mit einer klebrigen Flüssigkeit füllen. Wenn dann eine Wespe angeflogen kommt und in die Blüte kriecht, wird sie so nass, dass sie nicht mehr rausfliegen kann. Der einzige Ausweg ist ein kleiner Tunnel im unteren Teil der Blüte, in dem die Wespe von oben bis unten mit Pollen bestäubt wird, bevor sie weiterfliegen kann. Fast wie in einer Autowaschanlage.«

Ich muss zugeben, ich war wirklich beeindruckt. Und noch beeindruckter war ich, als er mich zu dem Schaukasten führte, in dem diese Orchidee ausgestellt war.

»Siehst du? Da ist sie. *Orchidea Coryanthus*. Sie ist so eine Art Themenpark für Insekten.«

»Das heißt, du weißt wirklich über alles Bescheid, was mit

Naturwissenschaft und Technik zu tun hat? Hat das berufliche Gründe?«

»Oh, Gott, nein!« Er lachte beim Gedanken daran, dass sein Wissen über die Eigenschaften der *Orchidea Coryanthus* den Schluss zuließ, er kenne sich mit Naturwissenschaft und Technik aus.

»Nein, damit beschäftige ich mich bloß nebenbei. Ich bin so eine Art Physiker.«

»Eine Art Physiker? Ich wusste gar nicht, dass es da unterschiedliche Arten gibt.«

»Doch, ein paar schon. Ich beschäftige mich mit Stringtheorie. Weißt du, Teilchenphysik funktioniert nämlich nur, wenn wir so tun, als würde es die Schwerkraft nicht geben, aber wenn man mit der Quantentheorie arbeiten möchte und nicht nur mit der klassischen Physik, dann kann die Stringtheorie helfen, die Lücke zu schließen.«

»Verstehe. Nein, stimmt nicht, ich kapiere überhaupt nichts.«

»Okay, also ... stell dir vor, die Welt wäre eine Art schwingende Gitarrensaite.«

»Willst du mich verarschen?«

»Die Stringtheorie ist eine wunderschöne Theorie«, erklärte er. »Sie geht davon aus, dass die Welt wie Musik funktioniert.«

»Wie? Auch diese blöde Kuh, die mich verprügelt hat?«

»War sie flatterhaft wie ein Schmetterling und stach wie eine Biene?«

»Nein, sie hat mich getreten wie eine Kuh.«

»Hattest du ihr auch erzählt, dass du Krankenschwester bist?«

»*Nein!* Tut mir wirklich Leid.« Aber er lachte nur. »Ich bin gemobbt worden, und darum habe ich mir einen anderen Job gesucht, aber irgendjemand meinte wohl, dass er mich vermissen würde.«

»Du Ärmste. Du solltest einfach nur erzählen, dass du gegen eine Bushaltestelle gelaufen bist. Das erzähle ich jedenfalls immer.«

»Wieso, wirst du so oft verprügelt?«

»Nein, aber ich laufe häufiger gegen Bushaltestellen.«

Wir standen vor einem riesigen Grizzlybären, und während Finn ihn eingehend betrachtete, nutzte ich die Gelegenheit und betrachtete Finn ein wenig genauer. Schließlich befanden wir uns im Museum für Naturgeschichte.

Er war groß und hatte extrem lockige braune Haare, die in allen Himmelsrichtungen von seinem Kopf abstanden. Er war nicht so dünn und anmutig wie Addison, sondern eher kräftig und solide. Hinter den dicken Brillengläsern versteckten sich dunkle runde Augen, und ich ertappte mich dabei, wie ich sehnsüchtig an Addisons lange Wimpern und dunkle Augen dachte. Nach einem Augenblick katapultierte ich mich selbst wieder in die Gegenwart.

»Wieso heißt du eigentlich Finn?«, fragte ich, als er die Tatzenabdrücke des Bären untersuchte. »Sind deine Eltern berühmte Haifänger oder so was?«

»Ha! Das ist ja mal eine ganz neue Variante. Mein richtiger Name ist Feynman. Mein Vater wollte unbedingt einen Physiker in der Familie haben. Richard Feynman war ein Physiker«, fügte er erklärend hinzu, als ich ihn verständnislos ansah.

»Und warum hat er dich dann nicht einfach Richard genannt?«

»Das wäre zu eindeutig gewesen.«

»Aha. Hast du auch einen zweiten Vornamen?«

»Ja. Lavoisier. Für den Fall, dass das mit der Physik nicht klappte.« Er seufzte, und ich verkniff mir, ihm weitere Fragen zu stellen.

Wir standen ziemlich lange staunend vor dem großen Blauwal, bis ich merkte, dass er nicht einmal echt war, was mich ziemlich ärgerte. Aber andererseits war ich so erleichtert, dass diese Verabredung kein absolutes Desaster war, dass es mir sogar gelang, meinen Unmut für mich zu behalten.

»Und wieso arbeitest du in der Lackaffensiedlung?«, erkundigte ich mich.

»Wo?«

»Na, in der City.«

»Ach so. Ich habe dort einen Forschungsauftrag. Nicht besonders spannend.«

»Ich finde das spannend.«

»Echt? Willst du wirklich etwas über höhere Mathematik hören?«

»Na ja, wenn du so fragst … eigentlich nicht.«

»Siehst du?« Bedrückt wandte er sich wieder dem Wal zu. »In Wahrheit hasse ich diesen Job. Ich versuche herauszufinden, ob der Börsenmarkt etwa nach denselben Regeln funktioniert wie andere lebende Organismen, und alle um mich herum haben nichts Besseres zut un, als zu betonen, dass sie ›bedeutend mehr Geld haben als du‹.«

»Das muss ja echt tierisch nerven«, sagte ich. »Vielleicht hilft es dir ja, wenn ich dir sage, dass du wahrscheinlich niemanden kennst, der weniger Geld hat als ich.«

»Ach, das Geld ist mir doch egal«, brummte er. »Wollen wir uns ein Eis teilen?«

Langsam gewann ich den Eindruck, dass Finn und ich uns überraschend gut verstanden. Gut, seine Nase war etwas schwammig, und er faselte überdurchschnittlich viel über wissenschaftliches Zeug, aber ansonsten verbrachten wir einen richtig netten, lehrreichen Samstagnachmittag, saßen auf der Wiese, aßen Eis und beobachteten die Touristen, die ihr Pflichtprogramm in South Kensington abwickelten und sich zu Tode zu langweilen schienen. Und ich hatte das Gefühl, dass er doch nicht pervers war. Was natürlich die Frage aufwarf …

»Warum wolltest du dich eigentlich mit mir treffen?«, fragte ich und biss herzhaft in mein Magnum-Eis.

Er sah mich aus seinen durch die dicken Brillengläser leicht vergrößerten Augen an und blinzelte gegen die Sonne.

»Wie bitte?«

»Na ja, warum wolltest du eine Verabredung mit mir? Krankenschwester-Philie kann es ja nicht gewesen sein, haha!«

»Tut mir Leid, aber ich verstehe wirklich nicht, was du meinst«, meinte er, wobei er jedoch rot wurde, was ein Zeichen dafür war, dass er meine Frage sehr wohl verstanden hatte. Gleichzeitig ging auch mir so einiges auf, und innerhalb weniger Sekunden stand meine Gesichtsfarbe der seinen in nichts nach.

»Äääh, ich wollte gar nicht … Ich meine, tut mir Leid, aber ich wollte einfach nur mal mit jemandem ins Museum gehen. Normalerweise gehe ich immer allein … Ich wollte nicht, dass du denkst …«

»Was hätte ich denn sonst denken sollen?«

»Ich weiß nicht. Es tut mir wirklich Leid. Ehrlich«, stotterte er. »Wirklich, es war gar nichts in der Richtung.«

»Und wieso nicht? Stimmt etwas nicht mit mir?«

»Nein, nein, gar nichts, überhaupt nichts … aber ich würde niemals eine Frau einfach so anquatschen. Ich meine … Es tut mir Leid.«

»Ja, das erwähntest du bereits«, gab ich schmollend zurück und rappelte mich hoch, während ich gleichzeitig versuchte, mein Eis gerade zu halten – nicht gerade eine meiner elegantesten Übungen. Finn starrte mich ungläubig an.

»Ja, aber … können wir denn nicht einfach Freunde sein?«

»Finn, so etwas sagt man zu jemandem, mit dem man tatsächlich eine Beziehung *hatte*, die leidenschaftlich angefangen hat und dann in die Binsen gegangen ist. Davon kann am heutigen Nachmittag nicht die Rede gewesen sein, trotz unserer intimen Gespräche vor dem großen blauen Fisch.«

»Okay.« Er zuckte mit den Schultern. »Dann bleibt mir wohl nichts anderes übrig, als mich noch einmal für das Missverständnis zu entschuldigen. War nett, dich kennen gelernt zu haben. Ach, und der ›Fisch‹ ist übrigens ein Säugetier.« Und damit streckte er mir die Hand entgegen.

Ich *hasse* es, wenn jemand so etwas tut. Wieder einer von denen, die absolut kein Gespür für ein bisschen Dramatik haben. Ich ignorierte seine Hand und brummte ein kurzes »Tschüss«, ehe ich mit glühenden Wangen davonstapfte. Selbstverständlich musste ich nur einen halben Meter von ihm entfernt stehen bleiben und darauf warten, dass die Ampel grün wurde, während er mir verblüfft nachsah. Mist.

»Ich HASSE Wissenschaftler, und ich HASSE Verabredungen, die die Schrödingerkatze aller Verabredungen und Nichtverabredungen sind!«, rief ich, als ich eine geschlagene Dreiviertelstunde später die Tür hinter mir zuschlug, nachdem ich die Bekanntschaft unzähliger Achselhöhlen irgendwelcher dämlichen Touristen gemacht hatte, nur weil die Circle Line meinte, die landschaftlich hübschere Strecke fahren zu müssen.

»Wo sind die verdammten Jaffa-Kekse?«

Josh lag auf dem Sofa und sah sich mit der üblichen Hingabe einen Bette-Davis-Film an.

»Penguins, Süße. Schon vergessen? Wir haben immer noch hundertsechsundsechzig übrig, seit du zuletzt einkaufen warst. War's nicht schön?«

»Das kannst du laut sagen«, maulte ich und trampelte in die Küche.

Ich traute meinen Augen kaum, aber Kate saß immer noch da, und zwar nach wie vor im Morgenmantel. Das war ja noch nie da gewesen. Sie hatte dem Telefon im Flur ein Verlängerungskabel verpasst, ihr Handy war mit ihrem Laptop verbunden, und es sah aus, als würde sie konstant zwischen den beiden hin- und herschalten. Der Piepser lag ebenso unbeachtet neben ihr wie ihre beiden kalten Toastscheiben, und hinter mir brummte ein Faxgerät, das mir zuvor noch nie aufgefallen war.

»Hi«, sagte ich, doch sie schien mich nicht einmal gehört zu haben. »Kann ich den Toast da essen?«

Sie zuckte mit den Schultern, also aß ich ihn.

»Alles klar?«

Endlich bemerkte sie mich und sah mit gequälter Miene zu mir auf.

»Kate, heute ist der erste Tag. Du müsstest doch wissen, dass kein Mann, der über ein kleines bisschen Selbstachtung verfügt, eine Frau am ersten Tag nach ihrem Kennenlernen anruft. Und schon gar nicht, wenn er so cool und gut aussehend ist wie John ... Dingsbums. Dann würdest du ihn doch für einen notgeilen Waschlappen halten und ihm den Laufpass geben.«

Kate nickte.

»Aber er hat es versprochen.«

»Ja, natürlich, aber er ist auch ein Mann. Und das eine schließt das andere nun mal aus.«

Sie kniff die Augen zusammen und sah mich an.

»Wie war's bei dir?«

»Prima. Aber wieso hast du mir eigentlich nicht gesagt, dass Finn ein Arschloch ist?«

»Finn?« Sie schien schlagartig aus ihren Tagträumen zu erwachen, behielt die Telefone aber trotzdem sicherheitshalber im Auge. »Was ist denn passiert?«

»Du warst doch auch auf deiner Geburtstagsfeier, oder?«

»Äh, ja, ich glaube schon.«

»Du hast doch gehört, dass er sich mit mir treffen wollte, oder?«

»Also, sagen wir mal so, ich habe gehört, wie er dich gefragt hat, ob du mit ihm ins Museum für Naturgeschichte gehen willst.«

»Und das ist ja wohl eine Verabredung, oder?«

»Äh ... wieso? Hat er sonst noch was gesagt? Abendessen? Danach etwas trinken gehen?«

»Das war doch sowieso nicht nötig! Man trifft sich doch nicht irgendwo mit irgendjemandem, bloß weil man dort hinwill.«

Kate zog die Augenbrauen hoch.

»Ist ja auch egal, darum geht es jetzt nicht, sondern darum, dass er es sich in dem Moment, in dem ich ihm gestanden habe, dass ich keine Krankenschwester bin, anders überlegt hat und anschließend behauptet hat, das Ganze sei von Anfang an auf *rein freundschaftlicher* Basis gewesen.«

»Wirklich? Na ja, kann doch sein. Und mal im Ernst, Holly, Finn ist nun überhaupt nicht der Typ, der einfach so eine Frau anquatscht. Die anderen haben ihn am nächsten Tag deswegen ziemlich aufgezogen, und es schien ihn ein bisschen zu überraschen, dass die Jameses ihn gar nicht mehr in Ruhe ließen. Ich habe noch nie erlebt, dass er so direkt war – normalerweise ist er ill wie ein Mäuschen.«

»Wie bitte? Du *wusstest* davon?«

»Natürlich nicht. Ich meine nur, dass er vielleicht wirklich nicht auf eine Verabredung aus war und du die Sache bloß missverstanden hast.«

»Ja, *du* hast ja gut reden, *du* musstest dir ja nicht zwei Stunden lang irgendwelche bescheuerten BLUMENtheorien von einem ausgeflippten IDIOTEN anhören.«

»Na, dann dürfte es dir ja auch weiter nichts ausmachen, dass er nichts von dir will.«

»TUT ES AUCH NICHT.«

Wir seufzten. Kate nahm den Piepser in die Hand, um zu sehen, ob er angeschaltet war.

»Mein Gott, Kate, du hast ihm deine private Telefonnummer gegeben, deine Telefonnummer im Büro, deine Handynummer, deine Autotelefonnummer, deine Piepsernummer, deine E-Mail-Adresse und deine Faxnummer …?«, zählte ich an den Fingern ab.

Sie nickte niedergeschlagen.

»Dann werden wir wohl darauf warten müssen, dass das Gesetz des Zufalls mal wieder zuschlägt«, stellte ich fest. »Und das heißt, dass er jemand anderen anrufen will, sich verwählt und dich an der Strippe hat.«

Josh berief am nächsten Morgen eine Hauskonferenz ein. Oder sagen wir, er rannte um acht Uhr morgens auf dem Flur auf und ab, schlug mit einer Suppenkelle gegen eine Pfanne und schrie: »Feuer! Es brennt! Alles raus hier!« Und sobald irgendjemand verschlafen den Kopf zur Tür herausstreckte, schnappte er ihn und zerrte ihn an den Küchentisch.

Als ich hereinkam, fragte ich mich, ob Kate in der Zwischenzeit überhaupt ins Bett gegangen war, da sie immer noch am selben Platz saß wie gestern und sich hinter einer Mauer elektronischer Kommunikationsmittel verschanzt hatte. Sogar Addison war da und blinzelte im ungewohnten Tageslicht. Es war ihm deutlich anzusehen, dass er sich nicht wohl in seiner Haut fühlte.

Ich hatte ihn noch nie tagsüber gesehen. Die Helligkeit, die sonst so gnadenlos sein konnte, schmeichelte ihm ungemein, so dass er sogar noch besser aussah als sonst. Die elegant geschwungene Oberlippe und die unergründliche Tiefe seiner schwarzen Augen unter den meterlangen Wimpern weckten in mir das Bedürfnis, in mein Zimmer zu laufen und Lippenstift aufzutragen – aber Josh fing mich ab und schob mich zurück in die Küche.

»Also gut, ihr Lieben«, sagte er. »Jetzt ist Schluss.«

Ich erstarrte, als mir einfiel, dass ich mir neulich im Bad

die Fußnägel geschnitten hatte – doch zum Glück sah er nicht mich an, als er fortfuhr.

»Ich möchte, dass das hier ein glückliches Zuhause für meine Freunde ist und nicht irgendeine Art Irrenhaus für liebeskranke Hyänen«, verkündete er so streng, wie er konnte (und das war nicht besonders beeindruckend). Wir starrten ihn verständnislos an.

»Seht euch doch mal um«, erklärte er. »Wir sind doch alle zu keinem normalen Liebesleben fähig.«

»Ich hab damit kein Problem«, log ich bockig wie ein kleines Kind.

»Holly, du kennst doch noch nicht einmal den Unterschied zwischen Liebesleben und einem Schulausflug! Und, Addison, dich interessiert das alles anscheinend überhaupt nicht ...«

Addison tippte etwas in einen etwa erbsengroßen Computer ein und sah nicht einmal auf.

»... und, Kate, um deinen Geisteszustand mache ich mir ernsthaft Sorgen.«

»Wie?«, brummte sie teilnahmslos.

»Und was ist mit dir?«, fragte ich.

»Äh ... Ja, wer weiß, vielleicht könnte ich auch ein bisschen was für mein Liebesleben tun.«

»Michael Jacksons Liebesleben«, klärte ich ihn auf, »ist abwechslungsreicher als deines.«

»Und das heißt, dass wir etwas unternehmen müssen.«

»Zum Beispiel?«

»Ich finde, wir sollten eine Einweihungsparty machen. So etwas haben wir bisher noch nie gemacht. Und ich finde, jeder von uns sollte eine Person des anderen Geschlechts einladen.«

»... oder des gleichen Geschlechts, wenn einem von uns eher danach der Sinn steht«, warf ich ein.

»Vielen Dank, Holly, Einspruch stattgegeben ... Wir laden also alle einen Angehörigen des anderen Geschlechts ein, der definitiv single ist und von dem wir glauben, dass er zu jemand anderem, der kommt, passen würde. Und alle, die wir einladen, sollen noch jemanden mitbringen!« Josh freute sich sichtlich über seine prima Idee.

»Was?«

Selbst Addison hielt inne, hörte auf zu tippen und sah plötzlich wie ein gehetztes Tier aus.

»So etwas nennt sich Single-Party. Habe ich in der *Vogue* gelesen. Man lädt einen Single ein, und dieser Single bringt noch einen Single mit, und dieser Single bringt noch einen Single mit, und so weiter und so fort. In der *Vorgue* steht, das ist ›die ultimative Art, einen Partner zu finden‹.«

Er war völlig außer sich vor Begeisterung.

»Moment mal«, sagte Kate, die immer noch auf demselben Stuhl saß wie gestern. »Dir ist doch wohl klar, dass wir innerhalb von fünf Minuten jeden einzelnen Single der Welt eingeladen haben, wenn wir das so machen?«

»Das ist eine Exponentialfunktion«, murmelte Addison. »Aber wenn alle dicht genug zusammenrücken, könnten sie auf die Isle of Wight passen.«

»Und was ist, wenn Einbrecher dabei sind?«, fragte ich.

»Mann! Habt ihr denn keine Lust auf ein bisschen Nervenkitzel? Auf ein kleines Abenteuer?«

»Addison«, sagte ich todernst, »ich würde dich gern zu unserer Single-Einweihungsparty einladen.«

»Danke«, antwortete er. »Ähm … Und ich bringe dann dich mit, okay?«

»Au ja! Aber das heißt natürlich, dass ich dich dann jetzt noch einmal einladen muss …«

»Nein! Nein! Jetzt kommt schon! Das wird lustig! Bitte! Ich bezahle das Catering.«

Josh glaubte auch wirklich *alles*, was er in der *Vogue* las. Gut für die *Vogue*.

»Du willst richtiges Catering haben?«, fragte ich entgeistert. Ich war noch nie auf einer Party gewesen, auf der das Catering aus mehr als einer halben Schale Erdnüsse mit mindestens einer ausgedrückten Zigarette darin bestand.

»Ja, natürlich – es soll doch eine richtige Party werden.«

»Ich glaube nicht, dass ich kommen kann«, sagte Kate. »Ich werde an dem Abend sicher mit John unterwegs sein.«

»Hmhm«, machte Josh. »Aber sollte er an dem Abend zufällig auf Geschäftsreise sein, dann würdest du doch bestimmt kommen, oder?«

Kate zuckte mit den Schultern. »Keine Ahnung. Kann sein.«

»Aber wehe, du lädst diesen dämlichen Finn ein«, sagte ich. »Der würde wahrscheinlich die Bowle explodieren lassen oder so was.«

»Hervorragend!«, rief Josh. »Dann lasse ich jetzt schnell die Einladungen drucken.« Er *lässt* drucken? »Sagen wir ... Samstag in drei Wochen?«

»Wozu machst du das eigentlich?«, fragte Kate.

»Weil dieses Jahr unser Jahr ist«, antwortete Josh. »Dieser Sommer ist unser Sommer. Alle machen im Sommer eine Sause. Und ich finde, wir vier sollten das dieses Jahr gemeinsam machen, weil wir alle zusammen hier sind, weil wir alle single sind und jung und einander helfen und unterstützen ...«

Ich schnaubte.

»Ich meine, nächstes Jahr um diese Zeit bist du schon dreißig.«

Kate stand wortlos auf und verließ mit versteinerter Miene die Küche. Als sie die Tür erreichte, ließ sie ganz zufälligabsichtlich eine von Joshs Wedgwood-Teetassen fallen – ein Teil des Familienerbes, das ich nicht benutzen durfte, sondern nur Kate, weil sie immer so vorsichtig war. Das gute Stück zersprang in tausend Stücke.

»He!«, rief Josh.

»Oh, habe ich was kaputtgemacht? Das tut mir aber Leid.«

Ich konnte nicht behaupten, dass ich Joshs Idee nicht irgendwie aufregend fand. Endlich bot sich die Gelegenheit, Addison in nüchternem Zustand (damit meine ich mich) ohne seinen Computer in einer anständigen Anbagger-Situation zu begegnen. Ich war schon so weit, dass ich von ihm träumte und davon, wie wir seinen Bürostuhl auf ausgesprochen einfallsreiche Art und Weise in gewisse Aktivitäten einbanden ... Aber manchmal hatte ich auch einen richtigen romantischen Tagtraum mit ihm, der normalerweise in etwa so ablief: Kate und Josh beschließen, einfach abzuhauen und zur See zu fahren, und lassen Addison und mich allein im Haus zurück. Nachdem wir eine richtig schön romantische Zeit verbracht haben – er sieht mich manchmal unbeabsichtigt durch den fast durchsichtigen Badewannenvorhang, wir schlendern laut lachend gemeinsam über den Wochenmarkt, verbringen einen atemberaubend tollen Abend in der Oper und so weiter –, sitzen wir eines Abends vor dem loderndem Feuer im Kamin (der Schornstein ist zwar im Moment mit Vogelnestern verstopft, aber egal), er legt den Kopf auf meine Schulter und sagt: »Holly, du bist der erste Mensch in meinem Leben, mit dem ich so etwas wie Verbundenheit und Kameradschaft erlebe. Ich weiß auch nicht, wieso ich das früher nicht konnte, schließlich bin ich ja nicht verrückt oder so. Aber jetzt habe ich Gott sei Dank dich gefunden. Bitte, bleib für immer bei mir.« Und ich sage: »Okay.«, und dann schieben wir eine olympiareife Nummer auf dem Tigerfell vor dem Kamin. Meine diversen Befürchtungen, was diesen Part anging – genährt durch die Erfahrung, dass Addison zurückwich, sobald ihn jemand im Vorbeigehen streifte – zerstreute ich, indem ich mir einredete, er werde sich als Naturtalent entpuppen, wenn es erst einmal so weit war.

Ich konnte an seinen Schritten hören, wo er war, und an seinem Tastaturgeklappere, wie konzentriert er arbeitete – aber ich brachte es nicht fertig, am helllichten Tag in sein Zimmer zu gehen. Das funktionierte irgendwie nur in diesem stillen Zauber der frühen Morgenstunden. Ich wollte, dass das mit Addison und mir etwas ganz Besonderes war, und das bedeutete, dass ich nicht aus Versehen seine schmutzigen Unterhosen sehen durfte. Es ging mir also richtig schlecht.

Kate blieb den ganzen Tag an diesem verdammten Küchentisch sitzen. Josh summte vor sich hin, stürzte sich gut gelaunt in die Partyvorbereitungen und bemühte sich, Anteil zu nehmen.

»Skates, weißt du, was ich glaube?«

»Hm?«

»Ich glaube, es hat seinen Grund, dass er dir seinen Nachnamen nicht gesagt hat.«

»Hm.«

»Es war ziemlich dunkel im Pub, oder?«

»Gott sei Dank«, mischte ich mich ein, während ich versuchte ein Hemd für meinen ersten Arbeitstag zu bügeln: Je länger ich es bügelte, desto schlimmer sah es aus.

»Und war es in dem Restaurant danach auch dunkel?«

»Wir waren bei Momo – da ist es stockdunkel. Authentisch marokkanisch. Kein Strom.«

»Ihr wart nicht im Le Caprice?«, fragte ich enttäuscht. Die beiden starrten mich entgeistert an.

»*Kein Mensch* geht mehr ins Le Caprice«, höhnte Kate. So deprimiert konnte sie also nicht gewesen sein.

»Richtig, ich auch nicht«, entgegnete ich und versuchte die Ärmel so hinzulegen, dass sie lange genug liegen blieben, um sie zu bügeln. Vergeblich.

»*Na ja*«, schaltete Josh sich wieder ein. »Mir kam er ja irgendwie bekannt vor. Vielleicht ist er berühmt und wollte nicht erkannt werden.«

Und plötzlich fiel mir ein, an wen mich John Dingsbums erinnerte: An den Typen aus diesen grässlichen Filmen, in denen er immer lange Haare hat und die ganze Welt zerstört ist und er der einzige Überlebende ist und seinen eigenen Urin trinken muss.

»Oh, mein Gott«, sagte Kate.

»Du meinst …«, sagte ich.

»Ja«, sagte Josh und schüttelte finster den Kopf.

»Das kann doch nicht sein«, sagte ich. »Andererseits hatte er einen amerikanischen Akzent.« Ich wandte mich an Josh.

»Aber das wäre dir doch *aufgefallen*«, fuhr ich fort. »*Irgendjemandem* wäre es doch aufgefallen.«

»Oh, mein Gott«, sagte Kate.

»Nicht unbedingt«, behauptete Josh. »Ich meine, man erwartet doch nicht, in einem Pub in South London einem internationalen Filmstar zu begegnen. Er muss inkognito unterwegs gewesen sein. Um herauszufinden, ob man ihn seiner selbst wegen mag.«

»Oh, mein Gott«, wiederholte Kate.

»Das machen solche Stars doch ständig, habe ich gehört – hast du denn *Notting Hill* nicht gesehen?«

»Er hat ziemlich viel über Los Angeles geredet!«

»Na, bitte, da hast du's. Wenn das kein Beweis ist.«

»Oh, mein Gott. Ich hatte ein Date mit *Kevin Costner*!« Kate raste ins Badezimmer.

»Was zum Teufel hast du vor?«, fragte ich Josh.

»Ach, komm schon, was wäre dir denn lieber: Von einem frettchengesichtigen, verheirateten Vollidioten versetzt zu werden oder von einem frettchengesichtigen internationalen Superstar?«

»Du bist so gut.«

»Zu gut«, stellte er nüchtern fest, folgte Kate in den Flur und rief: »Wahrscheinlich ist er am nächsten Morgen angerufen worden, weil er einen Oscar übergeben soll oder so. Es hat nicht an dir gelegen! Wetten, dass er bald einen Film über dich dreht?«

»Ja, klar, und der wird dann genau so beschissen wie alle anderen«, dachte ich.

Am nächsten Morgen war ich früh dran. Ich zog mein weißes, nahezu makelloses Hemd und eine Hose an. Ich besaß nur eine einzige Hose und war auch nicht wirklich davon überzeugt, dass derjenige, der die Hose für die Frau erfunden hatte, uns damit wirklich einen Gefallen getan hatte. Aber sie war schwarz und einigermaßen geschniegelt und sah halbwegs so aus wie das, was Chalitha bei meinem Bewerbungsgespräch angehabt hatte. Ich war etwas erschrocken, als ich mich aufs Fahrrad schwang, da der Verkehr um halb neun morgens doch ein klein wenig lebhafter war als um neun Uhr abends. Ich schaffte es, drei- bis viermal fast ums Leben zu kommen, und als ich vor That Special Someone bremste, verfluchte ich auf nicht ganz jugendfreie Weise sämtliche Kleinlasterfahrer in ganz London. Mrs. Bigelow war gerade damit beschäftigt, die Ladentür aufzuschließen, und sah reichlich schockiert zu mir auf.

»Ah, Miss Livingstone.«

Ich stieg nicht besonders elegant ab (hätte ich einen Rock angehabt, hätte Mrs. Bigelow problemlos einen Blick auf meine Unterhose erhaschen können).

»Holly. Da wäre ich also. Äh – wo kann ich denn mein Fahrrad abstellen?«

Sie starrte mich an, als käme ich vom Mars.

»Gar nicht.«

Wir standen da und starrten uns an.

»Ja, gut, dann …« Ich sah mich um, ehe ich mein Fahrrad

so am nächsten Laternenpfahl befestigte, dass der erste Passant darüber stolpern würde, während Mrs. Bigelow mich mit vorwurfsvoll wabbelndem Mehrfachkinn beobachtete.

Dann öffnete sie endlich die Tür und ließ mich in den Laden, den ich in der vergangenen Woche nur ganz kurz gesehen hatte.

Er war klein. Der Boden war mit schwarzem Gummi belegt, und der vertraute, schwere Duft nach Blumen hing in der Luft. Neben der Tür standen Eimer mit großen und kleinen Sträußen, die nur darauf warteten, auf die Straße gestellt zu werden, damit die Schulkinder sie klauen konnten. An der Wand hingen gut sichtbar mehrere auf den Namen Marilyn Gloria Bigelow ausgestellte Urkunden der Chelmsford School of Horticulture.

Mrs. Bigelow wuselte geschäftig im Laden herum.

»Also, hier ist das Telefon«, erklärte sie mir und zeigte auf das Telefon. »Damit werden nur Anrufe *angenommen*, wenn Sie nichts dagegen haben. Es sei denn, Sie müssen mit einem unserer Lieferanten sprechen. Oder mit mir. Oder mit Mr. Haffillton.«

»Wann sollte ich mit Mr. Haffillton sprechen müssen?«

Sie sah mich durchdringend an.

»Nie! Ich bin die Einzige, die mit Mr. Haffillton spricht!«

Ich nickte, als sei das absolut nachvollziehbar.

In diesem Moment klingelte das Telefon.

»Ah. Also, Holly, jetzt hören Sie mal gut zu, wie wir uns melden. *Einen wunderschönen guten Morgen, Sie sprechen mit That Special Someone, was kann ich für Sie tun?*«

Doch ihre zuckersüße Miene verfinsterte sich schlagartig: »Jetzt aber zack-zack, du Schlampe, sonst sage ich das Mr. Haffillton, verstanden?«, bellte sie in den Hörer, ehe sie ihn auf die Gabel knallte und wieder das Engelsgesicht aufsetzte.

»Das war Chalitha. Sie ist ein wenig … spät dran, wird aber sicher gleich hier sein. Hier hinten ist der Pausenraum.«

Sie zog einen Vorhang zur Seite, hinter dem sich ein winziger Stuhl, ein Wasserkocher auf einem Regal und ein Waschbecken verbargen. Kein Fenster, stattdessen eine nackte Energiespar-Glühbirne.

»Jeder bringt seinen eigenen Tee, Kaffee, Milch, Tassen und Zucker mit, das ist für alle Beteiligten am einfachsten, meinen Sie nicht auch?«

Ich nickte zustimmend, als hielte ich dies für die Krönung der effizienten Zubereitung von Tee.

»Vormittags zehn Minuten Kaffeepause, nachmittags zehn Minuten Kaffeepause und mittags eine Dreiviertelstunde – das ist doch großzügig, oder? Mr. Haffillton war immer sehr … großzügig.«

Ich überlegte, warum sie die Vergangenheitsform benutzt hatte. Vielleicht war er tatsächlich schon tot und wurde nur zu bestimmten Anlässen auf einem Stuhl festgebunden.

»Die Lieferwagen vom Markt kommen um zehn – *bitte* überprüfen Sie die Ware! Die versuchen nämlich immer wieder, uns diese ranzigen afrikanischen Gänseblümchen anzudrehen, und das kann ich *überhaupt* nicht leiden, verstanden? Die Bestellungen des Tages hängen HIER« – sie zeigte mit einem sehr langen, gefährlich aussehenden, pinkfarben lackierten Fingernagel an die Wand – »und damit fangen Sie sofort an. Dann rufen Sie die Abholjungs an …«

Die Frage, wer oder was diese Abholjungs waren, könnte möglicherweise als unhöflich ausgelegt werden, fürchtete ich.

»Sie sind ziemlich träge und heimsen noch dazu das Trinkgeld ein, aber wir kommen leider nicht ohne sie aus. Lassen Sie denen ja nichts durchgehen und behalten Sie sie im Auge, wenn sie im Laden sind. Haben Sie eigentlich mal eine Weiterbildung für Hochzeitsblumenschmuckkunst gemacht?«

Ich gestand ihr, dass ich das bislang versäumt hatte, was ihr einen tiefen Seufzer entlockte.

»Nun ja. Vielleicht warten wir damit, bis es aktuell wird,

ja? So, ich muss jetzt weg, aber Chalitha wird ja bald hier sein, *hoffe* ich. Sie werden verstehen, dass ich die Kasse nicht aufschließe, bevor Chalitha hier ist. Sie sehen zwar nicht wie eine Diebin aus, aber heutzutage weiß man ja nie, nicht wahr?«

»Wo gehen Sie hin?«, fragte ich. Sie wollte mich doch wohl nicht allein lassen?

»Sie glauben doch wohl nicht, dass das hier Mr. Haffilltons einziges Projekt ist, Liebchen? Oh, nein! Und ich bin die geschäftsführende Verkaufsleiterin und habe wahnsinnig viel zu tun. Denken Sie dran: Immer schön höflich am Telefon melden. Und was die Anrufe angeht, die von hier geführt werden – die überprüfen wir alle. Also glauben Sie nicht, dass Sie privat telefonieren können. Nicht, dass ich Ihnen das unterstellen würde, Sie machen ja einen ganz ordentlichen Eindruck, aber man weiß eben nie, heutzutage haben die Leute ja in der ganzen Welt verstreut Verwandtschaft. Ich bin sicher, Chalitha wird bald hier sein. Normalerweise geht es hier ja etwas strenger zu, aber heute ist sie ganz offiziell spät dran, hoffentlich nicht wegen eines Unfalls oder …« Sie sah aus, als zöge sie diese Möglichkeit einen Augenblick lang ernsthaft in Erwägung. »Nein, bestimmt nicht. Also, Sie haben alles verstanden, oder? Bestellungen telefonisch entgegennehmen, auf den Nagel stecken, Bestellungen vom Nagel nehmen und an die Jungs weitergeben. Sie werden leider keine Pause machen können, bis Chalitha kommt, aber anscheinend haben Sie ja sowieso keinen Tee dabei, deshalb macht das wohl nichts, oder? Bye!!!«

Und damit rauschte sie aus dem Laden. Ich blickte ihr nach, wie sie die Straße hinuntereilte, ehe ich mich langsam in dem kleinen Laden umsah. Plötzlich fiel mir wieder diese Fernsehshow ein, bei der Leute an ihrem ersten Tag in ihrem neuen Job allein gelassen und mit irgendeinem klebrigen Zeug beworfen wurden. Oder jemand rief bei ihnen an und behauptete, der Präsident der Vereinigten Staaten zu sein, oder sonst irgendetwas. Ich seufzte. Und auf einmal lechzte ich nach einer Tasse Tee.

Bevor die erste Lieferung kam, ging ich im Laden herum, zupfte hier und dort an einem Seidenband, sah mir den Bestand an (in erster Linie verstaubte Zimmerpflanzen) und hoffte inbrünstig, das Telefon möge schweigen.

Doch es kam viel schlimmer. Die Klingel der Ladentür schrillte, und ein schmieriger Hüne zog seinen Kopf ein, um sich nicht am Türrahmen zu stoßen. Er trug eine schmutzige alte Lederjacke und eine löchrige Jeans mit Ölflecken. Im Grunde sah er aus wie ein Status-Quo-Fan aus den Achtzigern. Ich erschauderte. Er knallte seinen Motorradhelm etwa zwanzig Zentimeter neben mir auf den Verkaufstresen und rieb sich mit dem Handballen über seinen Dreitagebart.

»Wer bist'n du?«

»Ich bin Holly Catherine Livingstone«, antwortete ich und bemühte mich, unbekümmert zu klingen. »Und wer sind Sie?«

Doch er grunzte nur. »Und wo's Charlie?«

Ich hatte keine Ahnung, von wem er sprach.

»Sind Sie sicher, dass Sie im richtigen Blumenladen sind?«

»Was? 'türlich. Und du?«

»Ich auch.«

Wir befanden uns in einer Sackgasse. Er sah sich vorsichtig um, für den Fall, dass er vielleicht doch im falschen Laden war.

»Charlie is also, äh, weg, ja?«

»Das mag sein ... Ich bin neu hier.«

Ungläubig schüttelte er den Kopf. Mir fiel auf, dass er eins von diesen Brechreiz erregenden Heavy-Metal-T-Shirts anhatte, auf dem sich ein Nagel durch einen Augapfel bohrte. Ich versuchte, nicht darauf zu achten.

»Ja, dann ... alles klar, tut mir Leid.«

»Schon in Ordnung!«, entgegnete ich und war stolz, wie professionell ich mit meinem ersten Kunden umgegangen war.

»Wenn du sie siehst, ja, sag ihr, Gareth hat nach ihr gefragt.«

»Selbstverständlich, ich wüsste zwar nicht, dass sie es ist, wenn ich sie sehe – aber wie schon gesagt: Alles in Ordnung!«, erwiderte ich beschwingt.

Er ging aus dem Laden, allerdings nicht ohne an der Tür stehen zu bleiben und sich noch einmal argwöhnisch umzusehen, als hätte ich seine Charlie vielleicht hinter einer der Zimmerpflanzen versteckt. Dann schüttelte er noch einmal den Kopf, und als Nächstes hörte ich, wie ein kleiner Zweitaktmotor angeschaltet wurde. Ich gratulierte mir selbst und machte mich daran, die Blumeneimer vor die Tür zu räumen.

Noch während ich in gebückter Haltung herumhantierte, bemerkte ich, dass mich jemand beobachtete, und richtete mich langsam auf. Das Mädchen mit den langen Haaren und den dunklen Augen, das ich beim Vorstellungsgespräch kennen gelernt habe, sah mich prüfend an. Ich wischte mir die Hände an der Hose ab und geriet ins Stottern.

»Hi … Chalitha …«

»Chali«, korrigierte sie mich abweisend und marschierte in den Laden. »So nennen mich jedenfalls die meisten.«

»Ah«, sagte ich, ehe meine kleinen grauen Zellen ihre Arbeit aufnahmen. »Ah«, wiederholte ich.

Ich folgte ihr ins Hinterzimmer, wo sie ihren schwarzen Plastikregenmantel auszog und in einem zigarettenschachtelgroßen Spiegel ihren ohnehin schon üppig aufgetragenen Eyeliner nachzog.

»Äh, ich glaube, vorhin hat jemand nach dir gefragt.«

»Ach, ja?«

»Ein ziemlich großer Typ. Mir war nicht klar, dass er dich meinte, darum habe ich ihm gesagt, du würdest nicht hier arbeiten. Tut mir Leid …«

»Echt? Wie sah er aus? Groß und schmierig mit langen Haaren und strengem Geruch?«

»Äh ... also, ja. Genau so.«

»Hervorragend!« Da lächelte mich jemand zum ersten Mal heute an. »Und was hast du gesagt, wo ich jetzt bin?«

»Gar nichts.«

»Gut. Aber genaue Ortsangaben sind besser – dann würde er mich vielleicht dort suchen gehen. Könntest du ihm nächstes Mal bitte sagen, dass ich in Bhutan bin?«

»Kein Problem.«

Sie grinste wieder.

»Hat die alte Gewitterziege dich ordentlich eingewiesen?«

»Sie ... äh, Mrs. Bigelow war sehr hilfsbereit.«

»Tatsächlich? Dann hat sie sich vielleicht am Wochenende ein Gehirn implantieren lassen. Tee?«

»Ja, bitte.«

Ich folgte ihr in die winzige Küche. Chali war ungefähr neunzehn und trug heute eine enge schwarze Lederhose und ein zerrissenes Top. Ihr seidiges schwarzes Haar reichte ihr bis zum Hintern – davon hatte ich als Kind immer geträumt –, und ihre Ohren, Nase und Lippe zierten mehrere zueinander passende Goldringe. Sie sah umwerfend aus.

»Okay, also, du bedienst dich immer schön an *Biggies* Tee«, instruierte sie mich und griff nach der Packung Earl Grey. »Und wenn sie dich fragt, leugnest du es. Man muss hier einfach zusehen, dass der Spaß nicht zu kurz kommt.«

»Wie lange arbeitest du schon hier?«

Chali schnaubte und riss die Augen auf.

»Einhundertsiebenundvierzig Jahre. Milch? Zucker?«

»Ja, bitte.«

Wir nahmen unseren Tee mit in den Laden und setzten uns.

»Mann, ich hab vielleicht eine Nacht hinter mir. Gehst du manchmal abhotten?«

Ich verabscheute nichts mehr, als in der Öffentlichkeit inmitten einer Horde schmollender, leicht bekleideter Teenager zu tanzen und vier Pfund für eine Flasche Wasser zu bezahlen.

»Ja, schon … manchmal.«

»Und wo?«

Ich dachte angestrengt nach, doch der einzige Tanzschuppen, an den ich mich in diesem Moment erinnern konnte, war der, den ich während meiner Schulzeit ab und zu besucht hatte.

»Ähm … Cinderella's Rockefellers?«

Als ich ihr ungläubiges Gesicht sah, fügte ich hastig hinzu: »Das war ironisch gemeint.«

»Ach, so. Cool. Hört sich echt lustig an.«

»Ist es auch.«

»Mann, ich bin erst um vier nach Hause gekommen. Habe mir bei Fabroche mit Pillen die Birne zugedröhnt.«

Ich lächelte höflich.

»Darum ist der Job hier auf Dauer gar nicht so schlecht. Ist denen ganz egal, was man macht, solange man nur ab und zu mal hier auftaucht. Biggie erzählt dir 'ne Menge Mist, aber daran brauchst du dich echt nicht zu halten.«

Sie gähnte ausgiebig, ehe sie aufstand und den Lieferanten die Tür öffnete.

»Jo. Schmeißt sie einfach irgendwo hin, wie immer, Jungs.«

Die beiden Männer trugen mehrere Blumenkisten unterschiedlicher Form und Größe herein und ließen sie völlig planlos auf den Boden fallen. Chali schenkte ihnen keine Beachtung, unterschrieb den Lieferschein, ohne einen Blick darauf zu werfen, und stieß einen tiefen Seufzer aus, als sie den Haufen betrachtete. Bis zu diesem Zeitpunkt hatten wir noch keinen einzigen Kunden oder Anruf gehabt.

Ich machte mich daran, die Blumen aus den Kisten zu nehmen. Und siehe da – die afrikanischen Gänseblümchen waren tatsächlich ranzig!

»Wer hat eigentlich vor mir hier gearbeitet?«, fragte ich, während ich vorsichtig die Plastikfolie entfernte.

»Niemand«, seufzte sie. »Du bist eigentlich nur hier, um mich im Auge zu behalten, weil ich in letzter Zeit nämlich immer später zur Arbeit gekommen bin und der Laden teilweise ganz geschlossen blieb.«

»Und warum schmeißen sie dich dann nicht einfach raus?«, platzte es aus mir heraus, ohne die innere Zensurinstanz durchlaufen zu haben. Gott, ich war eine solche Idiotin.

»Können sie nicht – Mr. Haffillton ist mein Onkel und meint, mir würde die Sonne aus dem Arsch scheinen. Außerdem macht er das Ganze hier eh nur als Hobby – er ist steinreich und mag Blumen. Du kannst dir gar nicht vorstellen, wie Biggie das nervt.«

Ich bekam ein klein wenig Mitleid mit Biggie.

»Also, was ist? Hast du Lust zum Babysitten?« Sie zündete sich eine Zigarette an.

Ich dachte kurz nach. Babysitten war in jedem Fall schon mal eine Stufe besser als das, was ich zuvor gemacht habe.

»Klar!«

»Hervorragend. Sag mal, kennst du irgendwelche Sänger?«

Mir fiel Josh ein, der immer unter der Dusche sang, schob den Gedanken aber rasch wieder beiseite.

»Nein, eigentlich nicht.«

»Schade.« Sie aschte in einen der Blumeneimer. »In Wirklichkeit bin ich nämlich Sängerin. Ich bin gerade dabei, eine Band zusammenzustellen.«

»Was denn für eine Band?«

»So eine Art Bhangra Gangsta, wenn du weißt, was ich meine?«

Mir war sofort klar, wie sie darauf kam, dass ich eine Menge Leute aus solchen Bands kannte. Ich nickte weise. Endlich klingelte das Telefon. Chali ging an den Apparat.

»Ja? ... Stodger. Ja ... Nein, ich bin weg, ja ... Nein, bin bloß noch mal vorbeigekommen, um meinen Kram abzuholen. Ich verschwinde nach Bhutan ... Ja, genau, in Peru, ja ... Ach, ein Jahr vielleicht. Oder zwei ... Nein, das glaube ich nicht, dass du da mit dem Motorrad hinkommst. Liegt ein Ozean oder so dazwischen ... Nein, ich schreibe dir. Klar ... Ja. Okay. Bye.«

Sie knallte den Hörer auf die Gabel.

»Wo hast du den denn kennen gelernt?«, fragte ich neugierig.

»Ach, hat behauptet, er würde eine Band zusammenstellen«, erwiderte sie abfällig. »Also hab ich mit ihm geschlafen und alles, und was passiert? Schlägt jeden Tag hier auf wie dieser bescheuerte Hugh Grant.«

Das überraschte mich nicht. Er muss ihr unendlich dankbar gewesen sein.

Der Tag plätscherte entspannt dahin. Ab und zu verkauften wir ein Bouquet, arrangierten die Arrangements neu, tranken Tee und machten anderthalb Stunden Mittagspause. Als Mrs. Bigelow um halb fünf auftauchte, war mir bereits klar, dass es mir hier gut gefallen würde.

»Hallo, Biggie«, begrüßte ich sie unschuldig. Sie starrte mich an, als hätte ich sie gebissen.

»Mein Name ist Mrs. Bigelow. Ich dachte, das wüssten Sie.«

»Äh, ja, natürlich, tut mir Leid, Mrs. Bigelow.«

»Viel los gewesen heute?« Sie wandte sich an Chali. »Und du machst jetzt bitte Kasse, mein Fräulein, wenn es dir nicht allzu viel ausmacht.«

»Schon wieder vergessen, wie man zählt, Biggie? Sie wissen doch, dass bei Ihnen immer mehr übrig bleibt.«

Biggie stieß ein zorniges Zischen aus und tat, als würde sie sich mit mir unterhalten, während sie Chali mit Adleraugen beobachtete. Das wunderte mich nicht – Chali hatte mir schon verraten, dass sie mit dem Wechselgeld ihr mageres Einkommen ein wenig aufbesserte. Deshalb sah ich nur unbeteiligt geradeaus, bis Biggie mich mit einem Schnauben nach Hause entließ, das andeutete, dass ich eines Tages vielleicht auch einen Satz Schlüssel bekam, wenn ich ganz, ganz brav war.

Es war herrlich, bei Tageslicht nach Hause zu kommen. Ich stürzte in den Flur, rief: »Hi, ihr Süßen! Ich bin wieder da!«, ehe ich schnurstracks in die Küche ging, um Josh beim Zwiebelschneiden zu helfen.

Ich schrammte hart am Brechreiz vorbei, als ich sah, dass Kate immer noch dasaß.

»Was ist denn *jetzt* los? Geht's dir nicht gut? Hast du dir heute frei genommen?«

»Nein«, sagte sie leise. »Ich bin früher gegangen.«

»Wieso das denn? Haben die Assistenzärzte ein Aktionskorps gebildet und dich da rausgeholt?«

»Nein ... ich wollte nur gern mal etwas früher nach Hause.«

Josh steckte den Kopf zur Tür herein. »Holly? Bist du's? Kannst du bitte mal eben die Suizid-Überwachung übernehmen?«

»Okay.« Ich nickte.

»Ach, und wenn du schon mit Zwiebelschneiden anfangen solltest – bitte ein bisschen feiner als letztes Mal, ja?«

»GERNE, MISTER PINGELIG.«

Ich setzte mich. »Äh, also, weißt du, Kate, manchmal passieren selbst den nettesten Leuten blöde Sachen.«

»Lass mich in Ruhe.«

»Alles klar. Dann lies es mir von den Lippen ab. Er – wird – dich – nicht – anrufen. Okay? Ihr habt eine tolle Nacht miteinander verbracht, er hat sich beschissen benommen, und du wirst nie wieder etwas von ihm hören. Aber sieh's doch mal positiv: Immerhin hast du nicht die Hose runtergelassen, ganz im Gegensatz zu mir. Du hast noch deine Selbstachtung, Mädchen. *Comprendez? Capisce?*«

Kate sah mich aus gequälten Augen an. »Holly?«, sagte sie schwach.

»Ja?« Liebevolle Härte. Funktioniert immer.

»Passt du eben aufs Telefon auf, während ich aufs Klo gehe?«

»Oh Mann. Wenn er anruft, während du auf dem Klo bist, sage ich ihm, dass du nichts mehr mit ihm zu tun haben willst, und lege auf. Damit erspare ich dir, dass du genau das in etwa zwei Jahren tun musst, wenn du tatsächlich eine Beziehung mit ihm geführt haben solltest.«

»Du kennst ihn doch gar nicht!«

»Du doch auch nicht! Du glaubst, dass es Kevin Costner ist!«

Sie zuckte mit den Schultern. Ich tat es ihr nach und machte mich über das Zwiebelnetz her. Kate verstaute ihr Handy und ihren Piepser in den Taschen ihres Morgenmantels und schlich sich rückwärts mit dem Telefon in der Hand aus der Küche.

Ich rief Josh.

»Du musst etwas *tun.*«

»Holly, Süße, du weißt genau, dass sie nicht auf mich hört. Ich schlage vor, dass wir alle zusammen nett zu Abend essen und die Sache vergessen, okay?«

»Hm.«

Kate kam in die Küche zurück.

»Okay, es reicht«, verkündete sie mit schriller Stimme und sammelte die diversen elektronischen Geräte ein.

»Oh, nein!«, flüsterte ich Josh zu. »Jetzt ist es so weit! Jetzt fängt sie an, sich selbst dafür zu beschimpfen, dass sie so lange auf den Anruf eines Mannes wartet. Dann beschließt sie, sich zu betrinken, um vier Uhr morgens ruft sie sämtliche Exfreunde an und macht sie zur Schnecke, weil sie sie angeblich so schlecht behandelt haben, dann schläft sie in ihrer eigenen Kotze ein und kann sich am nächsten Morgen vor Selbstverachtung und Reue nicht mehr im Spiegel ansehen.«

»Ich gebe es auf«, sagte Kate. »Das ist doch lächerlich. Ich meine, ich bin doch schließlich erwachsen.«

Josh grinste mich an.

»Glas Wein, Holl?«

»Und mein altes Adressbuch, bitte«, entgegnete ich bedrückt.

4

Während des Abendessens erläuterte Josh uns seine Einladungsstrategien für unsere Party.

»Okay, da ist dieses Mädchen im Büro. Sie heißt Sophie, ja? Die ist allererste Sahne ...«

»Ist sie blond, aus gutem Hause und in sich selbst verliebt?«, erkundigte sich Kate, die inzwischen beinahe wieder zu ihrem Normalzustand zurückgekehrt und nach Tagen des Fastens kurz vor dem Verhungern war. Wie jemand achtundvierzig Stunden in der Küche sitzen und dabei vergessen kann, dass sich einhundertsechsundsechzig Penguins im Schrank befinden, ist mir absolut unbegreiflich, aber die Liebe kann ja bekanntlich so einiges bewirken. Kate gehörte zu den Frauen, die bei einer depressiven Verstimmung klagen: »Die Pfunde purzeln nur so, ohne dass ich was dazu tue. Ich bekomme keinen Bissen herunter. Es ist schrecklich.«

»Äh ... also, sie ist blond, und sie war auf dem Mädchen-College in Cheltenham. Warum?«

»Nur so.«

»Nein, sie ist *nicht* ›in sich selbst verliebt‹, wie du dich so nett ausdrückst. Wenn du es genau wissen willst, sie hat ihr Jurastudium als eine der sechs Besten abgeschlossen.«

»Und wer hat dir das erzählt? Sie selbst? Oder jemand anders?«

»Sie.«

»Na, da hast du's«, sagte Kate und kratzte die letzten Reste ihres *Coq au vin* zusammen. »Ganz klar in sich selbst verliebt.«

»Ich finde, sie hört sich nett an«, versuchte ich Josh zu trösten.

»Ach, sie ist toll! Normalerweise fährt sie am Wochenende immer auf den Landsitz ihrer Familie, aber ich habe mir einen Plan ausgedacht, wie ich sie todsicher zu unserer Party locken kann.«

»Oh, nein«, stöhnte Kate. Sie hatte ganz offensichtlich schon mehr Erfahrung mit Joshs Verführungsversuchen als ich, obwohl auch ich mich an einige erinnern konnte.

»Du erzählst ihr, du hast Leukämie?«

»Nein!«

»Dein australischer Brieffreund kommt zu Besuch?«

»Nein!«

»Wir sind möglicherweise ihre Halbschwestern?«

»Ach, ihr seid doof!«

»Nun sag schon, Josh!«

Josh ließ den Kopf hängen.

»Okay ... äh, also, ich wollte ihr sagen, dass ihr beiden Jurisprudenz studieren und sie um ein paar Tipps bitten wollt.«

»WAAAAS???!!!«, schrien wir wie aus einem Munde.

»Was *ist* Jurisprudenz?«, fragte ich.

»Und du glaubst allen Ernstes, dass du Sophie mit dieser Geschichte ins Bett bekommst?«, fragte Kate ungläubig.

»Du bist so verdorben«, maulte Josh.

»Hör mal, Josh, das Bett ist nicht per se verdorben«, dozierte ich und schenkte Wein nach. »Bei dir ist das nur alles schon so lange her, dass du dich nicht mehr daran erinnern kannst.«

»Ich fasse es einfach nicht, dass du wirklich glaubst, mit so einer Geschichte ein Mädchen auf eine Party locken zu können.« Kate war ernsthaft schockiert. »Warum fragst du sie nicht einfach ganz direkt, ob sie zu deiner Party kommt?«

»Äh, na ja ... weil sie dann denken könnte, dass ich nur mit ihr ins Bett will.«

»Aber genau das willst du doch auch! Oder etwa nicht? Bitte, sag, dass du es willst!«

»Ja, ja, natürlich. Also manchmal habe ich wirklich das Gefühl, ihr wollt, dass ich mit Danny La Rue ins Bett gehe, aber das könnt ihr vergessen.« Er seufzte. »Hoffe ich zumindest. Verdammt, ich weiß auch nicht, warum das alles so kompliziert ist. Ich will doch nur jemanden finden, der nett ist, mit dem ich Händchen halten und mich unterhalten kann.«

Kate und ich starrten uns an.

»Sag mal, bist du eigentlich völlig krank im Kopf?«, fragte ich ihn. Er verzog das Gesicht und stand auf, um den Rhabarberkuchen zu holen.

»Lade sie doch ganz einfach zur Party ein«, sagte Kate. »Sieh dich doch nur an. Du bist süß. Du bist blond. Du stammst aus gutem Hause. Ihr seid doch praktisch identische Klone …«

»Nur, dass du nicht selbstverliebt bist«, fügte ich hastig hinzu – und hätte mir im selben Moment am liebsten auf die Zunge gebissen. »Und sie natürlich auch nicht«, schob ich nach.

»… warum sollte sie also nicht kommen?«

Josh sah uns traurig an, während er den noch warmen Kuchen in den Händen hielt, die in riesigen Topfhandschuhen steckten.

Kate seufzte. »Na gut, wir werden so tun, als wollten wir Jura studieren.«

Josh strahlte und knallte den Kuchen schwungvoll auf den Tisch.

»Ihr werdet es nicht bereuen. Ehrlich. Ihr werdet sie echt mögen. Hatte ich schon erwähnt, dass sie ihre Ponys selbst versorgt?«

»Wir lieben sie jetzt schon«, sagte Kate.

»Ach, und noch etwas!« Josh tat, als wäre ihm der Gedanke eben erst in den Sinn gekommen, ging aber vorsichtshalber einen guten Meter auf Distanz. »Sie wird wahrscheinlich für einen Parlamentssitz der Konservativen kandidieren.«

Ich machte einen Teller *Coq au vin* für Addison zurecht und brachte ihn in sein Zimmer, ohne ihm jedoch zu erzählen, dass Josh das gekocht hatte – für den Fall, dass Addison auf Frauen stand, die so etwas konnten. Er winkte, ohne sich umzudrehen, was – wie ich inzwischen gelernt hatte – bedeutete, dass er mitten in der Komposition einer bestimmten Datenreihe steckte, deren Fluss auf gar keinen Fall unterbrochen werden durfte. Ich verglich ihn gern mit Mozart, der sich besinnungslos in die Arbeit stürzte – nur mit dem Unterschied, dass bei Mozart am Ende eine hübsche Melodie herauskam. Ich hatte keine Ahnung, was das Ergebnis von Addisons wilder Tipperei war.

Ich setzte mich auf den Boden und spielte mit einer Puppe, die aussah wie Jean-Luc Picard, bis Addison fertig war. Währenddessen naschte ich ein wenig von seinem Huhn. Endlich drehte er sich um.

»Na, wie läuft's?«, fragte ich und reichte ihm Messer und Gabel. Addison starrte das Essen eine Weile an und stürzte sich dann darauf, als hätte er seit einer Woche nichts gegessen. Was durchaus im Bereich des Möglichen lag.

»Nicht schlecht«, sagte er mit dem Mund voller Pestobrei. »Ziemlich langweilig.«

»Finde ich nicht«, behauptete ich. Ich hoffte, er würde etwas unglaublich Hochtechnisiertes entwickeln, das behinderten Kindern helfen und die ganze Welt revolutionieren würde.

»Na, gut«, seufzte er. »Ich programmiere C++ und bearbeite AVID.«

»Aha.«

»Würdest du die bitte wieder hinlegen«, sagte er und meinte die Puppe. »Die stammt aus einer limitierten Auflage.«

»Klar«, antwortete ich und legte sie vorsichtig beiseite. Menschen, deren Wimpern bis zu den Wangenknochen reichen, sehe ich so manches nach.

»Und? Weißt du schon, wen du zu unserer Single-Party einlädst?«

»Ach, das war ernst gemeint?« Addison seufzte und ließ die Gabel mit den Möhren sinken. »Ich hasse Partys.«

»Warum?«

»Na ja«, sagte er und wand sich. »Ich weiß nicht, ob es dir schon aufgefallen ist, aber ... ich bin ziemlich schüchtern.«

Daran verschluckte ich mich fast, und ich sah mich gezwungen, einen kleinen Hustenanfall vorzutäuschen.

»*Wirklich?* Nein, das ist mir noch nicht aufgefallen.«

»Ja ... Ich bin nicht so gern mit anderen Leuten zusammen.«

Ich nickte weise. »Ja, kann ich verstehen, ich bin nämlich auch ziemlich schüchtern. Hey, weißt du was? Wir zwei könnten uns doch zusammentun und an dem Abend die Flucht ergreifen. Irgendwohin gehen ...«

»Ich gehe auch nicht besonders gerne aus«, gestand er mir. »Findest du, dass ich verrückt bin?«

Ich schüttelte den Kopf. »Nein. Weißt du, eigentlich ist es da draußen auch gar nicht so toll ... die große, weite Welt und so ... Ich finde nicht, dass du besonders viel verpasst.«

Er lächelte erleichtert.

»Ich find's schön, dass du hier eingezogen bist«, sagte er. Mir wurde ganz warm ums Herz. Ich schenkte ihm einen meiner patentierten, aufrichtigen Rehaugen-Blicke.

»Ich auch.«

Er lächelte schüchtern. »Ähm, also, eigentlich wäre da doch jemand, den ich einladen könnte.«

»Ja?«, fragte ich kokett.

»Komm mal her.« Er winkte mich an den Bildschirm. Ich stand auf und versuchte, nicht vor Aufregung über die Verlängerungskabel zu stolpern. Er klickte mit der Maus auf ein Icon in der Bildschirmecke, und auf einen Schlag füllte ein Gesicht den halben Bildschirm. Ein großes, flaches Kartoffelgesicht. Mit Schnurrbart. Auf der anderen Bildschirmhälfte erschien etwas, das wie ein ständig fortgesetzter zweifarbiger Dialogtext aussah.

»Das ist Claudia«, sagte er.

Ich sah mir die Pixels ein bisschen genauer an. Was ich zunächst für die Visage eines grobschlächtigen Bauarbeiters gehalten hatte, war in Wirklichkeit tatsächlich ein Frauengesicht.

»Und wer ist Claudia?«, fragte ich gereizt.

»Äh … sie ist so was wie … äh, meine Freundin«, gestand Addison und errötete.

Ich ließ mich auf den Stuhl neben ihm plumpsen, sprang jedoch sofort wieder auf, als ich merkte, dass ich mich in die Reste seines *Coq au vin* gesetzt hatte.

»Oh!« Ich versuchte nicht zu hysterisch zu klingen. »Das wusste ich ja gar nicht, dass du eine Freundin hast! Wo hast du die denn versteckt? Unter dem Bett? Haha!«

»Na ja, wir sind uns noch nie begegnet.«

»Aha! Also eine so genannte virtuelle Freundin?«

»Nein, nein, es gibt sie wirklich«, erklärte er stolz. »Ich habe sie übers Internet kennen gelernt.«

Ach, sag bloß!

»Und woher weißt du, dass das Bild da wirklich sie ist?«, fragte ich und warf einen zweiten Blick auf das Trollgesicht. »Sie könnte doch … du weißt schon – potthässlich sein oder so.«

Addison lächelte. »Ich weiß es eben. Aber selbst wenn sie das nicht sein sollte … wäre mir das auch egal.«

»Solange sie weiblich ist«, sagte ich. »Und über zwölf.«

»Nein, sieh doch mal.« Er zeigte auf das Bild. »Sie hält ihren Führerschein hoch.«

Sie sah aus wie das Fahndungsfoto von Rosemary West.

»Sieht nett aus«, log ich.

»Ist sie auch. Ich kenne niemanden, der mehr über *Star Trek* weiß als sie.«

Ich fing wieder an, an der Jean-Luc-Picard-Puppe herumzufummeln.

»Das ist ja romantisch«, sagte ich. »Und ... lädst du sie ein? Zu unserer Party?«

»Na ja ... sie lebt in Baltimore ...«

HURRA!

»Und sie geht auch nicht besonders gerne aus dem Haus ... Aber weißt du was? Ich frage sie einfach trotzdem!«

»Und was macht sie so?«, erkundigte ich mich in einem Anfall von Masochismus.

»Sie arbeitet auch mit C++«, berichtete er stolz. »Sie entwickelt Verteidigungsprogramme für die Regierung. Sie gilt ganz offiziell als vertrauenswürdig.«

Wow. Eine fette, agoraphobische Bombenbastlerin sechstausend Kilometer entfernt kam besser bei Addison an als ich.

»Wenn keiner von euch beiden gern aus dem Haus geht und ihr auf zwei verschiedenen Kontinenten lebt«, gab ich zu bedenken, »hat eure Beziehung dann überhaupt eine Zukunft?«

Addison zuckte mit den Schultern. »Ach, weißt du, heutzutage ist doch fast alles möglich.«

Es fiel mir nicht ganz leicht zu begreifen, was er damit sagen wollte. Bezog er sich womöglich auf ... Sperma? Das rund um die Welt? Nein, unmöglich. Aber was denn sonst? Natürlich, das musste er meinen. Mir wurde schlecht.

»Dann gehörst du bestimmt zu denen, die es kaum abwarten können, dass endlich der Teleporter erfunden wird?«

»Nein. Eigentlich ist es nämlich völliger Unsinn, Technologien zu entwickeln, mit denen Individuen vaporisiert und repliziert werden«, erläuterte er ernst. »Es wäre viel besser, die zur Verfügung stehenden Transportmöglichkeiten maximal zu beschleunigen.«

Hoppla. Jetzt hatte ich Jean-Luc Picard den Arm ausgerissen. Ich versteckte ihn hinter meinem Rücken.

»Das heißt, es ist was Ernstes?«

Er sah mich an, doch in diesem Moment wurde ich abgelenkt und schrie: »Oh, mein Gott! Es bewegt sich!«

Zunächst richtete auch Addison blitzartig den Blick in die Richtung, in die ich wie ein Vorbote des Todes in einer Geschichte von Edgar Allan Poe mit zitternden Fingern deutete, entspannte sich jedoch sofort wieder.

»Keine Angst, das ist bloß so ein Computer-Ding zwischen Claudia und mir. Wenn sie an mich schreibt, bewegt sich ihr Bild so, als würde sie sprechen.«

Und tatsächlich, Claudias Gesichtszüge bewegten sich wie die einer Bauchrednerpuppe, während auf der anderen Bildschirmhälfte neuer Text erschien. Erinnerungen an *Chucky und seine Braut* schoben sich in mein Gedächtnis.

»Und was schreibt sie so?«

Addison zierte sich.

»Ach, bloß *Hallo, wie geht's?* und so.«

Ich lehnte mich nach vorne.

»*Ich grüße dich, Captain?* Bist du das?«

»Kann sein.«

»Darf ich ihr Hallo sagen?«

»Äh, das sollte ich wohl lieber tun.«

»Sonst kommen meine Worte am anderen Ende aus deinem Mund?«

»Hmhm.«

»Weißt du was, Addison? Ich glaube, du bist doch ein bisschen verrückt.«

Meine Panik hatte sich inzwischen etwas gelegt. Ich war zwar immer noch sauer, aber hey! Sie saß in Baltimore, und ich stand hier direkt neben ihm und redete mit ihm! Und er war im Begriff, ihr von mir zu erzählen. Wer weiß, vielleicht würde sie sogar eifersüchtig werden! Ja, schon klar, nicht die anständigste Taktik – aber dennoch anscheinend nötig.

Addison fing an zu tippen, während ich über seine Schulter spähte.

»*Hallo*«, schrieb er. Er schien etwas unsicher zu sein, wie er fortfahren sollte, und drückte auf die Eingabetaste.

»*Bin ich heut nicht dein Uhuru??*«, war die prompte Antwort.

»Addison!«, rief ich.

»Was denn?«, fragte er peinlich berührt. »Das ist so etwas wie ein Spitzname.«

»Vielleicht eher eine spitze Hure!« Im gleichen Augenblick wünschte ich, ich hätte das nicht gesagt. »So war es nicht gemeint.«

»*Natürlich bist du das*«, schrieb er zurück, ohne auf mich zu achten. »*Ich bin nicht allein.*«

»*??????????????????*«, war ihre Antwort.

»Holly. Wohnt auch hier.«

Ha, jetzt wirst du schon sehen!, dachte ich.

»*Ist Holly ein weiblicher Vorname?*«

»Keine Ahnung. Ist dein Schnurrbart besonders weiblich?«, murmelte ich mir in den nicht vorhandenen.

»*J.*«

»*Mag sie Star Trek?*«

Addison sah mich an, und ich nickte eifrig, während ich noch immer den versehrten Jean-Luc verbarg.

»*J.*«

»*Lieblingsfigur?*«

Oh, Gott, das war mir doch so egal.

Ich versuchte es mit »Scotty?«, und Addison tippte brav meine Antwort ein.

»*Lieblingsfigur aus Next Generation?*«

Oh, jetzt steckte ich aber im Schlamassel.

»Em ... auch Scotty. Unbedingt.«

»Was, du meinst in der Folge ›Besuch von der alten Enterprise‹, wo sie in die Vergangenheit reisen und die Spiegelbilder der ursprünglichen Crew sehen?«

»Ja, genau.«

»Wow.«

Dieses Mal dauerte es etwas länger, bis Claudia antwortete, doch schließlich erwachte der Pixelmund wieder zu Leben.

»Deine Freundin?«

Das überraschte selbst mich. Addison sah leicht verzweifelt aus.

»Oh, nein. Was mache ich denn jetzt?«

»*Nein* antworten?«, schlug ich vor. »Noch einmal betonen, dass ich deine *Mitbewohnerin* bin? Ach, nein, so etwas gibt es in Amerika wohl nicht, oder? Vielleicht glaubt sie, dass *Mitbewohnerin* Geliebte heißt?«

»Nein, natürlich nicht! Sei doch nicht albern!«, tippte er so hastig, dass sich seine Finger auf der Tastatur beinahe überschlugen.

Vielen Dank auch.

»Wie sollte ich denn jemals jemanden lieber mögen als dich? Da kann sie noch so sehr auf Scotty in ›Besuch von der alten Enterprise‹ stehen.«

Ich seufzte und versteckte die *Star-Trek*-Puppe unter einem lebensgroßen Darth-Vader-Kopf.

»Gut, dann sehen wir uns also bei der Party«, säuselte ich.

»Ja, okay, wir sehen uns bei der Party«, war mit Sicherheit das, was er eigentlich sagen wollte, doch statt die Worte zu sagen, tippte er sie mit Lichtgeschwindigkeit in seine Tastatur, und ohne noch weiter darüber nachzudenken, hatte er auch schon die Eingabetaste gedrückt.

Mit entsetzt aufgerissenem Mund sah er mich an.

»Addison, du bist ein echter Cyborg«, sagte ich. »Hast du

dir den Bauchnabel durch eine Steckdose ersetzen lassen? Wo ist dein Strichcode-Tattoo?«

»Das ist überhaupt nicht witzig«, jammerte er. »Ich tippe eben sehr viel mehr als ... Jetzt denkt sie bestimmt, ich will sie verarschen.«

»Oder sie kommt.« Der Mund auf dem Bildschirm stand nicht mehr offen wie ein Fischmaul. Addison beobachtete ihn wie gebannt.

»Und wenn sie nicht kommt, dann tanze ich eben mit dir«, bot ich an. »Vielleicht wird ja ein bisschen Kraftwerk gespielt.«

»Die finde ich toll«, sagte er, ohne den Blick vom Bildschirm abzuwenden.

»Wusste ich's doch. Aber jetzt schreib erst mal deinen Entschuldigungsbrief. Auf Klingonisch.« Er lächelte, und ich zog mich zurück.

»Holly, hast du meine Picard-Puppe irgendwo gesehen?«, hörte ich ihn hinter mir rufen, aber ich tat, als sei mir das entgangen.

Chali wollte ganz genau wissen, welche Art von Musik auf unserer Party gespielt werden und welche Drogen es geben würde, bevor sie sich dazu herabließ, überhaupt darüber nachzudenken, die Einladung ernsthaft in ihre Planung einzubeziehen.

»Was ist mit Snoopy Dogg Dogg? Und Jelly & Wodka?«

Sie grinste mich an, während sie nachlässig ein Bouquet zusammenband – gar nicht so einfach, diese beiden Dinge gleichzeitig zu tun. Aber Mrs. Bigelow hatte kurz zuvor »mal hereingeschaut«, um zu sehen, was wir so machten, und Chali hatte ihr vorgeworfen, sie würde doch sowieso nur herumspionieren, was eine kleine verbale Auseinandersetzung zur Folge hatte. Und deshalb widmete sich Chali nun sehr, sehr langsam der heutigen Lieferung. Ich sollte ihr dabei zusehen und von ihr lernen, aber mehr als die Art und Weise, wie man Sträuße unter Wasser band, erschloss sich mir nicht. Es war einige Tage, nachdem ich das mit Claudia herausgefunden hatte. Ich kam damit zurecht, wenn auch nur langsam.

»Und da kommen lauter alte Leute, oder was?«

Meine Mutter einzuladen war mir nicht in den Sinn gekommen – die sich garantiert den schnuckligsten Typen schnappen und mit ihm Blues tanzen würde. Meiner Erfahrung nach nahmen Eltern nicht mehr an Partys teil, sobald die Kinder ins Knutschalter kamen (weil sie ab diesem Zeitpunkt die Zeit lieber für intensives Beten nutzten), und waren erst dann wieder dabei, wenn die Kinder sich verlobten – um fortan den Rest ihres Lebens auf jeder Festivität aufzukreuzen, erklärte ich Chali.

»Nein, ich meinte alte Leute, so in deinem Alter und so.«

Ich schlug mit einem Dornenzweig nach ihr.

»Mitte zwanzig ist NICHT ALT.«

»Mitte zwanzig, meine Fresse. Du bist fast dreißig. Und dann ist dein Leben doch so gut wie vorbei.«

»Mein Leben wird mit dreißig *nicht* so gut wie vorbei sein. Und abgesehen davon werde ich mit dreißig nicht auf so einer Party herumhängen. Weil ich dann nämlich wahrscheinlich im Ausland sein werde.«

»Echt? Wieso, was hast du vor?«

Keine Ahnung.

»Ach, ich habe da so einige Ideen. Man kann ja so viel machen.«

»Ja, klar, zum Beispiel das Bücherregal hochklettern.«

»Halt die Klappe. Außerdem fällt mir gerade ein, dass du sowieso nicht zu unserer Party kommen kannst, weil sie nämlich nur für reife und elegante Menschen gedacht ist.«

»In Kitteln?«

Chali trug eine superschmale Bootleg-Hose und irgendeinen Chiffon-Fummel dazu. Ihre schwarzen Haare waren zu einem dicken Zopf zusammengebunden, der bis zu ihrem Hintern reichte. Ich trug einen Kittel.

»Schon in Ordnung«, sagte ich. »Wenn du dir sechsundsiebzig Porschebesitzer aus der City entgehen lassen willst – dein Problem.« Die Sache mit »Gareth« hatte ich noch immer nicht vergessen. »Du stehst ja anscheinend mehr auf Typen, die sich Hunde an Drahtleinen halten.«

Pause.

»Du siehst gar nicht so aus, als hättest du so viele reiche Freunde«, sagte sie schließlich.

»Na und? Du siehst doch auch nicht so aus, als würdest du zehn Stunden pro Nacht auf der Stelle herumhopsen und das Spaß nennen, und du tust es trotzdem.«

»Hmm. Wer legt auf?«

Die DJ-Frage wurde in der WG noch etwas kontrovers diskutiert. Josh wollte diesen Job gern übernehmen, aber wir wussten, dass der dann den ganzen Abend Scritti Politti spielen würde.

»Der Typ heißt Fatboy Josh«, sagte ich. »Ist klasse. Hat so richtige, ähm, Vibrations und so, du weißt schon.«

Chali sah mich misstrauisch an.

»Kann ich jemanden mitbringen?«

»Das musst du sogar. Du musst jemanden mitbringen, der single ist.«

»Meine Freunde sind alle single.«

»Okay. Hör mal, Chali, ich WEISS, dass du neunzehn bist. Aber das bist du nicht für immer. Also komm zurück auf den Teppich.«

»Meinst du, ich bekomme genau so schwabblige Oberarme wie du, wenn ich mal alt bin?«

»Nein, ich glaube, du wirst vorher an einer vergifteten Ecstasy-Pille sterben.«

»Das wäre doch mal ein schöner Abgang.«

»Kommst du nun oder nicht?«

»Na ja, ich glaube, wir können mal eben reinschauen, wenn wir sowieso schon unterwegs sind. Eure Party ist bestimmt schon so um zwei zu Ende, oder?«

Zwei Uhr war in meinen Augen eine gute Zeit, um eine Party zu beenden.

»Dann können wir danach ja noch richtig ausgehen. Flint!«

Ich hatte keine Ahnung, was »Flint« heißen sollte, wollte mich aber nicht blamieren, indem ich nachfragte.

»Flint!«, antwortete ich fröhlich.

Vier Stunden ehe die Party offiziell losging, saßen wir zu dritt ziemlich angespannt um den Küchentisch. Das Haus war tipptopp sauber, und da Kate niemandem mehr gestattete, sich darin zu bewegen, saßen wir einfach nur da und starrten Löcher in die Luft. Kate hatte uns außerdem verboten, auch nur eine einzige Weinflasche zu öffnen oder uns an den Knabbersachen zu vergreifen, die die Cateringfirma geliefert hatte. Es war eine neue Form der Folter. Überall standen Blumen herum, die ich aus dem Laden hatte mitgehen lassen. Ich brauchte keine Angst zu haben, damit aufzufliegen, weil Chali nämlich immer so viel mitlaufen ließ, dass sie automatisch beschuldigt werden würde. Und außerdem verdiente ich ja kaum mehr als das Mindestgehalt, darum betrachtete ich die Blumen als meinen Beitrag für unsere Party. Kate und Josh hatten alles andere bezahlt und darum auch das Minipizza-Embargo verhängt. Es war uns etwas unfair vorgekommen, Addison um einen Beitrag zu bitten, da die Party ja gegen seinen Willen in seinem Lebensraum stattfand. Und außerdem hatte er ein Schloss für seine Zimmertür gekauft. Ich ging davon aus, dass es dazu gedacht war, ungebetene Partygäste am Eindringen in sein Reich zu hindern, und nicht ... mich.

Es war ein wunderschöner Tag im Mai, der uns eigentlich in die richtige Partystimmung hätte versetzen sollen. Aber da wir ja den ganzen Tag im Haus verbracht, geputzt und die Badewanne mit Eis für das Bier gefüllt hatten, ehe uns einfiel, dass wir völlig verschwitzt waren und die Wanne eigentlich noch mal gebraucht hätten, waren wir alle ein wenig gereizt.

»Okay«, sagte Josh. »Der Sekt ist also geliefert worden.«

»Was feiern wir heute noch mal?«, fragte Kate. »Dass wir gemeinsam einsam sind?«

»Was haltet ihr von einem kleinen Wettbewerb?«, schlug ich vor. »Wer die meisten Tiefkühl-Lasagneschachteln im Mülleimer hat, gewinnt.«

»Also, noch einmal«, erklärte Josh sehr wichtig klingend. »Wir feiern, dass wir jung und erfolgreich sind und der Sommer vor der Tür steht.«

»Indem wir uns köstlichen Kanapees hingeben.«

»Ach, hätten wir doch bloß einen Krocket-Rasen«, seufzte Josh.

»Wir haben doch eine Feuerleiter«, rief ich. Das Ding war so verrostet, dass akute Absturzgefahr bestand. Man würde in der als »Garten« bezeichneten Müllkippe der Leute unter uns landen und von Triffids aufgefressen werden. Aber es war im Freien und gehörte uns.

»Toll. Ein angemessener Ersatz. Wir könnten Wetten abschließen, wer als Erster durchfällt. Okay, Kate, wie sieht die Gästeliste jetzt aus?«

Kate klang gelangweilt. »Elton John, Elizabeth Taylor, die Beckhams, die Olivers und ein paar Wetterfeen.«

»*Echt?* Ach, so, nein, ich meinte, hahaha!«, sagte Josh.

»Die Jameses, die ein paar Leute aus dem Büro mitbringen, Sophie und deine anderen affektierten Rechtsanwaltsfreunde, Hollys Blumenkollegin und ein paar von unseren alten College-Freunden, die den ganzen Abend in einer Ecke sitzen und alle anderen ignorieren werden. Und wir. Inklusive Addison. Vielleicht.«

»Das sind wie viele?«

»Ungefähr vierzehn.«

»Oh, Gott. Wir haben Essen für zweihundert.«

»Also, ich mag Fleischpasteten eigentlich ziemlich gerne«, meldete ich mich zu Wort und musterte die Essensberge. »Aber ich will mich nicht unbedingt den Rest meines Lebens davon ernähren.«

»Seht euch doch nur diese Massen von Humus an«, stöhnte Josh.

»Aber es bringt doch jeder noch jemanden mit«, sagte Kate. »Die Jameses kriegen was von mir zu hören, wenn sie niemanden dabeihaben. Ich würde mir da keine Gedanken machen.«

»Kann ich bitte ein Bier haben?«, fragte ich.

»Nein«, bestimmte Kate. »Sonst bist du ja schon im Delirium, wenn die anderen kommen.«

»Von einem Bier?«

»Von dem Bier nach dem Bier nach dem Bier nach dem Bier nach dem Bier.«

Wir starrten wieder Löcher in die Luft.

»Um wie viel Uhr kommen die Gäste noch mal?«, winselte Josh zum dreißigtausendsten Mal.

»Wenn du nicht sofort aufhörst zu fragen, versohle ich dir die Hinterseite der Beine«, drohte Kate.

»Ich hoffe, dass du nie Kinder bekommst«, sagte ich mit einem Schaudern.

»Wozu brauche ich denn Kinder, wenn ich dich und Josh habe?«

»Und was ist mit Addison?«

»Und meinen autistischen Sohn Addison.«

»Könnte er nicht einfach nur dein Schwiegersohn sein?«, fragte ich.

»Wusstest du eigentlich, dass die Wahrscheinlichkeit, dass du Addison heiratest, in etwa genau so groß ist wie die Wahrscheinlichkeit, dass du meine biologische Tochter bist, Holly?«

Ich blies die Wangen auf und ließ ganz langsam die Luft entweichen, um mich daran zu hindern, Kate an die Gurgel zu gehen.

»Könnten wir dann vielleicht einen trinken *gehen*? Das machen doch die meisten, bevor sie eine Party schmeißen. Entspannen, ein paar Kleinigkeiten zu Essen zusammenstellen und einfach darauf warten, dass die Gäste auftauchen.«

»Wirklich?«, rief Josh entsetzt.

»Ja«, sagte Kate. »Und genau darum sind die meisten Partys auch so schlecht.«

Das Telefon klingelte. Es war einer der Jameses, der anrief, um abzusagen. Gut, dass er nicht persönlich vorbeikam, sonst hätte Kate ihn womöglich bei lebendigem Leib aufgefressen.

»Wenn du heute Abend nicht kommst, brauchst du auch am Montag nicht mehr im Büro zu erscheinen«, hörte ich sie in den Hörer zischen. Josh und ich sahen uns panisch an.

»Du kannst doch nicht jemanden feuern, weil er nicht zu deiner Party kommt!«, schimpften wir im Chor, sobald sie den Hörer auf die Gabel geknallt hatte.

»Und wieso nicht?«

»Äh, weil es sich nicht gehört?«

»Ach ja? Es gehört sich auch nicht, der Gastgeberin vorzulügen, die Großmutter sei krank.«

»*Wenn* er gelogen hat«, merkte Josh an.

»Natürlich hat er gelogen. Er ist ein sehr guter Lügner. Darum habe ich ihn ja eingestellt. Er kommt.«

In diesem Moment klingelte das Telefon zum zweiten Mal.

»Ich geh ran!«, rief Josh, um einem anderen armen Teufel eine Abreibung zu ersparen.

»Äh, ja, ist sie. Einen Moment bitte. Wie war Ihr Name?«

Josh legte langsam die Hand über die Muschel und wandte sich mit einem dramatischen Gesichtsausdruck zu uns um.

»Äh … Skates?«

»Hm?«

»Hier ist ein ›John‹, der mit dir sprechen möchte. Möglicherweise alias Kevin Costner.«

Kates Kopf fuhr hoch, als hätte sie jemand in den Hintern gekniffen.

»Oh, mein Gott! Und ich habe seit heute Morgen nicht geduscht!«

»Das ist ein *Telefon*, kein Riechofon!«

»Sag ihm, dass du nicht hier bist!«, flüsterte ich. »Sei geheimnisvoll und unnahbar. Und Josh: Du hörst sofort mit diesen süffisanten Bemerkungen auf.«

»Vor einem Monat hätte ich vielleicht geheimnisvoll und unnahbar sein können«, flüsterte Kate zurück, als sie in Richtung Telefon ging. »Aber jetzt bin ich *kurz vor dem Verzweifeln.*«

»Okay.«

»Hallo«, schnurrte sie in den Hörer. Am anderen Ende der Leitung war ein Mann, den sie ganz bestimmt nicht feuern würde. Höchstens anfeuern.

»Ach ja? Nein, wie schade«, schnurrte sie weiter. »Na, was soll's. Und wie war es in Amerika?«

»Dem Großen ging es gut, aber mein Kleiner hatte ein wenig Husten«, wisperte ich Josh zu.

»Tut mir wirklich furchtbar Leid, aber wir stecken gerade mitten in einer Party …«

Josh und ich gestikulierten wie wild, indem wir den Kopf schüttelten und mit den Armen ruderten, aber Kate sagte nur: »Wenn du Lust hast, kannst du ja vorbeikommen …«

Josh verdrehte in gespielter Verzweiflung die Augen, als Kate ihrem Gesprächspartner unsere Adresse durchgab. Ich steckte mir die Finger in den Hals und imitierte gekonnt einen Brechanfall.

»Gut, bis später dann!«, gurrte sie und kicherte wieder wie neulich im Pub.

»JA!«, schrie sie, als sie aufgelegt hatte und mit der Faust auf den Tisch schlug.

»Jetzt geht das Ganze wieder von vorne los«, stöhnte Josh leise.

»Kate, meinst du nicht, dass wir zur Feier des Tages eine Flasche Wein aufmachen sollten?«

»Nein!«

Vier Stunden später saßen wir immer noch um den Küchentisch, allerdings sahen wir etwas besser aus. Der gute Josh hatte sogar seine Smokingjacke an. Wir hatten uns wirklich nach Kräften bemüht, ihn davon zu überzeugen, etwas anderes anzuziehen – vergebens. Also begnügten wir uns jetzt damit, ihn mit Nachnamen anzureden und uns von ihm Drinks servieren zu lassen. Punkt neun Uhr gab Kate die Weinflaschen zur Entkorkung frei, und wir stürzten uns darauf wie ausgehungerte Hyänen.

»Und was, wenn niemand kommt?«, fragte ich und stopfte mir eine Hand voll Krabbenzeugs in den Mund.

»Dann bringe ich mich um«, sagte Josh. »Dann hat mein Leben keinen Sinn mehr.«

»Ist mir egal«, meinte Kate. »John kommt ja.«

»Aha – das sind ja mal zwei extrem ausgeglichene Meinungen zu diesem Thema. Ich hole Addison. Die Party hat jetzt offiziell angefangen, und er hat versprochen mitzufeiern.«

Als ich an seine Tür klopfte, hörte ich, wie geräuschvoll mehrere Riegel zurückgeschoben wurden, und fühlte mich auf unangenehme Weise an rechtsextreme militante Gruppierungen erinnert.

»Na … alles in Ordnung?«

»Hmhm.«

»Unsere Party hat angefangen. Hast du Lust, rüberzukommen und ein Glas Wein mit uns zu trinken?«

»Sind auch schon andere Leute da?«

»Nein, noch nicht. Komm schon.«

»Ich war mal in einem Haus, das abgebrannt ist.«

Ich erstarrte zur Salzsäule und starrte ihn an. Ein unaufgefordert geäußerter Satz über sein Leben! Wo gab es denn so etwas?

»Oh, Gott! Und was ist passiert?«

Er ging nicht auf mich ein.

»Darum dachte ich, das mit den Riegeln ist vielleicht gar nicht so schlau, denn wenn es brennt …«

»Ist jemand in dem Feuer umgekommen?«

Er blinzelte.

»Ja. Mein Vater. Meinst du, ich sollte die Riegel wieder abschrauben?«

Ich war sprachlos. Ich starrte ihn an.

»Das … tut mir wirklich sehr Leid.«

»Ist schon lange her. Meinst du, Kate gibt mir ein Bier?«

Wenn sie das mit seinem Vater wüsste, würde sie ihm sogar ihren Wagen geben.

»Äh, ich glaube schon.« Ich stand völlig neben mir und folgte ihm wie in Trance in die Küche. Meine Eltern lebten beide noch – wenn auch getrennt – und strotzten nur so vor Gesundheit, und außerdem hatte ich eine Schwester, die mich wahnsinnig machte.

Am liebsten hätte ich ihm die Arme um den Hals geschlungen, mich auf seinen Schoß gesetzt und ihn nie wieder losgelassen. Stattdessen tat ich das, was dem am nächsten kam, und holte ihm ein Bier. Er erwähnte die Sache nie wieder.

5

Um halb elf verkündete Josh, er werde jetzt ins Badezimmer gehen, um sich die Pulsadern aufzuschneiden, und fragte, ob er bei dieser Gelegenheit irgendjemandem ein Bier mitbringen sollte, da wir ja schließlich hundertfünfzig davon hätten und noch immer nur zu viert seien.

Ich trug auch nicht gerade positiv zur Partystimmung bei – und die Musik ebenso wenig. Wir ließen Josh pausenlos »Wood Beez« hören, damit er sich irgendwie beruhigte, während ich seit Addisons Katastrophennachricht wieder dazu übergegangen war, Löcher in die Luft zu starren. Mein Gott. Kein Wunder, dass er so war, wie er war. Meine Liebe zu ihm drohte mich zu übermannen. Ich würde schon dafür sorgen, dass alles wieder in Ordnung kam. Ich würde auf ihn aufpassen. Ich … na ja, ich würde niemals in seiner Gegenwart ein Feuer anzünden.

Kate hyperventilierte bei der Vorstellung, bei der Wegbeschreibung für John X könnte ihr ein Fehler unterlaufen sein. Addison war, nachdem er sich ein Bier aus der mit vor sich hin schmelzendem Eis gefüllten Wanne geholt hatte, wieder in sein Zimmer verschwunden. Zur Feier des Tages trug er Shorts und ein T-Shirt mit dem Cover von *Die Wespenfabrik* drauf. Josh hatte vor Verzweiflung seine Fliege gelöst und sah angenehm nach *Brideshead* aus. Ich hatte ein wenig mit mir gerungen, ob ich Kate und Josh das von Addison erzählen sollte, dann aber beschlossen, dass es günstigere Zeitpunkte als unmittelbar vor einer Party gab, um über die existenziellen emotionalen Traumata eines Mitbewohners zu sprechen. *Während* einer Party zum Beispiel, rief ein Stimmchen in mir, da man sich am nächsten Tag an nichts mehr erinnern kann. Perfekt.

Endlich, um zehn vor elf, klingelte es an der Tür. Wir stießen einen kollektiven Seufzer der Erleichterung aus, und Josh ging zur Tür. Zum Vorschein kam eine attraktive, adrette junge Frau, der der Name Sophie so eindeutig ins Gesicht geschrieben stand, als sei er tätowiert worden. Nicht, dass jemals eine Sophie auf den Gedanken käme, sich irgendetwas tätowieren zu lassen – aber Sie wissen schon, was ich meine.

»So, das ist Sophie«, strahlte Josh.

»Ach nein?«, sagte Kate. Ich sah sie an. Normalerweise war sie gegenüber Frauen, die Joshs Weg kreuzten, ja mehr als aggressiv. Wenn es richtig nette Mädchen waren, konnte man meinen, man sähe *1984*. Aber zum Glück waren die meisten dieser Frauen blond, aus gutem Hause und in sich selbst verliebt. Und wenn ich so drüber nachdenke, hießen auch die meisten von ihnen Sophie.

»Freut mich, dich kennen zu lernen. Ich bin Kate, und das ist Holly.«

»Hallöchen«, begrüßte sie uns und schaffte es damit tatsächlich, einen mehrsilbigen Einstieg in die Konversation zu machen. »Freut mich auch. Und wer von euch beiden will Jura studieren?«

Kate und ich zeigten ähnlich hektisch wie Bugs Bunny gleichzeitig auf die jeweils andere.

»Ach, beide? Das ist ja toll!«, rief sie und pflanzte ihren Ponyreithintern auf einen Küchenstuhl. »Einen Gin Tonic, bitte, Joshua. Sag mal, hattest du nicht was von einer Party gesagt? Oder war das nur ein Vorwand, um mich hierher zu locken, huahuahua.«

»Nein, eigentlich war das ein Vorwand, um …«, fing ich an, doch Josh warf mir einen warnenden Blick zu, worauf ich verstummte. Zum Glück gehörte Sophie nicht zu dem Menschen, die anderen zuhörten, wenn sie redeten.

»Also, Jura. Wusstet ihr, dass ich zu den sechs Besten in meinem Semester gehört habe?«

»Nein, *wirklich*?«, staunte Kate. »Meine Güte, dann bist du natürlich viel besser als wir.«

»Ach nein, das würde ich nicht sagen«, widersprach Sophie lächelnd. »Man muss aber natürlich erst einmal hineinkommen. Das ist ziemlich schwierig. Ich meine, da wird schon mehr gefragt als nur ›Welchen Beruf hat dein Vater?‹«

»Meiner ist Sozialarbeiter«, antwortete ich prompt. Und das stimmte.

»Oh, na ja, das macht ja nichts. Und deiner?«

»Der ist Arzt für Allgemeinmedizin«, stieß Kate zwischen zusammengebissenen Zähnen hervor.

»Ach, Mittelklasse! Das wird dir natürlich auf keinen Fall zum Nachteil gereichen! Mein Vater ist schließlich auch bloß Landwirt, stimmt's nicht, Josh?«

»Wie?« Josh war damit beschäftigt, Zitronen zu schneiden.

»Ich sagte, mein Vater ist auch bloß Landwirt, *stimmt's*?«

»Ähm, nein, eigentlich nicht. Sophies Vater gehört halb Cheshire! Ha!«

»Hahaha! Na ja, vielleicht nicht *genau* die Hälfte.«

Ich sah zu Kate, deren Gesicht Bände sprach.

Josh kam mit den Drinks, setzte sich neben Sophie und himmelte sie an.

»Und dann muss man sich eben bei sämtlichen Richtern, die man kennt, bis zum Anschlag einschleimen. Ich mache das selbstverständlich nur, um mir einen Tory-Sitz zu sichern – für die Zeit, wenn wir endlich diesen Haufen Labour-Scharlatane losgeworden sind.«

In diesem Augenblick klingelte es dankenswerterweise an der Tür. Kate und ich sprangen gleichzeitig auf, aber am Ende ließ ich ihr den Vortritt. Mir sank das Herz, als ich ein untypisches Aufjaulen des Entzückens vernahm. Kurz darauf führte sie mit hochroten, glühenden Wangen John in die Küche. Er war ein wirklich extrem adretter Typ und hatte ein Hemd an, das – obschon es hinsichtlich Knöpfen, Kragen,

Manschetten etc. völlig normal *aussah* – wahnsinnig teuer und geschmackvoll war. Und er sah extrem gut aus. Es bestand tatsächlich eine gewisse Ähnlichkeit mit Kevin Costner, wenn auch bei den heutigen Lichtverhältnissen eher mit dem aus den Baseballfilmen der Achtziger als mit dem der urintrinkenden post-apokalyptischen Phase der Neunziger. Er überreichte uns eine Flasche Sekt und eine Flasche Wein.

»Holly und Josh kennst du ja …« Wir nickten, obwohl wir ihn überhaupt nicht kannten. »Und das hier ist Sophie.«

Das leichte Zittern in ihrer Stimme verriet mir, was sie dachte: Das hier ist Sophie, sie ist blond, und ihr gehört halb Cheshire. Und sie gefällt dir bestimmt viel besser als ich. Stimmt's?

John gab Sophie die Hand, und Sophie kicherte errötend.

»Hallo, John … Heeeey, du bist ja Amerikaner! Wie schön, mal einen Amerikaner kennen zu lernen.«

»Sophie war unter den sechs besten Absolventen ihres Jurasemesters«, erläuterte ich. Kate und Josh sahen mich beunruhigt an. »Aber sie ist noch nie im Leben einem Amerikaner begegnet.«

»Das stimmt doch gar nicht, Holly!«, widersprach Sophie ernst. »Natürlich bin ich schon Amerikanern begegnet – und ich finde sie ausgesprochen nett.«

»Na, vielen Dank auch, Ma'am.« John tat, als würde er den Hut ziehen. »Und wo kriegt man hier einen Drink?«

»Hört euch doch nur mal diesen schönen Akzent an«, trällerte Sophie.

Kate setzte sich neben mich und schnappte sich den nächstbesten Gegenstand.

»Du schlägst sie damit, und ich werfe sie die Feuerleiter runter!«, flüsterte sie.

»Das ist ein Plastiksieb.«

»Na und? Dann musst du eben etwas fester zuschlagen.«

Als es erneut an der Tür klingelte, stand ich auf, um aufzumachen. Es war Chali, zusammen mit sechs unbekannten Begleitern, von denen die meisten ziemlich heruntergekommen aussahen – außer Chali natürlich, die ganz eindeutig ihre Göttin war – und zwischen denen ein bewusstloser Typ hing, der hereingeschleppt werden musste. Ich flippte beinahe aus vor Freude, endlich jemanden zu sehen, den *ich* kannte, obwohl es nur eine Arbeitskollegin war, die ich noch nicht einmal einen Monat kannte.

Als ich mit der schrägen Bande im Schlepptau in der Küche erschien, war Josh immer noch damit beschäftigt, John einen Drink zu machen, während dieser zwischen Kate und Sophie saß, die beide mit allen Mitteln versuchten, seine Aufmerksamkeit auf sich zu lenken.

»So, da wären wir!«, verkündete ich. Es war schon seltsam: Wir hatten ein paar Leute in unserer Wohnung, dazu massenweise Alkohol, massenweise zu essen, Musik, Kerzen und gedämpftes Licht ... und trotzdem fühlte sich das Ganze immer noch nicht an wie eine richtige Party. Die Versuchung »Also Leute – dann legt mal los!« zu rufen, war verdammt groß.

»Also, Leute«, sagte Josh, als er eine Flasche Sekt aufmachte, »dann legt man los!« Und damit drehte er »Pray like Aretha Franklin« voll auf.

Als Chalis Freunde die vielen Kanapees sahen, begannen ihre Augen zu glänzen. Sie ließen den bewusstlosen Kumpel im Flur liegen und stürzten mit offenen Taschen in Richtung Büffet, ehe Chali ihnen durch simples Erheben der Hand Einhalt gebot. Alle drehten sich zu ihr um und beobachteten, wie sie in ihrer winzigen Handtasche kramte. Völlig fasziniert wartete ich, was sie wohl hervorzaubern würde – einen selbst gebackenen Käsekuchen? Crack? Kokain? Nein, eine CD. Eine CD in einem schlichten weißen Cover. Chali drehte dem armen alten Scritti den Saft ab und legte sie ein.

Im nächsten Moment wurde das Haus von einem ohrenbetäubenden Krach erschüttert, worauf die Bande in wildes

Zucken verfiel. Es klingelte wieder an der Tür. Der erste Gast stolperte über den Kerl im Flur und verschüttete etwas Bier. Krabbencracker verschwanden dutzendweise in diversen Mündern und unserem Teppich. Zigaretten wurden angezündet.

»Also, Leute!«, rief Chali. »Dann legt mal los!«

Und wie durch ein Wunder wurde es immer voller. Gut, ich kannte zwar nicht besonders viele unserer Gäste, aber es wurde angenehm laut. Ich beschloss, mich als Entschädigung dafür, dass ich auf meiner eigenen Party so wenig Leute kannte, restlos zu betrinken. Eine Weile unterhielt ich mich ziemlich verwirrt mit ein paar von den Jameses, die alle in Schlips und Kragen direkt vom Pub hierher gekommen und reichlich nervös waren. Einer von ihnen hatte sogar ein Geschenk für Kate mitgebracht, für den Fall, dass es sich bei dieser Party um eine Fortsetzung ihrer Geburtstagsparty handelte. Ich erzählte ihm, es sei meine Geburtstagsparty, und nahm das Geschenk an mich. Zu meiner Enttäuschung handelte es sich dabei um irgendein Mega-Gimmick für ihren elektronischen Terminplaner, das einem die Börsenkurse auf dem Mond oder so mitteilte. Trotzdem hob ich es für den Fall auf, dass ich mal ein Geschenk für Kate brauchte.

Dann arbeitete ich mich durch in Richtung Küche, wobei ich tunlichst darauf achtete, keinem meiner ehemaligen Kommilitonen über den Weg zu laufen, die sich sicher mit dem größten Vergnügen nach meinem beruflichen Werdegang erkundigt hätten, während sie gleichzeitig von ihren neuen Autos erzählten und sich über jenes allzeit beliebte Thema »Immobilienpreise in London« austauschten. Und wenn mich nicht alles täuschte, linste einer von ihnen sogar beständig auf die Uhr, damit der Babysitter nur ja nicht überbeansprucht wurde. O Mann.

In der Küche saß Josh am Tisch und tat verzweifelt so, als

sei er mitten in einer kleinen Viererparty – obwohl Kate und Sophie ihm den Rücken zugekehrt hatten und exklusiv mit John Costner plauderten. Ich setzte mich neben Josh und schenkte uns noch ein Glas Sekt ein.

»Und, wie läuft's?«

»Oh, prima, wirklich prima«, versicherte Josh mit seinem üblichen Enthusiasmus.

»Nein, ich meinte mit Sophie.«

Sophie erklärte John gerade, warum sie die neue Margaret Thatcher sei – allerdings mit einer weniger laschen Sozialpolitik. John sah aus, als würde er zuhören, während Kate verkniffen lächelte.

»Ach so, ja. Jaja, das läuft ganz gut.«

»Josh! Sie lässt dich doch komplett links liegen.«

»Aber das ist doch völlig normal, oder nicht?«

In diesem Moment wurde mir klar, wie verletzt er war.

»Nein, ist es nicht! Entweder solltest du um sie kämpfen oder einsehen, dass sie einfach zu selbstverliebt ist, und sie vergessen. Sieh dir die beiden doch nur an! Als hätten sie schon zusammen Schweine gehütet.«

»Fragt sich nur, wer das Schwein ist.«

»Oder wer hier Schwein gehabt hat.«

»Du meinst also, ich soll sie zurückerobern?«, fragte er hoffnungsvoll.

»Na ja, ich bin nicht ganz sicher, ob ›zurück‹ hier das richtige Wort ist ...«, antwortete ich taktvoll, worauf er wieder in sich zusammenfiel. »Aber das sind doch Nebensächlichkeiten! Ja! Ja! Tu's. Ein bisschen den Hof machen und so.«

»Okay. Dann mache ich das jetzt. Sophie?«

»... und genau das *liebe* ich so an Amerika: Dass es dort eine klassenlose Gesellschaft gibt«, gestand Sophie dem äußerst höflich dreinblickenden John. »Ja, Joshua? Oh, Joshua, wärst du wohl so lieb, John und mir noch einen Drink zu machen, bitte?«

»Gerne«, sagte Josh. Ich knuffte ihn in die Seite. »Und … und dann möchte ich gerne mit dir reden!«

»Ooooh! Glaubst du, ich bin in Gefahr??« Sie puffte John neckisch in die Seite.

Kate sprang auf und kam zu mir.

»So eine blöde Kuh!«, sagte sie laut.

»Wie bitte? Lass mich in Ruh'?«, fragte ich nach, da mir klar war, dass wir viel zu nahe bei den beiden standen.

»Nein. Sag mal, bist du taub? Ich habe ›So eine BLÖDE KUH!‹ gesagt.«

»Okay, okay, jetzt beruhig dich mal wieder. Zeigt doch nur, was für ein Typ dein John ist, oder? Und es sind noch genug andere Leute hier.«

»Was blieb ihm denn schon anderes übrig, nachdem sie ihm ihre DICKEN FETTEN TORY-TITTEN ins Gesicht gehängt hat?«

»Äh, weißt du was? Lass uns doch einfach nach nebenan gehen … tanzen. Ja?«

Ich schob die fluchende Kate aus der Küche. Joshs Zimmer war zur Kiffhöhle umfunktioniert worden, während im Wohnzimmer die Leute inzwischen ausgelassen tanzten, zu denen wir uns gesellten. Chali legte einen indischen Tanz auf die House-Musik hin und sah einfach klasse aus – umgeben von ihren finster aussehenden Typen, die um sie herumtanzten wie zwergwüchsige Diener. Ich schnappte mir einen von ihnen und stellte ihn neben Kate.

»So. Und jetzt tanzt ihr zusammen«, befahl ich ihr. Der Kerl fing sofort an, auf und ab zu hopsen, Kate rang sich ein paar lahme Armbewegungen ab.

»Das ist mir echt zu blöd hier. Ich gehe ins Bett.«

»Ich fürchte, einer deiner Jameses und eine süße Blondine sind dir zuvorgekommen«, verriet ich ihr.

»Verdammt noch mal! Wo sind wir denn hier? Ist das eine Pubertätsparty, oder was? Weißt du, welcher James? Den knöpfe ich mir am Montag vor.«

»Nein, leider nicht«, sagte ich und nahm mir vor, die beiden aus Kates Bett zu entfernen, sobald es aus humanitärer Sicht vertretbar war.

»Das hier entwickelt sich langsam zur schlimmsten …«, fing Kate niedergeschlagen an, doch plötzlich hellte sich ihre Miene auf. Meine Augen folgten ihrem Blick.

»Da bist du ja«, sagte der große Amerikaner. »Wie konntest du mich nur mit diesem politisch inkorrekten, ponyreitenden Etwas allein lassen?«

Er schlängelte sich elegant an dem zappelnden Tänzer vorbei.

»In Amerika nennen wir so etwas eine außergewöhnlich grausame Strafe«, sagte er und stellte sich dicht neben Kate. »Störe ich?«

Kate schüttelte stumm den Kopf. Er schlang die Arme um sie und zog sie auf die Tanzfläche. Und damit waren die beiden von der Außenwelt abgeschnitten.

Hey! Der Typ war ja richtig nett! Als ich bemerkte, dass der andere Kerl jetzt in meine Richtung hopste, zog ich mich hastig zurück.

Die Küche war nach wie vor das Herzstück der Party. Sophie saß noch auf demselben Stuhl wie zuvor und quasselte – allerdings jetzt nicht mehr mit John, sondern mit Josh, der ihren Ausführungen mit verträumtem Gesichtsausdruck lauschte. Oh, nein. Noch viel schlimmer allerdings war, dass sich die Party zum Selbstläufer entwickelt hatte. Die einen tanzten, die anderen knutschten … so gesehen war unsere Single-Party also ein voller Erfolg. Wieder andere kifften … nur ich hatte wieder mal nicht rechtzeitig Anschluss an eines der Grüppchen gefunden. Deshalb blieb mir nur noch die Rolle der gezierten Gastgeberin, die von einem Grüppchen zum anderen tingelte und versuchte, irgendwo akzeptiert zu werden. Verdammt! Und in mein Zimmer konnte ich auch nicht, weil sich dort etwa dreihundert Mäntel stapelten! Und dieser dämliche Addison war letztendlich doch nicht zur Party gekommen. Nach allem, was ich inzwischen über sein Leben wusste, war mir absolut nicht danach, in sein Zimmer zu gehen und ihn zu holen. Also tat ich einfach so, als würde ich ganz cool nachsehen, was rund um den Kühlschrank so lief, verhalf den Gästen zu ihrem Bier und so.

Wie ätzend. Ich meine, das hier war eine Single-Party – aber anscheinend war ich die Einzige, die hier allein war. So war das Ganze ja wohl nicht gedacht gewesen. Leicht genervt ließ ich den Blick durch den Raum schweifen. In der einen Ecke stand ein Typ, der einer von Kates oder Joshs Freunden sein musste, da er nicht eine einzige Aknenarbe hatte und die Schultern nicht hängen ließ. Er trug eine Lederjacke und ein dunkles Hemd und war eigentlich ein klein wenig zu glatt für meinen Geschmack – obwohl er durchaus niedliche Lachfältchen um die Augen hatte. Und außerdem war der Typ, mit dem er sich gerade noch unterhalten hatte, soeben verschwunden.

Also gut. Kate hatte ihren John. Josh wurde von seinem Objekt der Begierde zumindest angeschrien. Addison war weit und breit nicht in Sicht. Das bedeutete, dass ich es wenigstens versuchen musste.

Ich fuhr mir mit der Zunge über die Zähne und ging lächelnd auf ihn zu.

»Hallo«, begrüßte ich ihn so unbekümmert wie möglich. »Amüsierst du dich gut?«

Er wandte sich mir langsam zu und musterte mich von oben bis unten. Ich hasse das, aber von mir aus, schließlich waren wir auf einer Single-Party.

»Ja, schon okay, danke.«

»Gut, das freut mich. Ich bin übrigens Holly, und ich wohne hier.« Ich strahlte ihn an und fuhr mir dann – eine wirklich dämliche nervöse Angewohnheit – noch einmal mit der Zunge über die Zähne. Als mir auffiel, dass ich das gerade erst getan hatte, klappte ich unvermittelt den Mund zu, so dass meine Zähne hörbar aufeinander schlugen. Er sah mich noch ein paar Sekunden an, ehe er zu einem Entschluss zu gelangen schien.

»Nett, dich kennen zu lernen, Holly. Ich bin Geoffrey – ich arbeite mit Kate zusammen. Ich suche sie schon eine ganze Weile, habe sie aber nicht finden können. Es wäre wirklich nett, wenn du ihr sagen würdest, dass ich hier war, es sehr nett war und ich leider gehen musste.«

Er machte sich daran, seine Jacke anzuziehen. Ich bemerkte, dass die anderen uns beobachteten, und versuchte verzweifelt, ein Gespräch in Gang zu bringen.

»Oh, also hat Kate dich eingeladen, ja? Aber du kannst doch noch nicht gehen – hast du schon von der Bowle probiert? Bleib doch noch ein bisschen. Kate taucht bestimmt gleich auf.«

»Ich kann nicht.« Sein leicht gehetzter Blick verriet, dass das nicht ganz der Wahrheit entsprach. »Ich – äh – ich parke in zweiter Reihe.«

»Ach, du bist mit dem Wagen hier? Was fährst du denn?«

»Äh, einen Porsche. Gut, okay – James!«, rief er jemandem zu, den ich nicht ausmachen konnte. »Wir sehen uns am Montag! War wirklich nett.« Und damit verschwand er. Abgang links.

Mist. Wieder allein, schlich ich quer durch den Raum. Zum Glück hat mich wenigstens niemand gesehen, dachte ich. Doch weit gefehlt: Sophie starrte mich schadenfroh an. Mist!

Ich schenkte mir noch ein Glas Wein ein und aalte mich in Selbstmitleid. Dann ging ich ins Bad und sah in den Spiegel – und wie hätte es anders sein sollen: Mir klebte ein Stückchen Krabbenfleisch am Kinn. Das heißt, *ich* wusste, dass es Krabbenfleisch war. Für alle anderen sah es natürlich aus wie Herpes.

Als ich mich betrübt zurück ins Getümmel schleppte, sah

ich aus dem Augenwinkel eine Bewegung auf der Feuerleiter ... Das konnte doch nicht sein! Gütiger Himmel! Addison! Draußen auf der Feuerleiter – *draußen*! Wie seine Augen wohl mit der Lichtumstellung zurechtkamen? Dann bemerkte ich, dass er nicht nur draußen war, sondern dass er auch noch mit jemandem redete!

Jetzt reichte es endgültig. Ich hatte die Nase gestrichen voll. Schließlich war allseits bekannt, dass Addison ausschließlich mit *mir* redete – naja, und mit Claudia, wenn man das reden nennen wollte – und das wollte ich ganz bestimmt nicht. Plötzlich kam mir ein entsetzlicher Gedanke: Vielleicht *war* die zweite Person auf der Feuerleiter ja Claudia! Vielleicht war sie Addisons Einladung am Ende doch gefolgt! Oh, Gott. Ja, klar. Ich hatte mich stundenlang zum Affen und mir Sorgen um meine Mitbewohner gemacht, während Claudia mir Addison vor der Nase weggeschnappt hatte! Oh, nein! Ich konnte ebenso gut Selbstmord begehen.

Ich stand am Kühlschrank und lehnte mich ein wenig nach vorn, um besser sehen zu können. Schließlich wollte ich ja nicht sofort hinausstürmen und sie anherrschen, was sie hier zu suchen hatte. Aber Addisons dickes schwarzes Haar versperrte mir die Sicht, deshalb musste ich mich noch etwas weiter nach vorn beugen. Im nächsten Moment taten der Weißwein und (wie ich mir später einredete) die Verzweiflung ein Übriges und sorgten dafür, dass ich mit einem lauten Rumpeln in voller Länge auf dem Boden aufschlug.

Die gesamte Partygesellschaft verstummte. Ich hätte sogar schwören können, dass irgendwo ein Plattenspieler gewesen sein musste, weil ich dieses Geräusch hörte, das entsteht, wenn die Nadel einmal quer über die Platte rutscht. Einige der Jameses lachten. Josh sprang besorgt auf, während Sophie sich über seine angetrunkene Mitbewohnerin zu amüsieren schien. Und die beiden Köpfe auf der Feuerleiter schnellten ebenfalls herum und offenbarten mir leider, dass es sich bei Addisons Gesprächspartner nicht um Claudia, sondern um Finn handelte.

»Alles in Ordnung! Nichts passiert! Mir geht's gut! Das Einzige, das gelitten hat, ist meine Selbstachtung!«, rief ich sofort, damit die Leute um mich herum aufhörten, »Uiuiui« und andere Ausrufe der Besorgnis von sich zu geben.

»Wir hatten mal ein Dienstmädchen, das getrunken hat«, hörte ich Sophie sagen.

Plötzlich baute sich Addison vor mir auf.

»Du tust dir ziemlich oft weh«, sagte er vorsichtig.

»Das war der Fußboden«, brummte ich. »Hat sich ohne Vorwarnung auf mich gestürzt.«

Er streckte mir die Hand entgegen. »Alles in Ordnung?«

»Ja, ja, ja.« Seine große Hand umschloss meine, was ich sehr genoss, während ich mich aufrappelte und ganz zufällig absichtlich gegen ihn taumelte. Ich klopfte meine Kleider ab, sah mich ganz lässig – oder sagen wir, so lässig wie unter den gegebenen Umständen möglich – in der Küche um und tat, als würde ich Finn erst jetzt bemerken.

»Ach, hallo … Tut mir Leid, aber ich fürchte, ich weiß deinen Namen nicht mehr.«

»*So* betrunken bist du?« Ich hatte völlig vergessen, wie nervtötend er sein konnte.

»Nein!«, zischte ich. »Es ist nur so, dass ich … du weißt schon, ich habe immer mit so vielen Leuten zu tun, dass ich mich nicht immer an alle erinnern kann.«

»Verstehe. Also, ich bin Finn.«

»Ach ja … äh … ich bin Holly«, entgegnete ich und kam mir immer blöder vor.

»Äh, ja. Ich weiß.«

»Und woher kennst du Addy?«, fragte ich und auf eine Art und Weise, die suggerieren sollte, dass Addison mein Freund war und wir hier zusammenwohnten.

»Addy? Ach, du meinst Addison … äh, eigentlich kenne ich ihn gar nicht. Oder sagen wir, seit gerade mal zehn Minuten. Da haben wir nämlich festgestellt, dass wir beide die Sonnenfinsternis gesehen haben. Ein faszinierender Typ. Wirklich, er hat da ein paar sehr interessante Theorien postuliert … Wieso, ist er dein Freund? Wohnt ihr zusammen?«

»Jein«, widersprach ich verärgert, weil Addison nur einen Meter von uns entfernt war. »Wir wohnen nur zusammen. Das hier ist eine WG.«

»Ach, so … netter Kerl. Also, wegen neulich, als wir … Tut mir echt Leid, dass wir uns so missverstanden haben.«

»Missverst – ach, das! Sei doch nicht albern, das ist doch schon längst vergessen!«

In einem Versuch, Nähe zu demonstrieren, wandte ich mich an Addison. »Danke, Darling … es geht mir schon viel besser.«

»Wie?«, sagte Addison. »Hast du mit mir geredet?«

»Was haltet ihr davon, wieder nach draußen zu gehen? Bist du gerne draußen, oder findest du es etwas verwirrend, dass der Himmel manchmal blau ist und manchmal ganz dunkel mit kleinen Glitzerpunkten?«

»Ich glaube nicht, dass eure Feuerleiter besonders sicher ist«, sagte Finn.

Ich drehte mich um. »Ach ja? Und wie kommst du darauf? Stringtheorie?«

»Äh, nein, aber in der einen Ecke ist sie komplett durchgerostet … Soll ich dir was zu trinken holen?«

»Nein, danke. Wer weiß, welche chemischen Experimente du damit durchführst. Vielleicht schiebst du mein Glas ja in den vierdimensionalen Raum.«

»Mann, bist du nachtragend. Und außerdem gibt es den vierdimensionalen Raum nur theoretisch, und darum könnte er gar kein Zwischenaufenthaltsort für deinen –«

»Ich bin nicht nachtragend«, maulte ich.

Ich war drauf und dran, endlich mal den heißblütigen Vamp zu spielen, mir Addison zu schnappen und Finn allein vor sich hin faseln zu lassen, als ich aus dem Augenwinkel eine entsetzliche Entdeckung machte: Carol. Der Drache von Harlesden, dem ich vor weniger als zwei Monaten nur haarscharf entwischt war. Was zum Teufel machte *die* denn hier? Musste die sehr entfernte Single-Freundin eines entfernten Single-Freundes einer meiner Mitbewohner sein. Sie steckte in einem knallengen pinkfarbenen Kleid, das sowohl ihren orangestichigen Teint unterstrich als auch das mit großer Sorgfalt aufgetragene Körper-Make-up (unter anderem Rouge zwischen den Brüsten) hervorhob. Sie strich mit einem unnatürlich langen Fingernagel wie eine Staubinspektorin über die Küchenschränke und bewegte sich auf den Kühlschrank zu. Und damit geradewegs auf uns!

»Oh, Gott«, flüsterte ich Finn zu. »Okay, zeig mir bitte ganz schnell, was mit der Feuerleiter nicht stimmt.«

»Was? Entschuldigung, aber ich habe dich nicht ganz –«

»Sofort!« Ich schob ihn Richtung Küchentür und vergrub förmlich das Gesicht in seiner Jacke, bevor wir auf das klapprige braune Metallgerüst hinausstolperten.

»Äh ... Also gut, wenn man sich hier hinsetzt, dann wackelt das Ganze«, sagte Finn.

»Hm? Ach ja.« Ich riskierte einen Blick in die Küche.

»Und darum meine ich, dass die Aufhängung vielleicht nicht mehr ganz sicher ist ...«

»Tut mir Leid, Finn ... Aber ich musste eben einfach nur ganz schnell vor dieser Person da flüchten.«

Er drehte sich um.

»Vor wem? Vor der?«

»NICHT HINSEHEN! Ja, vor der. Ich habe mal mit ihr zusammengewohnt, und sie war ziemlich gemein zu mir. Deshalb versuche ich die Gelegenheiten, bei denen sie wieder gemein zu mir sein könnte, auf ein absolutes Minimum zu reduzieren.«

»Ach, ist das die, die dich verprügelt hat?«

»Äh, nein, das war jemand anders.«

»Aha. Zu dir sind ziemlich viele Leute gemein, was?«

»Ja. Aber ich kann nie etwas dafür.«

»Verstehe.«

Ich drehte den Kopf ein Stück und beobachtete, wie Carol gerade die Kühlschranktür öffnen wollte, als sie Addison entdeckte – jene allseits bekannte Stätte atemberaubender Naturschönheit. Ich bedeutete Finn, die Klappe zu halten, und lehnte mich nach vorn, um hören zu können, was sie sagte.

»Findest du nicht auch, dass die Küche hier widerlich dreckig ist?«, fragte sie Addison. »Diese vielen Töpfe und so, da sammelt sich doch bloß Staub an.«

Addison stand mit vor Verlegenheit dunkelrotem Gesicht zu uns gewandt und starrte ausdruckslos geradeaus. Carol hob eine Hand, und ich sah, dass ihre geradezu lächerlich langen Fingernägel sich krümmten und passend zum Kleid in Pink lackiert waren. Sie trug mindestens drei Ringe an den Fingern.

»Carol«, stellte sie sich vor. »Carol Patterson.«

Addison starrte uns flehend an.

»Und das ist meine Freundin Farah.«

Addison richtete den Blick auf den Boden.

»Die sind zu zweit?«, fragte Finn.

»Äh, ja ... Farah ist ein bisschen klein geraten.«

»Verstehe. Oh, Gott, sieh doch nur! Ist das da nicht ein Affe?«

»Nein. Das ist Farah.«

»Oh. Ups.«

»Du bist mir ein schöner Wissenschaftler.«

»Aha, du bist also eher der stille Typ, ja?«, Carol bohrte Addison einen ihrer tödlichen Fingernägel in die Brust. Ich litt mit ihm.

»Könnte man so sagen«, flüsterte ich Finn zu. Er nickte.

»Gehört es nicht zu deinen Pflichten als Gastgeberin, dich unter die Gäste zu mischen? Dann könntest du Addison nämlich vor dieser Hyäne retten. Wäre bestimmt besser, als sich hier zu verstecken und das Ganze nur zu beobachten, oder? Ist nur so ein Gedanke«, fügte er schnell hinzu, als er mein verärgertes Gesicht sah.

»Die bringt mich um! Ich habe meine Telefonrechnung nicht bezahlt!«

»Du hast die Telefonrechnung nicht bezahlt?« Er sah mich entsetzt an, sammelte sich aber rasch wieder. »Na ja, ich meine, klar, kommt schon mal vor, Schwester.«

»Hat dir eigentlich schon mal jemand gesagt, dass du unglaublich selbstgerecht bist?«

»Was? Wieso? Was habe ich denn gesagt?«

Aber irgendwo hatte er ja Recht. Ich musste Addison retten. Kein Mensch achtete auf die beiden, und Addison drohte zu ertrinken. Und ich wusste, dass er in seinem Leben schon genug durchgemacht hatte.

Etwas unsicher stand ich auf.

»Okay, ich gehe rein. Wie sehe ich aus?«

»Prima. Bis auf das Stückchen Käse, das dir am Kopf klebt, seit du umgekippt bist.«

Ich wischte mir über das Gesicht. Er hatte Recht.

»Mist. Okay – ent-käst?«

»Entkäst.«

»Du bleibst hier und behältst die Ausgänge im Auge. Pass auf, das wird ein Blitzmanöver.«

Finn kauerte sich neben die Tür. Ich hob das Kinn und versuchte zu wirken, als wüsste ich, was ich tat. Dann stolzierte ich auf Addison zu. Na ja, zumindest war dies der Gang, den ich für Stolzieren hielt. Vielleicht sah ich aber auch aus, als hätte ich Hämorrhoiden.

»Addy, da bist du ja! Ich habe dich schon *überall* gesucht!« Zum zweiten Mal an diesem Abend legte ich ihm besitzergreifend die Hand auf den Arm, und dieses Mal schien ihm meine Geste sogar willkommen zu sein.

»Komm, ich muss dir *unbedingt* Finn vorstellen!«

»Aber den habe ich doch schon –«

»Pst!«, zischte ich ihn so leise wie möglich an.

»Ach, soooo ... verstehe. JA, BITTE, FINN WOLLTE ICH SCHON IMMER KENNEN LERNEN!«

Carol starrte mich an. Ihr Glitzerlidschatten legte sich in kleine Fältchen, als sie versuchte, mich in ihrer mentalen Bekanntschaftskartei unterzubringen.

»Sieh mal, wer da ist!«, quietschte es von knapp über dem Fußboden.

»Oh, hallo, Farah«, sagte ich und widerstand der Versuchung, sie wie einen Fußball wegzukicken.

»Du!«, zischte Carol. »Du schuldest uns noch 57,20 Pfund Gemeindesteuer!«

»Carol, wie schön, dich wiederzusehen! Ich habe dich wirklich vermisst. Du siehst klasse aus. Im Ernst, goldener Lippenstift ist mir eigentlich noch nie in den Sinn gekommen, aber er steht dir wirklich prima – der ›Billig-Look‹ ist ziemlich angesagt im Moment, was? Wenn du mich jetzt bitte entschuldigen würdest, ich möchte mit meinem Freund allein sein – und im Übrigen würde ich es sehr begrüßen, wenn du deinen Arsch auf der Stelle aus dieser Wohnung bewegen und deinen Affen gleich mitnehmen würdest.«

Das hätte ich *so* gerne gesagt.

Und das habe ich auch – wenn auch erst am nächsten Morgen unter der Dusche zu Kates Clarins-Flaschen. Und die haben ganz schön gezittert, sage ich Ihnen.

»Äh, tut mir echt Leid. Ich schicke dir einen Scheck ... äh ... Wenn du uns jetzt entschuldigen würdest. Es tut mir *wirklich* Leid«, sagte ich in Wirklichkeit.

»Stell mir doch einfach *jetzt* einen Scheck aus.«

»Äh, Holly, ich weiß nicht ... Meinst du, wir können Finn

so lange allein lassen?«, mischte Addison sich todesmutig ein.

»Nein, natürlich nicht, Addison, du hast vollkommen Recht, wir müssen …«

»Wohnst du hier? Das wäre toll, dann weiß ich ja, wo ich mir mein Geld abholen kann. Ich komme ziemlich oft hier vorbei. Dann schaue ich einfach mal rein, um zu sehen, ob du da bist.«

»Nein«, widersprach ich. »Ich bin nur zu Besuch hier. Aus Bhutan. Also, Bhutan in Peru.«

Es war der absolute Albtraum. Addison zupfte mich am Ärmel wie ein Dreijähriger, der aufs Klo musste.

»Das ist ja wohl wirklich das Letzte! So etwas von verantwortungslos! Weißt du, was sie gemacht hat?«, fragte Carol Addison. Ich hätte ihr am liebsten die Augen ausgekratzt.

Addison schüttelte den Kopf und wurde immer aufgeregter.

»Also …«

»Hallo, da seid ihr ja!«, grölte eine Stimme hinter uns. »Ich bin Finn!«

Gütiger Himmel. Unsere Rettung.

»Du bist bestimmt Holly.«

Ich hatte das Gefühl, als würden wir uns jetzt zum dreiundsiebzigtausendsten Mal vorstellen.

»Ja, hallo. Und das hier ist Addison.«

Addison und Finn schüttelten sich schweigend die Hand.

»Freut mich sehr. Holly, du als Gastgeberin kannst mir doch sicher zeigen, wo die Bowle steht?«

Mit seiner Hand an meinem Arm und Addison an meinem Ärmel stürzten wir aus der Küche – weg von der Bowle, die für alle gut sichtbar auf dem Kühlschrank thronte. Im Flur stolperten wir über die Schnapsleiche.

Als wir endlich außerhalb der Gefahrenzone waren, lehnte ich mich erschöpft gegen die Wand.

»Mann, das war knapp.«

»Keine Angst – ich habe dich gerettet.«

»Ich weiß. Oh, du mein Held. Oh, mein Gott! Da kommt sie!«

»Schnell!«

Wir preschten ins Wohnzimmer, wo inzwischen zu sanfteren Tönen deutlich enger getanzt wurde als zuvor. Chali hatte die Arme um den schmierigsten ihrer Begleiter geschlungen und knutschte mit ihm. Sie unterbrach ihren Austausch von Körperflüssigkeiten, um mir in den Arm zu kneifen.

»Er hat 'ne Band!«, schrie sie.

»Hey, super! Gehst du mit ihm ins Bett?«

»Sieht so aus!«

In der einen Ecke tanzten Kate und John so widerlich eng umschlungen, dass man meinen konnte, sie seien zusammengeschweißt. Kate stierte John selig und Furcht erregend zugleich in die Augen. Ich wich ihrem Blick bewusst aus, da ich den Bann nicht brechen wollte. Und außerdem hatten wir ein ziemlich dringendes Problem.

»Okay«, murmelte Finn, kniete sich neben den CD-Stapel und fuhr in Windeseile mit dem Finger über die CD-Rücken. »Denk nach, Finn, los, denk nach!« Er verzog vor Anstrengung das Gesicht.

»Aha!« Er zog eine CD aus dem Stapel, legte sie in den CD-Player und drehte auf volle Lautstärke.

»Was ...?«, wollte ich fragen, wurde aber jäh unterbrochen, weil plötzlich im höchsten Dezibelbereich Madness aus den Boxen dröhnte: »ONE STEP BEYOND ...«

Die etwas trägen Tänzer zuckten zusammen, als hätte man ihnen einen Elektroschock versetzt, und straften den stimmungstötenden Abtrünnigen mit bösen Blicken – doch Finn verteidigte den CD-Player mit nicht minder finsterer Miene. Und siehe da, innerhalb von nur zwei Sekunden stürzten sämtliche Jameses und auch alle anderen Jungs *d'un certain âge* (außer Josh natürlich) ins Wohnzimmer und fingen an, auf und ab zu springen, zu treten, Sonnenbrillen aufzusetzen, imaginäres Saxophon zu spielen und sich alles in allem einfach prächtig zu amüsieren.

»Los, tanzen!«, rief Finn uns zu. Ich hatte bis dahin nur mit offenem Mund dagestanden und fasziniert das Geschehen beobachtet, aber auf seinen Befehl hin fingen Addison und ich an, zaghaft auf und ab zu hüpfen, und ich brach in Gelächter aus. Die Luft im Wohnzimmer war zu einem Aftershave-Testosteron-Gemisch mutiert, und der Lärm war hart an der Grenze des Erträglichen. Kates Blicke hätten mich töten können, doch als John sich zu ihr beugte und ihr etwas ins Ohr flüsterte, senkte sie den Kopf und lächelte, ehe sie sich Hand in Hand einen Weg aus dem Wohnzimmer bahnten. Ich bezweifelte, dass wir sie an diesem Abend noch einmal zu Gesicht bekommen würden – möglicherweise würden wir Kate nie wieder zu Gesicht bekommen, wenn sie jetzt geschickt taktierte. Finn bleckte jedes Mal die Zähne, wenn sich jemand der Stereoanlage näherte, bis klar war, dass jeder, der die CD wechseln wollte, entweder von den Massen zertrampelt oder auf dem Weg dorthin an einer Überdosis Aftershave ersticken würde. Schließlich gesellte er sich zu Addison und mir. Addisons Bewegungen waren hoffnungslos unkoordiniert. Ich versuchte ironisch zu tanzen, weil es ja schließlich ein Stück aus den Achtzigern war, aber irgendwie ist das gar nicht so einfach: Man strengt sich mächtig an und kommt tierisch ins Schwitzen, außerdem sieht einem ohnehin keiner zu. Also gab ich es irgendwann wieder auf und hopste weiter wie zuvor. Wir drei befanden uns in der hintersten Ecke des Wohnzimmers, so dass Carol keinerlei Chance hatte, sich durch den Haufen durchgeknallter Jungs (tagsüber Börsenmakler, abends Phantomsaxophonisten) zu uns durchzuarbeiten. Und tatsächlich: »House of Fun« war gerade zur Hälfte vorbei, als wir Carol das Gartentor hinter sich zuwerfen und die Straße hinunterstürmen sahen. Farah eilte im Schweinsgalopp hinter ihr her.

»Huuu!«, machte ich, als wir drei erleichtert und der Tradition entsprechend wieder in der Küche landeten. Unsere Gesichter waren ganz rot, und ich musste immer noch kichern, wenn ich an das Chaos nebenan dachte.

»Diese City-Typen wissen wirklich, wie man richtig feiert«, sagte ich und machte uns ein Bier auf.

»So ein Quatsch«, sagte Finn. »Vor einer Stunde haben sie noch darüber geredet, wie sie in ihrem Sabbatjahr fast ums Leben gekommen wären und ob sie mit Sophie Rhys-Jones ins Bett gehen würden oder nicht.«

»Sag ich doch: Die wissen *wirklich*, wie man sich amüsiert.«

Aus dem Augenwinkel sah ich, wie Kates Kollege von vorhin sehr angestrengt mit einem Natalie-Imbruglia-Verschnitt plauderte – Sie wissen schon, einer dieser winzigen Frauen, die in einer Handtasche Platz haben. Was für ein verlogenes Arschloch! Er sah auf, als er meinen Blick auf sich spürte, und zuckte verschmitzt mit den Schultern. Ich wandte mich ab und fühlte mich plötzlich hundeelend.

Josh und Sophie saßen *immer* noch am Küchentisch, und soweit ich das mitbekam, quasselte sie immer noch.

»Naja, und mein Vater wollte natürlich nicht, dass ich arbeite – du weißt ja, wie das ist mit diesen alten Familien, die wollen nur, dass ihr Geschlecht nicht ausstirbt, stimmt's? Aber ich habe gesagt ›Nein, Daddy, ich fühle mich zu Höherem berufen – ich glaube, unser Land braucht mich, und ich fühle mich ihm verpflichtet. Ob du mir dabei helfen willst oder nicht.‹ Da hat er natürlich eingesehen, dass er keine Chance hatte, und hat mir den kleinen Flitzer und die Wohnung gekauft und mir einen Job in einer Kanzlei besorgt.«

»Mann, dem hast du's aber gezeigt«, meinte Josh bewundernd.

»Ja, ich weiß. Und was hat deine Familie vor 1700 so gemacht?«

Josh klärte sie auf.

»Meine hat Kartoffeln geerntet«, sagte ich.

»Meine ist von irgendwo vertrieben worden«, sagte Finn.

»Du musst aber auch immer ein Tick besser sein, was?«

Ich wandte mich an Addison.

»Und, wie geht's? Wollte Claudia doch nicht kommen?«

Er zuckte mit den Schultern. »Sie war ziemlich sauer.«

»Wieso das denn? Doch wohl nicht, weil du mit mir redest?«

»Doch, auch ... Aber auch, weil ich sie überhaupt eingeladen habe. Sie kann einfach nicht aus dem Haus.«

»Ist Claudia deine Freundin?«, fragte Finn besorgt.

»Nein!«, wollte ich sagen. »Sie ist ein fetter Otter mit einem pickeligen Kinn, und Addison hat sie noch nie in natura gesehen. *Ich* bin seine Freundin. Sozusagen.«

»Hmhm«, machte Addison. »Sie ... sie hat Agoraphobie.«

»Oh, das ist aber schlimm. Neulich habe ich im *Scientific American* eine Studie gelesen ...«

Und das war's. Damit konnte ich die beiden wieder abschreiben. Unglaublich. Als würden sie in irgendeiner eigenen, bizarren Sprache kommunizieren.

Plötzlich stieg mir ein widerlicher Geruch in die Nase. Ich drehte mich um und stolperte fast über Chali, die mit ihrem Plattenproduzenten in spe herumknutschte. Ich knuffte sie in den Rücken.

»Chali ... der stinkt.«

»Ich weiß«, sagte sie. »Hier, fühl mal – ich bin ihm mit den Fingern durchs Haar gefahren.«

Sie streckte mir ihre Hand entgegen. Sie klebte.

»Bist du dir sicher, dass du das willst?«

»Machst du Witze? Was meinst du denn, wie Celine Dion Karriere gemacht hat?«

»Keine Ahnung – vielleicht mit dreckigen Kerlen geknutscht?«

»Ganz genau!«

»Eben ganz genau nicht!«

»Von mir aus. Aber wofür gibt es deiner Meinung nach Ecstasy?«

Der Schmutzfink grunzte verärgert, und sie tröstete ihn, indem sie ihn hingebungsvoll küsste. Mir drehte sich der Magen um. Ich seufzte und setzte mich, riss mir eine ganze Schale Toffee-Popcorn unter den Nagel und mampfte lustlos vor mich hin, während ich gleichzeitig Addison und Finn beobachtete, die verschwörerisch die Köpfe zusammensteckten. Finn sah aus wie ein Zehnjähriger, dem der coolste Typ der Schule gerade das Leben erklärte.

Madness hatte definitiv den Höhepunkt des Abends markiert. Seitdem verabschiedeten sich immer wieder kleine Grüppchen, die sich ein Mini-Taxi teilten (bis auf die Haschraucher natürlich, die aus technischen Gründen nicht vor fünf Uhr morgens gehen durften). Einer versuchte sogar jetzt noch reichlich benebelt, einhundertsiebenundvierzig Stücke Toast zuzubereiten. Als Sophie sah, dass die ersten Gäste gingen, sprang sie sofort auf. Josh schoss wie elektrisiert von seinem Stuhl hoch, um ihr behilflich zu sein.

»Vielen Dank für einen wunderschönen Abend, Joshua. Und *vielen* Dank, das du mir ein paar von meinen Fällen abnehmen willst. Du bist wirklich ein Goldstück. Du erinnerst mich an meine Freundinnen. So, und jetzt rufst du mir ein Taxi, ja?«

Josh befolgte ihren Auftrag wie unter Hypnose. Ich nahm mir vor, mir Sophies Adresse zu merken, damit Kate ihr einhundert Pizzen bringen lassen und ihre Telefonnummer auf eine dieser zwielichtigen Visitenkarten drucken lassen konnte, die immer in Telefonzellen herumliegen.

Die Jameses kamen einer nach dem anderen herein, um

Kate zu demonstrieren, wie lange sie geblieben waren. Doch ihre Gesichtszüge entgleisten genau in dem Moment, als ich ihnen erzählte, Kate sei bereits weg, allerdings ging es ihnen sofort wieder besser, als sie sich darum streiten konnten, wer als Erster eine Limousine auf seine goldene Kreditkarte bestellen durfte.

Diejenigen, die wir nicht kannten, verschwanden spurlos – allerdings nicht ohne einige unserer CDs mitzunehmen, bis irgendwann nur noch Josh, Addison, Finn und ich inmitten von überquellenden Aschenbechern, leeren Dosen, zermatschtem Essen und zerbrochenen Tellern um den Küchentisch saßen. Und ein Haufen Kiffer in Joshs Zimmer herumlag (von denen wir ihm noch nichts gesagt hatten). Und die Schnapsleiche, die immer noch den Flur blockierte, aber noch atmete (das hatten wir in regelmäßigen Abständen überprüft).

»Na, das lief doch ziemlich gut«, stellte Josh fest.

»Ich weiß nicht«, sagte ich, als ich uns einen Whisky einschenkte. »Keiner hat auf irgendjemandes Bett gekotzt. Niemand ist schwanger geworden. Die Polizei war nicht ein einziges Mal hier. Das geht wohl kaum als eine richtige Party durch.«

»Wir haben einen Bewusstlosen.«

»Ja, aber den hat jemand mitgebracht. Das zählt nicht.«

»Aha. Und ich habe mich den ganzen Abend mit Sophie unterhalten! Es lief ziemlich gut.«

»Wie bitte? Josh, sie ist jetzt zu Hause und nimmt in ihrem Pfefferkuchenhaus Maß für dich!«

»Du magst sie nicht?«

»Nun ja, sie ist ziemlich … schnieke.«

»So *schnieke* ist sie gar nicht. Sie ist mit einer meiner Schwestern zur Schule gegangen.«

»Na dann. Deine Schwestern waren auf dem Mädchen-College in Cheltenham, Josh.«

»Ich weiß … aber … immerhin, *sie ist zur Schule gegangen.*«

»Wann seht ihr euch wieder?«

»Am Montag«, freute er sich. »Ich habe ihr angeboten, ihr etwas Arbeit abzunehmen.«

»Das heißt, du machst dich zu ihrem Sklaven? So wie früher auf der Privatschule, als du der Sklave deiner älteren Mitschüler warst?«

»Verdammt, Holly – ich werde mich natürlich *nicht* darauf einlassen, ihr …«

»Was?« Ich hatte Josh schon so oft gebeten, mir zu verraten, welche fiesen Aufgaben sich die älteren Schüler der piekfeinen Privatschulen für ihre jüngeren Mitschüler ausdachten, und bisher hatte er sich immer standhaft geweigert. Sollte er jetzt endlich nachgeben???

»Ach, bitte, bitte, jetzt erzähl uns doch endlich, was die kleinen Sklaven machen müssen!«, bettelte ich.

»Nichts«, entgegnete er schroff.

Finn sah sich um.

»Oh. Vielleicht sollte ich jetzt auch besser gehen …?«

»Jep.«

»Dann werde ich wohl mal …«

»Wo wohnst du?«, fragte ich.

»Äh … in Lewisham.« Das lag am ganz anderen Ende von London.

»Wow – willst du versuchen, einen günstigen Flug zu bekommen?«

Er lächelte schwach.

»Ich rufe ein Taxi.«

»Du kannst auch hier bleiben, wenn du willst.«

»Hmmm«, stimmte Josh zu. »Du kannst das Sofa haben.«

Und plötzlich machte sich mein Mundwerk selbstständig. Es sagte etwas, das einzig und allein das Resultat eines hochgradig enttäuschenden Abends war, an dem 1. ein Typ mich eiskalt hatte abblitzen lassen, 2. alle anderen sich paarweise zuammengetan hatten, ich 3. ziemlich viel Weißwein getrunken hatte, 4. Kate bis über beide Ohren verknallt war und überhaupt.

»Du kannst auch in meinem Zimmer schlafen«, sagte ich.

Erstauntes Schweigen. Am liebsten hätte ich mir die Zunge abgebissen. Addison sah mich reichlich verwirrt an, während Josh breit grinste.

»Ähm, wie war das?«, fragte er verblüfft.

»Und *ich* schlafe auf dem Sofa!!!«, fügte ich hastig hinzu, in der Hoffnung, das Problem damit gelöst zu haben.

»Ha!«, sagte Josh. »War das wirklich das, was du gemeint hast?« Finn war immer noch völlig baff.

»Ja, natürlich!«, sagte ich. »Wie sich das für eine gute Gastgeberin gehört, Josh.«

»Na, wenn das so ist, dann würde ich vorschlagen, dass Finn und du in meinem Zimmer schlaft. Ich habe wenigstens ein Doppelbett, und mir macht es nichts aus, auf dem Sofa zu pennen.«

»Halt doch die Klappe«, fuhr ich ihn an. »Dann schlaf *du* doch mit ihm.«

Das war nun wirklich frech. Genau genommen, war das so ziemlich das Unverschämteste, das ich je zu jemandem gesagt hatte. Sogar noch unverschämter als damals, als ich Marion Annis eine blöde, fette Kuh genannt habe und dafür nachsitzen musste. Ich erkannte mich selbst nicht wieder.

»Deswegen musst du ja nicht gleich zickig werden«, sagte Josh ziemlich zickig. »Ich wollte ja nur ...«

»Da *bist* du ja!«, sagte eine klare Stimme hinter uns. Wir drehten uns um.

»Madeleine!«, rief Finn und sprang auf. »Du hast es ja doch noch geschafft!«

Das durfte doch nicht wahr sein! Die Streberkuh aus dem Museum für Naturgeschichte!

»Ja. Tut mir Leid, dass es so spät geworden ist, aber in der Wüstenspringmausabteilung herrschte Krisenstimmung.«

»Macht doch nichts. Schön, dass du trotzdem noch gekommen bist. Ich glaube, die Party ist zwar vorbei, aber …«

»Ich gehe mir mal eben eine Kugel durch den Kopf jagen«, verkündete ich und stand auf. »Wenn ihr mich bitte entschuldigen würdet.«

Nachdem die beiden gegangen waren, schlich ich zurück in die Küche und entschuldigte mich bei Josh.

»Mir tut's auch Leid, Holl«, sagte Josh. »Ich wusste ja nicht, dass du ein Auge auf ihn geworfen hast.«

»Habe ich doch gar nicht!«, verteidigte ich mich verzweifelt mit einem sehnsüchtigen Seitenblick auf Addison. »Aber er ist nun mal der einzige Mann, den ich *kenne*. Abgesehen von dem, der mit einer Internetbekanntschaft liiert ist.«

Ich bedachte Addison mit einem Blick, der Hingabe signalisieren sollte.

»Gute Nacht«, stieß er entsetzt hervor und verschwand.

»Alle Männer finden mich ABSTOSSEND«, jammerte ich am nächsten Morgen und stützte den Kopf auf beide Hände. »Ich BIN abstoßend!«

»Ich bin auch ABSTOSSEND«, schrie Josh, der neben mir saß. »Alle Welt VERACHTET mich. Hör auf zu schreien!«

»Wie soll ich aufhören zu schreien? Ich HASSE mich! UND mein jämmerliches Leben. Gibt es eigentlich irgendjemanden, bei dem ich gestern NICHT versucht habe zu landen?«

»Ja, MICH!«, rief Josh. »Aber ich bin ja SO ABSTOSSEND, dass nicht einmal DU bei mir landen willst!«

Plötzlich hörten wir die Haustür gehen und kurz darauf jemanden singen. Wir starrten uns sprachlos an.

»Verpiss dich!«, rief Josh aus reiner Experimentierfreude. Normalerweise fluchte er nie.

Überrascht steckte Kate den Kopf zur Tür herein. »Na!? Wie geht's, wie steht's? Wie sieht's aus mit Frühstück? Ich habe frische Croissants geholt!«

»Ach, du bist's«, sagte Josh matt. »Du brauchst dich natürlich nicht zu verpissen. Komm rein. Wir müssen dringend aufgeheitert werden.«

Kate stieg über die noch immer am Boden liegende komatöse Schnapsleiche.

»Das heißt, es ist gestern nicht so gut gelaufen mit Sophie?«, fragte sie keineswegs traurig. »Wie kommt's? Sind eure Eltern nicht miteinander verwandt?«

Sie summte vor sich hin, während sie eine Tüte Orangensaft öffnete. Ich beobachtete sie mürrisch und fragte mich, was an diesem Bild nicht stimmte. Dann fiel es mir ein.

»Sag mal, Kate«, fragte ich vorsichtig. Sie sah zwar gut gelaunt aus, aber man konnte ja nie ganz sicher sein. »Bei dir läuft alles prima, ja? Ich meine, mit John und so?«

»Jaja«, flötete Kate und schaltete die Kaffeemaschine ein. »Möchte jemand einen Toast?«

»Ich, bitte«, keuchte der am Boden liegende Zeitgenosse. Wir ignorierten ihn.

»Ja, aber dann … müsstest du doch immer noch bei ihm sein, oder nicht? Ihm einen frisch gepressten O-Saft und Kaffee machen? Uns ist es heute Morgen ja ziemlich egal, was wir trinken, solange wir eine Kopfschmerztablette damit herunterspülen können.«

»Hey, wisst ihr was, ich finde, die sollten endlich mal Brausegetränke erfinden, die schon Paracetamol enthalten«, meinte Josh. »Dann könnte man morgens eine Menge Zeit sparen.«

»Tolle Idee, Josh – und das Zeug heißt dann Selbstmordsaft, oder wie?«, stänkerte Kate. »Aber um eure Neugier zu befriedigen: Ich habe eine *wunderschöne* Nacht in einem Hotel hinter mir …«

»Ooooh, in welchem denn? Ritz?«, fragte ich.

»Im Sheraton. Und das ist ja praktisch das Ritz.«

»Aber andererseits wohl doch eher ein Novotel. Erzähl weiter.«

»Er musste nach Brüssel.«

»Sonntagmorgens um neun?«

»Nein, um vier. Er hat wahnsinnig viel zu tun.«

»Er ist wahnsinnig verheiratet!«, schrie Josh. »Oh, Gott, vergiss es! Auf mich hört ja sowieso keiner. Ich bin ja abstoßend. Du schaffst es wenigstens, mit jemandem ins Bett zu gehen.«

»Verheiratet?!?!?!«, kreischte der Typ auf dem Boden, sprang unvermittelt auf und sah sich hektisch um. »Ich muss heiraten!!«

»Ja, ja, du bist nicht der Einzige, dem man das sein Leben lang eingeredet hat«, sagte ich. »Aber die Gesellschaft hat uns angelogen.«

»Nein, nein, ich meine ... was für einen Tag haben wir heute?«

»Sonntag.«

»Oh, Gott, ich muss heiraten – heute!«

»Okay«, sagte ich.

»Nein, nein – Carrie.«

»Oh.«

»Ach du Scheiße, muss ich blau gewesen sein! Wo bin ich?«

Wir beobachteten ihn leicht amüsiert.

»In Pimlico. Im etwas zwielichtigeren Teil, aber die nächste U-Bahn-Station ist nicht weit.«

»Wo?«

»Pimlico.«

Nichts in seinem Gesicht ließ vermuten, dass er verstanden hatte.

»London?«, versuchte Josh es.

Der Ex-Koma-Patient wurde kreidebleich. »London«, sagte er.

»Was dachtest du denn, wo du bist?«

Er verzog das Gesicht. »Cardiff?«, sagte er. »Aaaaaaaahhhh!« Hastig schnappte er seine Schuhe und verschwand.

Wir preschten ins Wohnzimmer, um ihm auf der Straße nachzusehen.

»Die U-Bahn ist in der anderen Richtung!«, schrie Josh.

»Aber die Chancen stehen zwei zu drei, dass sie außer Betrieb ist!«, rief ich. »Ich an deiner Stelle würde aufgeben, bevor der Schaden noch größer wird!«

»Irgendein Londoner Taxifahrer wird heute das Geschäft seines Lebens machen«, stellte Kate fest.

»Ich bin ganz sicher, dass er rechtzeitig da sein wird und auf dem Weg noch eine Menge spannender Abenteuer erlebt«, sagte Josh.

»Oh, Josh, du siehst einfach zu viel fern.«

»Stimmt.«

Wir schlurften zurück in die Küche und fingen trübsinnig an, mit den Müllsäcken in der Wohnung herumzugehen.

»Oh, Gott«, stöhnte ich. »Mir fallen dauernd noch mehr schreckliche Sachen ein, die ich gestern gemacht habe.«

»Wie zum Beispiel?«, fragte Kate neugierig.

»Ach, da war dieser Typ – er hat übrigens gesagt, dass er mit dir zusammenarbeitet. Ziemlich schmieriger Kerl. Er war hier und …«

Kate wurde blass. »Geoff? Geoff war hier?«

»Ja, genau so hieß er, der Wichser. Jedenfalls –«

»Was hat er gesagt? Hat er mich erwähnt?«

»Er hat seinen Porsche erwähnt, der Wichser.«

»Oh, Gott, er war es wirklich!«

Josh tätschelte ihr behutsam die Schulter, während bei mir langsam der Groschen fiel.

»Der Hundezahnarzt-Typ?«

»Der Verheiratet-und-zwei-Kinder-Typ«, fauchte Kate.

»Dann kann es dir doch egal sein.«

»Nein, kann es nicht! Ich wollte, dass er mich zusammen mit John sieht, wie glücklich wir sind, und mich dann anfleht, zu ihm zurückzukommen. Und dann hätte ich ihn abblitzen lassen!«

»Kate, ist dir eigentlich schon mal in den Sinn gekommen, dass du ein ganz klein wenig neurotisch sein könntest?«

»Machst du Witze? Was glaubst du eigentlich, warum ich meiner Therapeutin achtzig Pfund die Stunde bezahle?«

»Um dir zu sagen, dass du neurotisch bist?«

»Ja, und dass das *völlig okay* ist.«

»Von mir aus. Du hast mich aber noch nicht zu Ende erzählen lassen, welche schrecklichen Dinge ich getan habe.«

»Ha! Gut, dass ich nur neurotisch bin!«

»Sie hat Finn angeboten, mit ihr ins Bett zu gehen«, sagte Josh.

»Im Ernst?«

»Verdammt, Josh, so war es doch gar nicht! Das war ein Versprecher, ich hatte es gar nicht so gemeint.«

»Ein Freud'scher Versprecher, was?«, brummte Kate.

»Ach, hast du das auch von deiner Therpeutin? War das bevor oder nachdem sie dir gestanden hat, dass sie gar keine echte Ärztin ist?«

»Könnte es sein, dass du ein Problem mit deinen Agggressionen hast?«

»Meine Mitbewohner unterstellen mir, eine Hure zu sein, und *ich* bin diejenige, die ein Problem hat!«

»Holly, jetzt beruhige dich doch«, sagte Josh. »So war es doch gar nicht gemeint.«

»Und du hast davon angefangen«, stellte Kate fest.

Ich seufzte. »Tut mir Leid. Ich ärgere mich doch nur über mich selber.«

»Magst du ihn denn?«

»Nein! Natürlich nicht! Er ist so ein verklemmter Professor mit Brille, und ich will einen richtigen Mann.«

»Verstehe. Und warum wolltest du dann mit ihm ins Bett?«

»*Wollte ich doch gar nicht.* Ich habe ihm angeboten, in meinem Bett zu schlafen, während ich auf dem Sofa übernachte!«

»Ach ja? Bemerkenswert großherzig von dir.«

»Na ja, vielleicht ... also eventuell ... Ich meine, ja, es wäre nett gewesen, mal mit jemand anderem als nur Frank Sinatra (dem Bären) in einem Bett zu schlafen.«

Josh und Kate nickten.

»Ich weiß, was du meinst«, sagte Kate. »Aber würdest du allen Ernstes mit ihm schlafen, nur um ein paar Streicheleinheiten zu kriegen?«

»Nein!«, entsetzte ich mich. »Aber ein bisschen rummachen ...«, fügte ich reumütig hinzu.

»Ich wäre schon zufrieden, wenn ich Sophie nur mal küssen dürfte«, warf Josh traurig ein, während er eine volle Mülltüte aus der Küche trug. Kate lächelte mich an und folgte ihm.

Wenigstens verstehen sie mich, dachte ich.

»Aber hat sie dir schon erzählt, dass sie auch versucht hat, bei Addison zu landen?«, hörte ich es aus dem Flur tuscheln.

Die Schweine!

6

Im Blumenladen quasselten Chali und ich mal wieder endlos, während ich mich um die Rosen kümmerte. Ich hasste Rosen. Erstens tat man sich an ihnen immer weh, und zweitens wurden sie sowieso nur von Teenagern gekauft und von Männern, die nicht nett zu ihren Ehefrauen waren. Chali hatte beschlossen, sich mit den bunten Bändern im Laden die Haare zu flechten, und konzentrierte sich so sehr darauf, dass sie sämtliche Kunden nur Kaugummi kauend anstarrte. Daher hielt ich mich im Eingangsbereich des Ladens auf.

Seit der Party war etwa ein Monat vergangen, trotzdem fanden wir immer noch hin und wieder ein paar Glassplitter neben der Waschmaschine. Ich hatte die Peinlichkeit des Jahrhunderts gerade so verwunden – das heißt, ich musste mir nicht mehr jedes Mal, wenn ich an Finn dachte oder Kate ihn erwähnte, die Faust in den Mund schieben, um nicht laut zu schreien. Die arme Kate befand sich – seit John sie *wieder* nicht mehr angerufen hatte – auf einer offensiven Anti-Mann-Mission. Sie schrie sogar die Nachrichtensprecher im Fernsehen an und beschimpfte sie völlig grundlos als »elende Lügner«. Und was Amerikaner anging, so steckte deren gesamter Kontinent in größten Schwierigkeiten. Dazu kam, dass Sophie es sich angewöhnt hatte, zur Abendessenszeit »hereinzuschauen«, wie ein Scheunendrescher zu futtern, Josh einen Haufen Arbeit auf den Tisch zu werfen und wieder zu verschwinden. Einmal glaubte ich ihn nachts weinen zu hören. Kate warf ihm vor, ein solcher Waschlappen zu sein, dass ihm bestimmt bald sein bestes Stück abfallen würde, »was aber nicht so schlimm wäre, wenn man mal bedenkt, wie bösartig dein gesamtes Geschlecht ist«.

Addison hatte ich in dieser Zeit fast gar nicht gesehen. Nach seinem kurzfristigen Anfall von Geselligkeit hatte er sich mehr denn je zurückgezogen, und ganz egal, wie oft ich noch spätabends in der Wohnung rumorte, stand seine Tür nie mehr offen. Ich vermutete, dass ich ihn abgeschreckt hatte – wie einen Dachs. Ich konnte wahrscheinlich Monate warten, bis er sich wieder zeigte.

Für Chali war die Party am erfolgreichsten verlaufen, da sich später herausstellte, dass das Stinktier tatsächlich im Musikgeschäft war und sie für einen Auftritt als Backgroundsängerin bei einer neuen Band unterbrachte. Sie war dementsprechend aufgeregt und fest davon überzeugt, dass ihr Durchbruch unmittelbar bevorstand.

»Wahnsinnig viele Stars haben mal als Backgroundsänger angefangen«, erzählte sie mir.

»Ja, ja, ich weiß«, sagte ich. »Alison Moyet zum Beispiel.«

»Wer?«

»Du weißt schon, ›Alf‹ – Alison Moyet.«

»Nö. War das vor dem Krieg?«

»Ach, halt doch die Klappe. Äh, und das Mädchen von Fairground Attraction. Sie war Backgroundsängerin bei den Eurythmics.«

Chali sah mich ausdruckslos an. Ich war mir sicher, dass sie das absichtlich machte.

»Schon mal was von den Eurythmics gehört?«

»Holl, nimm mir das jetzt bitte nicht übel, ja, aber vielleicht solltest du besser nicht zu dem Gig kommen, ja?«

»Aber natürlich komme ich. Und die anderen auch. Vielleicht wirst du ja genau so spektakulär entdeckt wie …, an wen hattest du gedacht?«

»An Lauryn Hill natürlich.«

»Oh! Ja, klar.«

»Aber Blondie lässt du hübsch zu Hause, ja?«

»Wen, Sophie? Die wohnt doch gar nicht bei uns.«

»Nein, nicht die, ihren Macker.«

»Josh?«

»Hm. Der macht sich doch da zum Volltrottel.«

»Wow! Du hast ja schon fast die gleichen Allüren wie ein *echter* Star.«

»Glaubst du, du wirst *jemals* einen Freund finden?«

Ich zeigte ihr den Stinkefinger, als die Ladentür klingelte. Gelangweilt sah ich auf, Chali rang sich noch nicht einmal dazu durch. Und das zeugt von enormer Selbstdisziplin, weil es einem abverlangt, ganz grundlegende physiologische Reflexe zu ignorieren. Sie hatte das in irgendeinem oberversnobten Club gelernt und seitdem täglich geübt.

Der Kunde blieb zunächst stehen und blinzelte, da sich seine Augen nach dem grellen Licht des Junitages an die Dunkelheit im Laden gewöhnen mussten.

»Guten Tag!«, rief ich ihm vom anderen Ende des Ladens zu. »Kann ich Ihnen helfen?«

Als der Kunde aufsah, stellte ich entsetzt fest, dass es Finn war. Er erkannte mich im selben Augenblick und machte überrascht einen Schritt zurück. Seine dürren, käsigen Beine steckten in langen Khakishorts, über denen ein Blumenhemd mit zwei Stiften in der Brusttasche flatterte.

»Oh, äh, so was, hallo!«, stammelte er mit einem Gesichtsausdruck wie jemand, der gerade erfahren hatte, dass er direkt neben einer Bombe stand, die explodieren würde, sobald er sich bewegte. »Ich wusste ja gar nicht, dass du hier arbeitest!«

»Woher auch?«

»Äh, keine Ahnung.«

Chali witterte neue Klatschgeschichten und hielt mit dem Flechten inne.

»Ich hätte gerne, äh, ein paar Blumen.«

»Hey, prima, dann bist du ja im richtigen Laden gelandet! Haben sich die Wüstenspringmäuse wieder alle erholt?«

»Was? Nein. Äh, die Blumen sind für meine Schwester, sie hat gerade ihre Prüfung bestanden.«

»Wie süß«, flüsterte Chali und rammte mir den Ellbogen in die Rippen.

»Halt die Klappe«, zischte ich ihr zu und wandte mich wieder an Finn.

»Soso – die Führerscheinprüfung, nehme ich an?«

»Nein. Sie hat in Cambridge gerade ein Summa cum laude bekommen.«

»Ist das gut oder schlecht?«, fragte ich besorgt nach – natürlich nur, um ihn zu ärgern.

Doch meine Bemerkung schien ihn eher zu amüsieren. »Äh, nun ja, das ist *ziemlich* gut«, sagte er. »Also keinen Grabschmuck oder so was, bitte.«

»Okay«, sagte ich. »Ein Bouquet oder lieber nur eine Sorte Blumen? Das heißt, wenn sie so eine Überfliegerin ist, dann wäre eine Zimmerpflanze vielleicht das beste. Bei denen steht auch immer der botanische Name dabei.«

»Ich weiß nicht ... nimm das, was du für richtig hältst. Ich wollte übrigens anrufen und mich für die Party bedanken.«

»Tatsächlich? Und warum hast du es nicht getan? Dann hätte ich mich vielleicht noch ein bisschen mehr blamieren können.«

»Ich weiß nicht ... Ich dachte, du würdest ...«

»Ihn so zur Schnecke machen wie jetzt?«, schaltete Chali sich ein.

»Was?«, sagte ich. »Ich mache ihn doch nicht zur Schnecke!«

Chali und Finn sahen sich an.

»Doch, ein bisschen schon«, sagte Finn.

»Wirklich?«

»Holly, Süße, du benimmst dich wie die Axt im Wald«, sagte Chali. »Denk dran, du bist nicht mehr die Jüngste. Du solltest jede Gelegenheit nutzen, die sich dir bietet.«

Ich warf ihr einen finsteren Blick zu. »Okay, dann werde ich ab jetzt etwas freundlicher zu ihm sein, dafür muss ich nach deiner letzten Bemerkung leider etwas weniger nett zu dir sein. Also: Verpiss dich.«

Sie zuckte mit den Schultern. »Mir doch egal. Wird dir schon noch Leid tun, wenn ich erst mal berühmt bin. Oder was sagst du?«

»Kann schon sein«, sagte Finn.

»Siehst du?« Sie knuffte mich in die Seite. »Also, wenn schon mal so ein netter Typ reinkommt, um dich um eine Verabredung zu bitten, kannst du wenigstens höflich zu ihm sein.«

»Ich wollte sie aber gar nicht ...«, wollte er widersprechen, ehe er verstummte und lächelte. »Das passiert uns anscheinend ständig, oder?«, fragte er mich.

»Was?«, fragte ich etwas nervös zurück.

»Dass es zu Missverständnissen kommt. Dass andere glauben, wir wären ... du weißt schon.«

»Nein ... normalerweise ist es so, dass *ich* glaube, wir seien eventuell, bis du mich freundlich darauf hinweist, dass du mich nicht magst.«

»Das stimmt doch nicht!«

»Du sagst immer *so süße* Sachen.«

Er runzelte konzentriert die Stirn, ehe er offensichtlich zu einem Entschluss gelangte und die Hand auf den Tresen legte.

»Äh, sag mal, Holl, ich weiß ja nicht, aber – hättest du Lust ... irgendwann mal ... du weißt schon?«

»Was?«

»Weiß auch nicht, vielleicht ...?«

»Hör mal, Finn, solange du das, was du meinst, nicht klar und deutlich aussprichst, fasse ich es wahrscheinlich wieder falsch auf, und dann gibt es die nächste Katastrophe.«

»Ach so, ja. Klar. Verstehe.«

Er atmete tief ein und sah sich hastig im Laden um, während Chali vor Aufregung meinen Ellbogen umklammerte.

»Holly, würdest du eventuell … hättest du vielleicht Lust … auf eine Verabredung mit mir?«

»Ja, natürlich! Und ich weiß auch schon, wo! Sie will dich mitbringen zu meinem Auftritt!«, schrie Chali und hielt ihm eine schlechte Fotokopie des Werbeflyers für ihr Band Bhangpigs unter die Nase.

Finn betrachtete sie, bis mir auffiel, dass er wohl darauf wartete, dass ich etwas sagte.

»Auf welche Art von Musik stehst du denn normalerweise so?«, fragte Chali.

»Ähmmm … Vaughan Williams?«

»Sag bloß, du bist schwul! Das wäre ja total peinlich, wenn ich Holl ein Date mit einer Schwuchtel vermittelt hätte!«

»Wäre das denn so schlimm, wenn ich eine wäre?«, fragte Finn pikiert.

»Wenn du dich mit mir verabredest, schon«, mischte ich mich ein.

»Ach ja … tut mir Leid. Ich bin in diesem Punkt etwas empfindlich, weil diese City-Yuppies so gnadenlos homophob sind.«

»Schon okay. Sie können ja nichts dafür – nach dem ganzen Theater in der Schule. Damals fanden sie das eigentlich ganz nett, und jetzt schämen sie sich dafür.«

»Klar. Ja. Also – was ist?«

»Was ist mit diesem Mädchen, das sich mit dem Innenleben toter Tiere beschäftigt?«

»Was soll mit ihr sein?«

»Führst du deinen Penis mit einer gewissen Regelmäßigkeit in ihre Vagina ein?«, hätte ich ihn am liebsten gefragt, brachte es aber nicht über mich.

»Sie ist nicht meine Freundin, falls es das ist, was du wissen willst.«

Was war sie dann? Sein Gelegenheitsfick? Seine Bridgepartnerin? Seine Frau? Doch dann beschloss ich, im Zweifel für den Angeklagten zu urteilen. Finn war eindeutig nicht der typische Don Juan.

»Du meinst eine richtige Verabredung?«, fragte ich.

»Also ... kommt drauf an. Was gehört denn deiner Meinung nach zu einer richtigen Verabredung?«

»Knutschen«, sagte Chali prompt.

»Abendessen«, sagte ich im gleichen Moment.

»Tanzen«, schrie Chali.

»Blumen und Pralinen.«

»Mal sehen, was sich davon machen lässt«, sagte er.

»Es darf auch ruhig alles sein.«

»Merke ich mir.«

Ich lächelte. »Also dann bis zum Auftritt?«

»Ja. Und danach Abendessen?«

»Hört sich gut an.«

Er lächelte schüchtern und verließ langsam den Laden.

»Oh, Gott, Holl, das tut mir wirklich *total* Leid! Ich weiß, ich hätte ihn nicht Schwuchtel nennen dürfen, ja, aber irgendwie, ich weiß auch nicht, als er da so stand mit seinem Blumenhemd und so ... ich meine, nicht dass ich was gegen Schwule hätte oder so, ich habe eine Menge schwuler Freunde. Aber wenn er einer wäre, und ich hätte dir ein Date mit ihm verschafft ... Aber er ist nett, oder?«

Chali quasselte ohne Ende auf mich ein, während ich sie links liegen ließ und einen hübschen Strauß Gänseblümchen zusammenband, den ich Finn in zwei Sekunden so selbstverständlich wie möglich in die Hand drücken konnte, wenn er wieder auftauchte, um das zu holen, weswegen er eigentlich gekommen war. Und das tat er auch – hochrot wie eine Tomate.

Etwas später war ich mir nicht mehr ganz so sicher, wie ich all das finden sollte. Trotz allem musste ich zugeben, dass das

Ganze durchaus seinen Reiz hatte: Jemand, der sich bis dato gegen meinen Charme (wie durchschnittlich er auch immer sein mag) immun gezeigt hatte, hatte es sich nun doch anders überlegt. Ich fühlte mich, als hätte ich etwas erreicht – und zwar stellvertretend für alle Frauen, die sich jemals im angetrunkenen Zustand vor einem Mann bis auf die Knochen blamiert haben. Denn diese Männer tauchten in der Regel nie wieder auf. Dieser war die Ausnahme.

Kate und Josh gerieten nicht gerade in Ekstase, als ich ihnen davon erzählte. Josh kannte sich gerade mal zu einer Achteldrehung seines Kopfes durchringen und arbeitete ansonsten weiter fieberhaft an einem von Sophies Fällen. So hatte ich ihn noch nie erlebt. Sophie war auf Barbados, allerdings wagte ich nicht zu fragen, mit wem.

»Ist das der Typ, mit dem es schon zweimal schief gelaufen ist?«, fragte er.

»Hmhm. Du weißt ja, einen auf unnahbar zu machen, funktioniert nicht immer so gut.«

»Holl, bist du dir auch ganz sicher, dass er dich nicht bloß nach der Uhrzeit gefragt hat und du es falsch verstanden hast?«

»Ha ha ha. Er kam extra in den Blumenladen, um mich zu fragen. Schon vergessen?«

Kate hob den Kopf. Auch sie hatte sich in Arbeit vergraben, um John Dingsbums zu vergessen. Die Sache fing an, lästig zu werden, da Kate mit ihrem Anti-Amerika-Spleen uns sogar verbot, *Emergency Room* im Fernsehen anzusehen und Cola Light zu trinken.

»Und woher wusste er, wo du arbeitest? Von mir jedenfalls nicht.«

»Na gut, okay, er kam zufällig in den Laden …«

»Ach, das heißt, du hast uns angelogen?«

»… wollte aber nicht gehen, bevor er nicht ein Date mit mir hatte.«

»Mann, hat der ein Glück, dass er die Blumen nicht an irgendeiner Tankstelle gekauft hat. Da arbeiten nämlich ganz schöne Wuchtbrummen, sag ich dir.«

»Vielen Dank, Josh. Und wie läuft es mit deiner ganz persönlichen Leibeigenschaft?«

»Ich verdiene mir Sophies Liebe Stück für Stück, danke.«

»Liebe und Hass liegen doch ziemlich nah beieinander, oder?«, sinnierte Kate. »Wisst ihr eigentlich, wie sehr ich John hasse?«

»Leidenschaftlich, wahnsinnig, heiß und innig?«

Sie seufzte. »Ja, verdammt noch mal. Hat da nicht eben das Telefon geklingelt?«

»Nein«, antworteten wir im Chor.

»Ich bin so froh, dass wir so viel Geld für die Single-Party ausgegeben haben«, sagte ich.

»Ich auch. Ich hatte eine tolle Nacht«, seufzte Kate.

»Ich auch«, sagte Josh.

»Und mir hat sie eine Verabredung beschert, schätze ich.«

»Na also, was wollen wir mehr? Das waren die vierhundert Pfund doch wohl wert.«

»Und die qualvollen Wochen danach.«

»Und die Putzerei.«

»Und meine Lieblings-CD.«

»Und ...«

»So, und jetzt halten wir alle wieder hübsch den Mund«, befahl Josh.

»Bitte, komm mit«, flehte ich Addison nun schon zum vierhundertsten Mal an. Ich hatte nämlich einen Geheimpakt mit mir selbst geschlossen: Wenn Addison nicht zu dem Gig mitkam, würde ich etwas mit Finn anfangen, und wenn doch, würde ich mich für ihn aufsparen. Wenn er sagen würde, dass er mitkommt und es dann doch nicht tut, würde ich mich auch für ihn aufsparen. Wenn er mir aber ganz klar einen Korb gab, dann konnte er mich ebenso gut direkt Finn in die Arme werfen. Ich gab ihm also durchaus eine faire Chance.

»Ach, *bitte,* komm doch mit. Die benutzen auch einen Drum-Computer!«

»Ich will aber nicht.«

»Woher willst du das denn wissen? Vielleicht sind sie ja total klasse!«

»Dann lade ich mir ihr Album als MP3 runter.«

»Was?«

»Vergiss es. Hör zu, ich habe einfach keine Lust auszugehen, okay?«

»Addison. Jeder geht irgendwann mal aus.«

»Ich nicht.«

»Bist du …« Ich brachte es nicht über mich, ihn direkt zu fragen. »Bist du schon immer ungern ausgegangen?«

Er sah mich an.

»Nein. Aber jetzt.«

Er machte dicht. Ich konnte das Thema jetzt wohl schlecht vertiefen, obwohl ich darauf brannte – hoppla, vielleicht eine etwas unangebrachte Wortwahl – zu erfahren, was genau passiert war. Also, wenn mir mal die Bude unterm Hintern abgefackelt wäre, würde ich ganz bestimmt mitten in einem riesigen Feld leben und nie wieder ein Gebäude betreten. Ich verstand ihn einfach nicht.

»Wie geht's Claudia?«

»Ich glaube, sie hat mir das mit der Party verziehen.«

»Aber du hast doch gar nichts falsch gemacht.«

»Ich habe ihr Angst gemacht, und das war nicht meine Absicht.«

»Die hat doch einen Knall!«, dachte ich, behielt es aber für mich.

»Hört sich an, als hätte sie irgendwelche … Probleme.«

»Nein, sie kann sogar richtig witzig sein. Erst neulich hat

sie mir den hier erzählt ... Also, wie wechselt Captain Jean-Luc Picard eine Glühbirne aus?«

»Keine Ahnung.«

»Er sagt ›Machen Sie das mal!‹« Addison lachte sich kaputt.

»Totkomisch«, brummte ich. »Addy, *bitte* komm mit zu dem Gig. Sonst kann ich für nichts garantieren.«

»Wieso garantieren?«

»Na ja, ich werde ja nicht unbedingt für den Rest meines Lebens deine Mitbewohnerin bleiben. Ich könnte zum Beispiel zu dem Auftritt gehen, einen netten Mann kennen lernen, heiraten und wegziehen. Mit wem würdest du dich dann unterhalten?«

»Mit Claudia?«

Wie eine Reaktion auf sub-ätherische Schwingungen erschien plötzlich ihr groteskes Gesicht auf dem Bildschirm. Addison hatte ganz offensichtlich damit herumgespielt, weil inzwischen ihr ganzer Kopf dreidimensional rotierte. Wie in der Szene aus *Der Exorzist,* nur dass Claudia auf das Oscarverdächtige Make-up verzichten konnte.

»Aaah!«, quietschte ich.

»Oh, da ist sie ja.«

In der oberen Bildschirmhälfte materialisierten sich Wörter, die ich unwillkürlich las.

»IST SIE DA?«, stand da.

»Hoppla«, sagte ich. »Da ist wohl jemand eifersüchtig.«

»Nein«, tippte Addison.

»Nein? Wieso lügst du sie denn an? Bin ich vielleicht unsichtbar?«

Er zuckte mit den Schultern.

»Hey, ist schon okay! Du kannst ruhig mit mir reden – sie hört dich nicht!«

»Okay. Äh, tut mir Leid – sie ist tatsächlich ein bisschen eifersüchtig.«

»Ha! Dann würde ich dir raten, sie niemals zu besuchen! Hast du *Misery* gesehen? Du würdest wahrscheinlich ohne Beine wiederkommen!«

Er antwortete mir nicht, sondern tippte unbeirrt weiter.

»Na, dann CIAO«, sagte ich laut. »Ich gehe dann jetzt ALLEINE zu dem Gig. Du brauchst nicht auf mich zu WARTEN! CIAO, CLAUDIA!«

Er drehte sich noch einmal kurz um.

»Viel Spaß.«

»DANKE. Ich werde mich bemühen, GANZ ALLEINE viel Spaß zu haben.«

»Vielleicht lernst du ja einen netten Mann kennen, das würde mich für dich freuen. Der Typ, der auf unserer Party war, den fand ich echt nett. Einer wie der wäre doch was für dich.«

»HALT DIE KLAPPE.«

Ich marschierte aus seinem Zimmer und ließ ihn reichlich verwirrt zurück.

Selbstverständlich ging ich *nicht* alleine zu dem Auftritt. Josh und Kate kamen mit – erstens, weil sie Chali in einer Band sehen und sich als trendige junge Leute präsentieren wollten, und zweitens, weil ich für den Fall, dass mit Finn alles schief lief, ihre Unterstützung brauchte.

Ich hatte mich darauf eingestellt, einen Lachkrampf zu bekommen, wenn Kate in einem Armani-Kostüm zu dem Konzert auftauchte, aber zu meiner Enttäuschung hatte sie sich in eine angesagte 7/8-Jeans und ein winziges Top geworfen und sah wieder mal spitze aus – vielleicht brachte das Fitnessstudio ja doch etwas. Josh trug einen dunklen Anzug mit einer etwas ausgefalleneren Krawatte als sonst, aber ihn auszulachen machte nur halb so viel Spaß.

Es war ganz plötzlich kalt geworden, ein typischer englischer Sommertag, an dem der Himmel grau und wolkenverhangen war. Der Gig fand in einem wirklich abgewrackten, unheimlichen Pub in der Nähe von King's Cross statt und fing erst nach zehn Uhr abends an. Vor uns in der Schlange standen ziemlich viele Typen herum, die aussahen, als wollten sie Rasiermesser ins Konzert schmuggeln, während hinter uns ein paar Schotten unangenehm auffielen, indem sie wild in der Gegend herumbrüllten.

»Wieso sind hier so viele betrunkene Schotten?«, fragte Josh gut hörbar mit seinem typischen ober-englischen Akzent.

»Pst!« Ich kniff ihn kräftig in den Arm, um zu verhindern, dass wir alle in eine dunkle Gasse gezerrt und verprügelt wurden. »Das ist so eine Art Austauschprogramm. In Edinburgh laufen in diesem Moment jede Menge betrunkene Cockneys herum, die die Leute um Kleingeld für einen Aal-Pie anschnorren.«

Chali war heute zwar zur Arbeit erschienen, hatte aber noch weniger getan als sonst, weil sie so aufgeregt war. Das Einzige, was sie interessiert hatte, war gewesen, ob ich den Knopf oder den Ring in ihrer Augenbraue besser fand. Und sie versuchte sogar, Mrs. Bigelow dazu zu überreden, zu dem Gig zu kommen, die jedoch nur erwiderte, seit Charles' und Dianas Hochzeit habe sie noch kein einziges Mal *Coronation Street* versäumt, ehe sie sich besorgt erkundigte, ob Chali keine Angst habe, dass die Leute sie in diesem Aufzug für eine Prostituierte halten könnten?

Am Eingang wollte man uns tatsächlich zehn Pfund Eintritt abknöpfen! Josh und Kate bezahlten, ohne mit der Wimper zu zucken – schließlich waren zehn Pfund für sie gar nichts –, darum versuchte ich nicht zu laut zu protestieren. Aber versuchen konnte man es wenigstens mal …

»Stehe ich nicht auf der Gästeliste?«

Der Türsteher, dessen Körperbau an eine auf Klohäuschen spezialisierte Ziegelfabrik erinnerte, brach in ein Gelächter aus, das mir zeigen sollte, dass er diese Frage überhaupt nicht komisch fand – wie der Master, nachdem er Dr. Who gefangen und dieser ihm Gummibärchen angeboten hat.

»Bist du von irgendeiner Plattenfirma, Süße?«

»Ja!«, behauptete ich prompt. Selbstvertrauen ist die halbe Miete. Josh unterdrückte ein Kichern.

»Und von welcher?«

»Äh ... Cross Scot's Records?«

Er beugte sich nach vorn und sah mir direkt in die Augen. Seine dichten Augenbrauen warfen Schatten auf seine Wangenknochen. Ich versuchte, seinem Blick standzuhalten.

»Ach ja?«

»Klar. Hast du unseren letzte Hit noch nicht gehört –« Ich sah mich Hilfe suchend um. »– Piss in the Gutter?«

Er legte mir seine beeindruckende Pranke auf die Schulter.

»Nein. Aber hast du schon meinen letzten Hit gehört? ›Blood in the Gutter‹?«

»Nein«, stammelte ich.

»Nein, Sir«, hörte ich Josh hinter mir sagen.

»Na, dann verpiss dich.«

Ich inspizierte eine Weile angestrengt den Boden.

»Und wenn ich die zehn Pfund bezahle?«

»Für dich fünfzehn, weil du so frech warst.«

»Ich übernehme das schon«, mischte Josh sich hastig ein. Ich drückte ihm dankbar den Arm, als er dem Typen zwanzig Pfund reichte und ihm bedeutete, er könne den Rest behalten.

»Danke, dass du mich gerettet hast, Schwächling«, sagte ich, als wir endlich drin waren.

»Das habe ich nur getan, weil ich Angst hatte, er würde dich auffressen.«

»Ich auch. Wow, das sieht ja nach einem ganz besonders tollen Abend aus.«

In der Kneipe war es brüllend heiß, und überall drängten

sich flippig-trendige Gestalten, die wesentlich jünger und wesentlich selbstbewusster aussahen als ich. Ich seufzte. Mir fehlte ganz eindeutig das Gen, das den Wunsch in einem hervorrief, in irgendwelchen Spelunken herumzuhängen, an deren Wänden der kondensierte Schweiß herunterläuft. Ein Königreich für einen Sitzplatz!

Josh kämpfte sich durch die Menschenmassen zur Bar, wobei die Teenager hinter ihm mit dem Finger auf ihn zeigten und kicherten. Ungefähr sechs Stunden später kam er mit drei Plastikbechern mit wässrigem Bier und schmerzverzerrtem Gesicht wieder.

»Also, Harry's Bar ist das hier nicht gerade«, war sein einziger Kommentar, ehe er so würdevoll wie möglich an seinem Bier nippte. Wir fielen auf wie drei Banjos auf einer Beerdigung.

»Na, dann – darauf, dass wir keine Studenten mehr sind!«, prostete Kate uns zu. »Denn die *müssen* hierher kommen.«

»Da wäre ich mir nicht so sicher«, widersprach Josh. »Diese Runde hat mich acht sechzig gekostet.«

»Ja, aber du musstest ja auch Krawattenzuschlag bezahlen«, sagte ich.

»Ach, wären das hier doch nur die Beatles im Cavern Club«, jammerte Kate.

»Sieht aber eher nach The Roaring Boys in der Guildford Town Hall aus«, bemerkte Josh.

»Wer?«

»Eben. 1986. Die waren das Letzte. Und da hat ein Bier auch keine drei Pfund gekostet, das sage ich euch.«

Ich sah mich ein wenig besorgt nach Finn um. Ich wollte ja noch keine Panik machen, strich aber trotzdem vorsichtshalber mein Hemd glatt. Und feuchte Hände hatte ich auch.

»Ich tue mir das hier fünf Minuten lang an, dann gehe ich nach Hause«, verkündete Kate.

»Das kannst du doch nicht machen! Du kannst mich hier

doch nicht allein lassen! Du hast zehn Pfund bezahlt, um reinzukommen!«

»Ich komme mit«, sagte Josh.

»Und du sogar dreißig!«

Direkt vor uns rutschte ein kahlköpfiger Typ mit riesigen Doc Martens und fester Zahnspange in einer Pfütze Bier und möglicherweise Erbrochenem aus und landete auf dem Hosenboden. Doch statt gleich wieder aufzuspringen, blieb er sitzen und lachte sich tot, während seine Kumpels um ihn herumstanden, auf ihn zeigten und kreischten, als hätte er gerade den Sketch des Jahrhunderts aufgeführt.

»Ich würde hundert zahlen, um hier wieder rauszukommen«, stellte Josh fest.

Ich sah noch einmal nervös zur Tür. Der Türsteher sah genau im gleichen Augenblick herein, fixierte mich und grinste blöd.

»Das wirst du vielleicht auch müssen«, sagte ich.

Josh folgte meinem Blick. »Vor dem habe ich keine Angst.«

»Äh … doch.«

»Warum lässt du mich denn nicht ausreden? Vor dem habe ich keine Angst. Jedenfalls nicht mehr als vor allen anderen Gestalten in diesem Schuppen hier.«

Wir rutschten Schutz suchend etwas dichter zusammen. Aus der Tatsache, dass ständig irgendwelche Leute über die Bühne latschten und auf dem Schlagzeug herumschlugen, schlossen wir, dass die Band noch nicht so bald anfangen würde. Chali hatte ich noch nicht einmal gesehen. Plötzlich hatte ich das dumpfe Gefühl, dass ein totaler Katastrophenabend vor uns lag und ich dafür verantwortlich gemacht werden würde – egal, ob wir blieben oder gingen.

Und dann stolperte Finn herein. Meine grenzenlose Erleichterung, sein schönes Gesicht zu sehen, wurde etwas gedämpft von dem Umstand, dass er einen Dufflecoat trug und eine große Schultasche bei sich hatte. Es war, als hätte ich ein

Date mit Tucker Jenkins, nur dass es Finn etwas an dessen wildem Sex-Appeal mangelte.

»Hallo«, sagte er, noch während er sich mit der ausladenden Tasche durch die Mengen kämpfte. Dann stand er mit leicht geröteten Wangen vor mir und sah ziemlich zerzaust aus.

»Hallo«, sagte ich, plötzlich seltsam befangen. Einen kurzen Moment dachte ich, er würde mich auf die Wange küssen, da er sich nach vorne lehnte. Ich wich im falschen Augenblick zurück und streifte mit der Nase seine Brille.

Kate fing an zu kichern.

»Hallo, Finn.«

Er drehte sich zu ihr und ihrer kurzen, engen Hose um.

»Oh, hallo – äh ... gut siehst du aus.«

»Ob du es glaubst oder nicht: Ich übernachte nicht im Büro.«

»Na dann«, unterbrach ich die beiden schnell. Ich wollte doch nicht, dass mein Date hereinspaziert kam und dann mit meiner Mitbewohnerin flirtete.

»Du siehst auch gut aus«, sagte er sofort. »Hier, ich hab dir etwas mitgebracht.«

Er öffnete seine Tasche und holte eine Schachtel Pralinen heraus. Völlig entgeistert starrte ich ihn an.

»Na ja, wenn das hier eine ›richtige‹ Verabredung werden soll«, erkärte er entschuldigend und drückte mir die Schachtel in die Hand.

»Pralinen! Famos!«, rief Josh. »Nein, ich meine natürlich, geil!«

Ich stand mitten in dieser brechend vollen Kneipe und hielt die etwas ramponierte Schachtel in der Hand. »Danke. Und wo sind meine Blumen?«

»Ha!«, sagte er, griff noch einmal in seine Tasche und zauberte einen winzigen, in Alufolie gewickelten Zweig Heidekraut hervor.

»Da draußen war so eine verrückte alte Schottin, die mich überhaupt nicht mehr in Ruhe lassen wollte.«

»Wundert mich nicht«, flüsterte Josh mir zu, »sie hat wohl gleich gesehen, was gut ist.«

Ich ignorierte ihn und ließ Finn das Heidekraut in mein Knopfloch stecken. Dann sahen wir einander wieder an und grinsten. Ich hatte richtig Schmetterlinge im Bauch.

»Möchtest du etwas trinken?«, fragte ich ihn schließlich.

»Wie, du meinst, du als Dame willst mir bei unserer ersten Verabredung einen Drink ausgeben? Kommt überhaupt nicht in Frage!«

»Wir hatten von einer *richtigen Verabredung* gesprochen, nicht von einer *sexistischen*, Finn.«

»Oh, ganz vergessen. Du als *Frau* willst mir bei unserer ersten Verabredung einen Drink ausgeben?«

»Und du als Mann möchtest gern bei unserem ersten Date einen Tritt in die Eier bekommen?«

»Ein Dunkles?«

»Schön wär's. Was hältst du von einem warmen, wässrigen Hellen?«

»Hmm, ja, bitte.«

Als ich von der Bar zurückkam, fingen die Leute am anderen Ende des Raumes an zu grölen, ehe eine regelrechte Völkerwanderung einsetzte. Wir schlossen uns dem Strom an und landeten in dem Teil des Pubs, wo die Bühne aufgebaut war, die in etwa die Grundfläche einer Badewanne hatte. Trotzdem hatte man es geschafft, darauf einen Frontmann unterzubringen, zwei riesige Stapel Keyboards, einen DJ mit Plattentellern sowie im Hintergrund Chali – traumhaft schön in transparentem Scharlachrot (ob sie wohl weiß, wie durchsichtig ihr Kleid ist?, schoss es mir durch den Kopf, ehe ich mir im Geiste eine Ohrfeige verpasste, weil ich wieder mal so naiv war) – und eine extrem große Schwarze, die ebenfalls

Scharlachrot trug. Die beiden sahen umwerfend aus. Die beiden Jungs an den Keyboards und der Frontmann dagegen waren einfach nur peinlich. Über den DJ kann ich nicht viel sagen, weil er sich eine Mütze übers Gesicht gezogen hatte, aber der Frontmann trug einen silbernen Anzug à la Martin Fry 1984 und hatte Poren so groß wie Vulkankrater. Ich sah mich vorsichtig nach den anderen um, aber bevor irgendjemand von denen etwas sagen konnte, lehnte sich der Typ in dem silbernen Anzug nach vornüber den Bühnenrand, stellte seinen entsetzlichen dürren Unterschenkel auf dem Lautsprecher ab und brüllte:

»Aaaaaaah! Flay me! Slay me! Don't forget to pay me! Shove me! Love me! With a Plastic glove – EE!«

»Oh Gott«, hörte ich Josh hinter mir.

Der DJ scratchte einige Retro-Sounds.

»Bite me! Fight me! Try and extradite me!«

Finn und ich waren zutiefst beeindruckt von seinem originellen Versmaß.

»Use me! Abuse me! Put my fingers in the socket and fuse me …«

»Ooh, fieses Metrum!«

Der Lärm war unglaublich. Mein Trommelfell war kurz davor zu platzen. Ich versuchte, Chali im Auge zu behalten, um auf keinen Fall ihren Einsatz zu verpassen, aber im Moment tanzte sie nur gelangweilt vor sich hin, als ginge ihr das Ganze ohne Umweg auf die Nerven – mit anderen Worten: wie eine echte Backgroundsängerin.

»Prick me! Lick me! You can try and dick me …«

»Und jetzt der Refrain«, sagte ich Finn voraus.

»Cos I hate myself and I wanna die / I cut myself and I wanna die / I hate myself and I wanna die / I'm all alone and I wanna die!«

Die ohnehin schon ohrenbetäubenden Keyboards ließen sich tatsächlich noch zu einem Crescendo hinreißen.

»Wanna die!«, trällerten Chali und die große Schwarze. »Wanna die! Wanna die!«

Dann verstummte die Band, um sich im Jubelgeschrei des Publikums zu aalen. Der Sänger verbeugte sich artig.

»Hallo, king's cross!«, rief er. »It's great to be here!«

Der Mob um uns herum drehte fast durch, während wir vier ihn einfach nur fassungslos anstarrten.

»Ich glaube nicht, dass der Typ wirklich sterben will«, sagte Kate schließlich. »Eigentlich schade. Ich zum Beispiel hätte nichts dagegen, ihn tot zu sehen.«

»Ist ein bisschen wie Nirvana, oder?«, meldete Finn sich zu Wort. »Ich meine, Nirvana, wenn sie nie Gitarre spielen gelernt hätten und ziemlich ... na ja ... beschissen wären.«

»Aber Chali ist echt gut«, befand ich in einem Anfall von Loyalität.

»Oh ja, unbedingt. Ganz besonders gut haben mir ihre ›Wanna dies‹ gefallen.«

Ich nickte.

»Okay!«, brüllte der Sänger. »Also, das hier ist ein Song darüber, wie der Staat ständig versucht, uns fertig zu machen, ja? Also, macht euer eigenes Ding, ja?«

»*Dachte* ich es mir doch«, sagte Josh.

»Also ich finde, zumindest die mittlere Reife sollte jeder haben«, versicherte ich ihm.

»Nein, nein, ich meinte, *dachte* ich es mir doch, dass ich den kenne.«

»Was?«

»Na ja, damals hat er sich etwas anders angehört, aber das ist Bladen-Start. Ganz eindeutig. Wir haben im Internat im gleichen Gruppenhaus gewohnt!«

»Im Ernst?«

»Ja, wirklich. Wie hieß er noch mal mit Vornamen ...? Bladen-Start, Bladen-Start. Ach ja, genau: Tristram.«

»Im Ernst?«, fragte ich noch einmal. »Cool!«

Auf der Bühne brüllte Tristram zu einem markanten Drum-and-Bass-Beat:

»DON'T LISTEN TO WHAT THEY SAY / IT'S ONLY BULLSHIT ANYWAY / SO GO GET PISSED AND HAVE SOME FUN / DON'T MAKE YOUR BED OR PHONE YOUR MUM …«

Der Mob tobte.

»Du kannst dir nicht vorstellen, wie fett der damals war«, schrie Josh. »Sein Vater musste praktisch ein neues College bauen lassen, um ihn nach Oxford zu bekommen.«

»SCHOOL'S FOR WIMPS AND THE CONFORMERS / FUCK ALL STUDENTS AND SIXTH FORMERS / LIVE YOUR OWN LIFE ON THE STREETS / ALL YOU NEED ARE DRUGS AND BEATS!«

»YEAH!«, schrie der Mob.

»Das hier ist wirklich das Allerletzte«, sagte Kate. Ich erzählte ihr, was Josh mir gerade verraten hatte, und sie bekam ganz glänzende Augen.

»Los, Tristram!«, schrie sie und lachte sich halb tot.

»YOU DON'T HAVE TO! YOU DON'T HAVE TO! YOU DON'T HAVE! IF YOU DON'T FEEL LIKE IT!«

»Yeh!«, rief Chali und hob anmutig die Arme.

»Wollen wir tanzen?«, fragte Finn und nahm mich am Ellbogen.

»Was??«

»Na ja, schließlich haben wir ein Date … Ist Tanzen da nicht ein Muss?«

Tristram machte Verrenkungen, die aussahen, als wolle er sich mit dem Lautsprecher vereinigen, während die Leute in der ersten Reihe hochsprangen, um sein Bein zu berühren.

»Okay?«, gab ich zögernd nach.

Finn führte mich feierlich hinter das große Gedrängel, in den Teil des Pubs, wo es relativ ruhig war. Er stellte seine Tasche in einer undefinierbaren Pfütze auf dem Boden ab, verbeugte sich und nahm dann traditionelle Tanzhaltung mit mir ein.

»Hä?«, sagte ich. »Was zum Teufel machst du da?«

»Tanzen«, antwortete er und wirbelte mich herum.

»Finn!«

»Es würde dir viel mehr Spaß machen, wenn du dich nicht so sträuben würdest.«

»Das sagen die Männer immer«, rief ich ihm vom ausgestreckten Ende seines Arms zu, doch er ging nicht weiter darauf ein und wirbelte mich erneut herum. Unsere Tanzgeschwindigkeit lag deutlich unter der von der Bühne zu uns herüberdröhnenden Vorgabe, aber es achtete zum Glück ja sowieso niemand auf uns. Wahrscheinlich ging man davon aus, dass wir die Eltern von jemandem waren. Ich beschloss, den Moment auszukosten und mich herumwirbeln zu lassen. Finn war ein überraschend guter Tänzer, und ich genoss es, mich völlig zu vergessen und mich nicht mehr über die Musik zu ärgern. Erstens, weil der Lärm im Hintergrund keine Musik war, und zweitens, weil wir so unhip waren, dass die Leute hier sowieso durch uns hindurchsahen.

»Wo hast du tanzen gelernt?«, fragte ich etwas außer Atem, als Finn mich rückwärts über sein Knie beugte und Tristram die letzten Worte des Songs brüllte:

»FUCK! FUCK! AND THEM SOME!«

Finn zuckte mit den Schultern.

»Die Jungs aus meiner Football-Mannschaft haben immer meine Brille kaputtgetreten, deshalb hat meine Mutter mich stattdessen zum Tanzkurs angemeldet.«

»Und das hat deinen Stellenwert bei den Football-Jungs erhöht?«

Der Gedanke daran ließ ihn zusammenzucken. »Ich schätze, ich bin der Grund dafür, dass man Brillen nicht mehr voll von der Krankenkasse bezahlt bekommt. Allein in dem Jahr hatte ich bestimmt einen Verschleiß von fünf Stück.«

»Was soll's, die meisten der Jungs sitzen jetzt wahrscheinlich im Knast.«

»Wohl kaum. In der City laufen sie mir ständig über den

Weg, bestellen lautstark eine Flasche Cristal und greifen den Kellnerinnen an den Hintern.«

»Oh, du warst auch auf einer Privatschule?«

»Hatte ein Stipendium.« Er verzog das Gesicht. »Ich bin ein kleiner jüdischer Stipendiat. Aber man gewöhnt sich dran. Ich wasche mir sogar heute noch die Haare im Klo.«

»Internat?«

»Genau. Mit acht eingelocht für zehn Jahre.«

Ich drückte ihm mitfühlend den Arm.

»Jetzt ist es ja überstanden, und du bist ein freier Mann.«

Er lächelte. »Ich weiß. Und wenigstens weiß ich jetzt, wie man DAS macht!« Ohne Vorwarnung schleuderte er mich zu Tristrams ersten Schreien des nächsten Stücks rückwärts über seinen Arm in eine bühnenreife Pose und hielt mich fest. Ich sah zu ihm auf – er lächelte mich an, und seine schwarzen Locken hingen ihm in die Augen. Für den Bruchteil einer Sekunde hatte ich das Gefühl, als würde alles um mich herum verstummen, und ich dachte, er würde mich küssen – ehe ich verwundert feststellte, dass ich das einen weiteren Sekundenbruchteil lang sogar wollte.

»Hoho!«, schrie Josh. »Ihr beiden scheint euch ja prächtig zu amüsieren. Wollen wir mitmachen, Skates?«

Wir richteten uns hastig wieder auf.

»Na gut«, sagte Kate, »obwohl ich morgen Vormittag um zehn in Antwerpen sein muss.«

»Oh, einen Moment noch«, sagte Josh und wandte sich zum Gehen. »Ich wollte Tristram noch kurz begrüßen.«

»Ich wollte auch nicht wirklich tanzen«, meinte Kate. »Ich möchte jetzt nach Hause, bitte.«

Die Band hörte auf zu spielen.

»WIR MACHEN JETZT EINE KURZE PAUSE«, schrie Tristram. »ICH BIN DRÜBEN AN DER BAR, FALLS MIR JEMAND EINEN BLASEN WILL.« Der Mob machte sich beinahe in die Hose vor Lachen.

»Es sei denn, es ist jemand von A & R da, dem würden *wir* dann selbstverständlich einen blasen!«

»Ich glaube, ich überleg's mir noch mal«, meinte Josh.

Chali stürzte mit ihrem üblichen Gefolge von schmierigen Typen auf uns zu. »Hi! Toll, dass ihr gekommen seid!«

»Du warst klasse«, lobte ich sie. »Und du siehst super aus.« Zumindest das stimmte.

»Danke«, sagte sie. »Das hier sind Stitches, Cockroach, Wayne und Weed Boy.«

»Hi.« Wir nickten.

»Das sind die, die die Party gegeben haben«, erklärte sie, worauf einer kraftlos die Hand hob.

»Hi.«

»Amüsierst du dich?«, fragte sie Finn augenzwinkernd.

»O ja, und wie.« Er lächelte und sah mich an. »Danke für die Einladung. Du hast eine tolle Stimme.«

»Ich weiß«, sagte sie. »Oh, habt ihr schon Sha kennen gelernt?«

Chalis Backgroundkollegin war mit einem riesigen Drink mit Strohhalm neben ihr aufgetaucht. Sie zog die Augenbrauen etwa einen halben Millimeter hoch, als sie uns sah – mehr braucht man wohl nicht zu tun, wenn man wie Naomi Campbell aussieht. Dann erblickte sie Josh, dessen langes blondes Ponyhaar kurz zuvor in seinem Bier gelandet war und das er sich nun aus den Augen wischte. Sha flüsterte Chali etwas zu, die mit den Schultern zuckte und zu mir kam.

Ich war auf die Frage vorbereitet.

»Nein, er ist nicht ... wahrscheinlich«, flüsterte ich Chali zu.

»Wow – woher wusstest du ...«

Josh leckte sich nachdenklich das Bier vom Finger und hielt ihn in den Wind.

»Ist ja auch egal.« Sie sah zu Sha und schüttelte den Kopf, worauf diese schnurstracks auf Josh zusteuerte.

»Bist du nach dem Gig noch eine Weile hier?«, schnurrte sie ihn an.

»Wie?«, sagte Josh. »Äh, nein, ich glaube nicht – Au!«

Ich sah unschuldig in die andere Richtung.

»Äh, also vielleicht …«

»Gut. Dann warte hier auf mich«, sagte sie, drehte sich um und stolzierte davon.

Josh quollen fast die Augen aus den Höhlen. »Oh, mein Gott – meinst du …? Was meinst du, warum ich auf sie warten soll?«

»Wahrscheinlich ist sie in ihrer Freizeit Rechtsanwältin und möchte, dass du ihr bei einigen ihrer Fälle hilfst«, spöttelte Kate.

»Hey, Mann, du hast'n Aufriss gemacht«, sagte Chali.

»Ich? Wirklich? Ich meine, du meinst …? Oh, Gott!«, stieß er hervor, ehe er in verblüfftes Schweigen verfiel.

»Jetzt gehe ich aber wirklich nach Hause«, sagte Kate, die unmittelbar vor Chali stand. »Ich halte das hier keine Sekunde länger aus. Tut mir Leid, nimm's nicht persönlich.«

Chali musterte sie kühl.

»Wer bist du überhaupt?«

Finn und ich tauschten einen Blick, aber Kate schaltete stufenlos von unnahbar auf frostig um und verkündete: »Dann wage ich mich mal raus auf dieses gefährliche Pflaster und nehme mir ganz allein ein nicht registriertes Taxi, okay, Josh?«

Josh starrte sie ausdruckslos an und blinzelte.

»Was?«

Doch sie war bereits verschwunden.

Die zweite Hälfte des Konzerts rauschte verschwommen an mir vorbei. Tristram und seine Band lärmten sich durch »THEY DESERVE TO DIE« (eine ziemlich lange Liste, unter anderem Fuchsjäger, religiöse Fundamentalisten und Weiße), »IF DRUGS KILL, CAN WE FEED THEM TO THE PRIME MINIS-

TER?« und »I'M PROBABLY BISEXUAL, BUT I'LL KNOW FOR CERTAIN WHEN I GET ROUND TO GETTING OFF WITH A BLOKE«.

Doch ich bekam all diese Provokationen kaum mit. Ich stand ganz nahe neben Finn und freute mich, dass sich die Härchen auf unseren Armen beinahe berührten. Hin und wieder prallte ein torkelnder Teenager gegen uns und sorgte dafür, dass wir uns tatsächlich berührten, diesen Part genoss ich ebenfalls. Wir entschuldigten uns jedes Mal ausgiebig und sahen uns eine Idee länger als nötig in die Augen. Ich hatte Schmetterlinge im Bauch, konnte mein Herz sogar bei diesem trommelfellfeindlichen Lärm hämmern hören und fragte mich, wieso dieser professorhafte, unangenehm direkte Typ auf einmal eine derartige Wirkung auf mich ausübte. Doch wohl nicht nur, weil er ein guter Tänzer war? Ich beobachtete ihn verstohlen aus dem Augenwinkel. Er hatte den Blick amüsiert auf die Band gerichtet, trotzdem glaubte ich auch einen Anflug von Nervosität darin zu erkennen. Ich nahm an, dass ich der Grund dafür war, obwohl mir noch nicht ganz klar war, wie genau ... Wartete er nur auf eine Gelegenheit, mich endlich wieder loszuwerden? Fand er den Scherz, den Chali sich mit uns erlaubt hatte, einfach nicht mehr witzig? Oder ging es ihm so wie mir? War er nervös, weil er ungeduldig auf einen Kuss wartete? Aber natürlich nicht auf irgendeinen schnöden Kuss, sondern einen richtigen, filmreifen, leidenschaftlichen und doch unendlich zärtlichen Kuss – einen, für den man gern die Augen schloss und dem anderen so bereitwillig die Lippen entgegenstreckte und den man so selten bekam. Plötzlich wurde mir bewusst, dass ich mitten in einem Tagtraum von Finn war und mir dabei die Zunge aus dem Hals hing wie einem Hund. Ich schüttelte den Kopf, um wieder zu mir zu kommen.

Nach einer Ewigkeit hörte die Band endlich auf und verließ die Bühne. Tristram schüttelte noch einmal wild den Kopf, um seinen Schweiß so weit wie möglich im Publikum zu verteilen, aber natürlich erst, nachdem er deutlich mehr Zugaben gegeben hatte, als tatsächlich verlangt worden waren, unter anderem »My love is a foetus«. Doch schließlich gingen sie von der Bühne, und auch das Publikum begann, den Pub zu verlassen. Alles war in Bewegung – außer Josh, der wie angewurzelt stehen blieb.

»Und jetzt?«, fragte ich.

»Sie hat gesagt, ich soll hier warten.«

»Ich glaube nicht, dass sie exakt denselben Quadratzentimeter gemeint hat.«

»Man kann nie wissen.« Er dachte einen Moment nach. »Ich müsste allerdings ziemlich dringend aufs Klo.«

»Sollen Finn und ich uns hinstellen und so tun, als wären wir du, während du schnell verschwindest?«

»Nein, danke, es geht schon.«

»Ja, bis du sie küsst und dir aus Versehen in die Hose machst.«

»Dazu wird es vielleicht ja gar nicht kommen«, sagte Josh und entdeckte im selben Moment Sha mit entschlossener Miene auf ihn zukommen.

»Gehen wir?«, fragte Finn mich.

»Oh! Ja, natürlich. Bye, Josh. Und wir verlangen einen lückenlosen Bericht, klar?«

»Da wird es bestimmt nichts zu berichten geben«, erwiderte Josh, hielt jedoch mehrere krampfhaft gekreuzigte Finger hoch.

Ich streckte ihm meine gekreuzten Finger entgegen und winkte Chali quer durch den Raum zu, die gerade dabei war, ihr Gefolge zu tadeln.

»Bis morgen!«

Sie sah zu mir herüber und lachte.

»Das würde mich aber ziemlich wundern«, schrie sie, »wenn auch nur eine von uns morgen zur Arbeit gehen würde!«

Wie peinlich.

»Ja, äh, kann sein.«

Finn öffnete mir die Tür. Als der riesige Türsteher mich wiedererkannte, lächelte er.

»Also wisst ihr, das hätte ich mir gleich denken können, dass ihr beiden den Laden zusammen verlasst.«

»Kleiner Kuppler, wie?« Ich war immer noch sauer auf ihn wegen der zwanzig Pfund.

»Nö – aber ihr beiden habt als Einzige richtige Schuhe an.«

Ich sah nach unten. Finn hatte Boots an, ich hingegen ein Paar Startrite-Sandalen für Erwachsene, während alle anderen neonfarbene Turnschuhe trugen.

»Du machst deinen Job ziemlich gut«, bemerkte ich.

Er neigte sich mir zu.

»Danke, Ma'am. Und jetzt gute Nacht.«

Es hatte angefangen zu regnen. Finn verkroch sich förmlich in seinem Duffelcoat und sah auf einen Schlag deutlich prosaischer aus. Dann sah er mir in die Augen und lächelte, worauf mein Magen erneut anfing, Samba zu tanzen.

»So, und jetzt – Abendessen!«, verkündete er. Ich starrte ihn verblüfft an.

»Du weißt aber, dass es Viertel nach zwölf ist, ja?«

»Nein – tatsächlich? Ich frage nie eine Uhr«, verriet er mir etwas enttäuscht. »Zeit ist doch etwas vollkommen Unwichtiges.«

»Aber nicht, wenn man nach Mitternacht in London etwas essen möchte.«

»Mann, hätte Einstein das doch bloß bedacht, dann wäre jetzt vielleicht *alles* anders.«

»Dann würden wir uns jetzt eine Lebensmittelvergiftung holen«, sagte ich und sah mich um. Rund um den Bahnhof waren noch ein paar Lokale offen, die jedoch nicht besonders Vertrauen erweckend aussahen – hier eine nicht identifizierbare Kebabbude, da ein Spezialist für wässrige Hamburger. Auf den Tischen standen kleine Blechaschenbecher, in denen sich die Zigarettenstummel auf Kundschaft wartender Prostituierter, Dealer und jugendlicher Ausreißer eines ganzen Abends türmten – der üblichen Klientel in den Feinschmeckerlokalen rund um King's Cross. Eigentlich hatte ich ja Hunger, aber ein einziger Blick auf diese Buden hätte selbst einem räudigen Hund den Appetit verdorben. Und abgesehen davon, konnte ich kurz vorm Verhungern sein, aber wenn die Möglichkeit bestand, dass es später noch zu einer netten kleinen Knutscherei kam, würde ich doch den Teufel tun und mich auf das mundhygienische Desaster einlassen, das ein Kebab darstellte! In solchen Dingen war ich ausgesprochen weitsichtig.

Finn möglicherweise auch, denn wir schlenderten eine ganze Weile ziellos umher, offensichtlich nicht bereit, den Abend hier und jetzt zu beenden, und gleichzeitig unsicher, was uns wohl noch bevorstand. Schließlich stolperten wir zum Glück über einen noch geöffneten Coffeeshop, wo Finn uns zwei große Becher Seifenwasserkaffee sowie zwei hauchdünne Scheiben Schokoladenkuchen beschaffte und sich dann neben mich auf einen der zu klein geratenen Plastikstühle setzte.

»Meine Ohren sind immer noch ganz taub von dem Lärm«, jammerte ich.

»Na ja, aber immerhin konnten wir den Beginn eines neuen Phänomens live miterleben. Das war es doch wert, oder?«

»Eines phänomenalen Haufens Scheiße, meinst du wohl?«

»Oh, ich wusste gar nicht, dass du eine Kritik für *Time Out* schreiben würdest.«

Ich nippte an meinem Kaffee und betrachtete Finns Hände. Sie waren lang und sehnig, genau wie seine Finger. Mit der einen Hand hielt er die Kaffeetasse so fest, dass ich Angst um den Henkel hatte, während er mit der anderen nervös auf die Tischplatte trommelte.

»Und, was willst du mal werden, wenn du groß bist?«, fragte ich ihn.

Er zuckte mit den Schultern.

»Nachdem ich den Nobelpreis gewonnen habe, werde ich der neue Dr. Who, und dann fliege ich ins Weltall.«

»Würdest du das als Dr. Who nicht sowieso tun?«

»Oh, stimmt ja. Ich vergesse jedes Mal, dass das eine Dokumentation ist.«

»Du würdest einen guten Dr. Who abgeben«, sagte ich. Und das würde er wirklich. Er war genau die richtige Mischung aus intelligent und zerstreut.

»Und den Nobelpreis kannst du doch trotzdem noch bekommen, oder?«

Er seufzte und spielte mit seiner Kaffeetasse. »Ich glaube, mit dreißig ist der Zug abgefahren. Es sei denn, ich entdecke jetzt ziemlich schnell etwas. Physiker erleben den Höhepunkt ihrer fachlichen Fähigkeiten eigentlich mit zwanzig.«

»Hey, wow, das ist ja genau wie mit …«

»Ja, ja, habe ich auch schon gehört. Aber ich war ja viel zu sehr mit Physik beschäftigt, als dass ich mich für Mädchen interessiert hätte. Außerdem ist Physik natürlich auch nicht gerade das Fachgebiet, das einem beim weiblichen Geschlecht Tür und Tor öffnen würde.«

»Du Ärmster.«

»Tut mir Leid – heule ich dir jetzt etwa die Ohren voll? Mir kommt es vor, als würde ich den ganzen Abend nur jammern.«

»Aber immerhin hat dein Gejammer mehr mit Singen zu tun als Tristrams.«

»Und was ist mit dir? Was willst du werden?«

»Hmm. Ich glaube, Filmstar.«

»Gute Idee.«

»Danke. Wobei ich sagen muss, dass ich mich nicht besonders auf die Pornoszenen freue, die ich machen muss, bevor ich es so weit bringe.«

»Jetzt mal im Ernst. Arbeitest du gerne als Floristin?«

Ich spielte mit einem Zuckertütchen. »Weiß nicht. Es ist ganz okay. Nachdem meine Eltern sich getrennt hatten, sind beide in Wohnungen ohne Garten gezogen, und das hat mir echt gefehlt. Als Floristin habe ich wenigstens mit Pflanzen zu tun. Und ein Bürojob wäre absolut nichts für mich. Ich würde diese … Feinstrumpfhosen nicht aushalten.«

Er nickte. »Aber warum suchst du dir dann nicht einen Job als Gärtnerin? Zumindest könntest du zur Abendschule gehen.«

Ich hielt mir die Ohren zu. »Ich hör gar nicht zu … la la la la la … weiß ich selber … la la la la … ich bin total lasch … la la la!«

Er lächelte, verschränkte die Arme und wartete darauf, dass ich meine Hände wieder von den Ohren nahm.

»Tut mir Leid, aber …«

»La! La la la!«

»Sonst könntest du ja auch …«

»La la la! La la la la!«

»Okay, okay. Hättest du Lust, ins Weltall zu fliegen?«

»Ist das ein Angebot?«

Er lächelte schon wieder. »Na ja, also, diesen Monat bin ich ziemlich ausgebucht.«

»Oh ja, ich auch. Du weißt ja, wie das ist.«

»Ich glaube, etwa 2017 hätte ich noch ein Zeitfenster.«

»Wirklich? Toll! In dem Jahrzehnt habe ich auch noch nichts vor.«

»Dann könnten wir ja vielleicht …«

»Nur, wenn ich am Fenster sitzen darf.«

»Okay. Aber wehe, du machst die Tüte mit Space-Dust-Knisterkaugummi auf, bevor wir landen.«

»Du bist doof.«

Auf einmal musste ich gähnen. Es war bereits nach ein Uhr, und der Coffeeshop-Besitzer sah uns ziemlich grimmig an, während er sich auf seinen Wischmopp stützte, den er, wenn man den Fußboden so ansah, ohnehin nie benutzte.

»Du hast Recht, ich bin doof, und ich langweile dich zu Tode. Soll ich dich nach Hause bringen?«, meinte Finn niedergeschlagen.

Ich winkte ab. »Sei doch nicht albern, natürlich langweilst du mich nicht. Es ist nur schon so spät. Ich nehme den Nachtbus, kein Problem.«

»Den Nachtbus? Nach unserer Verabredung? Das glaube ich kaum.«

Er sprang auf, steckte den Kopf zur Tür hinaus und schaffte es tatsächlich, innerhalb kürzester Zeit ein Taxi heranzuwinken.

»Taxi«, sagte er und drehte sich zu mir um. Regentropfen liefen an seinen Brillengläsern hinunter.

Kaum waren wir ins Taxi eingestiegen, veränderte sich die Stimmung. Ein Mann und eine Frau in einem Taxi nach einem Date. Wahrscheinlich befanden sich Millionen andere Menschen auf der Welt im gleichen Augenblick in exakt derselben Situation und waren wahrscheinlich ebenso aufgeregt und gespannt wie wir. Während der Fahrt rückten wir immer näher zusammen, ohne jedoch unser hartnäckiges Schweigen zu durchbrechen. Ab und zu lächelten wir uns nervös an. Normalerweise war mein Alkoholpegel in solchen Situationen deutlich höher, deshalb war ich ziemlich durcheinander. Das Taxi hielt, und Finn wandte sich mir zu.

»Äh, ich kann den Fahrer bitten zu warten.«

Los, Holly, entscheide dich.

»Du … hättest nicht vielleicht Lust, noch auf einen Kaffee mit reinzukommen?«, fragte ich und starrte dabei auf meine Hände.

»Noch mehr Kaffee ... äh, doch, klar!« Er bezahlte das Taxi. Ich sprang aus dem Wagen und überlegte kurz, welche Unterhose ich anhatte. Auf dem Weg vom Taxi zur Haustür nahm Finn meine Hand, und ich dachte, ich würde platzen vor Glück.

Wir gingen die Treppe hinauf und sahen beide gleichzeitig das Licht unter der Wohnungstür hindurchscheinen. Als ich den Schlüssel aus der Tasche ziehen wollte, nahm Finn mich bei den Schultern und sah mir in die Augen, als wolle er fragen, ob es wirklich in Ordnung sei. Ich gab ihm mit einem Blick zu verstehen, dass es das war, worauf er sich langsam und vorsichtig vorbeugte und mich küsste.

Und der Kuss war absolute Weltklasse. Nicht geifernd und liebestoll, wie Hunde, die völlig unkontrolliert Menschenbeine bespringen, aber auch nicht verschämt, sondern vielmehr bestimmt, sexy und ... einfach nur gut.

Nach einer Weile löste ich mich von ihm.

»Also, in *diesen* Unterricht hat dich deine Mutter ganz bestimmt nicht geschickt«, keuchte ich.

»Ich war auf einer sehr progressiven Schule«, sagte er. »Nein, *natürlich* nicht!«, fügte er hastig hinzu, als er mein Gesicht sah.

Ich schloss auf. »Komm rein«, sagte ich und fasste ihn an beiden Händen. »Bitte.«

Er folgte mir in die Wohnung. Und wir sahen einander so intensiv in die Augen, dass ich um ein Haar über Addison gestolpert wäre, der neben dem Telefon kauerte und sich leise die Augen aus dem Kopf weinte.

7

»Was ist denn hier …?!?« Kaum hatte ich das Gleichgewicht wiedergefunden, ließ ich Finns Hände los. »Addison! Was ist denn los?«

Er sah nicht auf. Finn kniete sich neben ihn.

»Äh, hallo? … Alles in Ordnung?«, fragte er ziemlich lahm.

Ich kniete mich ebenfalls neben ihn.

»Add? Addy?« Ich berührte ihn ganz vorsichtig, und auf einmal schlang er mir die Arme um den Hals und klammerte sich an mich wie ein kleines Kind, das um sein Leben fürchtete. Ich warf Finn einen viel sagenden Blick zu.

»Hättest du etwas dagegen, uns einen Tee zu machen?«

Er nickte, und irgendwie wussten wir wohl beide in diesem Moment, dass »Tee machen« nicht gleichbedeutend war mit »Kaffee trinken«, unabhängig davon, was mit Addison los war.

Ich hörte, wie er sich etwas unsicher in der Küche zu schaffen machte.

»Was ist los, Add? Los, sag schon.«

Ich hob sein Kinn. Ein entsetzlicher Gedanke ließ mich erstarren, als hätte jemand einen Kübel Eiswasser über mir ausgekippt.

»Ist etwas mit Kate? Ist Kate nach Hause gekommen?«

Er nickte unglücklich.

»Sie schläft«, schniefte er.

»Du meinst, sie ist nach Hause gekommen und hat dich nicht dasitzen sehen?«

»Ich habe ihr gesagt, es käme von meinen Kontaktlinsen.«

Addison trug für gewöhnlich eine Brille Marke »Glasbaustein«, die nun auf dem Telefontischchen lag.

»Wow. Sie muss ja ziemlich müde gewesen sein.«

»Ich bin müde«, sagte Addison leise.

»Komm.« Ich half ihm auf die Beine. »Wir setzen uns jetzt in die Küche, und dann sehen wir weiter.«

Ich schleppte ihn in die Küche und setzte ihn auf einen Stuhl.

Finn wühlte immer noch in den Schränken herum.

»Äh ... welchen Tee soll ich nehmen?«

Ich drehte mich zu ihm um.

»Die Hausmarke natürlich. Der Earl Grey gehört Kate, sie würde uns umbringen.«

Er nickte. »Und wer von euch ernährt sich von Penguin-Keksen?«

»Ähmmm ... der Pinguin. Pass auf, wenn du ins Bad gehst.« Dann wandte ich mich wieder Addison zu.

»Aha«, brummte Finn.

Ich nahm Addisons Hand und wartete, bis seine Tränen versiegt waren und er sich wieder soweit beruhigt hatte, dass er einigermaßen normal mit uns reden konnte. Finn stellte drei Tassen Tee auf den Tisch sowie einen Teller Kekse, den wir alle ignorierten.

»Hast du etwas dagegen, wenn ich dabei bin?«, fragte er.

Es war nicht der schlaueste Schachzug von mir, aber ich sah zu Addison und wartete darauf, dass er antwortete. »Nein, ich habe überhaupt nichts dagegen – und du, Addison?«, hätte ich eigentlich sagen sollen, tat es aber nicht. Ich signalisierte in keinster Weise, dass irgendeine Verbindung zwischen mir und Finn bestand.

Addison hob den Kopf ungefähr zwei Millimeter an.

»Ich habe nichts dagegen.«

»Okay«, sagte ich und umschloss seine Hand etwas fester. »Was ist los?«

»Also«, schniefte er, »das Telefon hat geklingelt. Stundenlang. Immer wieder.«

»Aber du gehst doch sonst nie ans Telefon.«

»Ich weiß. Aber es wollte einfach nicht aufhören zu klingeln.«

»Es war Claudia, stimmt's?« Vielleicht hatte sie jemand anderen kennen gelernt, schoss es mir durch den Kopf.

»Nein, nein, nicht Claudia! Mit ihr habe ich den ganzen Abend noch nicht gesprochen. Sie fragt sich sicher schon, wo ich bin.«

»Na, dann lass sie sich noch ein bisschen länger wundern, Tiger. Wer war am Telefon?«

»Meine Mutter.«

»Deine Mutter? Aber sie ruft doch normalerweise immer sonntags an, oder?«

Er nickte.

»Und …?«

»Sie wollte mir zum Geburtstag gratulieren.«

»Ach. Und wann hast du Geburtstag?«

Er verzog das Gesicht.

»Heute. Und ich hab's vergessen!«

Er fing wieder an zu schluchzen. Finn und ich sahen uns besorgt an.

Ich legte Addison den Arm um die Schulter.

»Also, Add, mag ja sein, dass das ein bisschen ungewöhnlich ist, trotzdem ist es doch noch lange kein Grund, sich so aufzuregen.«

»Du verstehst das nicht. Mein Geburtstag und der Tag, an dem es gebrannt hat … ich verwechsele sie immer und denke immer am falschen Tag an den falschen Anlass.«

Es war der siebte Juni.

»Und wann war das Feuer?«, fragte ich leise.

»Am siebten Juli.«

»Wie alt warst du da?«

»Elf. Und einen Monat«, schniefte er.

»Oh, Addison.«

Er war völlig erschöpft vom vielen Weinen.

»Hier, trink deinen Tee.«

»Wenn ich weiß, dass der Tag kommt, ist es nicht so schlimm …, aber dieses Jahr habe ich es vergessen.«

Ich fragte mich, wie jemand seinen eigenen Geburtstag vergessen konnte. Sobald der November näher rückte, war ich jedes Mal ganz kribbelig vor Aufregung. Habe ich Aufregung gesagt? Früher vielleicht, heute wohl eher vor Entsetzen.

»Ich vergesse meinen Geburtstag auch ständig«, meinte Finn. »Meistens bin ich so in meine Arbeit im Labor vertieft, bis irgendjemand das Datum erwähnt, und dann fällt es mir erst auf.«

Addison nickte.

»Ich nehme mir normalerweise irgendwelche richtig schwierigen Programmierungen vor … nur, um nicht dran denken zu müssen.«

»Tut mir echt Leid, Kumpel«, sagte Finn.

»Ich vermisse ihn so, Holly«, sagte Addison.

Einen Moment lang dachte ich, er meinte Finn, aber dann kriegte ich doch noch die Kurve.

»Deinen Vater?«

»Er hat mir meinen ersten ZX81 gekauft.«

»Ääh … ach ja? Das war aber lieb von ihm.«

»Und er hat mir C+ beigebracht. Natürlich nur die Anfänge davon.«

»Natürlich«, sagte Finn.

»Okay, meine Herren Professoren …« Ich dachte kurz nach. »Weißt du was, Addy, ich finde, dieses Jahr sollten wir deinen Geburtstag feiern.«

Er sah auf. »Ich weiß nicht …«

»Ich weiß. Aber ich glaube, dass du das tun solltest. Ich meine sogar, dass du deinen Geburtstag feiern *musst.* Vielleicht ist es einfach schon viel zu lange her, seit du das zuletzt getan hast.«

Finn nickte zustimmend.

»Aber …«

»Natürlich nicht an deinem richtigen Geburtstag. Du bekommst einfach einen neuen Geburtstag.«

Er schwieg beunruhigt.

»Keine Sorge, keine große Sache. Bloß unsere WG.«

»Und du?«, fragte Addison Finn.

Finn sah mich an. »Finn kommt natürlich auch«, sagte ich.

Addison wirkte noch immer unentschlossen.

»Komm schon. Wir reden morgen früh weiter. Jetzt bringen wir dich erst mal ins Bett. Du schläfst nicht genug, du musst ja völlig erschöpft sein.«

Addisons Gesicht verriet tiefe Müdigkeit und Erleichterung – als hätte ihm allein der Umstand, mit jemandem zu reden, bereits geholfen. Als sei das alles gewesen, was er gewollt hatte. Addison ließ sich wie ein Kind von mir in sein Zimmer bringen. Finn sah mit hoffnungsvollem Blick auf, als ich die Küche verließ.

Ich drehte mich um.

»Ich werde noch … eine Weile bei ihm sitzen bleiben, bis er eingeschlafen ist …, um ganz sicher zu gehen, okay?«

Finn war enttäuscht, fing sich aber rasch wieder.

»Ja, klar, okay, ich … gehe dann jetzt wohl. Ist schon ziemlich spät.«

»Stimmt.«

»Okay. Ich … Sehen wir uns? Zu Date Nummer zwei?«

»Ja – äh, ich ruf dich an wegen Addisons Geburtstag«, sagte ich. »Vielen Dank für den schönen Abend.«

»Danke. Äh …« Er stand mit seiner Tasche in der Hand an der Tür und sah aus, als wollte er noch etwas sagen. Doch dann überlegte er es sich offenbar anders und sagte nur: »Bis dann.«

»Bis dann«, erwiderte ich und sah ihm nach, wie er die Treppe hinunterging. Er drehte sich nicht mehr um.

Ich packte Addison ins Bett, und er lag da und starrte mich an, während ich behutsam seine Stirn streichelte.

»Danke«, sagte er. »Manchmal habe ich das Gefühl, ich werde verrückt.«

»Wenn du das sagen kannst, heißt das, dass du nicht verrückt wirst«, beruhigte ich ihn. »Zumindest glaube ich das. Oder war es anders herum? Dann steckten wir alle in ziemlichen Schwierigkeiten.«

»Weißt du was? Auf einem der Monde des Saturns hat man gerade ein Ammoniakmeer entdeckt«, berichtete er. »Ganz tief unten, unter hundert Lichtjahren von Gas. Mit bloßem Auge würde man es nie sehen. Man kann es nicht berühren, ja nicht einmal in seine Nähe kommen, und es macht auch überhaupt kein Geräusch. Und trotzdem hat man es gefunden.«

»Und?«

»Ich glaube nicht, dass man sich verstecken kann«, nuschelte er, als er seine vom Weinen müden Augen schloss. »Ich glaube, man wird trotzdem gefunden.«

»Das glaube ich auch«, flüsterte ich und beobachtete ihn, während sein Atem immer langsamer und regelmäßiger wurde. Ich betrachtete sein Gesicht: Es war so friedlich. Um die Augen entdeckte ich einen feinen weißen Salzrand. Als ich schließlich ebenfalls müde wurde, legte ich mich neben ihn auf das schmale Bett und legte den rechten Arm über ihn, als könnte ich ihn damit beschützen.

Am nächsten Morgen schreckte ich aus dem Schlaf hoch und hatte keine blasse Ahnung, wo ich war. Ich blinzelte, und langsam erschien der noch schlafende Addison vor mir. Oh, mein Gott! Seine fein geschnittenen Züge hoben sich gegen das Kissen ab, seine Wimpern warfen lange Schatten, und an seinem Kinn zeigten sich Bartstoppeln. Er war schlicht und ergreifend schön.

»Hey«, flüsterte ich, worauf er sich zu mir umdrehte. Langsam öffneten sich seine großen Augen und verrieten im ersten Moment blankes Entsetzen, ehe seine guten Manieren augenblicklich die Oberhand gewannen.

»Äh ... hey!« Er lächelte zaghaft. Die Situation wurde langsam ein wenig peinlich.

»Wie geht's dir?«

»Äh ... besser, danke.«

Ich bemerkte, dass mein Arm unter seinem feststeckte, aber ich wollte Addison nicht erschrecken, indem ich ihn herauswand, also fand ich mich damit ab, dass er absterben würde. Wir befanden uns in der extrem unangenehmen Situation, zum ersten Mal nebeneinander im selben Bett aufzuwachen, und die Tatsache, dass wir uns nicht ausgezogen und irgendwelche Ferkeleien gemacht hatten, machte die Sache nicht weniger peinlich. Was ich im Grunde ziemlich unfair fand.

»Liege ich auf deinem Arm?«

»Nein! Nein, schon okay. Obwohl – eigentlich doch.«

Er richtete sich ein Stück weit auf, so dass ich meinen Arm unter ihm hervorziehen konnte. Und damit stand (oder lag) ich vor dem nächsten Problem: Ich lag auf der Seite und hatte plötzlich einen Arm zu viel. Er war im Weg. In diesem Moment hätte ich ihn mir am liebsten abgerissen, damit wir bequem einander zugewandt auf der Seite liegen konnten.

»Ich ... ich habe sehr gut geschlafen«, sagte er.

»Ich auch.«

Ich hoffte, dass er das als eine Art Einladung verstehen würde, aber unsere Körper berührten sich nicht, und irgendwie wirkte er steif. Also, zumindest was die Körpersprache betraf. Wie es sich mit dem Rest verhielt, konnte ich nicht sagen.

Wir sahen einander eine Weile an, bis ich einfach etwas sagen *musste.*

»Add, also … Ich muss ganz dringend auf die Toilette.«

Er grinste.

»Ich auch.«

»Okay … dann stehe ich jetzt auf … Möchtest du eine Tasse Tee?«

»Gern … Geht's ohne Zucker?«

»Kein Problem.«

Ich schlich zur Tür, um mich wie ein Einbrecher hinauszustehlen. Ich lauschte und öffnete, als ich nichts hörte, vorsichtig die Tür.

Kate stand mit dem Telefonhörer in der Hand praktisch unmittelbar vor mir und starrte mich mit schockierter Miene an.

»Was zum Teufel ist denn …!?!?«

»Pst.«

»Oh, Gott. Das glaube ich nicht …«

»Pst! Es ist nicht so, wie du denkst.«

»Er hat ganz offensichtlich seine Kontaktlinsen nicht mehr gefunden«, sagte sie und musterte mich von oben bis unten.

»Ich dachte, du müsstest nach Antwerpen.«

»Müsste ich auch, Schwachkopf. Aber dann fand ich es doch lustiger, hierzubleiben und die Polizei anzurufen. Wo zum Teufel *wart* ihr denn alle?«

Ich schloss die Tür hinter mir.

»Wieso? Ich war …«

»Da drin, ja, das sehe ich. Aber Josh ist noch nicht wieder zu Hause – wusstest du das? Oder warst du zu beschäftigt, um es zu bemerken? Woher sollte ich denn wissen, dass ihr beiden nicht vielleicht irgendwo überfallen und halb zu Tode geprügelt worden seid? Ich meine, *gütiger Gott …*«

»Tut mir Leid, aber es war nun mal keine Situation, die man auf einen Zettel schreibt und auf den Küchentisch legt.«

»Schon klar.«

»So habe ich es nicht gemeint. O Gott, wo ist nur Josh?«

Sie zog die Augenbrauen hoch, und plötzlich fiel es mir wieder ein.

»Oh, Gott! Sha ... Oh, mein Gott!« Ich konnte mir ein schelmisches Grinsen nicht verkneifen. »Ich schätze, er ist mit zu ihr nach Hause gegangen. Wow! Ich fasse es nicht! Das kann ich mir überhaupt nicht vorstellen! Josh schläft mit einer Frau – das stellt mein Weltbild ja völlig auf den Kopf. Fließt Wasser nach oben?«

»Nun, da du ja anscheinend Addison aufreißen konntest, würde ich mich auf keinen Magneten mehr verlassen.«

Ich musste schon wieder grinsen. »Ich habe ihn nicht *aufgerissen*. Wir haben nur zusammen geschlafen.«

Kate schlug sich gegen die Stirn. »Ach, entschuldige bitte, ich hatte schon wieder vergessen, dass du *modern* bist.«

»Halt die Klappe. Ich meine, wirklich geschlafen. Arm in Arm.«

»Ohne zu fummeln?«

»Ohne zu fummeln. Ich schwör's. Einfach nur so. Gute Freunde.«

»Wenn du es sagst. Wow, bin *ich* froh, dass ich *dafür* nur meine gesamte Karriere um drei Jahre zurückgeworfen habe. Denn im Gegensatz zu manchen anderen kann ich mir nicht einfach einen Tag freinehmen, wenn mir danach ist.«

Sie marschierte in die Küche. Ich folgte ihr und setzte Wasser auf.

»Was heißt hier, einen Tag freinehmen? Es ist doch erst – Scheiße!« Es war bereits nach neun Uhr. Mrs. Bigelow würde mir die Hölle heiß machen. Völlig panisch wusch ich mir in Windeseile Gesicht und Hände, zwang mich in eine mir etwas zu kleine Jeans und stürzte aus dem Haus. Ungefähr auf der Hälfte des Weges fiel mir ein, dass Addison bestimmt noch auf seinen Tee wartete. Ich schloss die Augen und schwelgte in der Erinnerung an ihn – und wurde prompt um ein Haar von einem Kleinlaster überfahren. Da die Fenster geschlossen waren, konnte ich dem Fahrer nur von den Lippen ablesen, als was er mich bezeichnete – es war nicht sehr schmeichelhaft.

Ich bog in die Edmonton Street ein, in der Erwartung, dass der Laden noch geschlossen oder aber Mrs. Bigelow inzwischen aufgetaucht und außer sich war – schließlich hatte Chali am Abend vorher auch nicht den Eindruck gemacht, als sei sie auf dem Weg nach Hause, um dort noch einen Becher Kakao zu trinken. Aber alles sah völlig normal aus. Selbst die Gardenien vor dem Laden wirkten gesund. Ich entspannte mich und schlenderte hinein.

»Huuuuuuuuuh!«, schallte es mir entgegen, als ich zur Tür hereinkam. »Ziemlich spät ins Bett gekommen, wie?«

Ich zuckte mit den Schultern. »Kann sein.«

Chali sprang vom Tresen, wo sie sich gerade noch die Nägel lackiert hatte.

»Also? Erzähl. Alles. Wie dick? Mit Überzieher?«

»Wovon *redest* du eigentlich?«

»Überzieher. Du weißt schon: Ist er beschnitten?«

Da fiel der Groschen.

»Hör mal, Chali: Erstens bist du wirklich unglaublich verdorben, und zweitens ist mit Finn überhaupt nichts gelaufen.«

Sie sah mich verwirrt an. »Aber du bist erst spät ins Bett gekommen.« Sie riss die Augen auf. »Mit wem?«

»Na ja, ich habe dir doch schon mal von meinem anderen Mitbewohner erzählt …«

»*Den* hast du aufgerissen!?«

»Nein, nicht direkt …«

Ich erzählte ihr die ganze Geschichte, die sich zu meinem Bedauern als nicht ganz so beeindruckend herausstellte wie erhofft.

»Moment mal, lass mich das noch mal zusammenfassen:

Du hast den supersüßen und netten Finn in die Wüste geschickt, um dich mit diesem Totalschaden von einem Wichser zusammenzutun?«

»Ich habe Finn nicht *in die Wüste geschickt.* Es gibt nun mal Leute, die nicht gleich bei der ersten Verabredung miteinander schlafen.«

»Ja, aber du wolltest doch.«

»Stimmt doch gar nicht.«

»Du hast ihn zu einem Kaffee eingeladen.«

»Ach, und das ist gleichbedeutend mit ›Fick mich‹, ja? Du bist ja eine tolle Feministin.«

»Wie oft in deinem Leben hast du einen Typen auf einen Kaffee zu dir eingeladen, dich dann nett mit ihm unterhalten und nicht mit ihm geschlafen?«

»Darum geht es doch gar nicht! Es geht ums Prinzip!«

»Wie oft?«

»Na ja, also ... nicht so oft.«

»*Wie* oft?«

»Noch nie.«

»Eben. Das heißt, du hast ihn wegen diesem Psychopathen abblitzen lassen.«

»Addison ist kein Psychopath. Er ist seelisch geschädigt.«

»Der ist nicht ganz dicht!«

»Ich weiß. Aber wenn du ihn sehen würdest ...«

»Ich mag keine gut aussehenden Männer. Bei denen fühle ich mich immer unsicher.«

»Ach, und deshalb hängst du immer nur mit so widerlichen Gestalten rum?«

»Nein, das mache ich, weil ich mich im Musikgeschäft nach oben schlafe.«

»Ach so.«

»Wobei mir einfällt ...«

Sie sah über meine Schulter, und ich drehte mich um.

Ein kleiner und geradezu grotesk fetter Mann mit nach

hinten gegeltem Haar und Sonnenbrille hatte soeben den Laden betreten.

»Hey ... Babyyyyy! Eigentlich wollte ich dir ja Blumen mitbringen, aber wie's aussieht, hast du schon genug.«

Er hatte einen entsetzlichen Birminghamer Akzent, der sogar einen Hund dazu bringen würde, zu jaulen und sich die Pfoten auf die Schlappohren zu halten.

»Bo!« Chali warf sich in seine Arme.

»Holly – das ist Bo – er ist Produzent bei Shingles, und er hat mir einen Termin zum Vorsingen verschafft!«

»Das freut mich für euch.«

Bo legte den Arm um Chali und kniff ihr in den Po.

»Komm, Süße – ich lade dich zum Brunch ein.«

»Ist das okay, Holl?«, frage Chali und schmiegte sich an ihn.

»Klar. Ich bleibe solange hier und überlege mir, wie ich es in Zukunft vermeiden kann, mich mit *Psychopathen* einzulassen.«

Sie streckte mir die Zunge heraus und tänzelte aus dem Laden.

Ich verbrachte den Rest des Tages damit, mich meinen mannigfaltigen Fantasien hinzugeben. Gegen zwölf Uhr lebten Addison und ich mit vier Kindern in der Toskana – nein, lieber nur zwei Kinder, sonst wäre meine Figur ja völlig im Eimer. Um halb drei hatte Addison irgendein ganz tolles Computerding entwickelt, und wir waren so reich wie Bill Gates (nur ohne Akne). Ich hatte sogar schon im Geiste geprobt, was ich beim Nachhausekommen sagen wollte. Ich würde nicht auf ihn zustürzen und ihm um den Hals fallen. Ich würde auch nicht sämtliche Habseligkeiten aus meinem Zimmer in seines räumen. Ich würde ihm nicht einmal die Hose herunterziehen, ganz gleich, wie groß mein Bedürfnis danach war. Ich würde einfach darauf warten, dass Josh das Abendessen zubereitete und Addison dann dazu einladen. Dann würden wir alle vier so richtig gemütlich zusammensitzen. Wir könnten vielleicht Händchen halten. Möglicherweise würde ich ihm erlauben, mich unter dem Tisch ein bisschen zu befummeln. Nein, lieber nicht – das wäre ja ekelhaft. Wir vier würden endlich mal intelligente, erwachsene Gespräche führen, ohne uns gegenseitig zu beschimpfen und Knüppel zwischen die Beine zu werfen. Hmm.

Als ich zur Tür hereinkam, wusste ich sofort, dass etwas nicht stimmte, wenn auch nicht genau, was. Kate war im Wohnzimmer und starrte aus dem Fenster.

»Was ist los?«

»Er ist immer noch nicht da«, sagte sie tonlos. »Josh ist immer noch nicht da. Und arbeiten war er auch nicht, weil die nämlich hier angerufen und gefragt haben, wo er bleibt.«

Jetzt wusste ich, was nicht gestimmt hatte. Es roch nicht nach Essen.

»Wow. Na ja, ich schätze, er wird schon wiederkommen, wenn er dazu bereit ist. Freust du dich denn nicht für ihn?«

»Und was ist, wenn er nie mehr wiederkommt? Was, wenn sie ihn als ihren Sexsklaven gefangen hält?«

»Na ja, immer noch besser als Sophie, oder?«

»Keine Ahnung.«

Ich sah sie an. »Du machst dir wirklich Sorgen, stimmt's?«

»Ich mache mir keine Sorgen. Es kotzt mich nur an, dass er nicht mal anruft, um uns zu sagen, ob er noch lebt.«

»Natürlich machst du dir Sorgen – du müsstest dich mal sehen! Du machst dir Sorgen, und du bist eifersüchtig.«

»Ich bin überhaupt nicht eifersüchtig! Josh ist einer meiner ältesten Freunde, und ich finde einfach nur, dass er ein bisschen mehr Rücksicht nehmen könnte, das ist alles.«

»Kate ist eifersüchtig! Kate ist eifersüchtig!«

»Halt doch die Klappe! Und wenn du jetzt anfängst, in

dieser Wohnung Sex zu haben, dann tu es wenigstens nicht zu geräuschvoll, ja? Oh, Gott, wenn ihr zwei jetzt zusammen seid, wird es hier ja sein, als wären die Hirsche in der Brunftzeit. Und Josh ist ein Sexsklave. Was ist bloß los mit meinem Leben?«

»Keine Ahnung. Vielleicht haben die Männer Angst vor dir?«

»Danke, das ist mir eine echte Hilfe. Meine Therapeutin sagt ja, dass ich in dem Versuch, meine essenziellen Bedürfnisse zu verbergen, viel zu unabhängig und eigenständig auf andere wirke. Meinst du, das stimmt?«

»Ich meine, dass deine Therapeutin eine Menge Blödsinn erzählt. Ich mache dir einen Vorschlag: Du zahlst *mir* jede Woche achtzig Pfund, und dann sage ich dir ›Lass dich nicht mit verheirateten Männern ein ... lass dich nicht mit verheirateten Männern ein ... lass dich nicht mit verheirateten Männern ein ...‹, und dann darfst du *meinen* Rat ignorieren.«

Sie verzog das Gesicht.

»In Wahrheit freue ich mich sogar, wenn du etwas mit Addison anfängst. Vielleicht habe ich dann endlich etwas Ruhe vor dir.«

»Da wäre ich mir nicht so sicher«, sagte ich und ließ sie allein.

So viel also zu meinem Plan mit dem friedlichen Abendessen. Addisons Tür war geschlossen, was mir als kein besonders gutes Zeichen erschien. Ich stand unentschlossen im Flur herum und überlegte, was die letzte Nacht wohl für uns bedeutete – wenn sie das überhaupt tat. Vielleicht wollte er die ganze Sache am liebsten vergessen?

Ich klopfte zaghaft an, ohne jedoch eine Antwort zu bekommen.

Mein erster Gedanke war, die ganze Sache zu vergessen. Wie mir nämlich schlagartig klar wurde, war dies genau die Situation, die Männer, mit denen man ein paar tolle Stunden verbracht hat, dazu veranlasste, sich ihrer ganz eigenen Logik entsprechend dazu zu entschließen, einen danach völlig grundlos nicht mehr anzurufen.

Sie wissen, wie das ist: Sie lernen einen Mann kennen, verbringen einige herrliche Stunden mit ihm, schlafen vielleicht sogar mit ihm – wobei der Sex aber nicht irgendwie schäbig ist, sondern fröhlich und erwachsen und darauf ausgerichtet, sich näher kennen zu lernen. Sie erfahren, wie viele Geschwister er hat, wie er sich mit seinem Vater versteht, welche dummen Sachen er auf dem College angestellt hat. Die ganze Nacht haben Sie auf ausgesprochen intensive und faszinierende Weise Informationen mit ihm ausgetauscht. Sie lachen, Sie essen gemeinsam im Bett, Sie baden mit ihm, und alles ist so perfekt, dass Sie es eigentlich taktlos fänden, ihn zu fragen, ob er Sie denn anrufen wird. Und dann ruft er tatsächlich nicht an! Aber noch viel schlimmer dabei ist: *Sie* fühlen sich schlecht dabei.

Ich hätte ihm lieber keinen/doch einen blasen sollen, denken Sie (Unzutreffendes bitte streichen). Warum habe ich ihm bloß erzählt, dass ich mal mit einem Polizisten zusammen war, der mir aus Versehen ein Bein gebrochen hat? Und ein einfacher Satz wie »Ich mag Hunde« ist doch nicht etwa gleichbedeutend mit »Ich will unbedingt ein Kind«, oder? Oder? Wer weiß!

Dieses Phänomen beschäftigte mich schon seit Jahren. Ich hatte beschlossen, dass Männer – genau wie in *Matrix* – in einem komplett anderen Paralleluniversum lebten und versuchten, uns zu »versklaven«, während sie auf »die Richtige« warteten – vermutlich eine Frau mit kurzen Haaren, verblüffend dämlich und reichlich pummelig, der man in seiner Begleitung ein Jahr später bei einer Dinnerparty über den Weg lief, bei der sie stolz ihre Verlobungsringe präsentierten und von ihren Ikea-Einrichtungsplänen erzählten. Das sollten die wissenschaftlichen Superhirne unserer Zeit mal erforschen! Aber natürlich sind auch sie in erster Linie Männer, stimmt's? Also, ich vermute da eine Verschwörung.

Wobei die Geschichte zugegebenermaßen nicht immer nur so herum abläuft. Mir ist auch schon zu Ohren gekommen, dass Frauen unter Alkoholeinfluss, aus Langeweile oder reinem Mitleid Männer zu einem so genannten »Gnadenakt« mit zu sich nach Hause nehmen – und sich danach am liebsten für den Rest ihres Lebens vor diesen Typen verstecken, notfalls sogar eine Schönheitsoperation über sich ergehen lassen und nach Südamerika auswandern.

Aber zu denen gehörte Addison selbstverständlich nicht. Schon seit Monaten hatte ich mir über ihn Gedanken gemacht. Und jetzt hatte ich ihn. Oder sagen wir, jetzt hatte ich die beste Gelegenheit, die sich mir bisher geboten hatte. Und plötzlich konnte ich verstehen, warum Männer manchmal denken: »Ja, sie ist nett, und wir haben eine tolle Nacht zusammen verbracht, aber heute gibt's Fußball im Fernsehen, außerdem haben wir gerade erst eine Pizza bestellt und – ach, was soll's, dann warte ich eben auf eine, die ein bisschen pummeliger ist. Ich bin ja erst dreißig und habe noch zehn Jahre Zeit, mich zu entscheiden.«

Allerdings hatte ich nicht bedacht, dass es in dem Moment, wenn man in derselben Wohnung lebte, schwierig wurde, so einem Typen den Rest seines Lebens aus dem Weg zu gehen. Obgleich es in Addisons Fall nicht unmöglich wäre. Außerdem war ich nicht darauf gefasst gewesen, dass er seine Tür möglicherweise deswegen nicht offen gelassen hatte, weil auch er nicht mit mir sprechen wollte.

Schluck.

Das Herz schlug mir bis zum Hals, als ich die Tür einen Spaltbreit öffnete. Addison war nicht da. Der Computerbildschirm war schwarz.

Oh, nein! Er war nach Südamerika ausgewandert!

Völlig verblüfft und aufgewühlt marschierte ich in die Küche, um Kates geheimes Weinversteck zu suchen – und stieß auf Addison, der am Küchentisch saß.

»Hey!«, rief ich einen Hauch enthusiastischer, als ich eigentlich vorgehabt hatte. »Du bist ja gar nicht in deinem Zimmer!«

»Nein«, gab er langsam zurück.

»Wieso – hattest du Angst, ich würde über dich herfallen?«

Aaaaaah!

»Äh … nein. Ich … wollte nur gerne hier sein, wenn du nach Hause kommst.«

Oooh! Ich liebte ihn!

»Gut – schön – äh.«

Ich spürte, dass ich rot wurde – ebenso wie er. Wir hätten es problemlos mit jeder spanischen Tomate aufnehmen können.

»Josh ist also noch nicht wieder da«, stellte ich überflüssigerweise fest.

»Nein.«

»Dann gibt es wohl kein Abendessen.«

Addison zuckte mit den Schultern. »Ich mache mir nicht viel aus Abendessen.«

»Hast du denn keinen Hunger?«

Er dachte nach.

»Doch, ich glaube schon.«

»Na, dann.«

Ich trat vor die Schränke, riss die Türen auf und musterte den fremdartigen Inhalt. Was zum Teufel war denn Hoi-Sin-Soße? Und Trüffelöl?

»Äh … was möchtest du denn essen?«

Er zog die Schultern hoch.

»Das, was du auch isst.«

»Was magst du denn?«, fragte ich ihn, als könnte ich jedes Gericht, das er nannte, im Handumdrehen auf den Tisch zaubern.

»Cornflakes finde ich nicht schlecht«, sagte er.

Perfekt! Erstens hatten wir welche, zweitens konnte ich sie zubereiten, und drittens fand ich sie ebenfalls lecker. Der Mann hatte Geschmack.

»Kommt sofort«, sagte ich. »Mit Zucker oder *au naturel*?«

»Wie wäre denn nach Art des Hauses?«

»*À la maison* wäre ohne Zucker und mit verschwenderisch viel extracremiger Milch.«

»Das hätte ich gerne.«

»Schon unterwegs, der Herr.«

Ich machte eine regelrechte Zeremonie daraus, und anschließend saßen wir am Tisch und mampften, während wir uns hin und wieder verstohlene Blicke zuwarfen! Es war herrlich.

Plötzlich platzte Kate in unsere Harmonie.

»Oh, Gott. Ist das unser Abendessen?«

Wir nickten selig.

»Habt ihr die ganze Milch aufgebraucht?«

Wir nickten noch einmal.

»Toll. Toll toll toll toll.«

Sie schnappte sich die Weinflasche und verschwand. Addison und ich grinsten uns an.

»Tja ... äh.«

Die Situation war eindeutig peinlich. Ich hatte schließlich noch nie mit einem Mann »zusammengewohnt«, wenn die Definition von »zusammenwohnen« »denselben Schlüssel zur selben Wohnung besitzen« war. Natürlich hatte ich immer davon geträumt, wobei das Ganze in meiner Vorstellung durchaus auch mit Küssen und so zu tun gehabt hatte. In unserem Fall allerdings sah es so aus, als wären wir von der ersten Begegnung gleich zu unserem Einjährigen übergegangen.

Ich meine, wir hätten uns ebenso gut einen Renault Espace anschaffen können. Und was, wenn es nun gar nicht funktionierte?

Meine alte Freundin McKay (ebenfalls Floristin) hat da so eine Theorie, die ganz offiziell nach ihr benannt wurde: die McKay-Zuchtchampignon-Theorie. Und ihre Empfehlung lautet, immer so schnell wie möglich nach der ersten Begegnung mit jemandem zu schlafen, um herauszufinden, ob man im Bett einigermaßen kompatibel ist. So schnell wie möglich kann durchaus »binnen weniger Stunden« heißen, obgleich weniger als eine Stunde vermutlich *zu* schnell wäre.

Wenn man sich an diesen Rat hält, erspart man sich das ganze Theater, erst einmal herauszufinden, ob man irgendwelche Gemeinsamkeiten hat und sich wirklich mag, ehe man feststellt, dass man verliebt ist und *dann* beschließt, die Sache mit der körperlichen Vereinigung zu besiegeln, nur um am Ende – nach all den Spaziergängen im Mondenschein, nach endlosen Abendessen mit tiefen Blicken und einvernehmlichem Kichern – dahinter zu kommen, dass sein Penis in Größe und Konsistenz einem Zuchtchampignon entspricht! Aber dann ist es zu spät! Dann steckt man schon viel zu tief drin! Und man hat so viel Zeit verschwendet!

Im Grunde ist das eine sehr weise Theorie, und bisher hatte ich mich nach Kräften bemüht, sie zu beherzigen. Aber jetzt fiel mir auf, dass ich Addison schon mit Haut und Haaren verfallen war, bevor ich überhaupt die Gelegenheit gehabt hatte, seine Haut und sein Haar komplett zu besichtigen.

»Hast du Lust auf einen Spaziergang?«

Ich war so in Gedanken vertieft, dass ich ihn zuerst nicht hörte.

»Hm?«

»Ich dachte nur, es ist so ein schöner Abend, also könnten wir doch nach dem Abendessen vielleicht einen kleinen Spaziergang machen.«

»Wow.« Ich dachte nach. Dass Addison vorschlug, seinen Astralkörper nach draußen an die frische Luft zu bewegen, war wirklich ein enormer Fortschritt.

»Meinst du, du schaffst das?«

Er schluckte. »Warum denn nicht? Andere Leute gehen doch auch ständig spazieren. Oder etwa nicht?«

»Na ja, eigentlich nur, wenn sie Zigarettenpapier brauchen, glaube ich.«

»Ach, so ... wir müssen ja nicht ...«

»Sei nicht albern – sehr gern!«

Er lächelte schüchtern, und plötzlich fühlte sich meine Brust seltsam eng an, so dass ich kein einziges Cornflake mehr hinunterbrachte. Auf einen Schlag war ich gehemmt, während mich das beinahe überwältigende Bedürfnis überkam, mir Lippenstift aufzutragen.

»Kleinen Moment ...« Ich stand auf.

»Wo gehst du hin?«

»Äh ...« Ich wollte ihm nicht sagen, dass ich mir in dem Versuch, etwas verführerischer zu wirken, völlig überteuerte Tierfette ins Gesicht schmieren würde. »Äh, ich muss nur eben auf Toilette.«

Ih! Igitt! Oh, nein! Dann hätte ich ja gleich sagen können: »Ich muss nämlich mal eben ein rekordverdächtiges Stinkehäufchen machen, denn genau das wirst du ja ohnehin vermuten, wenn ich länger als eine halbe Minute wegbleibe.«

Ich hatte eine meiner goldenen Regeln gebrochen: Gib einem Mann gegenüber niemals zu, dass auch du ganz normale Körperfunktionen hast. Niemals!

Mit geröteten Wangen stürzte ich aus der Küche und spürte, wie Addison mir nachsah. Hastig stibitzte ich Kates Clarins-Lippenstift und verzierte ihn mit einem Krümel Cornflakes. Als ich versuchte, ihn zu entfernen, sah mein Finger im Handumdrehen aus, als hätte ich mich hineingeschnitten (Kate bevorzugte die blutroten Lippenstiftfarben). Außerdem war nach der Reinigungsaktion deutlich weniger Lippenstift in der Hülse als vorher. Ich stieß einen unterdrückten Fluch aus, ehe ich mich daran machte, mir möglichst geräuschlos die Zähne zu putzen. Es muss doch ziemlich ernüchternd sein, wenn man hört, wie sich jemand kurz vor dem romantischen Spaziergang die Zähne putzt, oder? Das erstickt doch jegliche Spontaneität im Keim und klingt ein bisschen wie »Übrigens, normalerweise habe ich ja ziemlich üblen Mundgeruch, aber weil du es bist, gebe ich mir heute ausnahmsweise mal ein bisschen Mühe …«

Als ich mich im Spiegel sah, fiel mir eine andere alte goldene Regel ein: Lippenstift erst auftragen, *nachdem* man sich die Zähne geputzt hat. Ich fluchte erneut, fuhr mir mit den Fingern durchs zerzauste Haar, schlenderte dann zurück in die Küche, in der Hoffnung, er würde nicht etwas wie »Na, erleichtert?« oder so sagen. Aber Addison ist natürlich nicht wie andere Männer. Als ich hereinkam, stand er auf, während ich vor ihm stehen blieb und ihn wortlos anstarrte. Ich war noch nie so gelähmt gewesen vor Schüchternheit. Nicht, dass ich jemals besonders schüchtern gewesen wäre … Aber jetzt war ich's.

»Gehen wir?«, fragte er sanft. Ich nickte, worauf er die beiden Cornflakesschüsseln in die Spüle stellte und mir die Tür aufhielt. Ich fühlte mich wie in einer Achterbahn in dem Moment, wenn sie am höchsten Punkt ganz kurz anhält.

Es war wirklich ein wunderschöner Abend: Die Sonne ging langsam unter, die Wolken strahlten rosa, und nach kurzem Gerangel darüber, welche Richtung wir einschlagen sollten, gingen wir mit Kurs auf die Themse los.

Zwei Minuten später – ich zerbrach mir gerade den Kopf darüber, was doch gleich der Unterschied zwischen einem Pentium und einem Mac war (oder war es PC und Mac?), damit Addison und ich ein Gesprächsthema hatten – torkelte uns eine bekannte Gestalt mit schief sitzender Krawatte, zerzausten Haaren und einem breiten Lächeln entgegen.

»Josh!«, schrie ich.

Er grinste und lief auf uns zu.

»Ich habe Sex gehabt!«, rief er. »Ich habe Sex gehabt!«

»Toll! Und ich wette, die gesamte Nachbarschat freut sich mit dir!«, sagte ich, als er vor uns stand und sich wie ein ausgelassener Welpe aufführte. »Gut gemacht. Und bitte komm nicht auf die Idee, mich zu umarmen, bevor du geduscht hast!«

»Ich habe Sex gehabt! Mit einer Frau!«

»Und wie war's?«, fragte ich etwas übermütig.

»Oh, es war … – genial! Rate mal, wie oft wir's gemacht haben!« Er war völlig außer Atem.

Eigentlich hatte mir seine Antwort völlig gereicht, doch mir war klar, wie sehr Josh darauf brannte, es mir zu erzählen.

»Eine Trillion Mal?«

»Ha, ha. Nein. Rate noch mal.«

»Ach, was weiß ich. Siebenmal.«

»Fünfzehnmal«, erzählte er stolz.

Ich betrachtete ihn mit völlig neuen Augen.

»Wow! Verdammt noch mal, Josh!«

»Am Schluss hat's ein bisschen wehgetan«, informierte er mich. »Und zwischendurch hätte ich beinahe mal gekotzt. Aber ich hatte ja so einiges nachzuholen!«

Ich nickte weise.

»Dann muss sie jetzt ja ziemlich geschafft sein.«

»Eigentlich nicht – die ersten paar Mal ging's nämlich ziemlich schnell.«

»Josh«, sagte ich. »So genau möchte ich es gar nicht wissen.«

»Oh, ja, natürlich.«

Erst in diesem Augenblick bemerkte er Addison.

»Hey, wow! Hallo, Sportsfreund!«

Addison absolvierte seine typische Begrüßungszuckung, während es Josh langsam dämmerte, wer und wo wir eigentlich waren.

»Oh … wo geht ihr eigentlich hin?«

»Es ist so ein schöner Abend, deshalb dachten wir, machen wir einen Spaziergang«, klärte ich ihn mit fester Stimme auf. Es hatte keinen Zweck, ihm hier und jetzt die ganze Geschichte zu erzählen – die Nachbarn hatten für heute schon genug mädchenhaftes Gekreische ertragen.

»Ja, wirklich, ein wahnsinnig schöner Abend. Überhaupt ist das Leben wahnsinnig schön. Kann ich mitkommen?«

»Nein«, sagte ich und suchte fieberhaft nach einem vernünftigen Grund.

»Ich habe schon geduscht!«, meinte Josh beleidigt. »Wirklich! Das ganze Blut und all das.«

»Igitt! Josh, du bist widerlich!«

»Ich glaube, bei mir ist irgendetwas gerissen«, fuhr er niedergeschlagen fort. »Aber das war's wert.«

»Das meinte ich nicht. Ich meine, du kannst nicht mitkommen, weil du nach Hause gehen und Kate beruhigen musst. Sie hat wegen dir heute Morgen schon die Polizei angerufen. Sie war krank vor Sorge, weil du nicht nach Hause gekommen bist.«

»Hast du ihr denn nicht gesagt, wo ich bin?«

»Äh … das habe ich ganz vergessen.«

»Oh.« Josh war verwirrt. »Na ja, okay, dann gehe ich nach Hause.«

»Okay. Bis später!«

Verwirrt betrachtete er Addison.

»Du siehst viel größer aus, wenn du stehst.«

»Das tut doch jeder, Josh«, sagte ich. »Haben die vielen Orgasmen dein Hirn vernebelt? Und jetzt geh schön brav nach Hause, ja? Und erzähl Kate besser nicht zu viel – sonst wird sie noch neurotischer und verbitterter.«

»Oh, Gott, das will ich auf keinen Fall! Also, bis später!« Und damit drückte er mir einen Kuss auf den Mund.

»Josh! Was machst du da?«

»Ich habe beschlossen, ab sofort etwas selbstbewusster aufzutreten. War Shas Idee.«

»Hmm. Ich bin mir sicher, dass Sha in vielen Dingen Recht hat, aber du darfst nicht vergessen, dass es ein schmaler Grat zwischen selbstbewusstem Auftreten und sexueller Belästigung ist.«

»Stimmt. Das ist ein Argument. Merk ich mir.«

Als er in Richtung Haus hüpfte, schlug er unvermittelt die Fersen in der Luft zusammen wie Morecambe und Wise.

Ich sah Addison an und grinste, und er grinste zurück.

»Sieht ganz so aus, als würde sich in unserer WG so einiges ändern«, sagte ich.

»Das liegt am Sommer. In dieser Zeit werden die Pheromone freigesetzt. Und plötzlich machen die Menschen die merkwürdigsten Dinge.«

Ich nahm seine Hand. »Ist das merkwürdig?«

Er lächelte. »Für mich schon.«

»Schlecht merkwürdig oder gut merkwürdig?«

»Das muss ich zuerst analysieren.«

»Vielleicht könntest du ja ein Computerprogramm entwickeln, mit dem du die Wirkung messen kannst.«

»Vielleicht.« Er kniff die Augen zusammen und sah in die Ferne.

»Also, mit einer Wahrscheinlichkeit von 97,2 Prozent würde ich sagen, dass ich mich auf meine Intuition verlassen kann, und die sagt *gut merkwürdig.*«

Hand in Hand schlenderten wir zum Fluss. Die Themse war zwar schmutzig wie eh und je, doch die Oberfläche war ruhig und glatt, während die Lichter der Brücken romantisch glitzerten. Wenig elegant hievte ich mich auf die Mauer, und Addison schwang sich neben mich.

»Erzähl mir etwas von dir«, forderte ich ihn auf. »Wir wohnen schon seit Monaten unter einem Dach, und du weißt so gut wie alles über mich. Aber von dir weiß ich eigentlich nur, dass du eine Computerfreundin hast und Jean-Luc Picard magst.«

»Den mag doch jeder.«

»Eben. Diese Information sagt also in etwa genau so viel über dich aus wie die Feststellung, dass du ein- und ausatmest. Also los, erzähl.«

Er wand sich ein wenig.

»Ja, aber ich ...«

»... rede nicht so gern über mich. Das weiß ich schon. Ich möchte dich aber wirklich gern kennen lernen«, sagte ich so eindringlich wie möglich. Aus irgendeinem Grund fühlte ich mich plötzlich an die Jungs erinnert, die versuchten, mir in die Hose zu fassen, als ich achtzehn war. Sie haben auch immer mit Engelszungen auf mich eingeredet. Aber das hier war etwas anderes! Es war mir wirklich wichtig! Das hier war nicht einfach nur die McKay-Theorie. Das hoffte ich zumindest. Wie Jungs das wohl nannten? Spiegelei-Syndrom? Tunnel-Syndrom? Brrr. Ich schüttelte mich, während mir plötzlich etwas einfiel.

»Wie wäre es, wenn ich dir Fragen stelle?«

Er sah durch seine dichten Wimpern zu mir auf.

»Wie meinst du das?«

»Wir machen ein Interview. Wie bei *Parkinson.* Und wenn ich etwas frage, worüber du nicht reden willst, sagst du einfach ›Das können Sie alles in meinem neuen Buch nachlesen‹ oder gehst mit einem Emu auf mich los.«

»Okay.«

Ich gestikulierte in Richtung einiger Enten auf dem Wasser.

»Guten Abend, meine Damen und Herren und Enten. Ich freue mich ganz besonders, Ihnen heute Abend bei *Parkinson* einen ganz besonderen Stargast präsentieren zu können. Die gesamte Sendung heute dreht sich nur um – Addison Farthing!!!!«

Die Enten brachen nicht gerade in Begeisterungstürme aus, aber ich applaudierte frenetisch, und Addison hob bescheiden eine Hand zum Gruß.

»Nun, Mr. Farthing, ich muss schon sagen, wir fühlen uns wirklich sehr geehrt und freuen uns, Sie heute Abend hier bei uns zu haben …«

»Nennen Sie mich doch bitte Addison.«

»Ja, gut, natürlich … *Addison.* Also, *Addison,* die Geschichte, die dieser Tage in jeder Zeitung steht und die natürlich alle unsere Zuschauer interessiert …«

Addison sah mich beunruhigt an.

»Womit genau verdienen Sie eigentlich Ihren Lebensunterhalt? Wenn Sie mir das vielleicht in ein paar einfachen Sätzen, die auch die Enten verstehen können, erklären würden?«

Er entspannte sich. »Also, manche Leute wollen wissen, ob man verschiedene Computersysteme miteinander verbinden kann, um insgesamt eine bessere Leistung zu erzielen. Und ich bin derjenige, der für sie herausfindet, welche Systeme kompatibel sind und ob eine Verbindung der Systeme die Effizienz steigern würde.«

Die Hälfte der Enten flog davon.

»Was für ein unhöfliches Publikum.«

»Ist ja auch etwas langweilig.«

»Nein, nein. Vergessen Sie nicht, dass Sie in der beliebtesten Show am Themseufer sind.«

»Hmm.«

»Gut.« Die nächste Frage war etwas intimer. »Wie waren Sie als kleiner Junge?«

Er runzelte kurz die Stirn, als könne er sich nicht mehr daran erinnern.

»Wollen Sie denn nicht wissen, was meine Lieblingsfarbe ist oder so?«

»Was ist Ihre Lieblingsfarbe?«

»Hellblau.«

»Okay. Wie waren Sie als kleiner Junge?«

»Kann ich dich jetzt mit einem Emu angreifen?«

»Nein. Erzähl schon.«

Langsam und zaghaft begann er zu erzählen. Es gelang mir kaum, ihm richtig zuzuhören. Ich war wie hypnotisiert von seiner schroffen, tiefen Stimme und davon, wie der Wind mit seinem dunklen Haar spielte. Addison sah geradeaus an mir vorbei, während ich die ganze Zeit dachte »Ich bin hier! Mit Addison! Wir sind hier! Zusammen!« Nachdem ich so lange davon geträumt hatte, war es jetzt fast, als hätte ich ein Date mit Brad Pitt: Ich konnte es nicht einfach nur genießen, sondern dachte dauernd darüber nach, wie viel es mir bedeutete und wie viele Menschen uns wohl zusammen sahen.

Aber ich hörte trotzdem, was er sagte. Seine Mutter war Kroatin (daher sein dunkler Typ und die hohen Wangenknochen) und sein Vater Dozent. Einzelkind, in der Schule sehr schüchtern, gut in Naturwissenschaften, Schachclub, Klavierunterricht, alles prima ... bis sie in den Sommerferien, bevor er ins Internat kam, nach Frankreich in den Urlaub fuhren und alles so entsetzlich schief lief. Er kam ins Stocken.

»Was hat das Feuer ausgelöst?«, fragte ich behutsam und hoffte, er würde jetzt nicht sagen: »Na ja, ich habe ein bisschen mit den alten Feuerwerkskörpern rumgespielt ...«

»Kurzschluss, vermutet man«, sagte er. »Es war ein ziemliches Durcheinander, und die Behörden in Frankreich wollten es eigentlich nicht wirklich wissen ... Meine Mutter hat noch nie besonders gut Englisch gesprochen, und ihr Französisch ist noch schlimmer.« Addison betrachtete konzentriert seine Zehen. »Ich kann mich nicht mehr erinnern, wie alles das passiert ist und wie lange es gedauert hat. Es war ein einziges Chaos, und irgendwann waren wir wieder zu Hause – ich weiß nicht mal mehr, wer uns nach Hause gebracht hat.

Ich bin reingegangen und wollte einfach nur Klavier spielen. Keine Ahnung, warum. Ich wollte Klavier spielen, als wäre nichts passiert. Und dann dachte ich, ich muss jetzt aufhören, weil Dad es nicht mag, wenn ich so spät abends noch Klavier spiele, weil er dann nicht schlafen kann.«

Er verstummte und biss sich auf die Lippe.

»Oh, Gott, Addison.« Ich hakte mich bei ihm unter und drückte seinen Arm ganz fest. Mir war ganz schwindelig. Ja, natürlich hatte ich gewollt, dass er mir von sich erzählte, aber ich hatte nicht damit gerechnet, dass er es wirklich tun würde. Was hatte ich nur an mir, das ihn zum Reden brachte? An mir war doch nichts Besonderes. Ich verstand nicht, womit ich sein Vertrauen verdient hatte. Es sei denn, er war in mich verliebt ... Ich war die Erste, mit der er über all das sprechen konnte – Oh, Gott! Oh, mein Gott!

Als mir aufging, dass ich vielleicht weniger egozentrisch denken sollte, wenn jemand mir sein Innerstes anvertraute, umklammerte ich seinen Arm und streichelte mit der anderen Hand etwas halbherzig über sein Bein.

»Ist schon gut«, flüsterte ich in bester Mutter-Teresa-Manier. »Ist schon gut. Es tut dir gut, das loszuwerden.«

Das klang ja fast, als würde er sich übergeben. Dabei weinte er nicht einmal. Er blickte nur ganz, ganz starr geradeaus.

»Und dann musste ich ins Internat, aber dort haben sie mich ziemlich in Ruhe gelassen. Und dann habe ich mich immer mehr mit Computern beschäftigt – der Lehrer hat mich sogar während der Pausen im Computerraum sitzen lassen ...«

»Was? Du hast freiwillig auf das Rauchen und Fluchen verzichtet?«

»... und dann habe ich Informatik studiert, und jetzt bin ich fertig. Und ich war länger unglücklich, als ich mir je vorstellen konnte.«

Er verstummte.

»Das habe ich noch nie laut gesagt, schätze ich.«

Ich sah zu ihm auf. »Dann ist es bestimmt gut, dass du es jetzt getan hast.«

Er lächelte schwach und war so anbetungswürdig, dass ich unwillkürlich die Arme um ihn legte. Er erwiderte die Umarmung und streichelte mir übers Haar. Ich dachte, ich würde gleich ohnmächtig werden! So verharrten wir eine ganze Weile, während ich überlegte, ob ich ihn vielleicht küssen sollte, ehe ich jedoch zu dem Schluss kam, dass diese Stunde der Enthüllungen nicht der richtige Zeitpunkt war, um fleischliche Gelüste die Oberhand gewinnen zu lassen. Schließlich lösten wir uns voneinander.

»Meinst du, es hat den Enten gefallen?«, fragte Addison, als ich mir die Haare hinter die Ohren strich.

»Ach, wen interessieren schon die Enten? Elender Mob.«

Er sah aufs Wasser.

»Danke, dass du mir das erzählt hast«, sagte ich. »Ich fühle mich … geehrt.«

Wirklich.

»Oh.« Addison lachte verlegen.

»Das habe ich Claudia zu verdanken. Sie liegt mir ständig in den Ohren damit, dass ich wieder anfangen soll zu leben und unter Leute gehen. Dass ich mit Leuten reden soll, um das alles loszuwerden.« Er sah mich an. »Ich bin froh, dass ich auf sie gehört habe.«

Wie bitte?!?! *Claudia*?!?!?

Ich fiel aus sämtlichen Wolken.

Deprimiert sah ich den Enten zu und beneidete sie darum, dass sie es so viel einfacher hatten als wir Menschen. Sie hatten es gut. Ich war so durcheinander. Ich meine, das hier war doch ein Date, oder?

»Und dir natürlich«, meinte er aufgeregt. Aha. Schon besser.

»Aber hauptsächlich ihr.«

Puh!

»Sie hat gesagt, ich soll rausgehen, das Leben genießen, Leute kennen lernen. Und dann bist du gekommen, und es sah wirklich so aus, als würde alles gut werden. Als könnte ich tatsächlich Leute kennen lernen.«

»Natürlich kannst du das.« Ich klang friedfertiger, als ich mich fühlte. Am liebsten hätte ich nämlich einen dicken, fetten Tobsuchtsanfall bekommen, befand jedoch, dass dies unter den gegebenen Umständen nicht wirklich angebracht war.

Er zuckte mit den Schultern. »Und dann, gestern Abend ... Ich dachte wirklich, dass es mir besser ging. Dabei habe ich es die ganze Zeit nur ... verdrängt.«

»Umso besser, dass du es jetzt rauslässt.«

»Du hörst dich an wie Claudia.« Er lächelte.

Toll. Ich hörte mich an wie ein Schwein.

»Gestern Abend ... letzte Nacht ... war wirklich was Besonderes für mich«, gestand er schüchtern.

»Für mich auch.«

»Und jetzt ...« Er stand etwas unsicher auf. »Hey – ich bin draußen! Was für ein toller Sonnenuntergang! Was für tolle Enten! Und alles wird gut!«

Er gestikulierte wild mit den Armen in der Luft.

»Okay, okay.« Ich lächelte. »Es geht dir besser. Klasse.«

Die Sonne tauchte den Himmel in ein ziemlich sexy Pink.

»Nein!«, rief er. »Du warst nicht fünfzehn Jahre in einem kleinen Zimmer eingeschlossen! Das Leben ist schön!«

Seine gute Laune war ansteckend. Ach, was soll's, dachte ich. Sie ist in Amerika, und ich bete ihn an. Was soll's.

»Ja, es ist wirklich schön«, sagte ich und stellte mich neben ihn.

»Es ist großartig!«

»Ja!«, rief ich und riss ebenfalls die Arme in die Höhe.

Ich sah zu ihm auf und versuchte mich in eine kussgeeignete Position zu manövrieren. Die Enten quakten und flatterten.

»Sieh doch nur, die Enten!«, schrie Addison. »Sie feiern!« Er fing an, auf und ab zu hüpfen.

»Wir müssen auch feiern!«

»Au ja!« Versuchsweise hüpfte ich ebenfalls ein paar Mal auf und ab. Dann legte ich den Kopf in den Nacken und pirschte mich noch näher an Addison heran.

»Hm?«, fragte er, als er in mein ihm entgegengerecktes, kussbereites Gesicht sah.

»Wir müssen feiern«, sagte ich und zog ihn an mich. »Küss mich.«

ZWEITER TEIL

8

Kennen Sie das? Sie träumen, dass Sie in der Mathematik-Prüfung sitzen – und zwar nackt. Und die ganze Prüfung läuft in einer Sprache ab, die Sie noch nie gehört haben. Und darüber hinaus findet die Prüfung in einem Schwimmbecken statt …

Genau so erlebte ich den folgenden Moment – und genau so wird er vermutlich auf ewig in mein Gedächtnis gebrannt sein.

Addison machte verdutzt einen Satz nach hinten, als ich meinen Angriff auf ihn startete. Nur leider war hinter ihm nichts, so einfach war das. Eben stand er noch vor mir – und im nächsten Augenblick war er verschwunden. Ich hörte nur einen erstickten Schrei, dann einen Aufprall, gefolgt von einem entsetzlichen, dumpfen Platschen, als er sieben Meter unter mir in das flache, schmutzige Wasser der Themse stürzte.

Zunächst starrte ich nur ziemlich dämlich mit gespitzten Lippen weiter geradeaus, während mein Verstand zu begreifen versuchte, wo Addison abgeblieben war.

Dann begann ich zu schreien, bis mir klar wurde, dass ich nicht diejenige war, die Grund dafür hatte, und lehnte mich gefährlich weit über die Mauer. Als ich nach unten sah, blieb mir fast das Herz stehen. Addison trieb mit geschlossenen Augen in den Fluten, Entenkot mitten im Gesicht. Ich hatte ihn getötet.

Ich wollte mich gerade hinterherstürzen, als ich Schritte und Rufe hinter mir hörte und mich jemand hinten am Kleid packte und von der Mauer zerrte. Im Handumdrehen hatte sich eine Menschentraube gebildet, und ein Polizist war herangewinkt worden, der ungewöhnlicherweise hier Streife gegangen war, statt sich an für die Londoner Polizei typischen Personenkontrollen auffällig großer Versammlungen von jungen Schwarzen zu beteiligen.

Der Polizist kam auf uns zugerannt, bellte etwas in sein Funkgerät, nahm den Hut ab und kletterte behände die Mauer hinunter.

Ich taumelte nach hinten.

»Ich habe ihn umgebracht! Ich habe ihn umgebracht!«, wiederholte ich ständig, während mir abwechselnd heiß und kalt wurde. Der Mann, der mich von der Mauer gezerrt – und vermutlich gerettet – hatte, war inzwischen in der Menge verschwunden. Eine Frau löste sich aus der Gruppe der Schaulustigen und kam auf mich zu.

»Ganz ruhig«, sagte sie und legte auf diese typisch englische Art und Weise taktvoll den Arm um mich. »Ich bin mir ganz sicher, dass Sie das nicht mit Absicht getan haben.«

Ich fing an zu hyperventilieren.

Weder Addison noch der Polizist tauchten wieder auf. Hätte ich klar denken können, wäre ich bestimmt von selbst darauf gekommen, dass man die senkrechte Mauer nicht einfach so hinaufklettern konnte und dass das Wasser niedrig genug stand, um in aller Ruhe auf den Krankenwagen zu warten. In meinem Zustand allerdings dachte ich, dass ich nun auch noch den Polizisten auf dem Gewissen hätte.

Mit quietschenden Bremsen kamen ein Notarztwagen und ein Streifenwagen zum Stehen, während ich mich in blinder Panik fragte, ob man im Gefängnis wohl Bücher und Zeitschriften lesen durfte. Ich wollte einen Schritt nach vorn tun, aber mein Bein gab nach, so dass die Frau mich auffangen musste.

»Möchten Sie jemanden anrufen?«, fragte ein Mann mit einem Hund und hielt mir sein Handy entgegen.

Ich dachte, ein Anwalt wäre eine gute Idee, aber ich hatte keinen. Stattdessen wählte ich die Nummer unserer WG, doch als Kate abnahm, bekam ich nur ein »Kaaaa …« heraus, ehe ich in hemmungsloses Schluchzen ausbrach.

»John?«, hörte ich sie hoffnungsvoll fragen.

»Kaaaaa …«

»Holly? Bist du's? Was ist denn mit dir los?«

»Kaaa …«

Der Mann mit Hund nahm mir das Telefon ab.

»Hallo …« Er wandte sich an mich. »Ist das eine Freundin von Ihnen?«

Ich nickte.

»Wie heißt sie?«

»K … K … Kate.«

»Hallo, Kate. Hören Sie zu, ich stehe hier direkt neben Ihrer Freundin … Hier ist ein kleiner Unfall passiert. Ja, sie hat zerzauste Haare … Nein, irgendjemand ist in die Themse gefallen.«

Lange Pause. Dann nannte er den Namen eines Krankenhauses und legte auf.

»Ihre Freundin kommt hin«, klärte er mich auf. Noch immer zitternd, nickte ich nur stumm.

Das Team aus dem Notarztwagen ließ mit einer Art Bergsteigerausrüstung eine Bahre ins Flussbett hinunter. Die Geschehnisse zogen immer mehr Schaulustige an, so dass die Atmosphäre innerhalb kürzester Zeit an die Anspannung vor einem Fußballspiel erinnerte. Ich war zwar am Rande einer Hysterie, bemerkte aber trotzdem einen Mann mit laufender Videokamera und wünschte ihm, er möge an den £ 250 ersticken, die ihm irgendein sensationsgeiler Fernsehsender dafür zahlen würde, dass er live dabei war, wie Addison aus dem Fluss geborgen wurde und ein paar Fische ihm die Augen wegfraßen.

Beim Gedanken daran begann ich zu würgen. Ich taumelte zur Seite und dachte, ich würde ohnmächtig. Plötzlich schien alles vor meinen Augen zu verschwimmen, und ein kleines als Sanitäter verkleidetes Kind stürzte auf mich zu und legte mir eine weiße Krankenhausdecke um die Schultern.

»Sind Sie die zweite am Unfall beteiligte Person?«, fragte er, worauf ich nickte.

»Kommen Sie mal hier herüber, ich möchte mich vergewissern, dass es Ihnen gut geht.« Er schob mich zum Notarztwagen, wo ich mich setzen durfte.

»Sind Sie gestürzt? Haben Sie sich wehgetan? Hat er Sie angegriffen?«

Ich schüttelte den Kopf. Ein Polizist, der die ganze Zeit nur nutzlos herumgestanden und sich bemüht hatte, nicht nutzlos auszusehen, eilte herbei.

»Guten Abend, Miss«, sagte er und holte sein Notizbuch hervor.

»Entschuldigen Sie bitte«, unterbrach der Sanitäter, »aber ich gehöre zum Notarzt-Team und war gerade dabei, zu überprüfen, ob es ihr gut geht.«

»Sie werden sicher verstehen, dass ich zuerst einmal den Ablauf der Geschehnisse genauestens festhalten muss«, erwiderte der Polizist sofort wichtigtuerisch.

»Das dürfen Sie auch – sobald ich die wichtigsten Werte ermittelt habe«, erklärte der Sanitäter nicht minder überheblich. Ich hatte den Eindruck, dass die beiden sich kannten.

Der Polizist hob die Hände. »Gut. Aber beeilen Sie sich.«

»Es geht so schnell, wie es klinisch vertretbar ist.«

»Okay.« Der Polizist seufzte und sah auf die Uhr, während sich der Sanitäter wieder mir zuwandte.

»Also, gut. Äh ... Wie geht es Ihnen?«

»Gut. Ich bin nicht gestürzt und habe mir nicht wehgetan oder so. Ich habe nur ... Wo ist Addison?«

Ich fing wieder an zu weinen.

»Okay, okay.« Er hielt inne und sah kurz zu dem Polizisten hinüber. »Also – wie viele Finger sehen Sie?« Er hielt vier Finger hoch.

»Vier … Wo ist Addison?«, schluchzte ich.

»Richtig. Tut das weh?«

Er kniff mich ins Bein.

»Au! Ja! Wo ist Addison?«

»Könnte ich dann bitte jetzt mit ihr reden?«, fragte der Polizist.

Der Sanitäter zog sich schmollend zurück. »Schwerer Schock«, diagnostizierte er. »Sie braucht Sauerstoff.«

»Ja, gleich«, sagte der Polizist und hockte sich neben mich. »So, wie heißen wir denn?«, fragte er mit unerträglich herablassender Stimme.

»Holly«, stammelte ich. »Wo ist er?«

»Moment.« Der Polizist stand auf und warf einen Blick über die Mauer, wo drei Männer Seile heraufzogen.

»Na ja«, sagte er, als er zurückkam. »Er ist nicht tot.«

Ich brach erneut in lautes Schluchzen aus.

»Ich dachte, ich hätte ihn umgebracht.«

An der Tatsache, dass ich das in Gegenwart eines Polizisten sagte, können Sie erkennen, wie durcheinander ich war.

»Ach ja?«

»Nein, nein, ich wollte ihn nicht … Ich wollte ihn küssen, und da ist er umgekippt.«

Der Polizist und der Sanitäter wechselten einen Blick.

»Sie küssen also umwerfend«, stellte der Sanitäter fest.

»Darf ich ihn sehen?«, schniefte ich.

»Äh … ich würde sagen, Sie sollten noch ein Weilchen sitzen bleiben«, sagte der Sanitäter. »Aber wir fahren Sie dann beide zusammen ins Krankenhaus.«

»Ja, und Sie geben mir jetzt noch Ihren Namen und Ihre Adresse«, meldete der Polizist sich eilig zu Wort – für den Fall, dass ich Addison doch absichtlich in den Fluss geworfen, dann aber vergessen hatte, wegzulaufen, und jetzt im Begriff war, den Rettungswagen zu entführen.

Obwohl ich kaum länger als fünf Minuten im Krankenwagen gesessen haben konnte, kam es mir vor wie Stunden. Verblüfft beobachtete ich, wie eine Frau mit einer Thermoskanne Tee und einer Tasse für mich aus einem der Häuser kam. Ich dankte ihr schniefend. Sie hingegen stellte mir keine einzige dämliche oder aufdringliche Frage, sondern stand einfach nur da, wartete, bis ich ausgetrunken hatte, nahm die Tasse an sich und verschwand wieder. Diese Geste löste einen neuerlichen Heulkrampf aus, da ich mir sicher war, dass ich nie wieder in den Genuss solch menschlicher Güte kommen würde, wenn erst einmal herauskam, dass ich Addisons Leben ruiniert hatte.

Auf einmal hörte ich lautes Klappern und Geschrei. Ich hob den Kopf und sah, wie die Trage über die Mauer gehoben wurde – darauf lag ein sehr bleicher, sehr bewusstloser Addison, der einen weißen Kragen um den Hals trug, als hätte er Flöhe.

»Oh, Gott«, wisperte ich. Der Sanitäter kam zu mir zurückgelaufen, riss die Türen des Rettungswagens auf und übernahm das Kommando.

»Los, rein mit Ihnen«, sagte er zu mir, worauf ich zurücktaumelte, beide Hände auf den Mund gepresst.

Die Trage wurde mit dem Fußende zuerst in den Wagen geschoben. Ein Polizist und zwei Sanitäter brüllten Addison an. Zuerst dachte ich, sie seien sauer auf ihn, und fragte mich, warum – doch dann wurde mir mit einem Schlag bewusst, dass sie verzweifelt versuchten, ihn aufzuwecken.

»Wie heißt er?«, bellte mich einer von ihnen an.

»Addison«, piepste ich.

»MR. ADDISON! MR. ADDISON! KÖNNEN SIE UNS HÖREN?«

»Er heißt Addison, nicht Mr. Addison«, brummte ich, aber niemand hörte mir zu.

Einer der Sanitäter leuchtete Addison mit einer Taschenlampe in die Augen, und der andere hämmerte zweimal direkt neben mir gegen die Trennwand zur Fahrerkabine, worauf sich der Rettungswagen in Bewegung setzte. Die drei Männer schrien weiter auf Addison ein. Der eine von ihnen, mein Sanitäter, sah besorgt auf die Uhr, ehe er in ein an der Wand hängendes Funkgerät sprach.

»Sind in acht Minuten da. Ich glaube, wir haben es mit GCS 3 zu tun.«

»Ist das schlimm?«, wimmerte ich. Er antwortete mir nicht. Also ziemlich schlimm. Ich hoffte, die »3« befand sich auf einer Skala von, sagen wir, zehn und nicht einhundert.

Ich hätte Addy so gern den Entenkot von der Stirn gewischt, traute mich aber nicht. Als hätte er meine Gedanken erraten, beugte sich der Sanitäter nach vorn und wischte den Fleck mit einem Zipfel der Decke ab.

»Der arme Kerl«, sagte er, und sein Tonfall war alles andere als beruhigend.

»AUFWACHEN«, brüllte der andere Sanitäter und schlug Addison mit der flachen Hand ins Gesicht.

»NUN WACHEN SIE SCHON AUF, SIR!«

Ich ließ den Kopf in die Hände sinken. »Wach auf«, flüsterte ich. »Wach auf, Addison, wach auf.« Ich streckte den Arm aus und rieb über die Sohlen seiner Turnschuhe. »Wach auf. Wach auf.«

Mit quietschenden Bremsen kamen wir vor dem Krankenhaus zum Stehen. Ich erwartete natürlich einen Ansturm auf den Rettungswagen à la *Emergency Room*, musste aber feststellen, dass die Sanitäter und Krankenschwestern es gar nicht so wahnsinnig eilig hatten, als sie die hinteren Türen öffneten.

Sie denken bestimmt, es ist sowieso zu spät, dachte ich. Sie glauben, er ist hirntot.

Ich war wie benommen. Durch die Tatsache, dass Addison neben mir lag, war alles so real, und ich konnte nicht einmal weinen.

Sie zogen die Trage aus dem Wagen, während sich eine stämmige, herrisch aussehende Frau mit fettigen Haaren näherte. Sie trug einen weißen Kittel, der hinter ihr herflatterte und aus dem diverse Dinge – Bücher, Unterlagen, Stifte und medizinische Instrumente – hervorsahen, und darunter eine ungebügelte Bluse sowie eine reichlich unvorteilhafte Hose. Sie stellte sich neben Addison und machte noch einmal den Taschenlampentest mit den Augen. Dann ließ sie ihn hineinfahren und winkte mir. Ich folgte ihr.

Das Krankenhaus war noch ganz neu. Es schimmerte und glänzte und war von einem überraschenden Geräuschpegel erfüllt. Es gab Geschäfte und Cafés – wie auf dem Flughafen. Ständig sah man Leute in Uniform und mit ernsten Gesichtern herumlaufen, als müssten sie allen anderen zeigen, dass sie ernste Leute mit einer ernsten Aufgabe waren. Addison verschwand mit einer Menge Schläuche und piependen Maschinen in dem Gewirr. Ich hörte andere Menschen rufen und Kinder weinen, während ich mich verwirrt umsah. Die stämmige Frau kam auf mich zu.

»Name?«, bellte sie mich an.

»Holly Livingstone«, würgte ich hervor.

»*Sein* Name, nicht Ihrer.«

»Addison. Addison Farthing.« Ich war wirklich froh, dass diese Frau ihr Möglichstes tat, um mich noch mehr leiden zu lassen, als ich es ohnehin schon tat.

»Hat er getrunken? Drogen genommen?«

»Nein.«

»Es wäre besser, wenn Sie es uns sagen würden. Diese Information könnte lebenswichtig sein.«

Ich hätte ihr am liebsten eine Ohrfeige gegeben, traute mich aber nicht, da ich füchtete, sie könnte grünes Licht für irgendein neues medizinisches Experiment an Addison geben und ihn mit radioaktiven Krakenstrahlen oder so etwas töten.

»Er hat nichts genommen, ich schwöre.«

Sie warf mir einen Blick zu, der ausdrücken sollte, dass sie mir immer noch nicht glaubte, ehe sie mich fragte, ob ich mit Addison verwandt sei. Als ich verneinte und darüber hinaus einräumen musste, nicht einmal die Telefonnummer seiner Mutter zu haben, stieß sie einen lauten und übertriebenen Seufzer aus.

»Na, dann wollen wir mal hoffen, dass er nicht operiert werden muss.« Ich fand es äußerst praktisch, dass wir uns in der Notaufnahme befanden – dann hatte sie es nicht so weit, wenn ich ihr einen Ziegelstein überbriet.

»HOLLY!«

Kate und Josh kamen über den Flur auf mich zugelaufen.

»Wo ist Addison? Was ist passiert?« Sie fielen mir um den Hals, während die mollige Ärztin danebenstand und ungeduldig mit dem Fuß auf den Boden klopfte.

»Ist jemand von Ihnen mit ihm verwandt?«

Kate sah sich um.

»Ich habe seine Mutter angerufen, sie ist bereits auf dem Weg, aber sie lebt in Lewes.«

Beim Gedanken daran, wie ich Addisons Mutter erklären sollte, was ich dem einzigen Menschen (nahm ich an), den sie auf dieser Welt hatte, angetan hatte, zogen sich meine Eingeweide schmerzhaft zusammen.

»Wissen Sie, welche Blutgruppe er hat?«, wollte die Ärztin wissen.

»A negativ«, antwortete Josh zu unser aller Überraschung.

Wir starrten ihn verblüfft an. »Das stand auf irgendeinem Zettel, den er mir gegeben hat, als er eingezogen ist.« Er zuckte mit den Schultern. »Keine Ahnung warum. Er hat die gleiche Blutgruppe wie ich, eine ziemlich seltene, und deshalb habe ich es mir gemerkt, okay? Ach …« Er senkte die Stimme. »Und übrigens ist er auch Organspender.«

Gütiger Himmel! Das wurde ja immer schlimmer. Ich warf

der molligen Ärztin einen Blick zu und hoffte, sie würde »Ach, so schlimm sieht es nun auch wieder nicht aus« sagen, doch stattdessen zog sie nur die Augenbrauen hoch und knurrte: »Wenn Sie warten möchten, können Sie sich da drüben hinsetzen.« Sie deutete auf eine Reihe unbequem aussehender Plastikstühle. Hinter unserem Rücken wurde Addison weiß der Teufel wohin gebracht.

»Was werden Sie mit ihm machen?«, fragte ich hilflos.

Sie sah mich an. »Möchten Sie, dass ich hier herumstehe und es Ihnen erkläre, oder soll ich lieber zu ihm gehen und sehen, was ich für ihn tun kann?«

Mein rechter Fuß schrie förmlich danach, ihr einen kräftigen Tritt in den Hintern zu verpassen, besann sich jedoch eines Besseren und legte stattdessen den Rückwärtsgang ein. Josh, Kate und ich drängten uns dicht nebeneinander auf die Plastikstühle. Wir hatten Angst.

Josh und Kate sahen mich entgeistert an, als ich ihnen erzählte, was passiert war. Eigentlich hatte ich gehofft, sie würden etwas sagen wie »Das kann doch jedem passieren – ich wollte zum Beispiel mal XY küssen, und dabei ist er aus dem Fenster im dritten Stock gefallen« –, doch sie taten es nicht, sondern sahen mich einfach nur entgeistert an.

»Mach dir keine Sorgen, Holly«, meinte Josh schließlich und drückte tröstend meinen Arm. »Überleg doch mal, wie sich deine Enkelkinder freuen werden, wenn du ihnen diese Geschichte erzählst!«

»Ja, nachdem sie mich gefragt haben, warum Opa so sabbert, immer nur Schlafanzüge anhat, nicht laufen kann und gefüttert werden muss wie ein Baby.« Ich schluckte.

»Er ist jung und gesund«, sagte Kate. »Vielleicht rufe ich mal meinen Vater an und frage ihn, wie die Chancen stehen. Weißt du, wo genau er sich gestoßen hat?«

Ich schüttelte den Kopf. »Nein. Ich habe ihn ja erst wieder

gesehen, als er auf der Trage lag. Sein Gesicht sah völlig normal aus. Also, abgesehen von dem Entenkot.«

»Bist du sicher, dass es Entendreck war und nicht geronnenes Blut?«

»Oder Gehirn?«, schlug Josh vor. »Tut mir Leid«, fügte er hinzu, als wir ihn böse anfunkelten.

»Nein, es war Entenkot. Seinen Hinterkopf habe ich allerdings nicht gesehen.«

Kate nickte. »Das sollte ich natürlich wissen, um meinen Vater zu fragen. Dr. Hitler macht ja nicht gerade den Eindruck, als wollte sie uns helfen.«

»Was für eine Hexe«, sagte ich. »Und dabei habe ich extra nach Dr. Greene verlangt.«

»Ich glaube kaum, dass unsere Freundin hier mit ihren Bürogummi-Rattenschwänzen jemals bei *Emergency Room* eine Chance kriegen würde«, bemerkte Josh. »Dabei sollte man doch meinen, dass eine Ärztin in der Lage ist, ihre Mitesser in den Griff zu bekommen.«

»Man hat es nicht leicht, wenn man hundert Stunden pro Woche damit beschäftigt ist, Leben zu retten und nie das Tageslicht sieht«, sagte Kate.

»Du kennst doch meinen Grundsatz zum Thema gepflegtes Äußeres. So viel Zeit muss sein!«

»Mann, Josh, und ich dachte, dein kleines Sexabenteuer würde dafür sorgen, dass du weniger weibisch bist – und das Gegenteil ist der Fall. Vielleicht bist du ja lesbisch?«

»Hört jetzt auf«, fuhr ich dazwischen, und ich muss wirklich ausgesehen haben, als wäre ich am Ende meiner Kräfte, weil sie augenblicklich gehorchten. Die nächsten anderthalb Stunden hüllten wir uns in Schweigen. Nur hin und wieder würgten wir eine widerliche Flüssigkeit herunter, die vermutlich aus einem der Kaffee- oder Medikamentenautomaten stammte, die hier für nervöse Angehörige aufgestellt waren. Josh blätterte in einer uralten Ausgabe der *Women's Weekly*, während ich stur Löcher in die Luft starrte. Der Polizist hatte sich nicht mehr blicken lassen – vielleicht wartete man darauf, ob Add aufwachte oder nicht, um dann zu entscheiden, ob man mich wegen schwerer Körperverletzung oder Mordes festnahm. Oh, Gott. Wie schaffte ich es bloß immer wieder, mich in solch absurde Situationen zu manövrieren? *Wie?* Kate nahm immer wieder meine Hand und drückte sie. Es tat mir gut.

Auf den Gängen herrschte reges Treiben – Menschen mit Schnittwunden, Patienten, die sich etwas gegen die Augen pressten, und jammernde Kinder. Nach einer Weile kam ein weiterer Rettungswagen mit einer Frau, die so alt war, dass man praktisch durch sie hindurchsehen konnte. Man hatte ihr eine Sauerstoffmaske verpasst, die so groß war, dass sie ihr gesamtes Gesicht bedeckte. Die Ärmste schien es mit der Angst zu bekommen, als das Krankenhauspersonal unvermittelt anfing, sie anzuschreien. Ich erschauderte. Ich fühlte mich einfach entsetzlich. Urplötzlich sah ich voller Überraschung meine Erzfeindin Tash in Begleitung eines der Jungs vom Blumenmarkt hereinhumpeln. Sie hatte eine ziemlich große Beule am Kopf und Schürfwunden im Gesicht. Ich ging hinter Kate in Deckung.

»Was ist los?«

»Meine Peinigerin«, flüsterte ich. »Da drüben, acht Uhr.«

»Ich bringe sie um! Nächstes Mal bringe ich diese Schlampe um!«, erboste sich Tash. »Von so einer Schnepfe lasse ich mich doch nicht verprügeln!«

»Könnte aber sein, dass sie jetzt der Boss ist, Tash«, sagte ihr schwachköpfiger Begleiter.

»Vergiss es!«, rief Tash und fing an zu weinen. »Und Sie verpissen sich gefälligst!«, herrschte sie den jungen Arzt an, der sich um sie kümmern wollte. »Ich bin der Boss – scheiße, Mann, das ist das Einzige, was ich habe! Und jetzt kriege ich so ein beschissenes Baby!«

Meine Augenbrauen verschwanden im Haaransatz.

»Ich glaube, es geht ihr gut«, sagte Kate. »So jemanden könnten wir eigentlich in der Firma gebrauchen. Kampfgeist. Meinst du, sie sucht einen Job?«

Anderthalb Stunden später kam ein Krankenpfleger zu uns und fragte Josh, ob er etwas Blut spenden könnte. Josh sprang sofort auf. Kate fragte den Pfleger, ob es etwas Neues gäbe, aber er zuckte nur mit den Schultern und sagte, wir müssten warten, bis Addisons Angehörige eingetroffen seien.

»Das heißt, dass sie die Geräte abschalten wollen!« Ich wurde wieder hysterisch.

»So ein Quatsch«, sagte Kate. »Dann würden sie doch nicht um eine Blutspende bitten. Ich schätze, sie wollen operieren.«

»Oh, Gott.« Ich stützte den Kopf in die Hände. »Oh, mein Gott. Und ich bin schuld.«

In diesem Augenblick trat eine hoch gewachsene Frau mit fein geschnittenen Zügen durch die Schiebetür. Entrückt wie eine Schlafwandlerin bewegte sie sich mit bleichem Gesicht auf den Empfang zu.

»Das ist sie. Das ist seine Mutter.« Ich packte Kate am Ärmel. »Oh, Gott. Bitte, versteck mich. Äh ... ich glaube, ich gehe nach Hause.«

Die Frau hinter dem Empfangstresen zeigte auf uns und rief den jungen Krankenpfleger herbei, der Addisons Mutter zu uns begleitete. Kate stand auf und zog mich hoch.

»Mrs. Farthing?«, sagte Kate. »Es tut uns so schrecklich Leid. Wir bekommen leider überhaupt keine Informationen.«

»Ach, mein Junge. Mein Sorgenkind.« Sie hatte einen ausgeprägten osteuropäischen Akzent und rang sich ein angedeutetes Lächeln ab. »Wären die Umstände andere, würde ich mich sehr freuen ... Sind Sie Kate?«

Kate nickte.

»Wir haben ja schon so oft telefoniert.«

Kate nickte wieder und lächelte.

»Vielen Dank, dass Sie mich heute angerufen haben. Kaum zu glauben, dass wir immer so viel daran gesetzt haben, ihn aus dem Haus zu locken ... und dann geht er raus und – schwupp!«

Ich unterdrückte nur mit Mühe ein Schluchzen. Mrs. Farthing wandte sich mir zu. »Und Sie sind ... Holly, stimmt's?«

»Es tut mir so Leid!«, platzte es aus mir heraus. »Ich habe das nicht gewollt!«

»Was?«

»Holly war dabei, als es passiert ist, Mrs. Farthing. Und jetzt macht sie sich Vorwürfe.«

»Aber nein – ich kenne doch meinen ungeschickten Sohn. Ich freue mich, dass er mit Ihnen unterwegs war. Kann ich ihn jetzt bitte sehen?«, fragte sie den Krankenpfleger.

»Kommen Sie bitte mit. Sie beide dürfen auch mitkommen, wenn Sie möchten.«

Wir folgten ihr. Ich schämte mich in Grund und Boden, dass ich mich Addisons völlig gefasster Mutter gegenüber so hatte gehen lassen.

Addison lag im Bett und war an alle möglichen Geräte angeschlossen – genau wie in diesen miesen Vorabendserien. Mit dem Unterschied, dass die Menschen in den Serien normalerweise zwanzig Minuten später wieder quietschfidel und die ganze Zeit über perfekt geschminkt sind. Addison hatte zwei blaue Augen und trug eine dieser entsetzlichen Halskrausen. Ein Bein war in Gips, und auf der einen, rasierten Kopfhälfte prangten drei große schwarze Stiche an der noch frischen Wunde. Auf einem der Bildschirme konnte ich sein Herz schlagen sehen. Der Rhythmus war ganz langsam.

»Ich möchte bitte mit einem Arzt sprechen«, sagte Addisons Mutter. »Oder können Sie mir Auskunft geben?«

Der junge Krankenpfleger machte einen sehr netten Eindruck. »Ich hole sie.« Oh, nein, dachte ich. Diese Ziege von vorhin war doch wohl nicht etwa die Chefärztin? Es gab doch wohl einen ausgewachsenen Chefarzt hier? Doch meine schlimmsten Befürchtungen wurden bestätigt, als die stämmige Gestalt hereinrauschte und einen Blick aufsetzte, der andeuten sollte, wie Mrs. Farthing nur auf die Idee kommen konnte, sie zu belästigen, schließlich hatte sie weiß Gott wichtigere Dinge zu tun.

»Was ist mit den beiden?«, fragte sie mit einem Blick auf uns. »Wollen Sie, dass sie hier bleiben?«

»Selbstverständlich«, sagte Addisons Mutter. Am liebsten hätte ich »Ätschi!« gesagt, wäre es nicht so unangebracht gewesen.

»Na gut.« Die Ärztin trat neben Addison und blieb neben seinem Kopf stehen.

»Mr. Farthing ist rückwärts auf flachen felsigen Untergrund gefallen. Das eine Bein ist zweifach gebrochen. Was mir aber viel mehr Sorge bereitet, sind die offensichtlich schweren Kopfverletzungen, die er sich zugezogen hat. Die Computertomographie hat gezeigt, dass es möglicherweise im Gehirn zu Blutungen gekommen ist ...«

Addisons Mutter erstarrte, bedeutete der Ärztin jedoch, fortzufahren.

»... und bis jetzt hat er das Bewusstsein noch nicht wiedererlangt. Das bedeutet, dass wir nicht wissen, wann er aufwachen wird. Und ob er überhaupt wieder aufwachen wird.«

Addisons Mutter atmete tief ein.

»Vielleicht wacht er in ein paar Stunden wieder auf. Oder in ein paar Tagen ... Oder es zieht sich länger hin.«

»Verstehe.«

Kate unterdrückte ein Schluchzen.

»Das Ausmaß der anderen Verletzungen können wir erst einschätzen, wenn er wieder bei sich ist. Mehr kann ich Ihnen im Moment leider nicht sagen. Bitte wenden Sie sich an die Krankenschwestern, wenn Sie etwas brauchen. Wir werden Mr. Farthing jetzt nach oben auf eine andere Station verlegen – hier unten brauchen wir jeden Platz, den wir kriegen können.«

Und damit drehte sie sich auf dem Absatz ihrer billigen, extrabreiten Pumps um und verschwand.

Wir sahen uns schweigend mit weit aufgerissenen Augen an.

»Was meint sie denn mit ›anderen Verletzungen‹?«, fragte Addisons Mutter, ehe sie allmählich begriff. »Oh, Gott ... Damit meint sie Hirnverletzungen, oder?« Sie presste sich die Hand vor den Mund. »Oh, mein Gott.«

Sie ließ sich neben den reglosen Addison aufs Bett sinken und umfasste seinen Kopf mit beiden Händen.

»Ich kann nicht ... das kann doch nicht ...«

Kate stellte sich neben sie.

»Machen Sie sich keine Sorgen, Mrs. Farthing ... Er wird schon wieder aufwachen. Haben Sie *Während du schliefst* gesehen? Addison wacht bestimmt auch wieder auf, und ich bin mir ganz sicher, dass es ihm gut gehen wird. Sehen Sie ihn sich doch an.«

Wir betrachteten ihn. Er sah so friedlich und wunderschön aus, wie er auf den gestärkten weißen Laken lag. »Sein Superhirn hat keinen Schaden genommen.«

Mrs. Farthing zuckte mit den Schultern. »Lieb von Ihnen, Kate. Würden Sie uns bitte einen Augenblick allein lassen?«

»Ja, natürlich«, sagte Kate und schob mich aus dem Zimmer. Ich war immer noch benommen und taumelte rückwärts gegen den netten Krankenpfleger, der mein verzweifeltes Gesicht sah.

»Hey, mach dir nicht zu viele Sorgen«, sagte er. »Es gibt wahnsinnig viele Leute, die so etwas völlig unbeschadet überstehen, okay? Komm ihn am besten oft besuchen. Auch wenn du meinst, dass er bewusstlos ist – die meisten nehmen trotzdem die Stimmen und Musik um sie herum wahr, und das hilft ihnen. Lass dich von Doc Drachen nicht einschüchtern.« Er trat einen Schritt näher. »Die kriegt einfach keinen ab«, raunte er.

Wir lächelten matt. »Okay, er wird wahrscheinlich auf die Baker Ward verlegt – das ist eine Wachstation. Keine richtige Intensivstation, aber trotzdem mit ständiger Überwachung. Ihr könnt ihn jederzeit besuchen, also kommt so oft wie möglich. Ach, und euren blonden Freund dürft ihr auch gern wieder mitbringen – leckeres Törtchen!«

Mit einem reichlich schwulen Winken verschwand er hinter einem Vorhang.

Josh saß im Empfangsbereich und sah ziemlich blass und geschwächt aus. Wir stürzten auf ihn zu.

»Geht's dir gut?«, fragte ich. »Haben sie dir viel Blut abgenommen?«

Josh sah uns ausdruckslos an. »Wie? Was? Ach, das. Nein, nein, alles in Ordnung. Aber wisst ihr was? Dieser Krankenpfleger hat mich um eine Verabredung gebeten ... und ich habe Ja gesagt. Ich glaube, ich werde ohnmächtig.«

Ich hätte nicht gedacht, dass ich in der folgenden Nacht auch nur ein Auge würde zutun können – im Grunde fühlte ich mich sogar schuldig, weil ich überhaupt ins Bett ging. Schließlich konnte ich die Entscheidung, ins Bett zu gehen, im Gegensatz zu Addison selbst fällen –, aber ich war derart erschöpft, dass ich auf der Stelle einschlief.

Kaum war ich wieder wach, kehrte dieses entsetzliche Gefühl zurück – so wie wenn jemand mit einem Schluss gemacht hat und man seinen Freunden indirekt erklären muss, dass man in die Wüste geschickt wurde, es sei denn, man entschied sich für eine Lüge. Ein Gefühl, wie wenn man zum vierten Mal in der Führerscheinprüfung sitzt oder sich mit dem Freund seiner besten Freundin eingelassen hat oder ... Mein Gott, ich war schon so einige Male mit diesem Stein in der Magengrube aufgewacht, aber so schlimm wie dieses Mal war es noch nie. Ich lag auf dem Rücken und starrte an die Decke. Er würde wieder gesund werden. Er *musste* wieder gesund werden. Ich würde eine zweite Florence Nightingale werden und ihn unaufhörlich rund um die Uhr pflegen, und wenn er aufwachte, wäre er so unendlich dankbar, dass er … äh, mich heiraten würde oder so, keine Ahnung. Jedenfalls wäre alles wahnsinnig rührend, und er würde wieder gesund und alles würde gut werden. Ja. Genau. Ich sprang aus dem Bett, um die unaufhörliche Wache zu beginnen, die ich immer nur gerade so lange unterbrechen würde, wie ich brauchte, um ein paar Coco Pops zu essen. Doch als meine Füße den Boden berührten, hörte ich Kate im Flur auf einen Kochtopf einschlagen.

»Hausversammlung!«, schrie sie. »Aufstehen!« Ich stöhnte und ließ mich zurück aufs Bett fallen. Wenn sie sich jetzt schon wieder über ihre bescheuerte Zahnpasta aufregte, bekam sie es aber mit mir zu tun, versprach ich Frank Sinatra. Ich steckte mitten in einer enormen traumatisch-dramatischen Krise und musste deshalb mit ausgesuchtem Feingefühl behandelt werden.

»HOLLY? Jetzt steh endlich auf, du faules Stück!« Sie schlug mit dem Kochtopf gegen meine Sargtür. Ich stieß einen lautstarken Fluch aus und schlurfte in die Küche.

Kate saß mit einer großen Kanne Kaffee (die Aufmunterung versprach) und einer finsteren Miene am Küchentisch (die keinerlei Aufmunterung versprach). Auch Josh ließ sich mit vom Schlaf verklebten Augen und wirr abstehenden Haaren blicken.

»Mann, ich hab einen solchen Quatsch geträumt …« Er sah unsere Gesichter.

»Oh«, sagte er. »Oh, mein Gott«, sagte er und setzte sich.

»Gut«, hob Kate an. »Wir stecken in einem ziemlichen Schlamassel.«

»Das wissen wir.« Ich schenkte mir eine Tasse Kaffee ein.

»Das glaube ich nicht.« Kate hielt einen Stapel Papier hoch. »Was ist das?«

»Das sind die aktuellsten Koma-Informationen aus dem Internet. Keine guten Nachrichten.«

Josh lehnte sich über den Tisch. »Zeig her.«

Wir sahen uns zwar Kates Ausdrucke an, konnten uns aber auf die zahllosen Tabellen und langen Wörter wie »Kollateralkreislaufbildung« und »zerebrale Gefäßerweiterung« keinen Reim machen.

»Hmm. Ja, klar. Verstehe«, brummte Josh.

»Was?«, sagte ich.

Er zuckte mit den Schultern. »Sie erklärt es uns doch sowieso gleich«, flüsterte er mir zu. »Also können wir auch so tun, als hätten wir es schon verstanden.«

»Aha. Klar, Kate. Ich verstehe es auch.«

»Wollt ihr mich für blöd verkaufen?«

»Nein.«

»Ich war die ganze Nacht wach, nur zu eurer Information. Ich habe nicht eine Sekunde geschlafen. Das ist jetzt die zweite Nacht, die ich wegen irgendeinem Mist, den ihr beide gebaut habt, auf den Beinen verbracht habe.«

»Sei doch nicht so ungerecht«, protestierte Josh. »Du meinst wohl Mist, den *Holly* gebaut hat.«

Ich brummte missbilligend, wenn auch nur aus reiner Gewohnheit.

»Wenn ihr jetzt also bitte die Finger von meinem Kaffee lassen und euch eure übliche Nescafé-Brühe machen würdet, dann könnte ich euch unseren Schlachtplan präsentieren.«

»Wovon redest du eigentlich?«, fragte ich.

»Davon.« Sie zauberte eine riesige Tafel hervor und befestigte sie am Kühlschrank. »Das ist unser Schlachtplan.«

Kate hatte in großen Lettern »Tag eins« auf die Magnettafel geschrieben.

»Folgendes: Wenn Addison wieder aufwachen soll, dann

muss er das ziemlich schnell tun. Wenn er länger als eine Woche im Koma liegt, wird er aller Wahrscheinlichkeit nach einen Hirnschaden davontragen. Wenn er länger als einen Monat im Koma liegt, wird er es wahrscheinlich überhaupt nicht schaffen.«

»Was?«, keuchten wir im Chor.

»Er wird wieder gesund«, sagte ich. »Ganz bestimmt.«

»Beruhige dich, Holly. Du verschließt dich im Augenblick der Realität, aber dazu kommen wir später noch. Also, es gibt da ein paar Dinge, die höchstwahrscheinlich dazu beitragen, Menschen aus dem Koma zu wecken. Erstens: Ein ziemlich aggressives krankengymnastisches Programm. Zweitens: Engagierte Rehabilitationsversuche von Familie und Freunden. Alles klar? Gut. Natürlich bringt das gewisse logistische Schwierigkeiten mit sich, aber das Allerwichtigste ist und bleibt der Wettlauf mit der Zeit. Wir haben wirklich eine Menge zu tun, und zwar so schnell wie möglich.«

»Was denn zum Beispiel?«

»Das hier zum Beispiel.« Sie zückte einen sehr gestohlen aussehenden Spezialfilzstift.

»Erstens: Reden.«

»Das mache ich!«, schlug ich bereitwillig vor.

»Mehrere Stunden am Tag, nach einem Rotationsplan.«

»Kein Problem.«

»Holly! Ich habe bereits einen solchen Plan gemacht.«

»Ich hasse Pläne«, nörgelte ich.

»Zweitens: Musik. Josh, in diesem Punkt verlassen wir uns ganz auf dich.«

»Hmhm.«

»Du willst dich auf Josh verlassen? Du meinst doch nicht im Ernst, dass Addison von *The Pirates of Penzance* wach wird?«

»Es gibt viele Leute, die *The Pirates of Penzance* mögen«, widersprach Josh.

»Ja, wenn es darum geht, andere ins Koma zu *versetzen*!«

»Holly! Wir müssen uns an den Zeitplan halten!«

»Ich hasse Zeitpläne.«

»Drittens: Berührung und Massage.«

»Oh, das mache ich!«

»Die konstante Stimulation seiner hypothalamischen Strukturen kann eine Genesung positiv beeinflussen.«

»Kein Problem.«

Kate drehte die Tafel um, auf deren Rückseite unzählige kleine Kästchen aufgezeichnet waren, in denen die durch verschiedene Farben gekennzeichneten Aufgaben und unsere Namen standen.

»Voilà«, sagte Kate.

Josh und ich betrachteten das Diagramm.

»Du hast Chali mit Musik eingeplant?«, fragte ich staunend.

»Warum denn nicht?«

»Großartig. Sie wird schreiend davonlaufen, wenn die *The Pirates of Penzance* kotzen.«

»Hey«, protestierte Josh. »Und wo ist deine berühmt-berüchtigte Karaoke-Einlage von ›Back für Good‹?«

»Da«, sagte Kate, »in dem gelben Kasten.«

Meine erste Schicht war gleich an diesem Morgen. Mir fiel auf, dass ich immer nur für tagsüber eingeteilt (mit Ablösung in den Mittagspausen) war. Ich meine, nicht dass Kate meinen Job irgendwie für unwichtig hielt oder so. Aber okay, schließlich war das Ganze ja meine Schuld. Und außerdem wurde mir bewusst, dass ich Addison wirklich gern sehen wollte. Ich wollte sehen, wie er die Augen aufschlug. Und das konnte er ja jederzeit tun!

Immerhin dachte ich von selbst daran, Mrs. Bigelow anzurufen. Was sich leider als ein glückloses Unterfangen erwies.

»Ich kann heute nicht kommen. Mir ist schlecht.«

»Wie schlecht? Rufen Sie aus dem Krankenhaus an?«, fragte Mrs. Bigelow.

»Nein«, antwortete ich matt. »Aber ich kann wirklich nicht kommen.«

»Wann haben Sie sich zuletzt übergeben?«

»Silvester.«

»Gut. Dann werden Sie leider kommen müssen, weil Chali nämlich auch noch nicht da ist und ich keine Lust habe, mich mit zwei chronisch unzuverlässigen Angestellten herumzuplagen.«

»Aber …«

»Kein Aber. Wenn Sie nicht binnen einer halben Stunde hier sind, brauchen Sie überhaupt nicht mehr zu kommen.«

Ich überlegte, ob ich sie verklagen konnte, ehe ich am Ende niedergeschlagen mein Fahrrad holte. Ich konnte ja einen schönen großen Blumenstrauß mitgehen lassen und nach der Arbeit mit ins Krankenhaus nehmen. Kate war außer sich, weil ich ihren Plan durcheinander brachte, noch bevor wir überhaupt richtig damit angefangen hatten, doch als ihr aufging, dass sie nichts daran ändern konnte, wischte sie beleidigt einige der Kästchen aus.

»Mann, seit neuestem kann ich es kaum erwarten, zur Arbeit zu kommen, um mir eine neue Folge aus deinem bewegten Leben anzuhören.« Als ich in den Laden kam, war Chali bereits dort. »Das ist ja wie bei *Brookside.*«

»Wohl eher wie bei *The World at War«,* brummte ich.

»Und jetzt? Kommst du jetzt ins Gefängnis?«

»Ich glaube nicht. Es sei denn, Küssen ist seit neuestem verboten.«

»Hey, das hört sich nach einem richtig guten Songtitel an!«

»Wenn du meinst. Vielen Dank auch für dein Feingefühl.«

»Und was machst du jetzt? Ich meine, jetzt, wo du ihn von der Mauer geworfen hast.«

Ich starrte ins Leere und bemühte mich um einen edelmütigen Gesichtsausdruck.

»Ich werde ihn pflegen, bis er wieder gesund ist. Ich werde nicht mehr von seiner Seite weichen. In den Zeiten, die Kate mir zugeteilt hat.«

»Weiß sie denn, dass du jetzt den ersten Tag versäumst? Er könnte doch heute Morgen aufgewacht sein.«

»Ich weiß. Ich hoffe nicht, dass er heute Morgen schon ... ich meine, NEIN, natürlich hoffe ich, dass er ... – aber sobald ich hier fertig bin, werde ich nicht mehr von seiner Seite weichen. Ich muss mit ihm reden, ihn trösten und massieren.«

»Massieren?«

»Hmhm. Körperkontakt ist sehr wichtig.«

»Wie – du meinst, du willst ihm einen runterholen, während er bewusstlos ist?«

Ich sah sie aus zusammengekniffenen Augen an.

»Natürlich nicht. Verpiss dich.«

»Tut mir Leid. Ich dachte, vielleicht ...«

»Nein, dachtest du nicht. Chali, das war wirklich gefühllos von dir.«

»Na, dann haben Addison und ich ja mal was gemeinsam ...«

Ich seufzte.

»Du kannst wohl nicht anders als auf diese makabre Art und Weise damit umgehen, wie?«

»Könnte sein.«

»Okay. Aber dann verschone mich bitte damit und erzähle es deinen schmierigen Freunden.«

»Wie Recht du hast. Wir verkaufen schließlich Blumen und keine Rollstühle.«

Ich stützte den Kopf in die Hände.

»Ach, halt einfach die Klappe und lass mich in Ruhe.«

Sie zupfte mich am Ärmel.

»Hör mal, wenn du etwas früher gehen willst ... kein Problem. Ich mache die Kasse.«

»Du darfst die Kasse nicht machen.«

»Ich verspreche dir, dass ich nichts klauen werde. Dir zuliebe. Und dem durchgeknallten Typen im Krankenhaus.«

»Addison ist nicht durchgeknallt.«

»Hör mal, er schläft schon seit über vierundzwanzig Stunden! Also, ich finde das ziemlich durchgeknallt!«

»Chali!« Ich schlug sie mit einer Narzisse, während mir aufging, dass dies einfach ihre Art war, nett zu sein. Um vier Uhr packte ich einen Korb voll Gardenien und Vergissmeinnicht auf mein Fahrrad und kämpfte mich durch den dichten Feierabendverkehr zum Krankenhaus.

Addisons Mutter war immer noch da. Sie sah sehr blass und müde aus. Offensichtlich hatte sie keine Sekunde geschlafen. Auf der ruhigen, im Halbdunkel liegenden Wachstation war von der Hektik der Notaufnahme nichts zu spüren. Überall lagen bewusstlose Menschen, neben denen Geräte piepten. Die meisten Patienten waren schon etwas älter, und ihre dicken Bäuche wölbten sich unter den Bettdecken. Seltsamerweise handelte es sich bei den jungen Patienten ausschließlich um Männer. Ob sie generell häufiger Stürze erlitten?

Ich beschloss, Joshs niedlichen Krankenpfleger zu fragen, wenn ich ihn sah.

»Hallo«, begrüßte ich Addisons Mutter leise. Heute war ich deutlich gefasster und fest entschlossen, meine Würde zu bewahren, Addisons Mutter zu zeigen, dass ich zu ihrem Sohn stand, ganz egal, was passiert war, und ihr vor allem zu beweisen, dass ich seiner Liebe wert war. Wenn er aufwachte. Und das würde er.

»Hallo«, sagte sie. »Sie sind Holly, stimmt's?«

»Ja.«

»Nennen Sie mich doch Magda.«

»Okay. Magda.«

Ich kam mir so blöd und überflüssig vor – vor allem nach meinem tränenreichen Auftritt am Vortag. Deshalb fiel es mir ziemlich schwer, kurze Zeit später plötzlich edelmütig und würdevoll zu wirken. Wir sahen uns an.

»Äh ... Magda. Kann ich etwas für Sie tun? Sie müssen doch völlig erledigt sein.«

»Nein ... aber wenn Sie sich vielleicht eine Weile zu ihm setzen würden? Ich bin schon seit sechs Uhr früh hier und müsste mir dringend die Beine vertreten und etwas essen. Würden Sie das tun? Ich gehe nur nach unten in den Eingangsbereich.«

»Ja, natürlich. Lassen Sie sich ruhig Zeit.«

Sie erhob sich, ohne Addisons bleiche Hand loszulassen. Die Ähnlichkeit zwischen ihnen war wirklich beeindruckend.

»Er hat sich den ganzen Tag nicht bewegt«, erzählte sie. »Ich glaube, das war das längste Gespräch, das wir je geführt haben.« Sie lächelte gequält. »Unsere Gespräche sind ja sonst immer sehr einseitig.«

»Ich bin sicher, er spürt, dass Sie hier sind«, versuchte ich sie zu trösten, als ich mich auf ihren Platz setzte.

Die Verfärbung um Addisons Augen hatte inzwischen nachgelassen, so dass er nicht mehr ganz so schlimm aussah, sondern eher so, als würde er schlafen. Ich hätte ihn am liebsten gekitzelt, um ihn aufzuwecken.

»Die Schwester ist da drüben«, sagte Addisons Mutter. »Aber mit der Ärztin würde ich an Ihrer Stelle gar nicht erst reden. Die ist nicht besonders hilfsbereit.«

»Ich weiß. Danke.«

Sie ging und ließ Addison und mich allein.

Ich räusperte mich nervös. Für heute sah Kates Plan vor, dass ich mit Addison redete.

»Na, dann!«, fing ich an und kam mir dabei total dämlich vor. »Hallo, Addison. Ich bin's, Holly!«

Es überraschte mich nicht weiter, dass er sich nicht rührte.

»Ich wollte dir nur sagen, wie Leid es mir tut, was passiert ist. Aber wir müssen jetzt versuchen, all das zu vergessen und nach vorn zu blicken. Wir müssen alles daransetzen, dass du wieder gesund wirst, und wenn wir uns das nächste Mal küssen, können wir das ja an einem sichereren Ort tun ... in einer Kohlegrube oder so. Wenn du mich überhaupt noch mal küssen willst. Wahrscheinlich willst du das gar nicht. Und ich könnte es natürlich voll und ganz verstehen.«

Oh, nein. Mein Vortrag war viel zu melancholisch. Fieberhaft durchforstete ich mein Gehirn nach irgendwelchen erfreulichen Neuigkeiten.

»Jedenfalls lässt Chali dich schön grüßen. Du kennst sie zwar nicht, aber ich bin mir ziemlich sicher, dass ihr euch prima verstehen würdet. Na ja, so prima vielleicht auch wieder nicht, aber du weißt schon ... Sie gehört zu meinem Bekanntenkreis, so wie du, und deshalb lässt sie dich schön grüßen. Unbekannterweise.«

Das Ganze erwies sich als viel schwieriger, als ich gedacht hatte! Mir fielen einige alte Fernsehdokumentationen über Komapatienten ein. Sollte ich Addison nicht Kopfhörer aufsetzen und ihm den lieben langen Tag Cliff Richard vorspielen? Ja, aber hatte ich dem armen Kerl denn nicht schon genug Schmerzen zugefügt???

»Äh ... oh, ja, genau! Die große Nachricht des Tages ist, dass Josh eine Verabredung mit einem Mann hat! Der Typ hat ihn gefragt, und Josh hat Ja gesagt! Und das nur zwei Tage, nachdem er endlich mit einer Frau geschlafen hat! Wir sind alle ziemlich aus dem Häuschen deswegen, wie du dir sicher vorstellen kannst. Wer weiß, vielleicht können wir Josh danach ein für allemal richtig einordnen. Er hat allerdings ziemliche Angst und hortet jetzt schon jede Menge Vaselineprodukte –«

»Im Ernst?« Ein blond gebleichter Haarschopf tauchte zwischen den Trennvorhängen auf – der Krankenpfleger.

»Hör mal, was fällt dir denn ein, Leute dabei zu belauschen, wie sie mit Komapatienten sprechen!«, entrüstete ich mich. »Außerdem dachte ich, du arbeitest unten.«

»Tue ich auch. Ich wollte nur eben nach deinem Freund sehen.«

»Aha?«, sagte ich misstrauisch.

»Und nachsehen, ob er Besuch hat.«

»Hat er«, sagte ich. »Mich.«

»Das sehe ich. Hi … ich bin Stephen.«

»Hallo, Stephen. Ich bin Holly.«

»Ja, ich weiß. Ich weiß so ziemlich alles über dich.«

»Oh.« Ich war etwa so beunruhigt wie nach einer ausschweifenden Party, auf der man zu viel Tequila getrunken und sich den ganzen Abend mit jemandem unterhalten hat, der am nächsten Tag auf einen zukommt und einen überschwänglich begrüßt – während man selbst keine Ahnung hat, wer dieser Mensch überhaupt ist. »Tja …«

»Aber das ist ja nicht so wichtig. Erzähl mir lieber etwas über deinen niedlichen Mitbewohner.«

Stephen war in den letzten vierundzwanzig Stunden der Erste, der mich nicht für einen schlechten Menschen hielt, und darum war ich ihm gegenüber wahrscheinlich vertrauensseliger, als ich es unter normalen Umständen gewesen wäre.

»Josh ist sehr süß und etwas unentschlossen.«

»Wirklich?« Stephen machte einen Schmollmund. »Mir wäre es lieber, wenn er wüsste, wo's langgeht.«

»Na ja, das tut er wahrscheinlich auch. Er hat gerade vor ein paar Tagen erst mit einer Frau geschlafen.«

»Hm.«

»Aber er hat sich trotzdem mit dir verabredet, oder?«

Stephen lächelte schüchtern.

»Pass aber auf, dass du nicht irgendwo mit ihm hingehst, wo er Angst bekommt«, warnte ich. »Josh ist wirklich ganz unschuldig. Nimm ihn auf keinen Fall in eine Bar mit, in der er irgendein Geschirr anlegen oder in Unterhosen tanzen muss.«

»Ich wollte ihn eigentlich zum Essen einladen. Meinst du, das kann er verkraften? Braucht er dafür deine schriftliche Erlaubnis?«

Ich lächelte. »Wie geht's Addison?«

»Ist er dein Freund?«

»Sozusagen.«

»Er ist süß.«

»Ja, nicht?« Wir betrachteten ihn eine Weile.

»Er wird doch wieder gesund, oder?«

»Ganz bestimmt«, sagte Stephen und wandte sich zum Gehen.

»IST ER HIER?« Der Vorhang wurde abrupt zur Seite gerissen, und die fettleibige Ärztin stürzte auf Addison zu und beugte sich über seinen Kopf. »STEPHEN, HOLEN SIE MIR EINEN SPATEL, SUBITO!«

»Was? Was ist denn los?« Entsetzt sprang ich von meinem Stuhl auf. Die Ärztin warf mir einen vernichtenden Blick zu. »Wenn Sie bitte einen Moment nach draußen gehen würden.«

»Wieso, was ist denn los?«

Stephen kam völlig außer Atem mit einem kleinen Stück Plastik wieder.

»Ich gehe hier nicht weg, ehe Sie mir gesagt haben, was los ist!«, rief ich.

»Du kannst ruhig hier bleiben«, sagte Stephen, was ihm einen zornigen Blick von der Ärztin einbrachte.

»Okay.« Sie zog sich ein Paar dieser unappetitlichen Latexhandschuhe über. Dann öffnete sie vorsichtig eines von Addisons Augen und leuchtete hinein.

»Was macht sie denn da?«, zischte ich Stephen zu. Er zuckte mit den Schultern. Nicht besonders Vertrauen erweckend, das Ganze.

Die Ärztin wandte sich an mich. »Wie steht es mit seinem Refraktionsvermögen?«

»Äh – hm – äh?«, blubberte ich. Wovon redete die überhaupt? Und was passierte, wenn ich die Antwort nicht wusste?

»Ich sehe nichts«, sagte sie zu Stephen. »Sie?« Er beugte sich über Addison.

»Was suchen Sie denn?«

»In seinen Unterlagen steht, dass er extrem kurzsichtig ist. Dr. Costello meint, dass er vielleicht seine Kontaktlinsen noch drin hat.«

Sie richtete sich betreten auf.

»Gestern … habe ich sie nicht gesehen.«

Addisons Brille lag direkt neben dem Bett. Ich nahm sie in die Hand und hielt sie hoch.

»Er ist Brillenträger.«

»Ach so, *natürlich,* das wusste ich. Ich wollte nur ganz sicher gehen. Okay. Alles in Ordnung.«

Sie riss sich die Handschuhe von den Händen und verschwand.

»Was sollte *das* denn?«

Stephen zuckte mit den Schultern. »Wenn man vergisst, jemandem die Kontaktlinsen herauszunehmen, der lange ohne Bewusstsein ist, dann kriegen die Augen nicht genügend Sauerstoff und verfaulen.«

»*Was?*«

»Aber ist ja alles okay.«

»Dr. Hitler hat versucht, meinen Freund um sein Augenlicht zu bringen, und du erzählst mir, dass alles okay ist?«

»Mein Gott, sie hat es doch noch rechtzeitig bemerkt.«

»Ihm könnten schon die Würmer aus den Augenhöhlen kriechen!«

»Hey, vergiss nicht, dass er dich vielleicht hören kann.«

»Verdammt noch mal!«

Ich setzte mich wieder.

»Ich muss jetzt gehen.«

»Ich weiß. Ich grüße Josh von dir.«

»Bis dann.«

»Oh, Add«, seufzte ich, als Stephen weg war, und legte den Kopf auf seine Schulter. Addison roch nach gestärkter Krankenhausbettwäsche. »Es ist gar nicht so einfch, mich dir zu opfern. Was, wenn die hier noch irgendetwas vergessen haben? Woher soll ich das denn wissen?«

Ich trommelte behutsam mit meinen Fingern auf seine.

»Weißt du, das hier ist noch viel schlimmer als damals, als ich mich mit diesem Typen treffen wollte, der wie Andrew Ridgeley aussah. Ich bin auf dem Bahnsteig gestolpert und wäre fast auf die Gleise gefallen, wenn der Typ mich nicht aufgefangen hätte. Ich habe mir dabei den großen Zeh gebrochen. Aber wenigstens war ich es damals, die Schmerzen hatte. Ich finde es so unfair, dass du gerade erst irgendwie zum Leben erwacht bist und dir sofort schon wieder alles genommen wurde. Und wenn es einen Gott gibt, dann kann ich nur sagen, er ist ein SCHRECKLICHER ALTER MANN.«

Die letzten Worte sprach ich etwas lauter aus als beabsichtigt, worauf sich prompt eine krächzende Stimme aus dem Off meldete. »Bin ich nicht!«

Ich erschrak zu Tode, schrie »Was zur Hölle!?« und sah mich panisch um, für den Fall, dass es tatsächlich Gott war.

»Gott? Bist du das?«

»Ja«, krächzte die Stimme, die von links neben mir zu kommen schien. Ich warf einen Blick durch den Trennvorhang. Im Nachbarbett lag ein sehr alter und sehr krank aussehender Mann, der an ein Beatmungsgerät angeschlossen war. Ich ging zu ihm hinüber.

»Sie sind nicht Gott.«

»Aber fast«, keuchte er. »Bin auf dem Weg zu ihm.«

»Hm.« Ich dachte kurz nach. »Aber Sie sind ein schrecklicher alter Mann.«

»Stimmt. Aber nur von außen. Von innen bin ich göttlich.«

»Cool. Das habe ich schon mal von einem Mann gehört.«

Er lachte, doch sein Lachen wurde von ungesundem Rasseln und Pfeifen begleitet.

»Und? Können Sie meinem Freund Addison helfen?« In der Not frisst der Teufel ja bekanntlich Fliegen.

»Meine Wege sind leider unergründlich.«

»Heißt das *vielleicht*?«

»Hmpf. Ja. Das heißt vielleicht. Und wenn du jetzt bitte ein bisschen Whisky in meine Magensonde gießen würdest?«

»Ich glaube nicht, dass Ihnen das gut tun würde.«

»Ich bin Gott, du Naseweis! Das tut mir sehr gut.«

»Mr. McClockerty! Mit wem reden Sie denn schon wieder?« Wie aus dem Nichts materialisierte sich Dr. Hitler neben uns und beäugte mich mit der inzwischen vertrauten Mischung aus Misstrauen und Hass. »Bitte sprechen Sie nicht mit anderen Patienten. Es ist nicht gut für sie.«

»Sie hat nicht geredet, Schwester, sie hat gebetet.«

»Und ich bin auch keine Schwester, sondern Ärztin. Zeit für Ihre Medizin. Sollen wir heute eine große oder eine kleine Vene nehmen?«

Der alte Mann seufzte und verfiel in Schweigen.

»Ich geh dann mal wieder zu Addison«, verkündete ich deutlich kriecherischer als beabsichtigt.

»Gute Idee«, antwortete die Ärztin im selben Tonfall.

Als ich mich wieder in Addisons vier Vorhängen befand, seufzte ich und versuchte, mich zu ihm aufs Bett zu setzen. Doch leider war es zu eng, und da ich Angst hatte, wie in *Airplane* irgendwelche Schläuche herauszureißen, zog ich letztlich einfach nur den viel zu niedrigen Krankenhausstuhl näher heran, beugte mich vornüber und legte das Kinn aufs Bett. In Ermangelung eines wirklich packenden Gesprächsstoffs erzählte ich Addison von meiner Zeit in einer WG mit einem angeblichen Terroristen, der in Putz- und Waschstreik getreten war.

Gegen halb acht tauchte Josh auf – der heute noch gepflegter aussah als sonst. Am Anfang wusste ich nicht, warum, aber dann fiel mir auf, dass er ein Halstuch trug.

»Und? Hab ich etwas verpasst? Ist er aufgewacht?«

»Nein.«

»Sehr gut! Ich meine, oh.«

Er stellte sich neben das Bett und tat, als wolle er Addison berühren, was er selbstverständlich nicht tat, schließlich war er ja Brite und noch dazu ein Mann.

»Also nichts Neues.«

»Was Addison angeht nicht. Aber dein Halstuch kommt mir ziemlich neu vor.«

»Ach. Ja. Na ja, du hast ja Kates Plan gesehen, oder?«

»Hmhm. Ich hasse Pläne.«

»Tja, und laut Plan muss ich jetzt ...«

Mir dämmerte es ...

»Nein.«

»Doch, tut mir Leid.«

»Und wenn sich dann sein Zustand noch verschlechtert?«

Josh erstarrte und warf mir einen beleidigten Blick zu.

»Arthur Sullivan und der große W. S. Gilbert haben seit Menschengedenken noch nie bewirkt, dass es irgendjemandem schlechter ging.«

»Josh, du weißt doch selbst, dass das nicht wahr ist. Was ist denn mit der Produktion von *HMS Pinafore,* die du dir angesehen hast? Die, bei der mitten in der Vorstellung einer so getan hat, als würde er ohnmächtig, und als er auf einer Trage hinausgetragen wurde, ist er heruntergefallen und hat sich das Knie verrenkt!«

»Er hat nicht so getan, als würde er ohnmächtig.«

»Er ist in die Notaufnahme gehumpelt und hat geschrien: ›Das war's mir wert! Wenigstens bin ich da rausgekommen!‹«

»Na ja. Jedenfalls stehe ich jetzt auf Kates Plan.«

Ich seufzte. Josh räusperte sich.

»Sing wenigstens leise«, bat ich ihn. »Wenn Dr. Hitler dich hört, lässt sie dir womöglich den Kopf amputieren.«

»Oh, Musik besänftigt selbst die grimmigsten Gemüter.«

»Jaja, *Musik* schon.« Verdrossen setzte ich mich auf den Stuhl in der Ecke. »Aber doch nicht das, was du da von dir gibst.«

Josh hatte eigentlich einen sehr angenehmen Bariton, was mich jedoch nicht davon abhielt, im Hintergrund rhythmische Brummgeräusche von mir zu geben, während er sang:

»I am the very model of a modern Major-General, / I've information vegetable, animal, and mineral, / I know the kings of England, and I quote the fights historical, / From Marathon to Waterloo, in order categorical; / I'm very well acquainted, too, with matters mathematical, / I understand equations, both the simple and quadratical, / About binomial theorem I'm teeming with a lot o' news, / With many cheerful facts about the square of the hypotenuse.«

»WITH MANY CHEERFUL FACTS ABOUT THE SQUARE OF THE HYPOTENUSE«, wiederholte ich.

»Danke«, sagte Josh. »Meinst du, es funktioniert?«

»Eigentlich hatte ich ja gehofft, er wäre spätestens jetzt aufgestanden, um dir zu sagen, dass er über das Quadrat über der Hypotenuse viel mehr weiß als du.«

»Dann hilft vielleicht die nächste Strophe: I'm very good at integral and differential calculus; / I know the scientific names of beings animalculous: / In short, in matters vegetable, animal, and mineral, / I am the very model of a modern Major-General.«

»IN SHORT, IN MATTERS VEGETABLE, ANIMAL, AND MINERAL, HE IS THE VERY MODEL OF A MODERN MAJOR-GENERAL«, grölte ich.

Wir sahen zu Addison. Es funktionierte immer noch nicht.

»Das ist die Musik Gottes!«, krächzte es vom Bett nebenan. Ich steckte den Kopf durch die Vorhänge.

»Das ist nicht die Musik Gottes! Kirchenlieder sind die Musik Gottes!«

»Ich bestimme, was die Musik Gottes ist!«, röchelte Gott. »Und heute sind es die Lieder von Gilbert & Sullivan. Und Climie/Fisher.«

»Sie sind ja ein ziemlich zorniger Gott«, sagte ich.

»Ich weiß. Und jetzt sag ihm, er soll weitersingen, sonst verwandle ich dich in einen Busch.«

Josh zog die Augenbrauen hoch, aber da einer seiner Onkel sich für den Duke of Wellington hielt, war er an herrisches Gehabe gewöhnt.

»Äh …«

»I know our mythic history, King Arthur's and Sir Caradoc's; / I answer hard acrostics, I've a pretty taste for paradox, / I quote in elegiacs all the crimes of Heliogabalus, / In conics I can florr peculiarities parabolous; / I can tell undoubted Raphaels from Gerard Dows and Zoffanies, / I know the croaking chorus from the Frogs of Aristophanes! / Then I can hum a fugue of which I've heard the music's din afore, / And whistle all the airs from that infernal nonsense *Pinafore.*«

»Das ist doch alles Blödsinn«, brummelte ich. »Und wieso kannst du dir überhaupt diesen Quatsch merken, wo du noch nicht mal deine PIN-Nummer auswendig weißt?«

»Holly, ich dachte, dass dieses Lied genau das Richtige wäre für jemanden, der so intelligent ist wie Addison, und deshalb habe ich den ganzen Tag nichts anderes gemacht als den Text auswendig zu lernen, ja?«, rief Josh hitzig.

»Okay, okay, schon gut, tut mir Leid.« Inzwischen waren die neugierig gewordenen Krankenschwestern aus dem Schwesternzimmer gekommen, die sich über die Darbietung zu freuen schienen.

»Ich vergebe euch«, rasselte die Stimme jenseits des Vorhangs, bevor sie mit mir mitkeuchte:

»AND WHISTLE ALL THE AIRS FROM THAT INFERNAL NONSENSE *PINAFORE*.«

»Auch gut«, sagte Gott. »Ich bin froh, dass ich es geschafft habe.«

»Pst«, machte eine der Schwestern. »Lassen Sie ihn doch zu Ende singen.«

»Then I can write a washing bill in Babylonic cuneiform, / And tell you ev'ry detail of Caractacus's uniform: / In short, in matters vegetable, animal, and mineral, / I am the very model of a modern Major-General.«

»IN SHORT, IN MATTERS VEGETABLE, ANIMAL, AND MINERAL, HE IST THE VERY MODEL OF A MODERN MAJOR-GENERAL.«

Josh sah uns ratlos an. »Ich weiß nicht mehr, wie die letzte Strophe geht.«

»Dann wiederholen wir einfach noch mal den letzten Refrain.«

Josh und ich stellten uns nebeneinander, Gott hob seine runzlige Hand, und die Schwestern fielen ebenfalls mit ein, als wir sangen: »IN SHORT, IN MATTERS VEGETABLE, ANIMAL, AND MINERAL, HE IST THE VERY MODEL OF A MODERN MAJOR-GENERAL!!!«

Josh beschloss die Vorstellung mit einer schnittigen, militärischen Verbeugung.

»WAS ist hier los?«, kreischte Dr. Hitler und polterte durch die Station. Die Schwestern stoben auseinander wie Tauben auf der Straße, während wir zurückblieben und betreten zu Boden starrten.

»Äh ... Musik soll doch gut sein für ... Sie wissen schon ...« Josh versuchte es mit der Hugh-Grant-Masche, allerdings mit wenig Erfolg.

»Ja, aber Musik aus *Kopfhörern*! Das hier stört und belästigt doch die anderen Patienten! Hat Mr. McClockerty seine Finger im Spiel?«

»Oh, nein ... Gott – ich meine, Mr. McClockerty hat uns sogar noch eindringlich gewarnt.«

»Sie spricht die Wahrheit«, erklang die Stimme.

»Wir haben es aber trotzdem gemacht«, sagte ich trotzig und warf einen strengen Blick zum Nachbarbett, ehe ich mich wieder auf den Fußboden konzentrierte.

»Oh, aber Frau Doktor.« Josh schaltete auf Hundeblick, trat vor sie und nahm ihre Hände.

»Take a pair of sparkling eyes«, hob er leise an.

»Hidden, ever and anon, / In a merciful eclipse / Do not heed their mild surprise / Having passed this Rubicon, / Take a pair of rosy lips; / Take a figure trimly plannes / Such as admiration whets / (Be particular in this); Take a tender little hand, / Fringed with dainty fingerettes, / Press it – in parenthesis – / Ah! Take all these, you lucky man / Take and keep them, if you can!«

Es war unglaublich: Dr. Hitler fing an zu kichern und errötete. Vielleicht hatte Josh doch Recht mit Gilbert & Sullivan. Zögerlich tauchten die Schwestern wieder auf, um sich dieses Spektakel anzusehen. Josh atmete tief durch und sang weiter:

»Take a pretty little cot / Quite a miniature affair / Hung about with trellised vine, / Furnished it upon the spot / With the treasures rich and rare / I've endeavoured to define. / Live to love and love to live / Your will ripen at your ease, / Growing on the sunny side / Fate has nothing more to give. / You're a dainty man to please / If you are not satisfied. / Ah! Take my counsel, happy man; / Act upon it, if you can! / Act upon it, if you can!«

Begeisterter Applaus. Die Röte auf Dr. Hitlers Gesicht wurde noch intensiver, und sie wandte den Blick ab.

»Schön und gut«, sagte sie schließlich. »Aber –«

»Dr. Costello!«, rief eine der Schwestern von einem der weiter entfernt stehenden Betten. »Kommen Sie! Schnell! Ich glaube, Grant bewegt sich!«

Josh und ich starrten einander an, während das gesamte Stationspersonal ans andere Ende des Zimmers stürzte.

»Oh, verdammt!«, riefen wir wie aus einem Munde und stürzten hinter ihnen her. Alle hatten sich um einen Neunzehnjährigen versammelt, der sichtlich verwirrt blinzelte.

»Erstes Motorrad«, flüsterte eine der Schwestern uns zu. »Die Händler, die sie an die Jungs verkaufen, binden immer ein langes Gummiband dran, damit die Maschine zu ihnen zurückkommt, wenn die Typen fünf Minuten später herunterfallen.«

»Wirklich?«, fragte Josh erstaunt. Doch dann wurde der Vorhang um den Neunzehnjährigen zugezogen, so dass wir nichts mehr sehen konnten.

»Das war mein Werk«, behauptete Gott.

»Ach, ja?«, sagte ich. »Ich glaube eher, dass Joshs Gesang das Wunder vollbracht hat – jetzt müssen wir nur noch den richtigen Song für Addison finden.«

»Und«, schaltete Josh sich ein, »wieso haben Sie es eigentlich zugelassen, dass Addison überhaupt hier gelandet ist?«

»Die Wege des Herrn –«

»– sind unergründlich, ich weiß.«

Gott sah uns wehmütig an.

»Wisst ihr, wie ihr Gott eine Freude machen könnt, solange die Schwestern beschäftigt sind?«

»Einmal gründlich waschen?«, schlug ich vor.

»Der Whisky steht im Nachtschrank. Ihr müsst ihn nur in den Schlauch da gießen. Nicht in den da, sonst krieg ich das Zeug in die Lunge und ersticke. Andererseits wäre das vielleicht kein schlechter Tod.« Allein der Gedanke daran löste einen schrecklichen Hustenanfall aus.

»Oh, nein«, sagte ich. »Ich habe schon genug Ärger wegen Bett Nummer vier.«

Er nickte.

»Ich weiß.«

»Natürlich. Sie sind ja schließlich allwissend, oder?«

In diesem Augenblick kam Addisons Mutter wieder.

»Tut mir Leid«, entschuldigte sie sich. »Ich bin in der Ärztekantine eingeschlafen. Da saßen so viele herum, die auch geschlafen haben.«

»Kein Problem. Er hat keinerlei Schwierigkeiten gemacht.«

Sie sah ihren Sohn an.

»Ich wünsche mir schon so lange, dass er endlich einmal welche macht.«

»Verstehe.«

Sie setzte sich und legte die Hände um sein Gesicht.«Sie können jetzt gehen«, sagte sie leise.

»Wir kommen morgen wieder«, versprach ich.

Sie nickte, worauf wir uns zurückzogen.

Kate begrüßte uns an der Tür, als wir nach Hause kamen.

»Und wie war's?«, fragte sie. »Hast du gesungen?«

Josh nickte.

»Dann läuft ja alles nach Plan. Und ich habe Abendessen gemacht.«

Josh und ich warfen uns misstrauische Blicke zu. Es roch nicht nach Essen. Mir hatte man verboten, auch nur in die Nähe des Herds zu kommen, Kate hingegen war in diesem Zusammenhang eine unbekannte Größe. Ich vermutete, dass sie uns mit Rohkosthappen abspeisen würde. Pfui.

»Bitteschön.«

In der Küche türmten sich unzählige Schachteln von Marks & Spencer: Huhn in Portwein, Kürbis, Confit, Bananen, Schwein in Senfsauce, Kumin, Champagner, Feigen, geraspelte Möhren sowie eine Schachtel Kartoffelbrei, die zwei Pfund gekostet hatte. Josh war sprachlos.

»Sucht euch etwas aus.«

»Kate, das ist doch kein Essen.«

»Hör mal, das da hat mich mehr gekostet als ein Abendessen im *Bank*.«

Josh nahm mit spitzen Fingern eine Schachtel nach der anderen in die Hand, als handelte es sich um lebende Quallen.

»Ich glaube nicht, dass ich das essen kann.«

»Nach all dem, was ich durchgemacht habe!«

»Was soll das denn heißen? Du warst doch nur bei Marks & Spencer!«

»Ja, eben! Warst du schon mal um halb sieben abends dort? Man wird totgetrampelt!«

»Okay, jetzt beruhigt euch«, sagte ich. »Wenigstens werden wir nicht über eine Magensonde ernährt.«

»Das hier würde ich allerdings viel lieber per Magensonde zu mir nehmen«, maulte Josh. »Dann müsste ich dieses Zeug wenigstens nicht schmecken.«

»Kate, ich habe damit kein Problem! Ich esse praktisch alles. Danke, dass du etwas besorgt hast.«

»Ach, lasst mich doch in Ruhe!«, schnaubte Kate beleidigt und stürmte aus der Küche.

»Da hast du's«, sagte ich zu Josh. »Als wäre der heutige Tag nicht schon anstrengend genug gewesen. Warum musst du Kate jetzt auch noch auf die Palme bringen? Dafür bin ich doch zuständig.«

»Ich wollte sie nicht auf die Palme bringen«, sagte er und band sich die Schürze um. »Ich wollte sie nur ein bisschen ärgern.«

»Du weißt doch, dass Kate nicht gut damit klarkommt, wenn *du* das tust«, schimpfte ich, worauf er mich zerknirscht ansah.

»Skates!«, rief er. »Komm sofort wieder. Du musst mir beim Schneiden helfen.«

Erstaunlicherweise tauchte Kate tatsächlich – mit leicht gerötetem Gesicht – wieder auf.

Anschließend machten sich die beiden daran, die Inhalte

sämtlicher Fertiggerichtpackungen klein zu schneiden, zu pürieren und zu einer etwas eigentümlichen, aber durchaus wärmenden Nudelsoße zu verarbeiten.

»Nudelsoße mit Mais«, sagte ich. «Das gibt es viel zu selten, wenn ihr mich fragt.«

»Pst«, zischte Josh. »Erinnere Kate ja nicht daran, dass diese Nudelsoße dreißig Pfund gekostet hat, klar? Aber immerhin haben wir jetzt jede Menge praktische Schachteln.«

»Und wofür?«

»Keine Ahnung. Vielleicht können wir sie als Hamsterschlitten benutzen?«

»Also«, meldete Kate sich zu Wort, »wie geht es ihm? Wahrscheinlich nicht besser als gestern, sonst hättet ihr es bestimmt schon erwähnt. Das heißt, wir haben jetzt nur noch sechs Tage, soweit ich das beurteilen kann.«

Wir erzählten ihr von der Zufallserweckung des anderen Patienten, worauf sich ein strahlendes Lächeln auf Kates Gesicht ausbreitete. »Es hat also eindeutig geholfen, dass Josh gesungen hat. Dann müssen wir jetzt nur noch den richtigen Song finden.«

»Das sollte kein Problem sein. Wir haben sechs Tage, an denen wir Addison sämtliche Songs dieser Welt vorsingen können.«

»Ich habe eine Idee«, sagte ich. »Wir gehen in sein Zimmer, sehen uns seine Plattensammlung an und singen die dann durch.«

»Ein guter Vorschlag«, lobte Kate.

»Danke.«

Wir räumten die Küche auf und dankten Kate noch einmal ausgiebig für das Abendessen, ehe wir in Addisons Zimmer schlichen, das mir ohne Addison noch unheimlicher vorkam als sonst. Der Computer blinkte und brummte völlig selbstständig vor sich hin. Der Bildschirm war schwarz.

»Ich weiß nicht, wo er seine Platten aufbewahrt.« Bestürzt

sah ich mich um. Wäre Kate nicht dabei gewesen, hätte ich mich wahrscheinlich zuerst einmal auf Addisons Bett geworfen und ganz tief seinen Geruch eingeatmet.

»Da drüben?« Josh zeigte auf einen Stapel CDs unter dem Schreibtisch. Er wollte den Stapel in Augenschein nehmen, stolperte auf dem Weg dorthin aber über eine *Star-Wars*-Puppe. Josh hielt sich erschrocken an Addisons Schreibtisch fest, berührte dabei die Tastatur und erweckte den schlafenden Computer samt Bildschirm wieder zum Leben.

Josh und Kate schrien erschrocken auf.

»Hey, Leute, ganz ruhig bleiben«, sagte ich, als sie entsetzt zurückwichen. »Ich schätze, das wäre jetzt ein geeigneter Zeitpunkt, euch mit Addisons zweiter Freundin bekannt zu machen.«

Josh und Kate klammerten sich aneinander und beäugten den Bildschirm etwas genauer. Claudias Kopf drehte sich heute noch schneller als sonst, als wäre sie völlig außer sich. An der Seite hatte sie unzählige Male »WO BIST DU?« in immer größerer und immer panischerer Schrift geschrieben.

»Gütiger Gott!«, rief Kate. »Ich meine, ich wusste ja, dass er auf Sci-Fi steht, aber das hier ist wirklich total abgedreht!«

Josh schien seine Fassung etwas schneller wiederzufinden.

»Das war deine Konkurrentin?« Er legte den Arm um mich.

»Wie man's nimmt. Ich würde sagen, sie war außer Konkurrenz.«

Gemeinsam betrachteten wir Claudia.

»Irgendjemand muss es ihr sagen«, meinte Kate.

»Wieso?«, fragte ich.

»Keine Ahnung, aber wenn wir davon ausgehen, dass Addison möglicherweise der einzige Mensch auf der Welt ist, den sie kennt und ausgerechnet er sie jetzt verlassen hat ... Also, wirklich, Holly, wie viele Menschen willst du denn noch ins Unglück stürzen?«

»Kate!«

»Komm schon, Holl«, sagte Josh. »Du musst es tun.«

Die beiden verachtungswürdigen Drückeberger zogen sich zurück, während ich mich zaghaft vor den Bildschirm setzte. Addisons Stuhl war natürlich viel zu hoch für mich, so dass meine Füße nicht einmal den Boden berührten. Ich konnte Addisons Gegenwart überdeutlich spüren und vermisste ihn umso mehr.

»Hey«, tippte ich.

In Windeseile erschien ein unglaubliches Wortgestöber auf dem Bildschirm, dessen Quintessenz in etwa »Wo hast du dich herumgetrieben, du Dreckskerl?«, lautete. Toll. Sie war also nicht nur in meiner persönlichen Vorstellung schrecklich, sondern möglicherweise auch im echten Leben.

»Hier ist nicht Addison«, tippte ich. Das Wortgestöber hörte abrupt auf. Nach einer kurzen Pause las ich:

»Holly?«

»Ja.«

»WAS HAST DU MIT ADDISON GEMACHT?«

Aha.

»Nichts«, tippte ich. »Er hatte einen Unfall.«

»WAS HAST DU IHM ANGETAN?«

»Nichts. Er ist von einer Mauer gefallen.«

»Ganz von selbst?«

»Nicht ganz.«

»Erst versuchst du, mir den Freund auszuspannen, und dann schubst du ihn von einer Mauer?«

Ich fände es wirklich nett, wenn die Leute endlich damit aufhören würden.

»Hast du eine Ahnung, wie das ist, in meiner Haut zu stecken?«, schrieb sie.

Zum Glück nicht. Im Augenblick fand ich es schon schlimm genug, in *meiner* Haut zu stecken.

»Ich habe seit sechs Jahren das Haus nicht verlassen. Ich

esse nur das, was man liefern kann, und darum wiege ich so viel. Ich sehe nie in den Spiegel, weil ich genau weiß, was ich darin erkenne. Meine Eltern sind tot. Ich hasse meine Arbeit. Addison und *Star Trek* sind meine einzigen Freunde. Wusstest du das?«

»Nein«, tippte ich, tatsächlich ein wenig beschämt.

»Nein, natürlich nicht, und du hättest auch nicht einen einzigen Gedanken daran verschwendet, wenn du es gewusst hättest, stimmt's? Du dachtest wahrscheinlich, es wäre ein Kinderspiel, mir Add auszuspannen, stimmt's? Und über seine Probleme hast du dir auch keine Gedanken gemacht, oder darüber, ob er überhaupt schon so weit ist, hinauszugehen. Du dachtest nur: Die grässliche alte Claudia, die kann ich doch mit links ...«

»Hey, Moemtn mal«, tippte ich. Ich war so wütend, dass ich nicht auf die Rechtschreibung achtete. »1. Wenn man jemanden noch nie persönlich gesehen hat, kann man ihn NICHT offiziell als seinen Freund bezeichnen, ja? Und 2. Willst du dich jetzt weiter in Selbstmitleid suhlen, oder willst du wissen, wie es ihm geht?«

Es folgte eine lange Pause. Währenddessen versuchte ich verzweifelt, den Knopf zu finden, mit dem ich den rotierenden Kopf anhalten konnte. Vergebens.

Dann:

»Wie geht es ihm?«

»Nicht gut. Er liegt im Koma.«

Es folgte eine weitere lange Pause.

»Ich hasse dich.«

Es ist schon seltsam, aber das hatte mir noch nie jemand ins Gesicht gesagt. Nicht einmal meine Eltern.

»Weißt du was«, tippte ich, »ich hätte dir das nicht zu erzählen brauchen. Ich hätte dich total ignorieren und im Ungewissen lassen können.«

»Hättest du das doch bloß getan.«

»Na ja, aber jetzt weißt du wenigstens, dass es nicht daran liegt, dass er ...« – es fiel mir schwer, trotzdem fand ich, dass ich es ihr schuldete – »dich nicht liebt.«

Abrupt kam der Kopf zum Stehen, und es kam keine Nachricht mehr von Claudia.

»Und, wie ist es gelaufen?«, fragte Josh später.

»Oh, überhaupt kein Problem. Sie hat es prima aufgenommen«, entgegnete ich.

9

Ich war dabei, Grabschmuck zu binden – wenigstens einmal eine der Situation angemessene Beschäftigung – und seufzte laut, während mir eine Träne an der Nase hinunterlief.

»Ich will nicht hoffen, dass Sie in Ihrer Arbeitszeit Kränze für private Zwecke binden«, bemerkte Mrs. Bigelow im Vorbeigehen.

»Was für ein gefühlloses Monster«, sagte Chali laut.

Ich war ihr sehr dankbar, dass sie als die Immunität genießende Nichte des Chefs meine Gedanken laut aussprach.

»... dieser Krake bei Arielle«, fügte sie hastig hinzu, als Mrs. Bigelow sie aus böse funkelnden Knopfaugen ansah. »Der Kranz für Mr. Collins wird übrigens hübsch, Holly.«

»Danke. Hoffentlich gefällt er seiner Familie auch. Ich kenne die Leute ja leider nicht.«

Mrs. Bigelow stieß ihr gewohntes Schnaufen aus und verschwand auf eine ihrer mysteriösen Expeditionen. Chali und ich legten sofort eine Teepause ein.

»Hat sich immer noch nichts getan?«, erkundigte Chali sich und schenkte den Tee ein. Ich erzählte ihr von Joshs Erfolgen bei anderen Patienten. Ihre Miene hellte sich augenblicklich auf.

»Hey, weißt du was, das könnten wir doch machen!«

»Was?«

»Ich trommele die Band zusammen, wir kommen ins Krankenhaus und spielen da. Vielleicht können wir irgendwelche Lokalzeitungen dafür interessieren – *London Tonight* oder so.«

»*London Tonight* wird ganz bestimmt nicht über deine Band berichten.«

»Und wieso nicht? Die würden doch sogar über den Schulchor von St. Winifred berichten, nur um das Blatt voll zu kriegen! Ich finde die Idee total klasse.«

»Hör mal, Chali, es ist bestimmt nett gemeint, aber ich glaube nicht, dass das Krankenhaus lange Sessions mit eurem bescheuerten – äh, wunderbaren Anti-Establishment-Kunstrock erlaubt. Stell dir nur mal vor, ihr würdet aus Versehen bei irgendjemandem das Beatmungsgerät ausstöpseln, weil ihr die Steckdose für euren Verstärker braucht! Und dann?«

»*Bitte.* Und außerdem meine ich gar nicht die alte Band. Ich habe jetzt eine neue, und die ist viel akustischer.«

»Ach ja? Das heißt?«

»Das heißt ... Das ist die akustischste Trash-Metal-Band, die du je gesehen hast.«

»Chali, ich finde die Idee grauenhaft.«

»Gutters!«

Aus dem winzigen Hinterzimmer tauchte ein verdreckter zierlicher Typ mit blonden Dreadlocks auf, den ich bisher noch gar nicht bemerkt hatte. Was bestimmt daran lag, dass er von oben bis unten mit Erde beschmiert war.

»Du musst Mr. Spangle für mich holen.«

»Wer ist Mr. Spangle?«, fragte ich.

»Ach, das ist der Mr. Big unserer neuen Band.«

»Mr. Big Spangle? Und wie heißt die Band?«

»Mr. Big and the Spangles.«

»Wie gesagt, Chali, ich bin dir wirklich dankbar für das Angebot, trotzdem glaube ich nicht, dass das Krankenhaus ...«

»Ich wollte ja nur helfen.« Sie zuckte mit den Schultern und kehrte mir den Rücken zu.

»Hagnerh hagnerheh?«, sagte Gutters.

»Nein, sie möchte ihrem Freund anscheinend nicht helfen.«

»Hoignerf häg a *hey*?«

»Nein, das verstehe ich auch nicht.«

Gutters warf mir einen verächtlichen Blick zu – ziemlich gewagt für jemanden, der um halb zehn Uhr vormittags einen aufgeweichten, halb gerauchten Joint im Haar hängen hatte. Ich seufzte.

»Gut. Okay. Du sprichst mit Mr. Big, und ich sage Josh, er soll mit Stephen reden.« Joshs Verabredung stand unmittelbar bevor. Er sah zwar mit jedem Tag blasser aus, war aber anscheinend bestens gewappnet.

»Hey!«, rief Chali. »Weltruhm! Wir kommen!«

»Ja – weil ja so wahnsinnig viele berühmte Bands auf der Wachstation im St.-Hugh's-Krankenhaus angefangen haben.«

»Na ja, also zum Beispiel …«

Wir dachten einen Moment nach.

»Dr. Hook?«, fragte ich.

»The Cardiacs«, sagte Chali.

»Stimmt.«

»Also, dann los!

Um Addisons Bett hatte sich eine kleine Menschentraube gebildet. Ich stürzte darauf zu, wurde jedoch von Stephen am Ellbogen festgehalten, noch ehe ich mein Ziel erreichte.

»Keine Panik«, sagte er.

»Was tun sie da? Bekommt er die Letzte Ölung?«

»Nein, nein. Nichts in der Richtung. Candice Piper ist da.«

»Wer?«

»Hast du noch nie *Emergency Pets in Danger* gesehen?«

»Nein!«

»Das gibt's doch gar nicht! Das ist so eine Gameshow, bei der ein Haustier, das schon eine Weile krank ist, so lange nicht behandelt wird, bis man einen ärztlichen Notdienst braucht. Und mit jeder Minute, die das Tier ohne Behandlung klarkommt, verdoppeln sie ihr Geld. Ist total klasse – das guckt doch *jeder*!«

»Ich nicht.«

»Hm. Jedenfalls ist sie die Moderatorin.«

»Und was macht sie hier? Addison hat keine Haustiere. Außer dem amerikanischen Hängebauchschwein.«

»Sie möchte sich mit Komapatienten unterhalten. Für die Weihnachts-Sondersendung.«

»Wir haben Juni!«

»Ja, aber so bleibt genug Zeit, jemanden dabei zu filmen, wie er aufwacht, nachdem Candice mit ihm gesprochen hat.«

»Aaah! Pfui Teufel!«

»Bringt dem Krankenhaus ziemlich gute Publicity.«

»Krankenhäuser brauchen doch keine Publicity! Je weniger Leute dort sind, desto besser!«

»Von mir aus. Jedenfalls weißt du, was los ist. Ich muss jetzt den Mädels unten Bericht erstatten. Sie wollen wissen, was Candice anhat.«

»Ist das die da? Die in Fuchsia?«

»Ja – einfach göttlich, oder? Bis später, Darling – ach, und pass bitte auf, dass du nicht ins Bild läufst, ja? Und wenn du sie vielleicht fragen könntest, welche Feuchtigkeitspflege sie benutzt?«

Candice steckte von Kopf bis Fuß in hautengen, fuchsiafarbenen Klamotten, damit sie in einem Umkreis von vierzig Meilen auch wirklich jeder erkannte. Ihr blondes Haar war zu einer derart überdimensionalen Frisur arrangiert, dass ihr Kopf viel zu groß für ihren ausgemergelten Körper wirkte, und ihr Make-up war so dick aufgetragen, dass es aussah, als sei es mit der Spritzpistole aufgetragen worden, während ihre Stimme viel zu tief und rauchig war, um zu dieser Erscheinung zu passen.

Langsam näherte ich mich der Menschenmenge. Magda, Addisons Mutter, stand etwas abseits und sah ziemlich blass und beunruhigt aus. Neben ihr stand Kate – ich hatte ganz vergessen, dass Kate laut Plan heute »Dienst« hatte.

»Was machst du denn hier?«, zischte sie, als ich neben ihr auftauchte.

»Was soll das denn heißen? Ich bin immer hier.«

»Ja, aber heute Abend bist du mit Kochen dran. Und außerdem musst du ›Please Release Me‹ lernen.«

»Jetzt bin ich aber hier, um Addison zu besuchen! Was glaubst du denn, weshalb ich hier bin? Um anzugeben?«

Kate fixierte die Fernsehkameras und zuckte mit den Schultern.

»Verdammt noch mal, Kate!«

Ich war stinksauer. Kate glaubte wirklich, ich sei nur da, um anzugeben. Candice, die versuchte, sich mit Dr. Hitler zu unterhalten, schien ebenfalls nicht gerade bester Laune zu sein.

»Können wir nicht einfach seinen Mund zuklappen? Dann würde er eher so aussehen, als würde er schlafen. Das wäre wesentlich attraktiver.«

»Da der Patient im Moment durch die Schläuche des Beatmungsgerätes am Leben gehalten wird, muss ich das ablehnen. Wir versuchen, dem Patienten zur Besserung zu verhelfen, nicht zu Adoptiveltern«, erklärte Dr. Hitler.

»Nur für ein, zwei Sekunden, für die Kamera …? In Amerika haben die Leute doch immer nur zwei kleine Schläuche in der Nase. Das sieht viel besser aus.«

»Nein!«

»Gib's ihr, Dr. Hitler!«, murmelte ich.

»Dann werde ich wohl unseren Produzenten anrufen müssen.« Candice zückte ihr Handy.

»Das nehme ich vorübergehend in Verwahrung, danke.« Dr. Hitler riss Candice das Telefon aus der Hand. »Funktelefone stören die Funktion lebenserhaltender Apparate.«

Candices Gesicht sprach Bände.

»Mein Gott, man könnte meinen, *Sie* wären diejenige, die *uns* einen Gefallen tut, indem sie die Kameras hereinlässt.

Roger, holen Sie mir einen großen Caffè Latte Leggero, *pronto.*«

Sie lief einmal ums Bett und kam auf uns zu.

»Wer sind Sie?«, bellte sie uns an.

»Wir sind seine Mitbewohnerinnen«, antwortete Kate, bevor ich etwas sagen konnte.

»Und ich bin seine Freundin«, ergänzte ich hastig.

Candice musterte mich von oben bis unten. »Ach ja?«

Ich zupfte mir ein vertrocknetes Blatt vom Kleid. »Ja«, erwiderte ich trotzig, während Kate mich durchdringend ansah.

»Hmm. An Persönlichkeit gibt er ja nicht besonders viel her, wie? Ziemlicher Langweiler, oder?«

Magda funkelte sie zornig an.

»Nein!«, widersprach ich. »Was machen Sie überhaupt hier?«

»Also ... die Show heißt *Coma Alone* und wird zu Weihnachten gesendet. Das Konzept sieht so aus, dass ich Komapatienten besuche und wir den Zuschauern drastisch vor Augen führen, wie unglaublich ...«

»Einsam?«

»Einsam, ganz genau. Wie unglaublich einsam so ein Komapatient ist. Ganz besonders zu Weihnachten.«

»Aber Addison ist nicht allein!«

»Natürlich nicht.«

»Und ich glaube nicht, dass er es mitbekommen würde, wenn Weihnachten wäre«, brummte Kate.

»Gut. Okay. Alles klar. Wenn Sie dann jetzt bitte zur Seite treten würden, damit wir filmen können?«

Ohne unsere Antwort abzuwarten, clippte Candice sich ein Mikrofon an, während sich im selben Moment eine ihrer Mitarbeiterinnen auf sie stürzte und an ihrer perfekten Betonfrisur herumzufummeln begann.

»Roger? Ja? Gut, dann Kamera ab!«

Im nächsten Augenblick erlebten wir, was diese Aufforderung bedeutete: Roger, schieben Sie die Leute notfalls gewaltsam aus dem Weg und bringen Sie sie zum Schweigen, damit klar wird, dass Leute, die beim Fernsehen arbeiten, SEHR WICHTIGE ARBEIT LEISTEN.

Wir wichen zurück und stellten uns in eine Ecke.

»Ich hatte keine Ahnung davon«, versicherte ich Kate. »Ich wollte ihn einfach nur sehen.«

»Hier im St.-Hugh's-Krankenhaus«, sprach Candice in Mikro und Kamera, »liegen an Weihnachten die beinahe leblosen Körper der Patienten. Keiner liebt sie. Keiner will sie. Keiner vermisst sie.«

»Und wieso bist du auf einmal so dick mit Stephen befreundet?«, fragte Kate.

»Mit wem?«

»Mit dem Kankenpfleger. Joshs Freund.«

Candice ging ein paar Schritte um das Bett. Die Kamera folgte ihr und hielt fest, wie sie sich auf die Bettkante setzte und Addisons Hand nahm.

»Wie griechische Statuen liegen sie hier, als würden sie schlafen. Wunderschön – wenn da nicht diese hässlichen Schläuche in ihrem Mund wären.«

»Mich hat keiner gefragt, ob ich eine schöne Statue sein will«, brummte eine Stimme hinter mir. Ich sah mich um. Es war Gott.

»Hey, Sie haben Michelangelo und Leonardo da Vinci. Addison hat Candice Piper. Da schneiden Sie doch eindeutig besser ab, okay?«

»Okay.«

»Er ist nicht Joshs Freund«, sagte ich zu Kate.

»Noch nicht.«

»Und?«

»Und? Warum ist Josh wohl plötzlich bei Männern wie Frauen so wahnsinnig angesagt?«

»Gönnst du es ihm etwa nicht? Er hat doch eine ziemlich

lange Durststrecke hinter sich. Aber seit er diese Backgroundsängerin kennen gelernt hat, bist du ständig gereizt.«

»Gereizt? Wer? Ich?«

»Doch wer kümmert sich um die Zombies des Zivilisationsalters? Wir sprechen jetzt mit Dr. Flowers, die ihr Leben der Pflege derer widmet, die nicht einmal Danke sagen können.«

Dr. *Flowers*?

Candice warf ein Weichspülerlächeln in die Kamera, während ich leise knurrte. »Cut!«, rief Roger. »Klasse, Darling!«

Candice ließ Addisons Hand wie eine tote Schlange fallen und sprang vom Bett.

»Professionalität ist eben alles. Und wo ist jetzt diese fürchterliche Ärtzin? Und *bitte,* könnte die Maske dafür sorgen, dass die Frau sich wenigstens die Haare kämmt?«

»Hier bin ich«, meldete sich Dr. Hitler – oder sollte ich sie jetzt lieber Dr. Flowers nennen? Ihr Gesicht war puterrot angelaufen. Zum ersten Mal, seit wir uns begegnet waren, tat sie mir Leid.

»Und zufällig kam mir gerade der Gedanke, dass das, womit ich meinen Lebensunterhalt verdiene, vielleicht ein *bisschen* wichtiger ist als Make-up. Oder was meinen Sie?«

»Wie Sie meinen, meine Liebe«, sagte Candice. »Die einen legen Wert auf ein professionelles Auftreten, die anderen ...«

»... sind vollauf damit beschäftigt, Menschen das Leben zu retten?«

Die beiden standen neben Addisons Bett und funkelten sich böse an. Dann wurde der große Scheinwerfer wieder eingeschaltet, und Candice setzte ein zuckersüßes Lächeln auf.

»Vielen Dank, Dr. Flowers, dass Sie sich für uns Zeit nehmen.«

»Gern, Candice. Und vielen Dank für Ihren Besuch. Das St.-Hugh's-Krankenhaus würde sich wirklich sehr freuen, wenn Sie diesen Menschen hier irgendwie helfen könnten.«

»Wir tun, was wir können, Frau Doktor! Erzählen Sie mir jetzt doch bitte etwas über …« Sie nickte in Richtung Addison.

»Diesen jungen Mann. Gerne. Dieser Patient dient hoffentlich allen, die gern auf hohen Mauern über hartem Boden herumklettern, als abschreckendes Beispiel. So etwas sollte man lieber nicht tun.«

»Aha. Und wenn unter den Zuschauern auch Kinder sein sollten, die gerne einmal auf hohe Mauern klettern, was würden Sie denen empfehlen?«

»Äh … Lasst es lieber bleiben!«

»Gut. Denn sonst könntet ihr genau so enden wie er.«

»Hey!«, rief ich empört.

»Cut! Verdammt noch mal, wer war das?«

»Es ist nur … Hätten Sie etwas dagegen, meinen Freund nicht wie ein Stück Fleisch zu behandeln?«

»So behandele ich alle meine Freunde, ha ha ha!«, lachte Candice.

Roger eilte zu ihr hinüber, worauf die beiden leise zu diskutieren begannen. Dann winkte Roger mich heran. Betont langsam ging ich zu ihm hinüber – wenn er mich rauswerfen würde, dann aber nicht ohne meinen Widerstand. Doch stattdessen drückte er mich mit »Ich-habe-zwar-einen-wahnsinnig-wichtigen-Job-beim-Fernsehen-aber-das-heißt-nicht-dass-ich-kein-Mitgefühl-habe«-Miene auf einen Stuhl.

»Wissen Sie, es tut uns allen wirklich furchtbar Leid, was mit Ihrem Freund passiert ist.«

Ich sah zu Candice, die kichernd einigen der Krankenschwestern Autogramme gab.

»Ach ja? Wissen Sie denn überhaupt, wie er heißt?«

»Hören Sie, es ist wirklich verständlich, dass Sie ein wenig durcheinander sind. Candice hat vorgeschlagen, dass wir Sie bei der nächsten Aufnahme vor die Kamera holen und Ihnen ein paar kurze Fragen darüber stellen, wie … wie schrecklich das für Sie ist und wie Sie einsam am Bett Ihres Geliebten wachen und so.«

»Wir sind doch erst seit drei Tagen hier.«

»Kann schon sein. Trotzdem glauben wir, dass das dem Bericht eine zusätzliche Tiefe geben würde.«

Plötzlich hatte ich eine Idee.

»Also, es gibt da etwas, das wir tun wollten und das ihm vielleicht wirklich helfen würde ...«

Ich erzählte ihm von Chalis Band.

»Hmm«, sagte er. »Hmm, ja. Das könnten wir vielleicht als Finale einplanen. Können die auch etwas richtig Trauriges spielen? ›O Little Town of Bethlehem‹ vielleicht?«

»Wohl kaum.«

Er rief Candice zu uns herüber und schilderte ihr die Idee. Candice musterte mich schon wieder von oben bis unten, als könnte sie nicht glauben, dass ich in der Lage sei, einen vollständigen Satz zu äußern.

»Wie heißt die Band?«

»Mr. Big and the Spangles.«

»Oh, von denen habe ich schon gehört.«

Das überraschte mich. Später fand ich jedoch heraus, dass Candice immer so tat, als hätte sie von allem schon gehört – nur um nicht wie eine Idiotin dazustehen, wenn diejenigen, um die es ging, wahnsinnig cool und angesagt waren.

»Das heißt, sie können spielen?«

»Klar. Dann können die diese beschissene Sendung ein bisschen aufpeppen. Oh, Entschuldigung.«

»Schon okay.«

Diese ganze Veranstaltung würde sich doch schon allein lohnen, um Dr. Hitlers Gesicht zu sehen.

»Was war denn los?«, zischte Kate mir zu.

»Oh, wir haben nur ein bisschen über dich und Josh geredet.«

»*Echt?*«

»Nein!«

Candice absolvierte ihren Part vor der Kamera noch zweimal, ehe das gesamte Gefolge in Richtung Pädiatrie zog.

»Haben Sie vielleicht ein paar zu klein geratene Kinder?«, fragte Candice beim Hinausgehen. »Die könnten wir eventuell anschubsen, damit sie ein bisschen herumlaufen.«

Dr. Hitler marschierte an uns vorbei und schlug die Tür hinter den Fernsehleuten zu.

»Also, wenn das so weitergeht, muss ich bald sämtliche Besuche untersagen!«, stieß sie zornig hervor, ehe sie ziemlich unsanft Addisons Tropf neu einstellte.

Entsetzt starrten wir sie an.

»Das können Sie doch nicht machen!«

»Bin ich denn wirklich die Einzige hier, die an die Patienten denkt?«

Magda wollte Addison ein kroatisches Schlaflied singen, und da wir davon ausgingen, dass er für heute genug Aufregung gehabte hatte, ließen wir die beiden allein.

Josh war zu Hause und dünstete Gemüse.

»Machst du eine Diät?«, fragte Kate vorwurfsvoll.

Er ignorierte ihren Tonfall.

»Vielleicht. Warum?«

»Nur so«, entgegnete Kate niedergeschlagen und zog sich zurück.

»Sie scheint diesen John ja wirklich schrecklich zu vermissen«, sinnierte Josh.

»Vermissen wir nicht alle irgendjemanden?«, bemerkte ich spitz und spielte mit einer nassen Bohne herum.

»Und mit wem muss ich dafür schlafen?«, fragte Chali.

»Mit niemandem!«

»Du hast die Leute um einen Gig gebeten und ihn einfach so bekommen?«

»Genau. Schließlich brauchen sie mich – ich bin so etwas wie die trauernde Witwe.«

»Und du hast ihnen gesagt, was für eine Band wir sind?«

»Was für eine Band seid ihr denn? Sie wollen, dass ihr ›O Little Town of Bethlehem‹ spielt.«

»Wir könnten ›Little Girls Dead in the Park‹ spielen.«

»Oh, Gott. Vielleicht war das doch keine so gute Idee.«

Chali packte mich am Arm. »Und das Fernsehen ist auch dabei und alles?«

»Scheinwerfer, Kameras, Leute für die Maske – es könnte dein Durchbruch sein!«

»Und ich muss nicht mal mit jemandem … Aber irgendjemand will doch bestimmt einen geblasen kriegen, oder?«

»Irgendjemand will immer einen geblasen kriegen«, sagte ich – zum Entsetzen des Herrn, der gerade den größten, geschmacklosesten Strauß Rosen im ganzen Laden aus dem Eimer zog. »Ich meine, sieh dir doch nur den da mal an.«

»Tja, da ist dieser Blumenstrauß bestimmt das geeignete Gleitmittel«, sagte Chali. »Das ist der größte im ganzen Laden.«

»Ich wäre heute Abend nicht gern seine Freundin.«

»Ich auch nicht. Schlimm.«

Der Mann bezahlte in aller Eile und flüchtete.

»Ihr seid doch nicht wirklich so eine abgefuckte Heavy-Metal-Band, oder?«

»Doch, natürlich. Und ich glaube, die Leute auf Addisons Station würden nicht so gerne ›I Wish I Could Die Every Day‹ hören, oder?«

»Wie wär's denn mit ›I Wish It Could Be Christmas Every Day‹?«

»Das wäre eine Möglichkeit.« Chali nickte. »Ich werde mal ernsthaft drüber nachdenken.«

»Gut. Das Filmteam kommt nächsten Montag. Schaffst du das?«

»Hey! Selbst die Roadies wissen, dass ich alles schaffen kann!«

»Klar, die ganz besonders, was?«

Ich war überrascht, wie schnell eine gewisse Routine in mein Leben eingekehrt war. Ich stand auf, ging zur Arbeit und setzte mich dann so lange wie möglich zu Addison. Das war alles. Abgesehen von meinen unregelmäßigen Schiedsrichtereinsätzen zwischen Kate und Josh. Die Vorstellung, dass es über Jahre so weitergehen konnte, machte mir Angst. Wann wäre bei mir schlimmstenfalls der Punkt erreicht, wo ich die Flinte ins Korn werfen würde? Würde ich wie Miss Havisham jeden Tag dasselbe tun und auf einen Kuss warten, der nie kam? Beobachten, wie das Gesicht von Tag zu Tag mehr einfällt, weil es nicht bewegt wird? Oder gar … – ich stellte mir vor, wie ich mit erstarrter, doch gütiger Miene zitternd die Hand hob, während der Chor anschwoll und die Geräte abgeschaltet wurden …

Zwei Tage nach der Begegnung mit den Filmleuten – ich hatte in der Zwischenzeit planmäßig mehrere Stunden am Tag vorgelesen, geredet und ab und zu gesummt – kam ich an einem regnerischen Nachmittag ins Krankenhaus, schüttelte auf der Treppe mein Haar wie ein Hund und marschierte durch den mittlerweile so vertrauten Krankenhausmief (einer Mischung aus Desinfektionsmittel und dem Geruch nach armen Leuten). Patienten gingen mit ihrem Tropf den Flur entlang, um eine Zigarette zu rauchen. Alle sahen so mitgenommen und grau aus wie ein alter, ausgeleierter BH – wahrscheinlich ebenso wie ich. Die Pflege meines Äußeren, die schon in guten Zeiten oft zu wünschen übrig ließ, ließ mittlerweile zusehends nach, da mir das Auftragen von Make-up als Verrat erschienen wäre.

Ich blieb an der Tür zu Addisons Zimmer stehen, während Stephen sich von hinten an mich heranschlich und mir auf die

Schulter tippte. Da ich in Gedanken ganz woanders gewesen war – in einem eleganten Kleid an Addisons Grab, glaube ich – hatte ich Stephen nicht bemerkt und schrie eschrocken auf.

»WAS?«

Stephen sah mich verletzt an.

»Nichts. Ich wollte dich nur fragen, was du von meinen neuen Strähnchen hältst?«

Sein Deckhaar war in einem entsetzlichen Achtzigerjahre-Blondton gefärbt, der nicht im Geringsten zu seiner schwarzen Stachelfrisur passte.

»Club Tropicana?«, fragte ich. Er nickte. »Willst du dich zum Mister Superschwul küren lassen?«

Er lächelte bescheiden. »So gut sieht es aus?«

»Du bist ziemlich aufgeregt wegen der Verabredung, stimmt's?«

»Nein.«

»Komm, gib's doch zu.«

Er zuckte mit den Schultern. »Na ja, es ist mal etwas anderes, als immer nur offene Türen einzurennen.«

»Ja, dann ... Viel Glück.«

»Meinst du, ich brauche es?«

»Stephen, ich kenne Josh jetzt seit zehn Jahren ..., und ich habe keine Ahnung.«

»Na, dann ist er todsicher schwul. Die, die am meisten einen auf Hetero machen, sind in der Regel die Schlimmsten. Oh, heute ist übrigens neuer Besuch da.«

»Nein, ich bin's nur – ich habe nur vergessen, mir die Haare zu waschen«, kalauerte ich.

»Hinter dem Vorhang. Typischer Vertreter der Clever-aber-nicht-smart-Fraktion.«

Oh, Gott. Ich ahnte bereits, wer es sein musste – seien wir ehrlich, Addison hatte nicht besonders viele Freunde, und die meisten waren schon da gewesen. Die Erinnerung an die Bereitwilligkeit, mit der ich Finn hinausgeworfen hatte, als Add im Flur vor uns lag, ließ mich zusammenzucken – war das wirklich schon so lange her, wie es mir vorkam?

Ich spähte zaghaft hinter den Vorhang um Addisons Bett.

Finn saß auf Addisons Bettkante und hatte ihm das Gesicht zugewandt. Seine Schultasche stand auf dem Boden. Addison sah ebenso tot aus wie während der letzten Tage. Finn konzentrierte sich auf etwas, das zwischen den beiden auf der Bettdecke lag.

»Okay, also, Springer auf d4«, sagte er. In diesem Moment begriff ich, dass er ein Schachspiel auf dem Bett aufgestellt hatte, das er nun lange und konzentriert betrachtete.

»Hey, guter Zug, Add.«

Beim Näherkommen stieß ich versehentlich gegen ein Wägelchen, auf dem diverse seltsame Instrumente aus rostfreiem Stahl lagen, die vermutlich dazu dienten, Addisons Darm zu reinigen. Wenigstens waren sie sauber.

»Mist!«

Finn sprang vor Schreck auf, wobei er das Schachbrett vom Bett stieß, so dass sämtliche Figuren auf dem Boden herumkullerten.

»Gütiger Himmel!«

Dr. Hitler riss den Vorhang zur Seite.

»Was zum Teufel geht hier vor?«

Finn und ich sahen uns betreten an.

»Oh. Sie.« Sie sah mich an. »Sagen Sie, liegt Ihnen eigentlich wirklich was daran, dass es ihm bald besser geht?«

»Na ja, ich dachte, der Lärm würde ihn vielleicht … aufwecken?« Nicht sehr kreativ, ich weiß.

»Oh, habe wir uns ein bisschen über klinische Versuche informiert, ja?«

»Nein …«

»Tut mir Leid, Frau Doktor … kommt nicht wieder vor«, meldete Finn sich zu Wort.

»Ach? Und wer sind Sie, verdammt noch mal?«

»Ich bin Dr. Feynman Levy«, stellte er sich vor und streckte ihr die Hand entgegen.

»Oh ... ach ja!«, erwiderte sie verwirrt. Sie strich sich das dichte Haar aus dem Gesicht und lächelte Finn schüchtern an. »Tut mir Leid ... Mir war nicht klar, dass hier tatsächlich gearbeitet wird.«

Wieso hatte Finn nur so eine magische Wirkung auf all diese Wissenschaftsweiber?

»Ich hoffe, sie stört Sie nicht?«

Wie bitte? Ich warf ihr einen zornigen Blick zu. Finn lachte.

»Also, um ehrlich zu sein, sie tötet mir den letzten Nerv. Aber ich habe nichts dagegen, wenn sie hier bleibt.«

»Vielen Dank auch, Mister Katzendoktor«, stichelte ich, nachdem Dr. Hitler gegangen war. Sie hatte Finn noch einen Blick über die Schulter zugeworfen, der verriet, dass sie nichts dagegen einzuwenden hätte, ihn einmal gründlich zu untersuchen.

»Ich bin kein Katzendoktor.«

»Katzen ... Wolle ... was auch immer.«

»Aber ich bin sie losgeworden, oder?«

»Sieht so aus.«

»Nächstes Mal schicke ich ein paar Heuschrecken«, meldete die Stimme aus dem Nachbarbett. Ich steckte den Kopf durch den Vorhang.

»Hallo, Gott.«

Jetzt steckte auch Finn den Kopf durch den Vorhang.

»Sie sind Gott?«

Gott gab sich bescheiden.

»Nun, also ...«

»Hm. Ich glaube sowieso nicht an Sie«, sagte Finn.

»Ach ja? Normalerweise lassen Leute an einem Ort wie diesem zumindest mit sich reden.«

Finn nickte. »Verstehe. Jedenfalls war es nett, Sie kennen

zu lernen. Könnten Sie mir vielleicht noch eben verraten, wie das Weltall funktioniert?«, fragte er.

»Man soll ja nichts unversucht lassen«, flüsterte er mir zu.

»Schlechter als deine Spaghettitheorie kann's ja wohl kaum werden«, stänkerte ich.

»*String.*«

»Hmm«, machte Gott. »Ich glaube, du hättest keine Freude daran, es zu wissen.«

»Vertrauen Sie mir – ich bin Physiker.«

Gott dachte eine Weile nach.

»Also, um das richtig erklären zu können, brauche ich eine Flasche Whisky.«

Finn sah mich an, und ich schüttelte heftig den Kopf.

»Ich glaube nicht ...«

»Ihr Physiker seid doch alle gleich. Tut so, als wolltet ihr alles wissen, in Wirklichkeit stimmt es aber gar nicht – sonst würdet ihr ja arbeitslos werden!«

Und damit schlief Gott von einer Sekunde zur anderen ein und fing laut an zu schnarchen.

Finn lächelte mich an.

»Hallo. So sieht man sich wieder.«

»Hallo«, sagte ich verlegen. »Äh ... Tut mir Leid, dass ich nicht ...«

»Schon gut. Ich wusste ja nicht, dass ... bis Kate es mir erzählt hat.«

Wir sahen zu Addison hinüber.

»Ganz schön traurig«, sagte Finn.

»Kate glaubt, dass sie alles unter Kontrolle hat. Wir müssen nur ganz viel singen und so.«

»Na, hoffentlich.«

Ich ging einmal um das Bett herum und nahm Addisons Hand, um sie aufzuwärmen. Finn bückte sich und machte sich daran, die Schachfiguren und die Stahlinstrumente aufzuheben.

»Kennst du nicht irgendeinen Song, den du ihm vorsingen kannst?«

»Nein, absolut nicht. Meine Mutter hat mich damals offiziell vom Gesangsunterricht befreien lassen.«

»Was hast du eigentlich gemacht, als ich reinkam?«

Er hielt das Schachbrett in die Höhe. »Also, es gibt da dieses Spiel, das wurde im Nahen Osten erfunden ...«

»Mann, das weiß ich auch, du Blödmann. Ich meine, warum?«

Er zuckte mit den Schultern. »Ich kann doch nicht singen, also dachte ich ...«

»Meinst du, das hilft?«

»Keine Ahnung, aber er war auf dem besten Weg, zu gewinnen.«

Ich nahm eine der Figuren in die Hand. »Wie spielt man das eigentlich?«

»Du weißt nicht, wie man *Schach* spielt?«

»Nein, und ich habe meinem Lehrer auch nie Weihnachtsgeschenke gekauft. Geschweige denn die Pausen im Computerraum verbracht.«

»Ja, klar, und ich habe nie gelernt, wie man raucht«, erwiderte er verlegen.

»Oh, Gott – jetzt weiß ich, was du bist! Du bist ein Streber! Ein Musterschüler! Ein Schleimscheißer!«

Er bewarf mich mit etwas, das wie ein Turm aussah. »Vielen Dank auch, jetzt kann ich meinem Therapeuten noch fünf Jahre länger Geld in den Rachen werfen. Willst du es jetzt lernen oder nicht?«

»Okay«, sagte ich und setzte mich. »Hast du dich damals eigentlich sehr darüber geärgert, dass du immer viel zu brav warst, um nachsitzen zu müssen – wo du doch so gerne noch ein paar Stunden länger in der Schule geblieben wärst?«

Er ignorierte mich. »Also. Das hier ist ein Bäuerchen. Und

das hier ist ein Läufiger. Und das hier sind Springerchen. Springerchen können die anderen überspringen.«

Ich beäugte ihn misstrauisch.

»Und was macht ein Läufiger? Mal hier, mal da rammeln?«

»Ja, könnte man sagen.«

Und so kam es, dass wir auf Addisons Bett saßen und er versuchte, mir Schach beizubringen. Er bemühte sich zwar nach Kräften, zu verlieren, doch es gelang ihm einfach nicht. Ich gab Addison die Schuld an meinen Zügen, behauptete, er würde mich telepathisch beeinflussen – allerdings so katastrophal, dass meine Königin einen Selbstmordversuch nach dem anderen unternahm.

Nach der dritten Runde fing ich an, unter meinen verlorenen Figuren Beißkämpfe zu veranstalten. »Tja …«, sagte Finn nach einer Weile.

»Tja …«, erwiderte ich, während er mich mit einem flehenden Blick ansah, der mich dazu bewegen sollte, endlich etwas zu sagen. Schließlich war ich hier die Frau und so.

»Tja …«, wiederholte ich. Finn sah zu Addison hinüber.

»Wahrscheinlich sollte ich jetzt froh sein, dass es ihn erwischt hat und nicht mich.«

»Wie bitte?!!«

Finn verzog das Gesicht. »Tut mir Leid. Ich wollte nur … du weißt schon … überleiten zu … Ach, vergiss es.«

»Damit hast du ziemlich danebengegriffen.«

Er ließ den Kopf noch mehr hängen.

»Ich fasse es nicht, dass ich überhaupt …«

»Eine Stunde. Oder vielleicht besser zwei.«

Er sah auf. »Was?«

»Nachsitzen.«

Die Erleichterung war ihm deutlich anzusehen.

»Holly, ich hoffe wirklich, dass Addison bald wieder gesund wird und dass alles gut wird zwischen euch.«

»Er wird wieder gesund«, stieß ich hitzig hervor und nahm Addisons Hand. »Er muss. Sonst ... zünde ich das Parlamentsgebäude an oder so etwas.«

»Ich weiß.« Das typisch schüchterne Lächeln breitete sich wieder auf seinem Gesicht aus.

»Na ja, wir wären wohl sowieso nie zusammengekommen, oder?«

»Ich weiß nicht, wovon du redest«, antwortete ich gereizt.

»Na ja, wir sind einfach ... wie Tag und Nacht.«

Ich zuckte mit den Schultern. »Wieso? Weil du so ein Streber bist?«

»Vielleicht.«

Ich lächelte ihn an.

»Triffst du dich noch mit Madeleine?«

Er zuckte mit den Schultern. »Ab und zu. Sie liegt gerade in den letzten Zügen mit ihrer Promotion zu zellularer Mitose.«

»Wow. Das macht sie natürlich unglaublich attraktiv.«

Ich hielt ihm die geballten Fäuste entgegen.

»Welches Bäuerchen hättest du denn gern?«

»Du kannst doch nichts Pinkfarbenes anziehen! Bist du verrückt? Das wäre ja genau so, als würde ich zu meiner ersten Verabredung in Strümpfen, bei denen man die Strumpfbänder sehen kann, und in einem Shirt mit der Aufschrift ›Nimm mich!‹ auftauchen.«

Kate und Josh starrten mich entgeistert an.

»Aber das ist ja zum Glück nur einmal passiert. Josh, leg jetzt dieses Hemd weg und zieh das graue an.«

Kate seufzte. »Hört mal, Mädels, könntet ihr das vielleicht im Wohnzimmer ausdiskutieren? Es gibt nämlich tatsächlich Leute, die jetzt noch *arbeiten* müssen.«

»Oh – wer wird denn gleich so zickig sein«, näselte Josh. Und dann, zu mir gewandt: »Oh, Gott, es fängt schon an!«

Ich verpasste Josh einen Klaps und zerrte ihn ins Wohnzimmer, um ihm Eyeliner aufzutragen.

»Was sollte das denn eben?«

»Keine Ahnung, ich muss doch schon mal üben!«

»Ich meine, warum warst du so gemein zu Kate?«

»Wie bitte? Sie ist doch die ganze Woche schon gemein zu mir!«

»Und du hast dich kein einziges Mal gefragt, warum?«

»Was willst du denn damit sagen?«

»Na ja, findest du nicht, dass sie deutlich gemeiner geworden ist, seit hier jemand von einem Date ins nächste stolpert ...?«

Ich wartete darauf, dass der Groschen fiel. Eins, zwei, drei ... aah! Endlich.

Josh sah mich erschüttert an.

»Oh, Gott.«

»Hmhm«, grinste ich süffisant.

»Kein Wunder, dass sie ...«

»Eben.«

»Aber Stephen würde sich doch *niemals* mit ihr verabreden wollen.«

Ich tätschelte ihm die Schultern. »Bitte. Geh jetzt.«

»Was? Was habe ich denn jetzt schon wieder gesagt?«

»Nichts. Komm. Hau ab. Amüsier dich gut. Und keine Sorge.«

»Ich habe ein bisschen Angst.«

»Das ist ein gutes Zeichen.«

»Sag Skates, dass ich es nicht so gemeint habe.«

»Mach ich.«

»Und sag meinen Eltern, dass ich sie liebe.«

»Josh, du tust ja gerade so, als wärst du mit einem Massenmörder verabredet!«

»Kann sein. Aber wenn ich anders sein sollte, wenn ich widerkomme, dann möchte ich, dass ...«

»Du wirst niemals anders sein, J.«

»Gut. Okay. Prima. Also, dann.«

»Abgesehen davon, dass du jetzt ein bisschen seltsam gehst.«

»Halt die Klappe.«

Er tänzelte aus der Tür.

Kate saß am Küchentisch und schob unglücklich ihre Computermaus hin und her.

»Wie? Du spielst Patience? Soll das eine Art Ersatzbefriedigung sein?«

Sie lächelte matt.

»Dasselbe sagt meine Therapeutin auch.«

Ich setzte mich neben sie.

»Und was erzählt deine Therapeutin dir sonst noch?«

»Na ja ...«

»Los, sag schon. Das interessiert mich schon lange.«

»Neugierde bringt einen nicht immer weiter.«

»Das sagst du mir? Oder ist das eine Therapeutenweisheit? Jedenfalls ist es ohnehin zu spät.«

Kate seufzte. »Was erzählt meine Therapeutin mir ...? Im Grunde genommen bezahle ich ihr achtzig Pfund die Stunde, und sie erzählt mir, dass alle außer mir totale Idioten sind. Oder sagen wir, sie pflichtet mir in meiner Ansicht bei, dass alle außer mir totale Idioten sind.«

»Das ist nicht dein Ernst!«

»Doch. Das ist im Grunde alles. Ich gehe zu ihr und erzähle ihr, wer mich in der vergangenen Woche geärgert hat, und sie pflichtet mir bei und sagt mir, dass ich nichts für meine Sensibilität kann. Alle anderen. Die ganze Welt. Alles Schweine. Außer mir.«

»Wow. Ich kann schon verstehen, dass das reizvoll ist.«

»Es soll aber nicht reizvoll sein. So ist nun mal das Leben da draußen, das Geschäftsleben.«

»Und du bist dir sicher, dass du nicht einfach nur zu viele Filme aus den Achtzigern gesehen hast?«

»Hattest du einen bestimmten Grund, in die Küche zu kommen?«

»Ja. Nachricht von Josh.«

Kate sah überrascht auf.

»Er hat's nicht so gemeint.«

»Das ist alles? Das ist seine Nachricht?«

»Ja.«

»Dreckskerl.«

»Das ist doch nicht dein Ernst, oder?«

Sie sah mich durchdringend an.

»Was willst du damit sagen?«

»Das ist genau der Punkt, wo deine Therapeutin versagt. Josh hat nämlich nicht ein einziges Dreckskerl-Gen in sich.«

»Und?«

»Und das heißt …«

Kate griff nach der Flasche Wein, die wie aus dem Nichts neben uns aufgetaucht war.

»… dass er schwul ist. Okay. Und? Was soll's?«

»Er ist nicht schwul«, sagte ich. Ich sah auf die Uhr. »Jedenfalls noch nicht.«

Kate schenkte sich großzügig ein Glas Wein ein, ohne mir etwas davon anzubieten.

»All die Jahre. All die Jahre, Holly! ›*Alle anderen sind Schweine, Kate. Alle sind Schweine, außer uns. Und je größer das Schwein, desto größer sein Erfolg,* sagt meine Therapeutin.«

Sie betrachtete ihr Weinglas und schniefte.

»Dann lerne ich jemanden … dann *wird mir klar,* dass es einen Mann in meinem Leben gibt, der kein Schwein ist, und was passiert?«

»Er lässt sich von einem Mann befummeln?«

»*Genau!*«

Ich annektierte etwas von dem Wein.

»Aber was war denn mit John?«

»Gar nichts. Ich habe gemerkt, dass er ein weiteres Exemplar in meiner umfangreichen Sammlung von Dreckskerlen ist und dass der Mensch, den ich wirklich mag ... direkt vor meiner Nase sitzt.«

Ich schielte zu ihr hinüber.

»Und?«

»Was und? Dann ist mir John – oder sollte ich sagen *Arnold* –«

»Ich hab's gewusst!«

»– mit seiner dämlichen Frau bei einer Bankenkonferenz über den Weg gelaufen. Aber das hat nichts damit zu tun.«

»Okay«, sagte ich und hob die Hände. »Einen Moment mal. Feststellung Nummer eins: Du bist nie hier ausgezogen, obwohl du mehr verdienst als Stella McCartney. Feststellung Nummer zwei: Josh ist neuerdings sexuell aktiv. Feststellung Nummer drei: Du bist neuerdings nicht mehr sexuell aktiv. Feststellung Nummer vier: Wann genau wirst du dreißig?«

Sie sah mich wütend an. »In elf Monaten und acht Tagen, aber ich verstehe wirklich nicht, was das damit zu tun haben soll.«

»Ha! Ich bin ein Genie!«, jubilierte ich. »Quod erat demonstrandum. In einem Jahr seid ihr wahrscheinlich verheiratet.«

Kate lehnte sich zurück und starrte ins Leere. »Aber ... selbst wenn, ich meine ... woher willst du überhaupt wissen, ob er mich mag?«

»Kate«, sagte ich und versuchte, nicht zu gönnerhaft zu klingen. (Vergebens! Ich tätschelte ihr sogar die Hand!) »Was sollte man denn an dir nicht mögen?«

10

»Also, ich will wirklich nicht *unbedingt* Kinder …« Etwas später an diesem Abend fläzten Kate und ich uns zwischen diversen Kissen auf dem Wohnzimmerboden und bemitleideten uns gegenseitig. Joshua war noch nicht nach Hause gekommen. Um uns herum befanden sich jetzt eindeutig mehr leere Weinflaschen als noch zwei Stunden zuvor – glaubte ich zumindest.

»Ich meine, ich bin selbstständig, unabhängig, verdiene mein eigenes gutes Geld und habe im Grunde alles …«

»Und du bist verzweifelt, stimmt's?«

»Na ja, also verzweifelt würde ich es nicht unbedingt nennen …«

»Du verzehrst dich? Du bist genervt? Du hast Angst vor einem sinnlosen Dasein mit irgendwelchen Katzen?«

»Ja, so in der Art. Wieso, willst du denn keines?«

»Ich glaube, ich bin zu ungeschickt für ein Kind. Ich würde es wahrscheinlich die Treppe hinunterfallen lassen. So wie die Flasche Portwein, die Josh zur Taufe bekommen hat.«

Kate nickte. »Hm. Oder wie deine Schuhe. Die hast du doch mal im Kühlschrank liegen lassen.«

»Ich schätze, ich würde es hinkriegen, mein Baby nicht in den Kühlschrank zu legen.«

»Ja, aber es wäre trotzdem besser, kein Risiko einzugehen, oder?«

»Kann sein.«

Kate sah auf die Uhr.

»Du hast doch auch all diese Sophies gesehen, die Josh immer angeschleppt hat?«

»Ach, gab es denn verschiedene?«

»Du weißt, was ich meine.«

»Hmhm.«

»Warum betet Josh sie nur immer an und mich überhaupt nicht?«

»Weil du eine reale Person bist?«

»Ich meine, wenn er mich wirklich mag, warum scharwenzelt er dann nicht auch ständig um *mich* herum?«

»Weil er bei dir vielleicht Chancen hat?«

»Vielen Dank auch.«

»Jetzt lass mich doch mal ausreden, Kate! Der Bursche hat panische Angst. Er braucht nun mal ein winziges bisschen länger als andere, die Pubertät hinter sich zu lassen, okay?«

»Aber *warum*??«

Ich legte mich auf den Teppich. »Woher soll ich das wissen? Du hast schließlich den Magistertitel hier. Vielleicht lässt niemand jemals wirklich die Pubertät hinter sich.«

»Oh, Gott«, sagte Kate. »Na ja, wenigstens war ich mal mit einem Filmstar im Bett.«

»Genau. Jetzt müssen wir nur noch zusehen, dass Josh diesen Initiationsritus heil übersteht –«

»Vor allem heil.«

»Ja, genau. Und dass Addison überhaupt endlich in die Pubertät *kommt*. Dann haben wir es alle geschafft. Die geballte Reife.«

»Pubertät ist ein schreckliches Wort.« Kate starrte an die Decke. Sie hatte die Metallfolie vom Flaschenhals abgezogen und zu einem Herzen geformt.

»Stimmt. Klingt nach Handschweiß und Pickeln. Aber ich kenne ein richtig schönes Wort.«

»Und das wäre? Josh Junior?«

»Quatsch! Nein. Ich dachte da an Pinguin. Erinnert doch stark an Penguin-Kekse, oder? Waren da nicht noch welche in der Küche, die du eben holen könntest, damit wir sie statt dem Abendessen essen können?«

»Nur, weil wir hier zusammen auf dem Boden liegen und uns unterhalten, heißt das noch lange nicht, dass ich die Sache von neulich vergessen habe!«

»Das zeugt aber nicht gerade von persönlicher Reife.«

Sie sah mich empört an. »Es zeugt auch nicht von persönlicher Reife, Penguins zu essen.«

»Okay.« Ich stand auf. »Du kannst ja ein paar Keks-Aktien kaufen. Ich esse die Dinger jedenfalls lieber.«

»Ich möchte einen roten, bitte!«, rief sie mir nach.

»Ich wette, Josh sagt in diesem Augenblick genau dasselbe«, sagte ich, als ich wieder ins Wohnzimmer kam – und hätte mir am liebsten die Zunge abgebissen, als ich Kates Gesicht sah.

Wir wollten eigentlich aufbleiben, bis Josh nach Hause kam, schafften es aber nicht. Es wäre uns vielleicht gelungen, wenn Kate nicht in diese passiv-aggressive Wechselstimmung verfallen wäre, in der sie mich abwechselnd ignorierte und mir dann wieder vorschlug, in der City Karriere zu machen. Schließlich landeten wir bei irgendeinem amerikanischen Freitagabend-Fernsehimport, dessen einziges Ziel es wahrscheinlich war, jedem, der ohnehin schon todunglücklich an einem Freitagabend zu Hause saß, die Laune noch mehr zu verderben, indem er mit ansehen musste, wozu die schicken jungen Amerikaner imstande waren.

Da ich die Einzige war, die am nächsten Tag arbeiten musste, schleppte ich mich ins Bett, als ich bemerkte, dass mir von den vielen Keksen langsam übel wurde. Kurz darauf hörte ich auch Kate zu Bett gehen. Ich spitzte die Ohren, um mitzubekommen, wann Josh nach Hause kam, schlief aber irgendwann ein.

Am nächsten Tag wurde ich in aller Hergottsfrühe vom Telefon aus dem Schlaf gerissen. Ich ließ es eine Weile klingeln – Kate war ja normalerweise sehr pflichtbewusst in diesen Dingen –, doch als sich nichts rührte, streckte ich die Hand aus, machte die Tür auf (klein genug war mein Zimmer ja), hüllte mich in meine Decke und kroch wie eine Raupe in den Flur.

»Hmb?«

»Haaallooooooo!«

Ich schüttelte den Kopf. Hatte ich akustische Halluzinationen, oder war das tatsächlich Prinzessin Anne, die mich um sieben Uhr am Samstagmorgen anrief?

»Ich bin's. *Sophie.*«

Oh, Gott! Jetzt wurde es spannend!

»Ach, hallo, Sophie. Ich bin's. Holly.«

»Ja, sicher. Joshua bitte.«

»Äh, das dürfte schwierig werden ...«

»Wo ist er denn?«

Ich hätte ihr so *gern* die Wahrheit gesagt, nur um ihren zierlichen Haarreif mal zu erschüttern, traute mich aber nicht.

»Er ist ... bei seinen Eltern. Auf dem Landsitz. Übers Wochenende.«

»Ach ja, äh, ich natürlich auch ...«

Seltsam. Hatte ich nicht gerade ein Martinshorn im Hintergrund gehört?

»Kann ich ihm etwas ausrichten?«

»Vielleicht könntest *du* mir auch helfen.«

Ich machte einen Knicks und zeigte dem Telefonhörer den Stinkefinger.

»Ja, vielleicht ...«

»Ich habe gehört, dass Joshuas Untermieter krank ist.«

»Ja ...?«

»Na ja, mein Vater meint, dass es meiner Nominierung *außerordentlich* förderlich wäre, wenn ich einem Krankenhaus etwas Geld spenden würde ...«

»Was für eine Nominierung?«, fragte ich blöd nach. »Für den Grand Prix d'Eurovision?«

»Oh, Holly, ein Talent wie meines darf einfach nicht ungenutzt bleiben! Das sagen alle! Es geht um meinen Einzug ins *Haus.*«

Einzug? Haus? *Wie bitte???* »Sophie, es ist noch ziemlich früh am Tag. Wovon redest du überhaupt?«

Sie seufzte.

»Und du bist ganz sicher, dass Joshua nicht zu Hause ist?«

»Ja! Soll ich ihm sagen, dass du angerufen hast, oder nicht?«

Sie seufzte noch einmal.

»Ich werde Parlamentsabgeordnete. Im Unterhaus. Irgendwann. Sobald diese unerträgliche Regierung zu Fall gebracht worden ist. Darum brauchen wir so viele hübsche Fotos wie möglich davon, wie ich diesen ewig dankbaren, entsetzlichen NHS-Gestalten einen großzügigen Scheck überreiche, klar? Und deshalb haben wir uns gedacht, wir könnten doch in dem Krankenhaus anfangen, wo Joshs gestörter Untermieter liegt – das wäre doch nett, oder?«

»Ich finde, das wäre gemein!«

»Na ja, wie du vielleicht weißt, gibt es so etwas wie eine natürliche Führungsklasse, Holly. Mach dir keine Gedanken deswegen. Also, in welchem Krankenhaus liegt dein kleiner Freund?«

»Das sage ich dir nicht!«

Sophies Seufzer klangen von Mal zu Mal verärgerter.

»Holly – entweder trägst du dazu bei, dass dein Freund die beste Behandlung bekommt, die die moderne Medizin derzeit zu bieten hat, oder du ignorierst ihn ... lässt ihn vor sich hin vegetieren. Das musst du selbst wissen.«

»St. Hugh's«, stieß ich unwillkürlich hervor.

»Brav! Ich bringe einen Fotografen mit. Und sag Joshua, dass ich wahrscheinlich seine Hilfe brauche – er könnte vielleicht meinen Freund spielen oder so. In der Politik ist es immer gut, einen attraktiven Partner zu haben. Das macht er doch sicher gerne, meinst du nicht?« Sie lachte verschwörerisch.

»Du bist so gemein!«, keuchte ich.

»Tja, was soll ich sagen? Herzlich willkommen in der Realität, Süße!« Und damit legte sie auf.

Der Tag ging genau so miserabel weiter, wie er angefangen hatte. Bei der Arbeit wurde ich von irgendeinem Käfer gebissen, und als ich Addison im Krankenhaus besuchte, war er untergetaucht. Sozusagen. Zuerst dachte ich, sie hätten ihn einfach verlegt und es nicht für nötig befunden, mir Bescheid zu sagen. Mit zugeschnürter Kehle starrte ich auf das leere Bett, als mir die Gurte um die Matratze auffielen und das einigermaßen beruhigende Piepsen an mein Ohr drang.

Stephen war weit und breit nicht zu sehen – ich wollte lieber nicht darüber nachdenken, warum –, aber eine der Krankenschwestern erklärte mir, man habe Addison umgedreht, damit er sich nicht wund liegen konnte. Ich hatte natürlich auch nicht angenommen, dass man ihn aus Spaß umgedreht hatte (kleine Karusselltour gefällig?), aber es beunruhigte mich doch etwas, dass man davon auszugehen schien, Addison müsste noch so lange hier bleiben, bis ihm die Haut abfiel.

Langsam trat ich an das Bett. Ich hatte eine Ausgabe von *Scientific American* gekauft, aus der ich ihm vorlesen wollte, und außer mir waren kaum andere Besucher da. Ich sagte Gott Guten Tag, der mir erzählte, dass heute der sechste Tag sei und er deshalb ruhe. Ich fragte, ob nicht Sonntag der eigentliche Ruhetag sei, was er jedoch verneinte. Er habe soeben beschlossen, dass Samstag der Tag der Ruhe sein sollte, und überhaupt hätten die Juden doch schon immer in fast allen Angelegenheiten Recht gehabt. Ich versuchte, mich so zu positionieren, dass Addison mich hören konnte, ehe ich am Ende unter das Bett kroch, wo ich mich mit dem Rücken auf den Boden legte und Addison direkt ins Gesicht sah.

Okay. Ganz schön verrückt. Total verrückt. Addisons bleiche Haut hing lose über die festgezurrten Gurte, und mir kam der Gedanke, dass japanische Komiker und ein gewisser Schlag englischer Geschäftsmänner so etwas bestimmt sexy fänden. Die Lage, in der Addison und ich uns befanden, war in der Tat etwas ungewöhnlich, obwohl etwa dreißig Zentimeter Platz zwischen uns war. Unwillkürlich musste ich wieder an diesen alten James-Bond-Film denken, in dem 007 und sein Girl (eine Wissenschaftlerin namens Holly ...) am Ende im Weltall Sex haben – wobei sie allerdings beide mit einem Handtuch bedeckt sind.

Dann fiel mir auf, dass Addison keinen Schlauch mehr im Mund hatte. Das konnte doch nur eins heißen: dass er atmete! Was für wunderbare Neuigkeiten! Na ja, noch wunderbarer wäre es gewesen, wenn er wach wäre, aber okay. Das war ganz bestimmt ein gutes Zeichen.

»Hey!«, sagte ich leise und hob den Arm, um Addison zu kitzeln. Ich glaube nicht, dass Kitzeln zu den Maßnahmen gehört, die Komapatienten helfen, deshalb war ich nicht weiter überrascht, dass es nicht funktionierte.

»Du siehst aus wie Superman. Wetten, du würdest das ganz toll finden, wenn du wach wärst. Eigentlich müsste ich mal ein Foto machen, damit du später siehst, wie du geflogen bist.«

Addison war ja schon immer sehr dünn gewesen, aber in den letzten Tagen schien er noch mehr Gewicht verloren zu haben. Sein Brustkorb schien aus nichts als spitzen Ecken und Kanten zu bestehen.

»Okay«, sagte ich. »Sieh mal. *Scientific American.* Die neuesten wissenschaftlichen Erkenntnisse aus dem Land, das nicht einmal an die Evolution glaubt. Was möchtest du hören? ›Löst der Zugang zum Breitband-Internet soziale Metamorphosen aus?‹? Hm. Kommt in deinem Fall vielleicht ein bisschen spät. Aber hey, das hier vielleicht! ›Neue Welttheorien: von Strings zu Membranen‹ von Dr. Michael Duff!?«

Addison schien keine Einwände zu haben, also fing ich an zu lesen:

»›Die Natur habe ihre großen Geheimnisse, soweit überhaupt möglich, längst preisgegeben – das behaupten einige voreilige Totengräber der Naturwissenschaften und prophezeien deren Ende. Sie scheinen jedoch zu vergessen, dass die beiden Hauptsäulen der Physik nach wie vor nicht kompatibel sind: die allgemeine Relativitätstheorie und die Quantenmechanik. In der Welt der Elementarteilchen gelingt es der Relativitätstheorie nicht, mit den Gesetzen der Quantenmechanik in Einklang zu kommen; umgekehrt stellen im kosmischen Maßstab Schwarze Löcher die Grundlagen der Quantenmechanik in Frage. Und es ist bereits klar, dass diese Widersprüche nicht durch eine kleine Korrektur aufzulösen sind. Vor diesem Hintergrund zeichnet sich weniger das Ende der Naturwissenschaften ab, sondern vielmehr eine neue Revolution. Eine allumfassende Theorie, die nicht nur diesen Widerspruch auflöst, sondern schlichtweg sämtliche Phänomene der Physik erklärt, ist nach wie vor ein lohnendes Ziel …‹ Blablabla.«

Ich gähnte. »Auf so etwas stehst du total, oder? Du bist echt verrückt.«

»›Bis vor kurzem knüpften sich dabei die Hoffnungen vor allem an Strings: eindimensionale Objekte, deren Schwingungszustände als Elementarteilchen gedeutet werden können. Erst im Laufe der letzten beiden Jahre ist dieses Konzept in der so genannten M-Theorie aufgegangen. Einer der führenden Forscher auf diesem Gebiet ist Edward Witten vom Institute for Advanced Study in Princeton (New Jersey). Nach seinen Worten darf man das M im Namen der neuen Theorie nach Belieben als Abkürzung für magic (Zauber), mystery (Wunder) oder Membran auffassen. Es handelt sich um die aufregendste Entwicklung seit der Entdeckung der Strings; nahezu täglich finden sich neue Belege dafür.‹«

»Oh, Gott!« Erschrocken richtete ich mich auf und stieß dabei aus Versehen gegen Addisons Nase, die aber zum Glück nicht anfing zu bluten. »Ob Finn das schon weiß? Das würde doch seine gesamte Arbeit zunichte machen!«

Ich machte mir wirklich Sorgen um ihn. Ich meine, schließlich hatte er so viele Jahre an dieser Stringtheorie gearbeitet.

»Was meinst du? Soll ich Finn anrufen und ihm sagen, dass das alles kompletter Blödsinn ist? Oh, nein! Dann denkt er bestimmt, ich sage das nur, um ihn zu ärgern!«

Ich hörte ein Kichern und sah plötzlich ein Paar grobe Straßenschuhe neben dem Bett auftauchen, ehe eine bekannte Gestalt mit einem Schachbrett in der Hand neben mir kniete.

»Würdest du wirklich eine gesamte Theorie zur Erklärung des Universums zerstören, nur um mich zu ärgern?«

»Natürlich nicht! Aber hast du das gelesen? Du steckst ziemlich in der Tinte!«

Er lächelte. »Ach, manchmal wechseln die Paradigmen eben, so dass man sich ein bisschen anpassen und seine Vorstellungen ändern muss. Man könnte vielleicht sagen, dass meine ›Spaghetti‹ jetzt mehr wie ›Ravioli‹ aussehen.«

»Das heißt, du denkst dir wirklich dauernd neue Theorien aus – je nachdem, was gerade angesagt ist?«

»So ungefähr.«

»Das heißt, die ganze Arbeit der letzten Jahre war umsonst?«

»Na ja, immerhin kann ich jetzt Uhrzeiten im 24-Stunden-System lesen.«

Er streckte den Kopf unters Bett und sah Addison an. »Wie geht's ihm?«

»Komm her und sieh ihn dir an. Sein Beatmungsschlauch ist weg! Ist das nicht toll?«

Finn machte ein besorgtes Gesicht. »Nicht unbedingt. Kann ich mich neben dich legen?«

»Klar!« Ich rutschte ein Stück zur Seite. Jetzt wurde die Lage noch verrückter: Ich war Teil eines Sex-Sandwiches zwischen Finn und Addison, der angeschnallt und bewusstlos war.

»Verrückt, was?«, sagte ich, um das Eis zu brechen.

»So verrückt nun auch wieder nicht.« Finn war sich unserer körperlichen Nähe wohl nicht bewusst. Ich verfluchte mich im Stillen für meine schmutzigen Gedanken. »Ich vermute, die Ärzte haben gehofft, Addison würde von selbst anfangen zu atmen, wenn man ihm das Beatmungsgerät wegnimmt ...«

»Und das hat er auch getan ...«

»... was ihn stimulieren würde, aufzuwachen. Hat es aber nicht.«

»Und du meinst, das ist schlecht?«

»Na ja, es lässt jedenfalls den Schluss zu, dass er höchstwahrscheinlich länger ohne Bewusstsein bleiben wird als bisher angenommen. Dass seine Körperfunktionen wieder arbeiten, während er weiter bewusstlos ist, ist jedenfalls kein gutes Zeichen, Holl.«

»Oh, Gott.« Mir kamen die Tränen. »Das wusste ich nicht.«

»Schon gut«, sagte Finn und nahm meine Hand. »Es ist noch nicht vorbei.« Als ein eindeutig zu identifizierendes Paar abgewetzter Pumps quer durch den Raum auf Addisons Bett zuklapperte, erstarrten wir.

»Hier entlang«, befahl Dr. Hitler. Eine größere Gruppe von Schuhpaaren folgte ihr. Wir konnten zwar nichts sehen, aber sie klangen eindeutig wie Studenten. Mit einem Ruck wurden die Vorhänge zur Seite gezogen. Finn und ich sahen uns an. Wir konnten nicht fliehen – wir waren umzingelt. Finn hielt meine Hand noch fester, während wir versuchten, uns keinen Millimeter von der Seite zu rühren. Das Geräusch meines Herzschlags erschien mir plötzlich viel zu laut.

»Gut. Wenn Sie sich jetzt die Tabellen ansehen würden. Der Patient reagiert seit nunmehr 96 Stunden neurologisch auf keinerlei äußere Reize.«

»Wie viele Tage waren das noch gleich?«, fragte ich mich. Finn sah mich ungläubig an.

»*Vier*«, flüsterte er.

»Wir werden mit einem intensiven physiotherapeutischen Behandlungsprogramm beginnen müssen, um einer möglichen heterotopen Ossifikation entgegenzuwirken – obgleich das in diesem Fall nicht unsere größte Sorge ist.«

»Wenn sie uns erwischen, stecken sie uns in den Kühlraum!«, flüsterte ich Finn zu.

»Denk daran«, flüsterte er zurück. »Egal, was sie dich fragen, antworte auf Deutsch.«

»Toller Rat.«

»Nein, im Ernst! Genau wie Richard Attenborough in *Gesprengte Ketten*!«

»Und wie wollen wir entkommen?«

Knapp zwei Meter über uns fachsimpelten die Medizinstudenten über meinen armen Add – oder wetteiferten sie einfach nur darum, wer die längsten Wörter wusste? Keine Ahnung.

»Vielleicht merken sie ja gar nicht, dass wir hier sind.«

»Sag nicht so was, sonst musst du niesen oder so.«

Unsere Augen weiteten sich, als wir die dicke Staubschicht unter dem Bett sahen und spürten, dass wir niesen mussten. Verdammt! Wir hielten uns die Nase zu, während unsere Augen wie verrückt tränten. Finn bog seine Nase so seltsam nach oben, dass er aussah wie ein Karnickel. Womit feststand, dass ich mir vielleicht ein Niesen gerade noch verkneifen konnte, aber auf jeden Fall gleich anfangen würde zu lachen.

Was dann passierte, war comicreif: Als hätte uns jemand eine riesige Kiste frisch gemahlenen Pfeffer vor die Nase gestellt, stießen wir synchron ein rekordverdächtiges »HAAATSCHIII!«, aus.

»Er niest! Das ist ein Zeichen dafür, dass er auf äußere Reize reagiert und bei Bewusstsein ist!«, rief einer der Studenten.

»Hörte sich aber eher an, als wären es zwei Menschen gewesen«, sagte ein anderer.

Ich seufzte. Dann wurde das Bett beiseite geschoben, und die Eigentümer der sechs Beinpaare tauchten in unserem Blickfeld auf. Ich schloss die Augen und drückte Finns Hand (nicht die, in die er geniest hatte).

»NUUUUUN!«, sagte Dr. Hitler.

»Und wie ich bereits sagte«, fing Finn an zu plappern, »das ist gemeinhin das, was man *unten* nennt, und da, wo wir vorher waren, das war *oben.*«

»Das habe ich ja wirklich *jahrelang* verwechselt!«, sagte ich, wähend ich mich aufrappelte und mir den Staub von den Kleidern klopfte.

»Vielen Dank, Dr. Levy! Das heißt, das hier ist jetzt auch wieder *oben*, ja?«

»Ganz genau. Jetzt machen Sie es ganz bestimmt nicht mehr falsch!«

»Wow! Wollen wir jetzt nach *unten* gehen?«

»Gute Idee. Bei dieser Gelegenheit könnten wir vielleicht auch gleich *nah* und *fern* üben. Wir fangen mit *fern* an.«

Wir entfernten uns im Laufschritt von Addisons Bett.

»Und was war noch mal der Unterschied zwischen *schnell* und *langsam*?«, fragte ich.

Die Medizinstudenten sahen uns ungläubig nach, als wir zur Tür hinausstürzten.

»Momente wie dieser stellen möglicherweise eine schwere Probe Ihres Glaubens an den hippokratischen Eid dar«, erläuterte Dr. Hitler so laut, dass ich es hören konnte.

»In Momenten wie diesen kann es gut sein, dass Sie sich

wünschen, Anthony Edwards wäre ein ECHTER ARZT«, sagte ich ebenso laut, ehe Finn mich davonscheuchte.

Finn musste zu irgendeiner todlangweiligen Veranstaltung der Royal Geographic Society. Natürlich kann ich nicht wirklich beurteilen, ob die Veranstaltung langweilig war oder nicht, weil ich nicht eingeladen war. Im Gegensatz zu Madeleine. Wie schön für die beiden. Also ging ich allein nach Hause und stellte mir vor, wie Finn von ganzen Horden entzückender, bebrillter Schlaubergerinnen umlagert wurde. Im nächsten Augenblick ärgerte ich mich entsetzlich über diese Gedanken und kam mir schrecklich illoyal und gemein vor – wie die Männer in diesen »Wer-trinkt-verliert«-Werbespots, die ihre bei einem Unfall entstellten Freundinnen verlassen. Erschwerend kam hinzu, dass ich beim Nachhausekommen eine Atmosphäre vorfand, bei der selbst Pinguine erstarrt wären.

»Hey!«, sagte ich müde, als ich zur Tür hereinkam und wider besseres Wissen hoffte, meine Mitbewohner würden *nur dieses einzige Mal* erfreut aufspringen, mir den Mantel abnehmen, mich mitfühlend um mein schweres Los bedauern und mir dann einen Gin Tonic und selbst gebackenen Kuchen servieren. Keine Antwort. Es war einer der Momente, in denen ich mir wünschte, wir hätten einen Hund – oder noch besser, einen dieser japanischen Roboterhunde, die einem einen Gin Tonic mixen können *und* sich freuen, einen zu sehen.

Ich sah die Post durch – trotz all der Jahre, die das Gegenteil bewiesen haben, könnte es doch einmal passieren, dass mir jemand eine nette Überraschung schickte – und schlich dann mit leeren Händen in die Küche. Ich versuchte, nicht daran zu denken, dass es Samstagabend war und ich keinerlei Pläne hatte. Nicht einmal eine Veranstaltung bei der Royal Geographic Society, verdammt noch mal. Josh saß zusammengesunken und mit dem Rücken zu mir am Küchentisch.

Ich sah ihn mir etwas genauer an. Es machte nicht den Einruck, als müsste er mit seiner neu entdeckten Sexualität fertig werden. Andererseits trug er aber auch kein Segeloutfit von Jean-Paul Gaultier.

»Na?«, fragte ich vorsichtig. Josh hob erschöpft die Hand.

»Hey.«

Ich ging um den Tisch und setzte mich ihm gegenüber. *»Und?«*

Er hob beide Arme. »Und???«

»Komm schon ... du erzählst es mir doch, oder?«

Josh stieß einen tiefen Seufzer aus.

»Wahrscheinlich.«

»Hurra! Willst du auf Kate warten? Oh, bitte nicht. Erzähl's mir zuerst.«

»Ich muss nicht auf Kate warten. Sie ist schon da. Sie ist in ihrem Zimmer und schmollt.«

»Oh.«

Es trat ein kurzes Schweigen ein, während ich mir überlegte, ob ich über Kate reden wollte. Nein, ich wollte nicht!

»Also, erzähl schon.«

Josh seufzte.

»Okay. Also, wir sind im Snows gewesen ...«

»Und?«

»Soll ich jetzt erzählen oder nicht?«

»Ich will wissen, ob ihr es gemacht habt, und nicht, ob ihr beide eine Vorspeise hattet!«

Josh richtete sich abrupt auf.

»Holl, glaubst du, dass ich homophob bin?«

»Also, da du ganz offiziell mit Männern ausgehst, würde ich sagen, nein.«

»Jetzt mal im Ernst.«

»Keine Ahnung. Lass mal sehen ... Sind Homosexuelle für dich a) elende Ferkel, b) passionierte Schuhputzer oder c) leckere Törtchen ...? Was fragst du denn mich! Ich glaube nicht.«

»Gut. Weil, also, äh ... Ich glaube nicht, dass ich schwul bin.«

»Und warum?«

»Darum.«

»Josh! Ihr habt's gemacht, stimmt's?«

Er wand sich ein wenig. »Vielleicht.«

»Natürlich! Beim ersten Date! Oh, Gott! – Wie war's?«

»Was soll das denn heißen? Wie war's? Es war so, wie es ist, wenn man mit einem Mann ins Bett geht.«

»Ja, klar. Nur, Josh – *ich* finde das schön.«

»Also, ich fand's nicht schön. Es war so ... hart. Und haarig.«

»Hart und haarig sind in der Regel positive Attribute – mal abgesehen von Robin Williams.«

»Hm. Also, ich fand es jedenfalls überhaupt nicht schön. Ich mag es lieber ... weich. Und irgendwie matschig.«

Ich nickte verständnisvoll. »Klar. Das heißt: Frauen.«

Er nickte. »Genau.«

»Und? Freust du dich denn nicht?«, fragte ich. »Jetzt hättest du wenigstens das geklärt. Und du kannst ab sofort massenweise belanglose Beziehungen haben, die in Erniedrigung und Liebeskummer enden – genau wie alle anderen auch!«

»Ich weiß. Und das ist auch ein gutes Gefühl. Es ist nur ... na ja, Stephen ist so ein netter Kerl, und ich will ihm nicht wehtun.«

»Jetzt mal langsam. Stephen ist mein Freund, und ich werde es nicht zulassen, dass du ihm aus purer Höflichkeit vorspielst, du wärst schwul. Das wäre nicht fair. Was ist denn mit Sophie und dir? Mann, so wie sie dich behandelt hat, hätte ich ihr am liebsten ordentlich die Meinung gesagt, als sie heute Morgen angerufen hat ...«

»Sophie hat angerufen?«

»Nein!«

»Oh, Gott! Warum hast du es mir nicht *gesagt*?«

»Keine Ahnung. Weil du nicht zu Hause warst und den Schwulen gespielt hast?«

»Ich muss sie sofort zurückrufen …«, sagte er und verschwand.

»Das war ja mal wieder eine echte Glanzleistung, Holly«, brummte ich und klatschte mir selbst Beifall.

Kaum hörte ich Josh aufgeregt und in ähnlich hochnäsigem Tonfall wie Sophie ins Telefon plappern, knarrte die Tür, und Kate steckte den Kopf herein. Ihre Augen waren gerötet.

»*Und?*«

»Und was?«, fragte ich, um sie zu ärgern.

»Und, ist er oder ist er nicht? Ich habe die ganze Nacht nicht geschlafen.«

»Dafür aber heute Morgen, als ich aufstehen musste, um ans Telefon zu gehen«, knurrte ich.

»Wie kannst du nur so etwas sagen? Ich … Mir ging es noch nie so schlecht. Bitte, sei nicht so gemein zu mir.«

»Und was ist mit dem Hundezahnarzttypen?«

»HOLLY!« Kate war am Verzweifeln.

»Okay, okay. Welche Nachricht zuerst? Die gute oder die schlechte?«

Endlich kam sie herein und setzte sich.

»Die gute, bitte. Liebt er mich?«

»Äh … also, er ist nicht schwul.«

»Sehr gut! Und die schlechte?«

»Rate mal, mit wem er gerade telefoniert …«

Sie sah mich einen Moment an.

»Das kann nicht sein.«

»Doch.«

Ich erklärte ihr Sophies hinterhältigen Plan. Im ersten Moment war Kate außer sich vor Empörung, ehe sie mich flehend ansah.

»Nein!«, sagte ich sofort.

»Aber du weißt doch …«

»Ich soll darauf verzichten, dass Addison mit Hilfe von etwas Spendengeld eine bessere Behandlung bekommt, nur damit du die Konkurrenz aus dem Weg räumen und dir Josh unter den Nagel reißen kannst?!?!«

»Und um die Welt davor zu bewahren, dass ein Haufen privilegierter Faschisten ins britische Parlament einzieht!«, stieß sie zornig hervor. »Hältst du mich eigentlich für vollkommen herzlos?«

»Ich weiß es nicht. Aber tut mir furchtbar Leid, ich werde Sophies Geld annehmen.«

»Verräterin!«

Ich wollte mich gerade mit Gebrüll auf Kate stürzen, als Josh völlig aufgelöst in die Küche gestürzt kam.

»Ratet mal, wer das war! Sophie!«

»Und ich dachte, es würde jemand auf einer Tafel herumkratzen«, maulte Kate.

Doch Josh beachtete sie gar nicht.

»Sie will der Station, auf der Addison liegt, einen Schreck überreichen! Und dann habe ich ihr davon erzählt, dass das Fernsehen kommt, um ein Interview mit Holly zu machen. Deshalb kommt Sophie auch am Montagnachmittag!«

»Nein. Nein, nein, nein. Bitte, nicht im Fernsehen«, jammerte ich.

»Aber wieso denn?« Josh meinte seine Frage tatsächlich ernst. »Mit diesem Geld würde Menschen geholfen! Hunderten, wenn nicht Tausenden –«

»– von zukünftigen konservativen Kandidaten«, beendete Kate den Satz. »Josh! Holly! Bitte! Das dürfen wir nicht zulassen!«

»Aber …«

»*Ich* finde ja …«

»NEIN!«

Wir befanden uns auf dem besten Wege zu einer wortgewaltigen Keilerei, als es an der Haustür klingelte.

Wir unterbrachen unsere Streiterei und sahen uns erstaunt an.

»Also, Sophie ist es nicht. Sie ist auf dem Landsitz ihrer Eltern«, sagte Josh. Ich schnaubte.

»Und John ist es auch nicht, weil der nämlich NICHT JOHN ist«, sagte Kate sauer.

Die beiden sahen mich an. Und obwohl ich wusste, dass es auf keinen Fall Addison sein konnte, sprang ich auf und hastete aufgeregt auf Zehenspitzen zur Tür und die Treppe hinunter.

»Hallo?«, fragte ich vorsichtig.

»Hsmsm?«, tönte es von der anderen Seite der zugegebenermaßen schweren Haustür. Auf alles gefasst, griff ich nach der Türklinke.

»Guten Abend«, sagte Addisons Mutter und lächelte mich unsicher an.

Offensichtlich war ich doch nicht auf alles gefasst gewesen, denn ihre Nervosität verriet mir, dass ich wohl ein wenig enttäuscht ausgesehen haben musste.

»Tut mir Leid ... störe ich?«

»Nein! Nein, *überhaupt* nicht!«, versicherte ich ihr und bedeutete ihr, sie solle hereinkommen.

»Ich habe Gulasch gemacht ...« Erst in diesem Moment fiel mir auf, dass sie einen großen Topf unter dem Arm hatte.

»Das ist ja toll! Kate, Josh ...«

Ich führte Magda in die Küche. Kate und Josh waren genauso überrascht wie ich, schafften es aber trotzdem rechtzeitig, ein erfreutes Gesicht zu machen. Ich hätte mich am liebsten geohrfeigt, weil ich mich an der Haustür nicht besser unter Kontrolle gehabt hatte.

»Ich hoffe, ich störe Sie nicht ...«

»Nein, nein, natürlich nicht«, versicherten wir ihr gleichzeitig und so nachdrücklich, dass es gelogen klang, obwohl es stimmte.

»Setzen Sie sich doch!« Josh spielte den Gentleman. »Ich denke, ich mache eine Flasche Wein auf.«

Erfreut nahmen wir Magdas Gulaschtopf entgegen. Es war ziemlich eindeutig, dass sie nur gekommen war, um ein bisschen Gesellschaft zu haben. Doch schließlich konnte sich Kate die Frage nicht verkneifen, die sich so offenkundig stellte.

»Äh, Magda ... Woher wussten Sie eigentlich, dass wir heute Abend alle zu Hause sein würden? An einem Samstag?«, fragte sie, als wir am Tisch saßen und aßen.

Magda zuckte diskret mit den Schultern. »Ich habe nur ... nein, ehrlich gesagt, ich wusste es nicht.«

»Wovor ich am meisten Angst habe«, sagte Magda, als wir es uns mit dem restlichen Wein im Wohnzimmer gemütlich gemacht hatten, »ist, dass er ... wenn er aufwacht ... dass er dann anders ist.«

»Was meinen Sie damit?«, fragte Josh.

»Ich weiß genau, was sie meint«, sagte Kate. Die Anwesenheit einer Außenstehenden – noch dazu einer Mutter – hatte uns zu einem höflichen, später sogar freundlichen Umgang miteinander genötigt, da es uns ohnehin auf Dauer zu anstrengend geworden wäre, unsere Feindseligkeit aufrecht zu erhalten. »Darüber habe ich auch schon etwas gelesen. Manchmal wachen Menschen aus der Bewusstlosigkeit auf und sind in ihrer Persönlichkeitsstruktur verändert. Einmal ist ein Mann aufgewacht und hat plötzlich Französisch geredet.«

»Und wo genau in Frankreich war das?«, fragte ich, bereute es jedoch schon im nächsten Augenblick.

»Ja, das ist genau das, was ich meine«, sagte Magda. »Oder dass er vielleicht unter Amnesie leidet.«

»Das wäre doch toll!«, sagte ich. Nach kurzem Schweigen beschloss ich, aufzustehen und Kaffee zu machen.

»Wow. Addison mit einer ganz neuen Persönlichkeit.« Josh sprach unser aller Gedanken laut aus.

»Er würde quasseln wie ein Wasserfall.«

»Ja, und überall in der Welt auf Bergen herumklettern und hinterher schrecklich damit angeben«, sagte Kate.

»Oder er würde Hippie werden und in der freien Natur leben.

»Oder mit einem Federkiel Gedichte schreiben.«

»Oder DJ auf Radio One werden«, warf ich von der Küche aus ein.

»Oder Fernsehmoderator mit Schwerpunkt Verbraucherfragen!«

Wir gingen gemeinsam die vielen verschiedenen Persönlichkeiten durch, die der veränderte Addison haben könnte.

»Ich hätte meinen Sohn am liebsten so wieder, wie er war«, sagte Magda schließlich.

»Ich auch«, sagte Kate.

»Ich auch«, sagte ich leise.

11

Sonntagmorgen, Viertel vor sieben. Ich lag wütend auf dem Bett, während das Telefon klingelte. War es denn nicht schon Strafe genug, ein so kleines Zimmer zu haben, dass man eine Kohlendioxidvergiftung erlitt, wenn man nicht ständig ein Fenster offen ließ? Musste ich auch noch Telefonterror ertragen?

Es sah ganz danach aus. Kate und Josh rührten sich nicht. Doch plötzlich kam mir der Gedanke, dass es das Krankenhaus sein könnte, also vollzog ich wie schon am Vortag mein patentiertes Bettdeckenraupen-Manöver in den Flur.

»Hrgn?«

»Spreche ich mit Holly Livingstone?«

»Ähmm ... ja?« Und mit einem Schlag war ich wach. Ich gebe immer sofort in Habachtstellung, wenn mich jemand mit meinem vollen Namen anspricht, damit ich ja nicht aus Versehen für irgendetwas verhaftet werde, das ich gar nicht getan habe.

»Ja, prima, guten Morgen, ich bin Roger Montserrat. Der Produzent von Candice Pipers Show?«

»Morgen«, maulte ich verdrossen. »Sind Sie vielleicht auf irgendeiner Koks-Fernseh-Party und noch gar nicht im Bett gewesen?«

Er lachte gezwungen.

»Wissen Sie, wir hatten eigentlich damit gerechnet, Sie im Krankenhaus anzutreffen?«

»Es ist Viertel vor sieben MORGENS.«

»Ich weiß ... aber einer der Krankenpfleger hat gesagt, Sie seien hingebungsvoll?«

»Ich bin sogar SEHR hingebungsvoll. Haben Sie mich nicht verstanden? Es ist Viertel vor sieben mor–«

»Ja, sicher. Jedenfalls wollte ich nur ein wenig über unsere Zusammenarbeit morgen plaudern?« Der Typ hatte so eine nervtötende, näselnde Stimme, die alles wie eine Frage klingen ließ.

»Okay.« Ich lehnte mich gegen den Telefontisch und richtete mich darauf ein, eine relativ keimfreie Version meiner Beziehung zu Addison zu erzählen. »Also, kennen gelernt haben wir uns ...«

»Welche Farbe wollten Sie morgen tragen?«

»Was?«

»Candice legt sehr viel Wert darauf, dass farblich alles stimmt. Sie geht davon aus, morgen Pistazie zu tragen, deshalb wären wir Ihnen sehr dankbar ...«

»Moment.« Ich schüttelte den Kopf. »Was für eine Farbe ist Pistazie überhaupt? Hellbraun?«

»Grün.«

»Grün? Wie schimmelnde Nüsse?«

»Ha, ha, ha. Wenn Sie also darauf achten würden, keine Primärfarbe zu tragen, dann wäre das Problem schon gelöst. Wir haben noch gar nichts von dem Agenten Ihrer Band gehört, aber wir erwarten Sie dann alle so gegen zwei Uhr, okay?«

»Moment!« Ich wurde auf einmal panisch. »Was soll ich denn da eigentlich *machen*?«

Diese Frage verblüffte ihn anscheinend.

»Na ja ... Sie wissen schon. Sie kommen ins *Fernsehen*!«

»Als *was*?«

Er seufzte. »Kommen Sie einfach in zu Pistazie passenden Pastelltönen und bereiten Sie sich darauf vor, ein paar Tränen zu vergießen, ja? Wir kümmern uns um den Rest. Und denken Sie dran: Es ist für einen guten Zweck! Und Sie kommen ins Fernsehen! Ist das nicht toll?«

Ich legte mich wieder ins Bett und hatte einen dieser grässlichen frühmorgendlichen Albträume: Ich wurde von einem an ein Brett gebundenen Addison verfolgt, während ich meinen Schrank fieberhaft nach einem nichtgrünen Outfit durchforstete und dieser sich auf unerklärliche Weise in einen Teller Spaghetti verwandelte. Als ich hörte, dass Josh in der Küche rumorte und abwusch, stand ich endlich auf. Wenigstens musste ich nicht abwaschen – immerhin ein Pluspunkt in meinem Leben.

Ich musste Chali anrufen, da mir inzwischen aufgegangen war, dass wir ein kleines Ladenöffnungsproblem hatten, wenn sie und ich zur gleichen Zeit im Krankenhaus vor der Fernsehkamera stehen wollten. Ich brauchte ihren Rat.

Aber natürlich ging nicht Chali ans Telefon, sondern irgendeine ihrer Schauergestalten.

»Chali?«

»Hngf?«

»CHA-LI, BIT-TE.« Ich bemühte mich um eine langsame und überdeutliche Sprechweise.

»Hng, frt.«

Nach ungefähr einer halben Stunde war Chali am Apparat.

»Ja? Buster, hör auf!«

»Was macht er denn?«

»Ich glaube nicht, dass du das wissen willst. Hat was mit Schnuppern zu tun.«

»Du hast Recht. Ich will es nicht wissen. Soll ich später noch mal anrufen?«

»Quatsch, wir können doch ruhig nebenbei Sex haben. Geht's um die Band?«

»Du bist immer noch dabei?«

»Die Sache ist immer noch aktuell? Geil. Wir haben extra ein neues Lied geschrieben.«

»Wie heißt es?«

»*The New Coma Suture.*«

»Oh, Gott.«

»Nein, das ist echt cool. Immer noch Trash, natürlich, aber durch mich bekommt das Ganze einen Hauch von orientalischer Exotik.«

»Und was machen wir mit dem Laden?«

Sie dachte einen Moment nach.

»Oh, Gott. Ich würde ja meinen Onkel fragen, aber mit seinen geistigen Kräften und seinem Oberstübchen ist nicht mehr viel anzufangen. Hmm ... etwas tiefer, Buster.«

Ich wartete geduldig. Nach ungefähr einer Minute sagte sie: »Ich hab's!«

»Was?«

»Wir streiken! Wir haben doch auch gewisse Rechte, oder?«

»Ich bin mir nicht sicher, ob wir das Recht haben, uns einen Tag freizunehmen, um ins Fernsehen zu kommen.«

»Nein, nein. Aber ich finde, wir sollten ... protestieren.«

»Und wogegen? Dagegen, dass jeder seine eigenen Teebeutel mitbringen muss?«

»Komm schon, Holl – Mann, wir kriegen gerade mal das absolute Mindestgehalt.«

»Ja, aber du klaust.«

»Darum geht's nicht. Ich rufe die alte Schreckschraube gleich an und diktiere ihr unsere Forderungen.«

»Meinst du nicht, es wäre schlauer, damit bis morgen zu warten? Wer weiß, vielleicht willigt sie ja ein – dann müssen wir doch zur Arbeit kommen.«

»Sehr gut. Keine Angst. Bis morgen.«

»Um zwei Uhr«, sagte ich. »Und bitte nichts in Pistazie anziehen.«

Sie schnaubte. »Oh, Gott, trägst du jetzt wirklich schon die Farbe der Frau im mittleren Alter? Hör *auf,* Buster!«

»Hrgn.«

»Ach nein, mach weiter.«

Ich legte auf.

»Also, *ich* mag Pistazie.« Josh war wie jeden Sonntagabend mit Bügeln beschäftigt und hielt zwei Krawatten in die Höhe.

»Josh, du hast doch keine Ahnung, was du magst, also halt die Klappe«, sagte Kate.

»Und wehe, ihr kommt auch«, sagte ich. »Wenn ich mich schon in aller Öffentlichkeit blamiere, dann lieber ganz allein.«

»Sophie hat mich aber gebeten zu kommen, ätsch!« Josh suchte sich die dunkelviolette Krawatte aus und streckte mir die Zunge heraus.

Kate seufzte und schob den Salat auf ihrem Teller herum.

»Kommst du nicht, Skates? Willst du bei diesem Stück Fernsehgeschichte nicht dabei sein? Das wird ein Heidenspaß!«

»Mit Spaß hat das eigentlich überhaupt nichts zu tun«, protestierte ich.

»Und außerdem ist das Ganze für einen guten Zweck ...«

»Ich muss arbeiten«, sagte Kate schließlich. »Oder meint ihr, die Börse setzt den Handel aus, bloß weil jemand im Koma liegt?«

Josh und ich sahen uns an.

»Kommt darauf an, wer«, sagte Josh. »Also, wenn es der Vorsitzende der Bank of England wäre ...«

»Oder der Papst ...«, warf ich ein.

»... oder dein Mitbewohner und Freund«, sagte Josh.

»Vergesst es, okay? Nimm einfach deine *Sophie,* Josh, und amüsier dich gut! Wie wär's, wenn ihr berühmt würdet, so wie die Frau, die nicht Auto fahren konnte? Vielleicht könntet ihr auch eine Platte aufnehmen? Auf irgendwelche Promi-Partys gehen? Ist mir doch scheißegal. Und jetzt lass mich *bitte* in Ruhe, Josh!«

Sie sprang auf und verließ fluchtartig den Raum.

»Wow – hat Kate Probleme mit ihrem Liebesleben, oder was?«, fragte Josh und sah ihr nach.

Ich konnte nicht schlafen. Jedes Mal, wenn ich die Augen schloss, schwirrten meine Gedanken um eine endlos lange Liste potenzieller Geschehnisse, wie zum Beispiel:

- Ich werde gefeuert (weil ich es verdient habe).
- Ich trage die falsche Farbe und muss den Schlafanzug eines alten Mannes anziehen.
- Wegen der Band kommen wir nicht ins Fernsehen.
- Candice macht gemeine Bemerkungen über mich.
- Josh und Sophie verloben sich, und ich muss in Zukunft selbst kochen.
- All das hilft Addison sowieso nicht. Und ich weiß auch ohne Kates Diagramm, dass ihm die Zeit davonläuft.

Wenn ich sage, dass ich nicht schlafen konnte, heißt das ... dass ich am nächsten Morgen erst ziemlich spät aufwachte und völlig panisch aus dem Bett sprang. Im Haus war es totenstill. Draußen sah es ganz danach aus, als würde es ein wunderschöner Tag werden. Ich machte meinen Kleiderschrank auf. Mir war überhaupt nicht bewusst gewesen, dass ich so viele grüne Sachen besaß. Schwarz war ja wohl nicht angebracht, wenn ich mich neben jemanden setzen würde, der kohlrabenschwarzes Haar hatte und totenbleich war. In diesem Fall würde ich aussehen wie die Krähe, die auf der Schulter des Todes saß. Gab es eine Krähe des Todes? Egal – Schwarz und Grau waren tabu. Und Marineblau auch. Außerdem konnte ich den Unterschied ohnehin nie sehen. Gut. Damit reduzierte sich die Auswahl drastisch, und der Großteil davon war Pink. Ich seufzte. Wenn Kate doch nur ein bisschen weniger Salat und etwas mehr Fast Food essen würde, dann hätte ich mir etwas von ihr leihen können. Ich nahm ein altes T-Shirt in die Hand, auf dem »Befreit Nelson Mandela« stand. Na ja, grundsätzlich wäre es ja toll, diese Botschaft übers Fernsehen zu verbreiten, nur vielleicht ein bisschen zu spät. Letztendlich entschied ich mich für ein gestreiftes Oberteil und einen schlichten, langen Rock und hoffte, damit irgendwie »witwig« auszusehen.

Bevor ich aus dem Haus ging, schlich ich in Addisons Zimmer.

»Keine Sorge, Jungs«, sagte ich zu seinen Computern. »Ich bringe ihn wieder nach Hause.«

Irgendjemand hatte den Monitor ausgeschaltet, so dass Claudia also nicht zu sehen war. Langsam ging ich im Zimmer umher und berührte vorsichtig ein paar Gegenstände. Magda hatte einige von Addisons *Star-Trek*-Sachen mitgenommen und um Addisons Bett im Krankenhaus verteilt, deshalb wirkte sein Zimmer jetzt nicht mehr so überfüllt wie sonst. Ich nahm eine kleine Han-Solo-Puppe in die Hand.

»Du kommst mit«, sagte ich. »Du bist bekannt dafür, dass du anderen aus der Patsche hilfst. Wir brauchen dich jetzt, Han.« Und damit steckte ich ihn in die Tasche.

»Seht euch nur an«, wandte ich mich noch einmal an die Computer. »Ein Raumschiff könnt ihr steuern, aber für den Menschen, der euch am meisten liebt, könnt ihr überhaupt nichts machen.«

Die Computer zwinkerten mir zu.

»Werdet ja nicht frech.«

Leise schloss ich die Tür hinter mir.

Kaum hatte ich das Krankenhaus betreten, spürte ich auch schon, dass irgendetwas anders war als sonst. Entgegen seiner Gewohnheit hastete das Personal heute geschäftig hin und her. Alle bewegten sich etwas schneller als gewöhnlich und hatten auffallend gepflegte Haare. Das konnte bedeuten, dass das Fernsehteam schon da war.

Ich war schon so daran gewöhnt, dass auf der Wachstation irgendwelche merkwürdigen Dinge vor sich gingen, dass es mir heute beinahe nicht aufgefallen wäre, als ich durch die Schwingtüren trat. Doch dieses Szenario war doch sehr außergewöhnlich: Erstens stand mitten auf der Station ein riesiger Weihnachtsbaum. Außerdem waren überall große, billige und hässliche Plastikkränze an den Wänden aufgehängt worden. Darüber hinaus lagen als Geschenke verkleidete leere Pappkartons herum, die jedoch so stümperhaft in Geschenkpapier verpackt waren, dass man noch erkennen konnte, welche Chipssorte zuvor darin gewesen war. Und als ich Addisons Bett sah, hätte ich mich um ein Haar übergeben. Irgendjemand hatte ihm einen knallroten Pyjama angezogen. Die Krönung war allerdings der Mistelzweig, der über seinem Bett aufgehängt worden war.

»Wie?«, sagte ich laut. Es waren bestimmt viermal so viele Besucher und doppelt so viel Personal wie sonst auf der Station. Stephen entdeckte und rettete mich.

»Aufgeregt?«, fragte er.

»Kurz vorm Brechreiz«, antwortete ich. »Was machst du denn hier?«

»Ich habe heute frei. Aber ich wollte trotzdem hereinschauen. Die haben so einen süßen Tontechniker im Team …«

»Du grässlicher Kerl!«, rief ich empört. »Ich dachte, du würdest mit gebrochenem Herzen zu Hause sitzen und dir die Augen aus dem Kopf weinen!«

»Wieso? Wegen deinem Freund?« Er grinste frech. »Ach, so schlimm war's gar nicht. Ich habe jedenfalls meinen Spaß gehabt.«

»Ich korrigiere: du entsetzlich grässlicher Kerl!«

»Wie süß!«

»Na ja, wenigstens hast du uns allen geholfen.« Ich schlug ihn spielerisch mit einer Rauschgoldgirlande.

»Gut. Also, was jetzt? Kommst du mit hinüber und feierst mit?«

Ich sah mich um. Chali und ihr Gefolge waren offenbar noch nicht da, dafür aber das Fernsehteam. Außerdem lungerten überall die Angehörigen anderer Patienten auf dem Gang herum. Kein Mensch auf der Station trug Grün. Candice – ein Traum in Ekelgrün – und Dr. Hitler standen vor dem Schwesternzimmer und unterhielten sich sehr intensiv miteinander – genau so, wie Menschen es tun, wenn sie den Umstehenden vormachen wollen, sie würden sich nicht streiten.

»Verstehen Sie doch«, jammerte Candice, als Stephen und ich an den beiden vorbeigingen. »Ich will doch nur, dass wir den kleinen Raum vorübergehend für die Maske benutzen. Nur heute!«

»Und verstehen *Sie* doch bitte, dass Sie sich kein Urteil über Dinge anmaßen sollten, von denen Sie nichts verstehen. Sie wissen doch weder, wie häufig wir den Desinfektionsraum brauchen, noch wie wichtig Sauberkeit für kranke Menschen ist«, zischte Dr. Hitler zurück.

»Hi«, sagte ich. Augenblicklich rissen sich die beiden zusammen.

»Ja?«, herrschte Candice mich an.

»Äh ... Ich soll bei Ihrer Show mitmachen.«

»Oh, prima. Dann wenden Sie sich doch bitte schon mal an Roger, und das mit den Autogrammen mache ich dann später, ja? Hören Sie, Doktor, Sie werden doch wohl einen OP oder so etwas haben, den wir benutzen könnten?«

Ich sah zu Stephen, der mir die ausgestreckten Daumen entgegenstreckte.

»Wow, was für eine Ziege«, sagte er. »Klasse.«

Da ich Roger nirgends finden konnte, ging ich zu Addisons Bett und versuchte, den Mistelzweig zu entfernen.

»Was geht hier vor?«

Ich drehte mich zum Nachbarbett um.

»Also, Gott, wenn *Sie* das nicht wissen, dann weiß ich nicht, ob die Welt noch viel Hoffnung hat.«

»Hat sie nicht. Ihr seid alle verloren, und ihr werdet alle zur Hölle fahren, insbesondere die Protestanten. Und die Liberalen Demokraten. Und David Essex.«

»Sie sind heute aber ein ziemlich übellauniger Gott.«

»Mir geht es heute nicht besonders gut, und irgendjemand blendet mich ständig mit irgendwelchen Lampen. Ich komme mir vor wie 1944 in Japan.«

»Warum bitten Sie sie denn nicht, die Vorhänge zuzuziehen?«

»Ist denen wohl nicht weihnachtlich genug.«

»Aha. Na ja, hier findet gleich eine Fernsehshow statt, und dann spielt eine Band, um ein paar Komapatienten aufzuwecken. Danach werden sie sich dann hoffentlich verziehen und uns in Ruhe lassen.«

»Hm«, machte Gott. »Na, wenigstens durfte ich ausnahmsweise meinen besten Pyjama anziehen.«

»Die Welt ist trotzdem schön«, sagte ich.

»HOLL!«

Eine Erscheinung in Silber stakste auf zwei Meter hohen Absätzen durch den Gang.

»Ah! Einer meiner Engel!«, freute sich Gott.

»Wohl kaum«, sagte ich. »Chali? Was ist los?«

»Nichts. Doch, diese Schuhe bringen mich um. Aber abgesehen davon ist alles in Ordnung. Mrs. Bigelow TOBT.«

»Das ist nicht gut.«

»Doch, natürlich. Jetzt macht sie nämlich selbst den Laden auf! Zu dumm, dass wir hier sind, sonst könnten wir endlich mal sehen, wie sie sich dabei anstellt, zur Abwechslung mal einen Tag zu arbeiten!«

»Ich wette, sie findet das echt hart. Wahrscheinlich

kommt sie nicht mal dazu, sich alle zehn Fingernägel zu lackieren.«

Chali blieb vor Addisons Bett stehen und sah mich an.

»Ist er das?«

Ich nickte.

»Oh, Mann, Holl, warum hast du mir denn nicht erzählt, dass der so toll aussieht?«

»Na ja, Chali, ich glaube, das ist so ziemlich das Einzige, was ich dir überhaupt über ihn erzählt habe!?!«

Sie strich ihm sanft übers Gesicht. »Wow. Mann. Hey, ist das ein Mistelzweig?«

»Nein!« Ich riss den Zweig hastig vom Nagel. Chali schmollte.

»Sein Pyjama ist aber ziemlich hässlich. Wo können wir uns hinstellen?«

»Wie viele seid ihr denn?« Ich wurde misstrauisch, als ich einen Schmuddelkerl nach dem anderen zur Tür hereinspazieren sah, von denen jeder einen Teil des Sound-Equipments oder zumindest ein Verlängerungskabel bei sich trug.

»Ach, äh. Also, als ich Mr. Big davon erzählt habe ... da wollten plötzlich ganz viele mitmachen und ins Fernsehen kommen. Darum ist die Band jetzt ... etwas größer als vorher.«

»Wie viel größer?«

»Na ja, vorher waren wir fünf.«

»Aha?«

»Und jetzt sind wir ungefähr vierzehn.«

»Vierzehn?«

»Aber ich bin immer noch die einzige Sängerin. Mr. Big spielt Leadgitarre. Dann haben wir noch zwei Bassisten, einen Rhythmusgitarristen, vier Drummer und fünf Backgroundsängerinnen.«

»Mein Gott, Chali! Wir wollen die Leute hier aufwecken, nicht bestrafen!«

»Hey, Mann, das hier wird mein Durchbruch, schon vergessen? Entspann dich einfach, ich sorge schon dafür, dass es den Patienten gut geht.«

»Hm! Pralinen!« Am anderen Ende des Zimmers machte sich einer der Spangles an den Geschenken eines halbtoten Patienten zu schaffen.

Ich stieß einen tiefen Seufzer aus. »Mich musst du nicht überzeugen, Chali. Irgendwo läuft hier ein Typ namens Roger herum und ...« In dem Augenblick sah ich ihn.

»Komm mit, ich stelle dich Roger vor.«

Roger lief reichlich benommen mit einem Tablett voller angesagter Kaffeekreationen herum.

»Hi.«

Ich sah ihm an, dass er keinen blassen Schimmer hatte, wer ich war.

»Holly Livingstone«, half ich ihm auf die Sprünge. »Wundert mich nicht, dass Sie mich bei Tageslicht nicht wiedererkennen.«

»Oh, ja, hallo«, meinte er, ehe er mich von oben bis unten musterte.

»Oh, mein Gott. Gestreift?«

»Was?«

»Sie tragen etwas Gestreiftes. Tut mir Leid, aber das geht nicht.«

»Ja, ja, schon gut. Das hier ist Chali Sanghara, die Sängerin von Mr. Big and the Spangles.«

»Ach, das ist der Weihnachtschor, stimmt's?«

»Äh, na ja ...«

»Super ... stellt euch einfach irgendwo auf, ja?«

Dann ließ er uns stehen und stürzte mit seinen Designerkaffees auf Candice zu.

Chali und ich sahen uns an. Schließlich zuckte sie mit den Schultern und schickte sich an, der Band beim Aufbau zu helfen. Ein schokoladenverschmierter Gnom aus ihrem Gefolge bückte sich, um seinen Verstärker anzuschließen, was Dr. Hitler, die immer aufgeregter wurde, weil ihre Station in einen Affenzirkus verwandelt wurde, ein entsetztes Kreischen entlockte.

Schließlich kamen Josh und Sophie, die den Krankensaal wie ein Vorzeigepärchen aus einer genetisch perfekten Zukunft betraten, während die hereinfallenden Sonnenstrahlen ihre Blondschopfe glänzen ließen. Sophie schleppte demonstrativ einen sportplatzgroßen Scheck mit sich herum, auf dem sich in großen Lettern ihr Name sowie eine beeindruckende Anzahl von Nullen befanden.

Das Ding passt doch nie im Leben durch den Schlitz am Bankschalter, dachte ich aufsässig. »Hi, Josh. Hi, Sophie.«

»Hey«, sagte Josh. »Wie läuft's?«

Ich hätte schwören können, aus dem Augenwinkel gesehen zu haben, wie Dr. Hitler einem der Gnome eine schallende Ohrfeige verpasste.

»Hmm. Ganz gut.«

»Ich muss zuerst mit Candice reden«, verkündete Sophie. »Vielleicht kann ich sie dazu überreden, mich im Wahlkampf zu unterstützen. Promis kommen da immer gut an.«

»Die lohnt die Mühe nicht«, sagte ich. »Sie ist eine ziemlich blöde Ziege.«

Doch Sophie schwebte bereits von dannen. Josh und ich warteten ein paar Minuten auf die todsichere Abfuhr, aber es vergingen keine fünf Sekunden, als Candice und Sophie bereits schwatzten wie uralte Freundinnen.

»Wow! Sophie versteht sich aber auch wirklich mit *jedem*!«, schmachtete Josh voller Stolz.

»Okay, Leute!« Eine laute Stimme erschütterte die Station. Ich sah auf. Roger stand auf einem Bett und brüllte in ein Megaphon.

»Gehen Sie sofort da runter!«, schrie Dr. Hitler.

»Schon okay – sie schlafen!«, rief Roger. »Also, dann

möchte ich mal eben ein paar Grundregeln loswerden. Erstens: Bleiben Sie bitte da, wo Sie sind. Das hier wird ein Filmbeitrag von zirka zehn Minuten Länge, das heißt, wir müssten in acht bis neun Stunden fertig sein. Wenn Sie bitte aus Gründen der Kontinuität in dieser Zeit keine Veränderungen an Ihren Kleidern, Ihrer Frisur oder Ihrem Make-up vornehmen würden! Es sei denn, Sie müssen weinen, und wir möchten, dass Sie das noch mal machen – dann werden Sie natürlich unserer Mitarbeiterin in der Maske übergeben. Als Erstes filmen wir Candice, dann die Band, dann den Scheck, okay? Wir haben auch für Erfrischungen und einen kleinen Imbiss gesorgt. Sobald Sie gefilmt worden sind, dürfen Sie gehen und sich am Ausgang ein Sandwich nehmen. Aber wirklich nur eines, bitte! Ach ja, und *bitte* sprechen Sie Candice unter keinen Umständen an – es sei denn, sie fordert Sie dazu auf! Das Beste wäre im Grunde, wenn Sie sie nicht einmal ansehen würden. Also, seien Sie bitte leise, kommen Sie uns nicht in die Quere, und wer weiß – vielleicht kommen Sie ja ins Fernsehen! Das wäre doch ein tolles Andenken für Sie und Ihren geliebten Angehörigen oder Ihre geliebte Angehörige, wenn und falls er oder sie eines Tages zu Ihnen zurückkehrt. Gut – noch irgendwelche Fragen?«

Jemand fragte, wie man sich zu verhalten habe, wenn man auf die Toilette müsse, worauf Roger bat, während der Aufnahmen überhaupt nicht zur Toilette zu gehen, was natürlichen augenblicklich einen wilden Ansturm auf die Toiletten auslöste. Dann erkundigte Sophie sich mit lauter Stimme, ob sie ein paar Worte sagen sollte, wenn sie den Scheck über fünfzigtausend Pfund überreichte. Roger sah fragend zu Candice, die nickte und ihm mit einer verstohlenen Geste zu verstehen gab, dass sie es später immer noch herausschneiden konnten.

»Selbstverständlich«, sagte Roger. »Sie sind schließlich ein wichtiger Bestandteil dieser Show.«

Sophie sonnte sich in dieser Bestätigung ihrer Wichtigkeit.

»Sonst noch etwas?«

Einer der Drummer hämmerte probeweise auf sein Schlagzeug ein, was Roger nicht besonders komisch fand.

»Gut. Dann bitte alle auf ihre Plätze!«

Ich sah mich suchend nach meinem Platz um, als eine winzige Frau mit einem riesigen Walkietalkie in der Hand auf mich zukam und mich auf Addisons Bett platzierte.

»Gut möglich, dass Candice zu Ihnen kommt und mit Ihnen spricht!« Aus ihrem Mund klang es, als sei Candice der Weihnachtsmann.

»Also, viel Glück! Wird schon schief gehen!«

»Das fürchte ich auch«, brummte ich, doch sie war bereits verschwunden und scheuchte andere Leute herum.

Auf der Station wurde es schlagartig totenstill, und dann wurden die Lichter am Weihnachtsbaum angeschaltet. Candice schlenderte auf eins von Addys Nachbarbetten zu und setzte sich zu dem Jungen namens Carl, der ein Auto gestohlen und damit einen Unfall verursacht hatte und bereits seit einem Jahr hier lag. Er war fünfzehn. Keine schöne Geschichte.

Candice wandte sich der Kamera zu und zauberte ein strahlendes Lächeln auf ihr Gesicht.

»Ich sitze hier bei Carl Foster und seiner Mutter, die dieses Jahr zum zweiten Mal unter diesen Umständen das Weihnachtsfest verbringen müssen. Mrs. Foster ... Was für ein Gefühl war es, als Sie erfuhren, dass Ihr Sohn einen Autounfall gehabt hat?«

»Na ja, das war schrecklich. Ja, wirklich. Schlimm«, antwortete Carls Mutter, die seltsam zusammengeschrumpft und nervös wirkte.

»Aha. Ja, das muss furchtbar gewesen sein. Und was für ein Gefühl war es, als Sie erfuhren, dass er im Koma liegt und möglicherweise nie wieder zu Bewusstsein kommen wird?«

»Ja, also, das war wirklich schrecklich. Wahnsinnig schlimm war das.«

»Sind Sie traurig darüber, dass er womöglich nie erwachsen werden, nie heiraten und Kinder haben oder nie einen Beruf erlernen wird? Darüber, dass ihm so unglaublich viel entgeht?«

»Ja. Ja, wirklich, das ist schrecklich ... wirklich, also, wissen Sie ..., das ist schlimm.«

Candice wandte sich Dr. Hitler zu.

»In einem Fall wie diesem, Doktor – wie stehen Ihrer Meinung nach die Chancen?«

»Das ist schwer zu sagen«, antwortete Dr. Hitler, deren Brille aussah, als hätte sie sie speziell zu diesem Anlass drei Tage nicht geputzt.

»Soll das heißen, Sie wissen es nicht?«, bohrte Candice.

»Nun ja, es gibt ja verschiedene Möglichkeiten. Der Patient könnte jederzeit aufwachen. Er könnte aber auch noch Jahre vor sich hin vegetieren.«

»Das ist alles, was Sie Mrs. Foster sagen können?«

Dr. Hitler errötete. »Wie ich bereits erwähnte, es ist sehr schwer vorherzusagen, wie ein Koma sich entwickelt.«

»Gut. Tja ... *vielen Dank,* Doktor.«

Candice sah wieder direkt in die Kamera.

»Also, liebe Kinder da draußen, wenn ihr auch schon mal mit dem Gedanken gespielt haben solltet, ein Auto zu klauen und damit eine Spritztour zu machen – tut es lieber nicht! Sonst endet ihr noch wie Carl.«

»Ganz genau!«, pflichtete Sophie ihr bei, die ganz in der Nähe stand. »Wenn ich erst einmal Parlamentsabgeordnete bin, werde ich dafür eintreten, dass alle, die in gestohlenen Autos Spritztouren unternehmen, mit Koma bestraft werden!«

Candice ging weiter.

»Viele unserer Geschichten heute Abend sind natürlich tragisch. Manche von ihnen machen aber auch Mut. Und manche – so wie die nächste – sind sogar geradezu ... romantisch!«

Zu meiner Überraschung setzte sie sich neben mich.

»Holly, Sie haben eine lustige Geschichte darüber zu erzählen, wie Addison hier gelandet ist, richtig?«

»Nein.«

»Sie wissen schon – Sie wollten ihn küssen und dann – uups!« Sie kicherte, während ich mit versteinerter Miene dasaß und es nicht fassen konnte, dass sie imstande war, so etwas im Fernsehen zu bringen. Aus dem Augenwinkel sah ich Stephen, der mit zerknirschtem Gesicht in einer Ecke stand, und warf diesem Verräter einen erbosten Blick zu.

»Nein!«, wiederholte ich.

»Schnitt!«, schrie Candice, worauf Roger hastig zu uns herüberkam, um mich gemeinsam mit ihr in die Mangel nehmen zu können.

»Jetzt hören Sie mal zu, ähm …«, fing Candice an.

»Holly«, half ich ihr aus.

»Ja. Holly. Wir tun hier nur unsere Arbeit, ja? Und die kann entweder anstrengend oder unerträglich sein – das hängt ganz von Ihnen ab.«

»Wir haben den ganzen Tag Zeit«, sagte Roger. »Und morgen auch. Und übermorgen … Aber sehen Sie sich doch nur die vielen selbstlosen Krankenschwestern und Ärzte an, die so schnell wie möglich wieder an die Arbeit und all den kranken Menschen helfen wollen – Menschen wie Ihrem Freund, ja?«

»Sie wissen doch, Weihnachten ist die Zeit der Selbstlosigkeit …«, erinnerte Candice mich.

»Wir haben Juni!«, widersprach ich, doch sie beachtete mich gar nicht.

»… und ich bin mir sicher, dass jeder Einzelne hier möchte, dass wir eine gute Sendung machen, um dieser aufopferungsvollen Arbeit Respekt zu zollen, die …«

»Ich muss mal!«, rief einer der Spangles.

»Okay, okay«, lenkte ich ein. »Ich mache mit. Das Ganze

wird genauso sein wie eines dieser Geiselvideos aus dem Nahen Osten.«

»Na, *also*«, freute Candice sich. »War doch gar nicht so schwer, oder?«

Roger drückte Candice die Schulter. »Du bist immer so diplomatisch«, lobte er sie. »Es geht weiter in drei …«

Ping! Candice schaltete wieder das strahlende Weihnachtslächeln ein.

»Holly, Sie haben eine lustige Geschichte darüber zu erzählen, wie Addison hier gelandet ist, richtig?«

»Ja, genau«, anwortete ich brav.

»Möchten Sie sie den Zuschauern verraten?«

»Na ja, wir … Ich wollte ihn küssen. Auf einer Mauer. Da ist er umgefallen und hat sich den Kopf verletzt«, murmelte ich.

»Oh! Ist das nicht herzzerreißend?«, sagte Candice. »Selbst in der größten menschlichen Not ist noch Platz für Romantik.«

Sie wandte sich wieder an mich. »Nun, wir von Babbleon TV dachten uns …, da Ihre Geschichte mit einem Kuss angefangen hat, würde ein zweiter Kuss unser Dornröschen vielleicht wecken …«

Leider barg diese Vermutung keinerlei Logik für mich.

»Und deshalb finde ich, wir sollten alle gemeinsam Holly jetzt ein bisschen von jenem Weihnachtszauber wünschen … Na, los, Holly, geben Sie ihm einen Kuss – man kann nie wissen!«

»Was?«

»Ich bin mir nicht sicher, ob diese Art der Behandlung dem Patienten wirklich helfen kann«, meldete sich Dr. Hitler zu Wort, die das Geschehen skeptisch von ihrem Platz an der Seite aus beobachtete.

»Na los, für unsere Zuschauer … Versuchen Sie, uns allen ein bisschen Weihnachtszauber zu schenken.«

»*Waaaas?*«

Auf einmal wurde es mücksmäuschenstill auf der Station, und alle starrten mich an. Ich kam mir vor wie ein Reh, das sich entweder die Beine ausreißen oder in der Falle sterben konnte. Schließlich drehte ich mich zu Addison um.

Selbst jetzt, in meiner allerschwersten Stunde, dachte ich noch daran, wie mein Hintern wohl aussah, wenn ich ihn praktisch direkt in die Kamera hielt, ehe ich mich sicherheitshalber seitwärts langsam auf Addisons Gesicht zuschob. Sein unerträglich unbewegtes, wunderschönes Gesicht.

Und was, wenn ..., dachte ich. Was, wenn es ...? Nicht, dass ich daran glauben würde, aber was, wenn ...?

»Gott, wenn du generell zu Wundern aufgelegt sein solltest, wäre das jetzt ein ziemlich guter Zeitpunkt!«, flüsterte ich in Richtung Nachbarbett. Doch Gott schnarchte mich nur an. Und aus irgendeinem unerfindlichen Grund hatte ich auf einmal Enyas Stimme im Ohr. Ich hasse Enya.

Die gesamte Station hielt den Atem an, während ich mich ganz langsam über Addison beugte und ihn zum ersten Mal sanft auf den Mund küsste. Ein ziemlich seltsames Gefühl, beinahe so, als würde ich einen Fisch küssen.

Als ich mich wieder aufrichtete, war es immer noch totenstill. Addison rührte sich nicht. Kein Zittern, kein Zucken, kein Flackern. Mist. Verdammter *Mist.* Candice kam auf mich zu und setzte sich neben mich.

»Alles in Ordnung?«, erkundigte sie sich. »Weinen Sie?«

Diese Hexe. Das weiß doch jeder Idiot: Wenn man jemanden zum Weinen bringen will, sind das genau die zwei Sätze, die man sagen muss. Dieses falsche Luder legte tröstend den Arm um mich und bedeutete dem Kameramann mit der freien Hand, rasch näher zu kommen und mir die Linse ins Gesicht zu halten. Er gehorchte prompt.

»In wenigen Minuten hören Sie weitere tragische und romantische Geschichten von dieser von der Welt vergessenen

Wachstation – bleiben Sie dran!«, schaffte sie doch tatsächlich zu sagen, während sie weiter meinen Arm tätschelte. »Schnitt!«

Josh und Stephen trösteten mich, während Candice die Station nach Patienten absuchte, die nicht zu alt oder zu hässlich fürs Fernsehen waren, und die Band sich auf ihren Auftritt vorbereitete.

»Aber wie bist du denn nur auf die Idee gekommen, dass es funktionieren würde?«, fragte Sophie.

»Halt einfach die Klappe, Sophie«, fuhr ich sie etwas heftiger an als geplant.

»Uuuuh, da ist wohl jemand schlecht gelaunt! Pass ja auf, sonst sind die fünfzigtausend Pfund ganz schnell futsch!«

Diese Bemerkung entlockte selbst Josh einen überraschten Blick.

Chali zog ihr silberfarbenes Top aus und enthüllte einen superknappen silberfarbenen BH.

»Ah, sehr passend«, schniefte ich, als sie auf mich zugerannt kam.

»Ich glaube, wir sind dann so weit«, sagte sie. »Möchtest du Mr. Big kennen lernen?«

»Oh, und ich dachte schon, er wäre einer von den Muppets«, sagte ich, als eine kleine, spindeldürre, über und über behaarte Gestalt auf uns zusprang.

»Hey, echt rührende Szene, Mann«, quietschte Mr. Big.

»Danke«, sagte ich. »Man tut, was man kann.«

»Ich habe Roger eine Liste mit unseren Stücken gegeben«, erzählte Chali, »aber ich glaube nicht, dass er sie gelesen hat.«

Roger zündete in diesem Augenblick eine Zigarette für Candice an. Wir hätten ernsthaft zusammenlegen und Dr. Hitler ein Skateboard kaufen sollen, so dass sie noch schneller von Krisenherd zu Krisenherd gelangen konnte. Und ein Nebelhorn, so dass sie ihre Stimme nicht überstrapazieren musste. Roger stellte sich wieder mit seinem Megaphon auf ein Bett.

»Okay, Leute, das war echt prima. Und jetzt ein bisschen Entspannung für uns alle. Wir haben ein paar Freunde eingeladen, die Weihnachtslieder singen werden.«

Die Spangles hatten sich in einer Reihe an der hinteren Wand aufgestellt. Mr. Bigs Gitarre war sogar größer als er selbst, während die vier Drummer aussahen, als hätten sie eine einzige gemeinsame, meterlange Augenbraue, und Chali warf sich bereits in höchst erotische Posen. Man hätte sich nur schwerlich eine Truppe vorstellen können, die noch weniger wie ein Weihnachtschor und trotzdem noch wie menschliche Wesen aussah.

»Es wäre schön, wenn jetzt alle mitklatschen würden ... und vielleicht auch mitsingen ... Man kann nie wissen! Wunder geschehen immer wieder! Musik ist sehr gut für Komapatienten, und je lauter wir singen, desto besser für sie!«

Alle brachten sich in die optimale Weihnachtslieder-Singhaltung. Außer Josh und mir – wir hielten uns die Ohren zu.

Wir spürten, wie sich erwartungsvolle Spannung breit machte. Chali hob ihre hübschen, schlanken Arme, und in dem Moment, als sie sie wieder heruntersausen ließ, donnerten die Schlagzeuge los.

»O LITTLE TOWN OF BETHLEHEM!«, kreischte Chali. »HOW ILL WE SEE YOU LIE! AMONG YOUR DEAD AND BLOOD-SOAKED STREETS, THE CORPSES PILING HIGH!«

Die Leute sahen sich reichlich verdutzt an und scharrten betreten mit den Füßen.

»Oh, Gott«, sagte Josh. »Das wird ja noch schlimmer, als ich befürchtet hatte.«

»Gut«, sagte ich.

»YET IN THE DARK STREETS SHINING AN EVERLASTING LIGHT / THE POWER OF ROCK RULES ALL THE WORLD / AND ROCKS WITH YOU TONIGHT!!«

Bumm! Mr. Big wand sich in einem extrem kreischenden Gitarrensolo, bei dem die Fensterscheiben zu zerspringen drohten, während sein Becken in wilden Verrenkungen zuckte und er einen Fuß auf einem der Verstärker platzierte. Der Schweiß drang ihm aus sämtlichen Poren, und dank Headbanging bekamen auch die Schwestern noch etwas davon ab. Stephen leckte ihn sich sogar von der Hand.

»Oh morning stars together proclaim the lords of sound! / The kids on the street give hail to the beat and let this rock go wild! / Kneel at the altar of heavy noise and give the lord his prayers! / That you will die with a guitar in your hand and the blood of a virgin slayer!«

Roger and Candice sahen sich entsetzt an und flüsterten hektisch miteinander. Inzwischen wurden die Angehörigen der Patienten richtig wütend und fingen an zu schimpfen, während Dr. Hitler interessanterweise mit dem Fuß den Takt klopfte und kaum wahrnehmbar nickte. Chali holte Luft und fiel ein:

»How noisily, how noisily …«

»Okay! Okay!«, brüllte Roger in sein Megaphon. »Das reicht.«

Doch niemand hörte ihn, da die Drummer in diesem Augenblick zu einem wilden Wettstreit anhoben. An den Türen tauchte immer mehr Krankenhauspersonal auf.

»The lords of rock kick arse!«

»Aufhören!«, schrie Roger.

»We hate the pigs who stop our gigs / Just for saying the world ›motherfucker‹!«

»Yeah!«, riefen ein paar Krankenschwestern.

»Motherfucker! Motherfucker! Motherfucker! Motherfucker! Motherfucker! Motherfu –«

Von einer Sekunde zur anderen verstummte der Lärm, und Roger hielt ein Bündel Kabel in der Hand.

»Ich glaube, das reicht dann wohl, ja?«, rief er und zitterte am ganzen Körper.

»Nein!«, riefen die Krankenschwestern und Dr. Hitler.

»Schnitt! Schnitt, habe ich gesagt!«

»Zugabe!«, schrie Stephen, worauf die Drummer leise, aber hartnäckig einen Takt zu schlagen anfingen, in den das Personal schon bald mit langsamem Klatschen und Pfeifen einfiel. Die Drummer spielten immer schneller und lauter, und das Getrampel wurde immer ausgelassener.

»AUFHÖREN!«, schrie Roger durch sein Megaphon. »SOFORT AUFHÖREN! UND SCHALTET ENDLICH DIE KAMERAS AB!«

»Schaffen Sie mich aus diesem Gebäude!«, fauchte Candice hinter uns. »Ich hatte diese verdammten Geizkragen um Personenschutz gebeten! ›Ich bin gefährdet‹, habe ich gesagt. Aber keiner hat mir geglaubt!«

»MR. BIG! MR. BIG! MR. BIG!«, rief inzwischen die gesamte Station im Chor. Chali rang mit Roger um die Verstärker. Der Geräuschpegel war unglaublich. Und plötzlich durchschnitt ein gellender Schrei das Getöse.

12

Augenblicklich trat absolute Stille ein. Mein erster Gedanke war, dass eine Kombination aus Chali, ihrem Alufolienbikini und ihrem Ringkampf mit Roger um die Steckdosen zu irgendeinem entsetzlichen Unfall geführt hatte. Doch kurz darauf stellte sich heraus, dass dies nicht der Fall war, denn Chali sah sich genauso verwirrt um wie alle anderen. Candice war es auch nicht gewesen, denn sie brüllte noch immer irgendetwas von Hubschraubern und Schutzausrüstung in ihr Handy. Als der Schrei erklang, hatte Dr. Hitler einen der Gnome am Kragen gepackt und hielt ihn fest. Langsam ließ ich den Blick durch den Raum schweifen, ehe ich sah, dass Carls Mutter wild mit den Armen fuchtelte und am ganzen Körper bebte.

Wir gingen auf sie zu.

»Er hat die Augen aufgemacht!«, rief sie. »Er hat die Augen aufgemacht!«

Ein perplex aussehender Teenager betrachtete blinzelnd seine Umgebung.

»Weihnachten?«, krächzte er müde. »Bin ich so lange weg gewesen?«

»Nein, nein, es ist Juni«, beruhigte eine der Schwestern ihn.

»Ach, Gott sei Dank.«

»Aber ein Weihnachtsfest hast du schon verpasst …«, fügte die Schwester noch hinzu.

Candice stürzte auf Carls Bett zu.

»*Haben Sie das?*«, kreischte sie die Kameramänner an, die nickten. »Gut. Prima. Wir können dann ja später ein paar echte Weihnachtlieder darüber legen.«

Sie setzte sich neben Carl und schaltete ihr strahlendes Lächeln wie einen Scheinwerfer ein.

»Nun, liebe Zuschauer, wir sind tatsächlich Zeugen eines kleinen Wunders geworden. Die heilende Kraft der Musik – und wer weiß, vielleicht auch der ganz eigene Zauber von Babbleon TV – hat Carl zu uns zurückgebracht! Carl, wie fühlst du dich?«

»Äh ... schrecklich ..., also, wissen Sie ..., echt schlimm, ja«, stotterte Carl.

»Mist«, sagte ich, als ich mich neben Addison plumpsen ließ. »Mist Mist Mist Mist Mist.«

»Mach dir keine Sorgen, Holly«, versuchte Josh mich zu besänftigen.

»Wie soll ich mir denn keine Sorgen machen? Das war unsere letzte Hoffnung.«

»So ein Quatsch. Keine Hoffnung ist die letzte Hoffnung. Und außerdem hat Sophie das Geld doch noch nicht übergeben.«

Ich zuckte mit den Schultern.

»Ich wüsste nicht, wie das Addison helfen sollte.«

»Vielleicht gibt es ja neue Behandlungsmethoden, neue Möglichkeiten ...«

»Lass uns doch einfach den Tatsachen ins Gesicht sehen, Josh. Er war mein Freund, und jetzt ist er weg. Würdest du mich jetzt bitte in Ruhe lassen?«

»Okay.« Er stand auf und wandte sich zum Gehen.

»Äh ... Ich meinte damit nicht unbedingt, dass du gehen solltest.«

»Oh ja, nein, natürlich nicht. Moment.«

Er setzte sich neben mich und legte mir tröstend den Arm um die Schulter, während Sophie sich mit Roger und Candice stritt, die so aussahen, als würden sie ihrem Drängen nachgeben.

»Okay, Leute«, verkündete Roger, der auf einen Schlag um zehn Jahre gealtert zu sein schien, schließlich durch sein Megaphon. Das gesamte Personal war noch immer um Carls Bett versammelt, aber Roger wartete geduldig, bis sie sich ihm wieder zugewandt hatten. »Wir machen jetzt weiter mit der Überreichung eines Schecks an die Wachstation des St.-Hugh's-Krankenhauses durch Sophie Masterton-Willis.«

»Sollen wir ein bisschen Hintergrundmusik spielen?«, rief einer der Spangles, worauf die anderen zu lachen anfingen.

Mit einem bezaubernden Lächeln auf den Lippen schnappte Sophie sich Candices Mikrophon und platzierte sich zielstrebig exakt in der Mitte des Krankensaals, während der Kameramann seine Kamera auf sie ausrichtete.

»Vielen Dank, dass Sie alle gekommen sind«, sagte Sophie. »Seit die derzeitige Regierung an der Macht ist, sind Krankenhäuser kläglichst vernachlässigt worden. Ohne Zuschüsse der Privatwirtschaft und ohne die Großzügigkeit gütiger Menschen wie mir würde das gesamte marode Gesundheitssystem sofort kollaborieren. Wir arbeiten daran, dass dieses System so bald wie möglich komplett privatisiert wird, um den Steuerzahler spürbar zu entlasten.«

Josh stieß mich in die Seite, und als ich mich umwandte, sah ich Kate mit hinterlistiger Miene an der Tür zum Krankensaal stehen.

»Sie ist doch noch gekommen!«, sagte Josh. »Schade, das Beste hat sie verpasst.«

Es sah so aus, als würde Kate jemanden die Treppe heraufwinken. Dann legte sie den Finger auf die Lippen.

»Und genau aus diesem Grund habe ich, Sophie Masterton-Willis, beschlossen, dem St.-Hugh's-Krankenhaus einen Betrag von –« sie hielt den überdimensionalen Scheck in die Höhe, »fünfzigtausend Pfund zu spenden!« Siegesgewiss riss sie die Arme hoch und wartete auf tosenden Beifall.

Wie ein geölter Blitz huschte Kate in den Saal, dicht gefolgt von – wie ich zählte – sechs Jameses. Sie stellten sich in einer Reihe hinter Sophie auf, die direkt vor der Kamera stand.

»Jetzt!«, schrie Kate.

Sechs Jameses ließen synchron ihre teuren Savile-Row-Beinkleider und Calvin-Klein-Boxershorts herunter, entblößten vor laufender Kamera sechs magere, weiße, britische Hinterteile und ließen sie kräftig wackeln.

Tosender Beifall. Sophie lächelte gnädig und verneigte sich vor der Kamera, worauf die Jameses noch mehr mit dem Hintern wackelten.

»Hervorragend«, sagte Kate. »Sie behalten alle ihren Job.«

Als der Applaus nicht nachlassen wollte, wurde Sophies Lächeln langsam etwas unsicher. Als sie erkannte, dass die Blicke des Publikums nicht auf sie gerichtet waren, erstarb das Lächeln vollends. Sie drehte sich um und wurde gefährlich blass.

»Können wir jetzt aufhören?«, fragte einer der Jameses. »Mir schießt das ganze Blut in den Kopf.«

Du … du …«, stammelte Sophie und verzog das Gesicht. »Aber … aber *warum*?«

Kate richtete sich bebend zu voller Größe auf, während der Kameramann die Kamera so drehte, dass beide Frauen im Bild waren. Kate atmete tief ein, hielt kurz inne und machte den Mund auf.

»Also, Sophie, ein Grund ist …«, stieß sie mit zitternder Stimme hervor, »dass du eine durchtriebene Faschistin bist.«

»Daran ist doch nichts auszusetzen«, erwiderte Sophie.

»Und der andere Grund ist …, dass du mir den Mann wegnimmst, den ich liebe, und ihn behandelst wie ein Stück Dreck!« Kates Stimme schraubte sich zu einem erstickten Quietschen empor.

Das Publikum schnappte nach Luft. Ich sah zu Josh, dessen Gesicht Bände sprach: Völlig verwirrt versuchte er zu begreifen, wen Kate wohl meinen könnte.

»Was?«, sagte Sophie. Aber es war zu spät. Kate marschierte in großen Schritten quer durch den Saal auf Josh zu, der sie einige Sekunden lang anstarrte.

»Was ... was, *ich*?«, fragte er ungläubig.

»Was glaubst du denn, warum ich nicht aus deiner ekelhaften, hässlichen Wohnung ausziehe, du Idiot?« Kate biss sich auf die Lippe.

»Ich mag meine Wohnung.«

»Und mich auch?«, fragte Kate leise.

»Mann! Klar!«, sagte Josh.

»Verdammte Scheiße!«, entrüstete sich Sophie. »Ich wollte ihn doch heiraten, du dämliche Ziege! Er hätte die perfekte Politikergattin abgegeben. Hätte Kuchen für Wohltätigkeitsbasare gebacken und all das.«

»Zu spät.« Kate küsste Josh.

»Das ist ganz eindeutig meine Glückswoche«, sagte Josh und erwiderte ihren Kuss.

Sophie sah sich schweigend um.

»Ach, fickt euch doch alle ins Knie«, schrie sie schließlich, riss den Riesenscheck entzwei, ließ die Schnipsel zu Boden rieseln und stürzte davon.

»Oh, Gott! Das Geld!«, rief Josh. Alle starrten entsetzt die Papierfetzen an, ehe einer der Jameses einen davon aufhob.

»Fünfzig Riesen? Das war alles?«, kicherte er. »Mann, das hätte sie doch noch nicht mal an ihren Bonuszahlungen gemerkt!«

»Wohl kaum!« Die Jameses zückten ihre Scheckhefte.

»Also, ich spende zehn.«

»Du Geizhals! Ich spende fünfzehn!«

»Du Schwuchtel! Ich spende zwanzig!«

»Entschuldigen Sie bitte«, ließ sich Dr. Hitlers Stimme vernehmen, »aber hätte irgendjemand etwas dagegen, wenn ich den Patienten jetzt ihre lebenswichtigen Medikamente gäbe?«

Nach etwa einer Stunde war wieder ein Minimum an Normalität eingekehrt, wobei der Weihnachtsbaum noch immer an Ort und Stelle stand.

Das Kamerateam samt Candice und Roger war jubelnd abgezogen, wobei Candice Roger am Arm gepackt und ihm zugefüstert hatte: »Dafür kriegen wir unter Garantie den Fernsehpreis!«

Ich entschuldigte mich bei Chali dafür, dass sie nicht noch mehr Songs spielen konnten, aber Chali winkte ab und erzählte, Dr. Hitler habe sie gebeten, beim Sommerfest der Ärzteschaft zu spielen. Chali war sich ganz sicher, dass sie es jetzt endlich geschafft hatte.

Kate und Josh waren von der Bildfläche verschwunden, deshalb erschien es mir ratsam, nicht zu früh zu Hause auftauchen.

An dem Ende des Krankensaals, wo Carl lag, war ein ziemlicher Trubel, so dass Gott, Addison und ich mehr oder weniger uns selbst überlassen waren. Trübe Aussichten. Ich saß einfach nur da, starrte aus dem Fenster, summte eine Eigenkomposition vor mich hin und versuchte, meine aufsteigende Panik zu ignorieren.

Gegen vier Uhr steckte Finn den Kopf zwischen den Vorhängen hindurch.

»Hab ich's verpasst?«, fragte er.

Ich nickte.

»Ich musste Kate versprechen, dass ich komme, aber ich wollte auf keinen Fall bei der Hintern-Show dabei sein.«

»Wieso? Ist deiner so hässlich?«

»Nein! Ich finde, ich habe sogar einen ziemlich ansehnlichen.«

»Dreh dich mal um«, befahl ich, und er gehorchte. Er hatte tatsächlich einen richtig schönen Hintern.

»Ich halte ihn nur nicht gern anderen Leuten ins Gesicht, wenn du verstehst, was ich meine?«

»Du meinst, du willst nicht unbedingt deinen Hintern im Fernsehen sehen?«

»So in der Art, ja.«

»Du bist vielleicht seltsam.«

Er sah zu Addison.

»Immer noch nichts Neues, wie?«

Ich schüttelte den Kopf. »Oh, Finn. Warum bist du denn kein Doktor der Medizin? Warum hast du denn nicht gelernt, wie man Addison wieder wach kriegt?«

»Ich weiß es nicht. Wenn ich was daran ändern könnte, würde ich es tun, versprochen.«

Ich schniefte.

»Würdest du ... Ich meine, hättest du Lust, etwas trinken zu gehen oder so?«

»Natürlich nicht«, schniefte ich.

»Nein, natürlich nicht. Okay. Vielleicht sollte ich dann jetzt besser gehen.«

»Ja, vielleicht solltest du das.«

»Tut mir Leid, Holl.«

»Jedem tut es Leid«, sagte ich. »Und keiner hilft.«

Zu Hause war niemand. Ich machte mir fünf Marmeladenbrote und setzte mich damit auf die Feuerleiter. Ich war am Ende meiner Kräfte und spielte mit dem Gedanken, am nächsten Morgen auszuschlafen – meinen Job war ich wahrscheinlich ohnehin schon los. Doch am nächsten Morgen stand ich trotzdem auf.

Chali stand schon vor der Tür von That Special Someone und grinste breit, als ich aufkreuzte.

»Was machst du denn um diese Zeit schon hier?«, fragte ich ungläubig – es war erst fünfundzwanzig Minuten nach vorgeschriebener Ladenöffnungszeit.

»Ding dong!«, rief sie. »Die Hexe ist tot!«

»Welche Hexe?«

»Na, die böse Hexe! Ding! Dong! Die böse Hexe ist tot!«

Chali nahm mir mein Fahrrad ab und schob es stolz in den Laden.

»Nun wach schon auf, du Schlafmütze! Augen auf! Aufstehen!«

»Okay, okay! Schon kapiert.«

»Ding! Dong! ...«

»Ich *habe* es kapiert! Was ist passiert?«

»Tja«, sagte Chali, bediente sich ausgesprochen großzügig an Mrs. Bigelows Privatkaffee und riss mit den Zähnen eine verbotene Packung Kekse auf. »Gestern kam ein kleiner Junge in den Laden, ja? Als Biggers hier die Stange gehalten hat. Einer seiner Freunde war überfahren worden. Und das Kerlchen hatte nicht genug Geld dabei, um die Blumen liefern zu lassen.«

»Quatsch!«

»Kein Quatsch. Also, jedenfalls hat Biggie dem Jungen gesagt, dann könnte er die Blumen eben nicht haben – und später hat sich herausgestellt, dass dem Vater des Jungen eine ganze Kette von Konferenzsälen gehört!«

Ich schüttelte fassungslos den Kopf.

»Und?«

»Und der Vater hat meinen Onkel angerufen und ... jetzt ist sie weg! Weg, weg, weg! Ich habe dir doch gleich gesagt, dass der Streik eine gute Idee war.«

»Quatsch. Glück haben wir gehabt, sonst gar nichts. Moralisch vertretbar war der Streik deshalb noch lange nicht«, brummte ich und schleppte die Schilder nach draußen.

»Kapierst du's denn nicht? Mein Onkel hat mir den Laden *geschenkt*! Er gehört uns! Und du führst ihn immer dann, wenn ich auf Welttournee bin.«

»Also nie.« Ich richtete mich auf. »Aber das ist doch nicht schlecht, oder?«

Chali nickte begeistert.

»Hey, wir könnten wirklich etwas daraus machen.« Ich freundete mich immer mehr mit dem Gedanken an. Ich meine, wenn schon die Liebe meines Lebens für immer dahin war, blieb mir wohl nichts anderes übrig, als mich in die Arbeit zu stürzen. »Wir könnten trendige Events veranstalten und sogar versuchen, in die *Hello!* und andere Zeitschriften zu kommen. Wir können kostenlose Proben verschicken. Eine Mailingliste erstellen …«

»Hm«, machte Chali. »Eigentlich hatte ich ja gehofft, wir könnten uns endlich ein bisschen schonen.«

»Nein, nein. Wir könnten etwas ganz Tolles aus dem Laden machen.«

»Meinst du, die Band könnte hier spielen? So dass das so eine Art Blumenladen-Gigbühne wäre? Eine Art Anlaufstelle für die Kids, die nicht wissen, wo sie sonst abhängen sollen?«

»Das ist ja wohl so ziemlich die schlechteste Geschäftsidee, die ich je gehört habe.«

Sie verzog das Gesicht.

»Okay, dann vielleicht … Schlafmohn züchten und nur so tun, als würden wir Blumen verkaufen?«

»Wenn ich recht darüber nachdenke – vielleicht ist das mit der Blumen-Gig-Kombination doch keine so schlechte Idee.«

»Echt?«

»Ja. Eigentlich finde ich sie sogar toll.«

»Danke. Und zur Feier des Tages mache ich jetzt für heute den Laden zu.«

»Du machst an unserem ersten Geschäftstag den Laden zu?«

»Ich bin eine sehr positive Arbeitgeberin.«

»Du bist eine sehr optimistische Arbeitgeberin.«

»Wie auch immer. Jedenfalls bin ich eine Arbeitgeberin, die zu einer Bandprobe muss. Mit meiner neuen Band. Besteht aus lauter Pennern, die auf Schlaginstrumenen aus

Pappkartons spielen. MTV hält das anscheinend für den nächsten ultimativen Trend.«

»Und das hat dir wohl ein obdachloser Penner erzählt, was?«

»Hmhm.«

»Okay. Wo probt ihr?«

»King's Cross …«

Mein Gesichtsausdruck entging ihr nicht.

»Hm. Dir wird das Grinsen schon vergehen, wenn wir erst mal im Wembley-Stadion spielen.«

»Nicht, wenn ich für den Blumenschmuck sorgen darf.«

»Penner mögen keine Blumen. Jedenfalls nicht, solange sie was anderes zu essen haben.«

Es war erst elf Uhr vormittags. Was habe ich eigentlich mit meiner Zeit angefangen, bevor all das passiert ist? Wie ferngesteuert bewegte ich mich ins Krankenhaus, dieses Mal ausgerüstet mit einer *SFX*, der Zeitschrift für einsame Jungs.

Der widerliche Geruch nach Desinfektionsmittel stieg mir gleich beim Hereinkommen in die Nase. Nach dem Trubel gestern erschienen mir selbst die Flure ruhig. Mit einem lauten Seufzer stieß ich die Tür zum Krankensaal auf und sah Addison aufrecht im Bett sitzen.

Ich machte auf dem Absatz kehrt und ging wieder hinaus, um den richtigen Saal zu finden.

Wie vom Donner gerührt blieb ich stehen, schlug mir gegen die Stirn, drehte mich wieder um und ging noch einmal hinein.

Mein Herz und mein Mund fochten einen kurzen, aber hitzigen Kampf aus.

Mein Mund gewann.

»ADDISON!«, schrie ich so laut ich konnte und stürzte wie von Sinnen auf ihn zu.

Er sah ziemlich verwirrt zu mir auf.

»Hey, Speedy Gonzales«, sagte Stephen und hielt mich hinten an der Latzhose fest. »Wenn du ihn noch einmal umhaust, bringe ich dich um.«

»Ba baha baba haha ...«, stieß ich hervor und ruderte mit den Armen. Addison starrte mich noch immer reglos an, doch es gelang mir nicht, seinen Blick zu deuten. Stephen legte mir die Hand auf den Arm, um mich zurückzuhalten.

»Schön sachte, ja?«

»Bu huh buhuhu«, stotterte ich.

»Knif Jah Ber F!!«, rief ich, als langsam eine große – eine sehr große – Gestalt hinter dem Vorhang auftauchte und Addison ebenfalls beruhigend die Hand auf den Arm legte.

»Klaa ... Klaf.«

»Brauchst du eine Papiertüte zum Hineinatmen?«, fragte Stephen.

Ich bemühte mich verzweifelt darum, meine Fassung wiederzuerlangen.

»Das ... das ist *Claudia*!«, keuchte ich schließlich.

»Claudia Finkelmann, ja. Sieht so aus. Sie ist gegen drei Uhr heute früh gekommen und hat seitdem an seinem Bett gesessen und ... na ja.«

»Oh, *Gott*! Das ... das ist *ungerecht*!«

»Willst du nun wissen, wie es ihm geht oder nicht?«

»Oh, Gott. Ja. Natürlich. Ich bin ekelhaft.«

»Du musst jetzt ganz tapfer sein«, sagte Stephen. »Der Physiotherapeut und der Neurologe haben ihn durchgecheckt – ist alles nicht so schlimm. Wahrscheinlich hat sein Kurzzeitgedächtnis etwas gelitten, und seine Muskeln müssen sich erst wieder daran gewöhnen, nicht zu schlafen, aber im Großen und Ganzen sieht's ziemlich gut aus.«

Während er mir das erzählte, bewegte ich mich zentimeterweise auf Addisons Bett zu, bis ich so nahe davor stand, um etwas zu ihm zu sagen.

»Also, schön tapfer sein«, flüsterte Stephen mir ins Ohr.

»Hey«, sagte ich tapfer.

»Hallo«, sagte Claudia, die nicht besonders freundlich klang. Im wirklichen Leben war sie offenbar noch durchgeknallter als am Computer. Sie war auf eine Art und Weise dick, wie man es nur bei Amerikanern sieht: Ihre X-Beine waren so fett, dass sich an den Innenseiten der Oberschenkel wahrscheinlich Brandblasen befanden. Sie hatte sich die Haare mit zwei Klemmen zurückgesteckt und trug eine riesige Brille im Deirdre-Barlow-Stil, dazu ein *Red-Dwarf*-T-Shirt in Übergröße.

»Hey«, sagte Addison und sah mich aus seinen großen braunen Augen an.

Ich ging noch einen Schritt auf ihn zu, während Claudia wie festbetoniert neben ihm stehen blieb, um ihn vor mir zu beschützen.

»Wie fühlst du dich?«, fragte ich, wobei es mir kaum gelang, das Zittern in meiner Stimme zu unterdrücken.

»Pappig«, sagte er.

Ich nickte. »Hier – habe ich dir mitgebracht.« Da ich nicht wusste, was ich sonst tun solle, reichte ich ihm die *SFX*.

»Hey, super – die finde ich total klasse. Sieh mal, Claudia, da ist ein Artikel über Zahlenwissenschaft drin.«

»Ein erfundener?«, entgegnete sie, worauf beide aus irgendeinem Grund zu kichern anfingen. Ich hielt mich an der Rückenlehne des Stuhls fest.

»Also ...«, sagte ich. »Ich meine, was ist passiert?«

»Ich konnte einfach nicht ...«, erklärte Claudia, »tatenlos zusehen, dass sich niemand um Add kümmerte.«

Ich nickte ernst.

»Das ist das erste Mal seit sechs Jahren, dass ich das Haus verlassen habe. Und ich habe es sogar bis in ein anderes Land geschafft.«

»Das war sehr tapfer von dir«, presste ich zwischen zusammengebissenen Zähnen hervor.

»Ich weiß.«

»Und was ist dann passiert?«

»Na ja, ich bin rübergeflogen, letzte Nacht angekommen, und sie haben mich reingelassen.«

Ich würde wahrscheinlich auch jedes Monster hereinlassen, das um drei Uhr früh vor meiner Haustür steht, Sie etwa nicht? Ich versuchte, meine herzlosen Gedanken zu unterdrücken – vergebens. Mein ganzer Körper war wie ausgehöhlt vor Trauer. Am liebsten hätte ich mit Addison getauscht und wäre selbst mehrere Monate in Bewusstlosigkeit versunken. Das wäre auf jeden Fall einfacher, als hiermit zurechtzukommen. Hängt mich an die Geräte hier und weckt mich, wenn wir endlich einen dieser Treibhaus-Sommer haben, die sie uns schon so lange versprechen.

»Und ich habe dir dein Lieblingslied vorgesungen, stimmt's nicht, Liebling?«

Addison sah ein wenig verlegen drein.

»Nämlich?«, fragte ich höflich.

»Oh, von einer ganz tollen britischen Band namens Take That. Die haben ein ganz süßes Stück, das ›Back for Good‹ heißt. Hast du schon mal davon gehört?«

»Nein, noch nie«, antwortete ich leise.

»Jedenfalls ist das unser Stück, stimmt's, Schatz?«

Addison zuckte mit den Schultern und nickte.

»Als du ... geschlafen hast«, sagte ich und atmete tief durch, »hast du da ... hast du irgendetwas von dem mitbekommen, was um dich herum passiert ist?«

Er schüttelte den Kopf. »Nein, tut mir Leid. Aber ich habe gehört, dass du mich oft besucht hast.«

»Na ja, ich habe ab und zu mal vorbeigesehen. Nur gut, dass du nicht gehört hast, was ich dir erzählt habe, wirklich. Meistens habe ich mich nämlich über deine große Nase lustig gemacht.«

»Sie war richtig gemein«, unterstützte Stephen mich.

»Wann kommt Magda nur wieder? Ruft sie jetzt jeden einzelnen kroatischen Verwandten von dir an?«, fragte Claudia. »Wir verlegen ihn«, informierte sie mich.

»Wohin?« Schlagartig waren meine *Misery*-Ängste wieder da.

»Ich kann nicht besonders gut laufen«, sagte Addison. »Claudia bringt mich zur Rehabilitation in eine Privatklinik.«

»Ich dachte mir, das Essen hier ist wahrscheinlich schon durch einen Schlauch schlimm genug, so dass man sich das nicht auch noch vier Wochen durch den Mund antun muss«, erklärte Claudia. »Und außerdem brauchen sie das Bett hier.«

»Das ist ja toll von dir«, sagte ich aufrichtig.

»Na ja, Addison ist jetzt mein Problem.« Claudia versuchte, einen Witz daraus zu machen. »Und wenn sie mich im selben Zimmer schlafen lassen, sparen wir uns die Hotelkosten.«

Wäre ich ein besserer Mensch, hätte ich ihr angeboten, in Addisons Zimmer zu schlafen. Das bin ich aber nicht.

Stephen bestand darauf, mich nach Dienstschluss auf einen Brandy mit in den Pub zu nehmen, also musste ich im Krankenhaus bleiben und warten, während Addisons Sachen gepackt wurden. Es kostete mich enorme Überwindung, meine Tränen zurückzuhalten, bis sie endlich verschwunden waren. »Ich habe einen Blumenladen«, sagte ich mir immer wieder.

Magda war wie ausgewechselt, lachte und weinte gleichzeitig und küsste Addison unablässig. Sie und Claudia nahmen die sorgsam verpackten *Star-Wars*-Miniaturen an sich, während ein Pförtner Addison in einen Rollstuhl verfrachtete und ihn in Richtung eines Luxusrettungswagens schob.

»Na, dann sehen wir dich ja wohl bald wieder«, brummte ich.

»Wir?« Addison sah sich fragend um.

»Äh ... ja, ich und Han Solo.« Ich zog die Puppe aus der Tasche. »Wir haben zusammengearbeitet.«

Addison zögerte.

»Ich wollte es nicht sagen, als Claudia da war ...« Er fuhr ein Stück zurück, bis sein Rollstuhl neben mir stand. »Aber manchmal, als ich ... geschlafen habe ... kamen Sachen auf mich zugeschwommen. Es war, als würde ich tauchen, ganz tief unten im Meer, noch tiefer als die Fische und die U-Boote.«

»Wie in *The Abyss?*«, fragte ich.

»Director's Cut?«

»Ja, natürlich.«

Er lächelte, atmete tief durch und fuhr fort:

»Und manchmal bin ich aufgetaucht. Und immer, wenn ich aufgetaucht bin, warst du da.« Er hielt inne und wandte den Blick ab. »Und ich habe nach dir gerufen.«

Ich beugte mich hinunter und strich ihm übers Haar.

»Aber nicht laut genug.« Tränen stiegen mir in die Augen.

»Du warst zu weit weg«, sagte er und bekam selbst feuchte Augen. Den Blick noch immer abgewandt, rieb er sich die Stirn. »Du warst in einem anderen Meer.«

Ich legte die Arme um ihn und ließ meinen Tränen freien Lauf.

»Oh, Add. Es tut mir so Leid.«

»Nein. Mir tut es Leid.«

»Nein, mir.«

Er schüttelte den Kopf, und eine Weile lang brachten beide kein Wort heraus.

»Ich glaube, Moby Dick wartet auf dich«, presste ich schließlich mit Blick auf die Tür hervor.

Er folgte meinem Blick. Dann nahm er meine Hand.

»Es ist ... so schwer zu erklären«, sagte er.

»Dasselbe Meer?«

Er zuckte mit den Schultern. »Vielleicht dasselbe Universum.«

Ich gab ihm Han Solo. »Du solltest ihn lieber mitnehmen. Er ist bekannt dafür, dass er Leuten aus der Patsche hilft.«

»Danke.«

»Es tut mir Leid, aber das Taxi wartet«, rief der Pförtner.

»Ja«, sagte ich und ließ Add gehen. Hinter mir waren die Krankenschwestern bereits damit beschäftigt, sein Bett abzuziehen und die Schläuche und Kabel zu entfernen. Ich wartete, bis sie fertig waren, ehe ich mich auf das Bett setzte, um auf Stephen zu warten. Ich spürte die Sprungfedern unter meinen Händen. Am liebsten hätte ich mich auf dem Bett zusammengerollt. Es war das Einzige, was mir von Addison geblieben war.

»Wir brauchen gleich das Bett«, warnte Dr. Hitler, als sie an mir vorbeistürmte.

»Gott?«, flüsterte ich.

Keine Antwort.

»Gott? Ich könnte ein bisschen moralischen Beistand gebrauchen.«

Vom Nachbarbett kam lediglich ein Schnauben.

»Gott?«

Gott lag flach auf dem Bett und trug eine Sauerstoffmaske. Er sah sehr grau und eingefallen aus.

»Gott?«

Kraftlos bedeutete er mir, ich solle ihm die Sauerstoffmaske abnehmen. Ich sah mich suchend nach Dr. Hitler um und, da ich sie nirgends sehen konnte, befreite ihn von dem Ding.

»Wie geht es Ihnen?«

»Gott ist tot«, sagte er, wobei seine Lunge bei jedem Wort ein grässliches Rasseln von sich gab.

»Quatsch! Na los, tun Sie ein Wunder!«

»Hab ich schon«, keuchte er mit Mühe. »Tut mir Leid, dass du dich nicht recht daran freuen kannst.«

»Ach, das. Das ist doch egal. Aber jetzt wird es Zeit, dass es Ihnen bald besser geht.«

»Wozu denn«, sagte er. »Die Welt ist doch sowieso zum Kotzen.«

»Ja, schon … aber trotzdem …«

»Nein«, sagte er. »Aber ich verrate dir etwas, worüber ich mich freuen würde …«

Was soll's, dachte ich und öffnete sein Schränkchen, in dem tatsächlich eine halb volle Flasche Scotch stand, der reichlich alt aussah.

»Dieses Zeug schütte ich aber ganz bestimmt nicht in Ihren Schlauch«, warnte ich ihn. »Ich mag ja eine Chaotin sein, aber auf keinen Fall eine Mörderin.«

»Nein, es geht auch so. Du musst mir nur ein bisschen aufhelfen … genau so. Möchtest du auch etwas?«

»Keine schlechte Idee.«

Ich trank einen Schluck, ehe ich Gotts Kopf stützte, so dass er ein paar Tropfen trinken konnte. Er musste zwar husten, bekam am Ende aber trotzdem einen kleinen Schluck herunter.

»Oh, schon besser«, sagte er. »Ich glaube, jetzt wird es Zeit, dass ich verschwinde.«

»Haben Sie denn keine Familie, die ich benachrichtigen soll?«, fragte ich.

»Jedes Lebewesen ist meine Familie. Und abgesehen davon, haben sie sich alle nach Australien verdrückt.«

Keuchend ließ er sich zurück in die Kissen sinken. Ich blieb an seiner Seite sitzen und ließ ihn so oft von seinem Whisky nippen, wie er konnte.

»Ich finde, du solltest jetzt gehen, Mädchen. Dein Leben wartet auf dich. Du musst weitermachen.«

»Ich glaube nicht, dass mir gerade danach ist.«

»Nein. Aber möchtest du noch einen letzten Rat vom Schöpfer höchstpersönlich?«

»Ja, bitte.«

»Hmmm.« Zuerst sah es aus, als wäre er eingeschlafen, ehe er mit einem Grunzen wieder zu sich kam.

»Hmm ... einen Rat. Gut. Sonnencreme nicht vergessen?«

»Nichts Neues.«

»Nein? Hmm.« Er bekam einen seiner entsetzlichen Hustenkrämpfe. »Wie wäre es mit – liebe deinen Nächsten?«

»Ich habe Ihren Nächsten angebetet«, sagte ich traurig. »Hat nicht viel geholfen.«

»Aha. Ja, verstehe.«

Er schwieg wieder eine Weile.

»Leb wohl«, sagte er leise. Und auf einmal hörte das entsetzliche Rasseln auf. Eine Sekunde später schlug eines der Geräte Alarm.

»DOKTOR!«, schrie ich und sprang auf.

»*Sie* schon wieder?« Dr. Hitler stürzte quer durch den Krankensaal.

»Ich ...«

»Würden Sie bitte gehen? Ich bin nicht sicher, ob Ihre Anwesenheit so gut für meine Patienten ist. Aber wenn Sie das fette Mädchen von vorhin noch mal sehen, dann schicken Sie sie bitte zu mir, ja?«

Blind vor Tränen rannte ich aus dem Krankensaal. Von Stephen war nirgendwo etwas zu sehen, doch ich musste so schnell wie möglich raus hier. Ich taumelte durch die Flure und merkte, dass die Leute mir besorgt nachsahen, doch ich schob mich weiter an ihnen vorbei.

»Hey!«, hörte ich eine bekannte Stimme hinter mir. Ich lief weiter.

»Hey!«

»Lass mich in Ruhe«, rief ich, ohne stehen zu bleiben. Ich schaffte es bis zu den Fahrradständern, brauchte aber zu lange, um das Schloss zu öffnen. Inzwischen hatte er mich eingeholt.

»Jetzt laufe ich schon buchstäblich einer Frau nach«, japste Finn und stützte sich mit der Hand an der Mauer vor mir ab. »Tut meiner Machoseele gut. Soll ich jetzt vielleicht noch mit einem Bären kämpfen?«

Ich richtete mich auf und schüttelte den Kopf.

»Was ist denn los? Magda hat Kate im Büro angerufen … Oh.«

Mir liefen die Tränen übers Gesicht.

»Die andere hat ihn aufgeweckt, stimmt's?«

»Ist schon gut«, presste ich hervor. »Sogar besser als gut. Ist super. Ich meine, er lebt. Es geht ihm gut. Wenigstens … na ja, wenigstens komme ich nicht wegen Totschlags hinter Gitter.«

Er nickte. »Das ist auch etwas wert.«

Ich bückte mich wieder, um mein Fahrrad aufzuschließen.

»Wo willst du jetzt hin?«

»Keine Ahnung«, gestand ich.

»Hm«, sagte er. »Hast du Lust, mit mir zu kommen?«

»Wo gehst du denn hin?«, fragte ich zaghaft.

»Na ja, heute ist so schönes Wetter, wie wäre es also, wenn wir drin bleiben und lehrreiche Beschreibungen lesen würden?«

»Hört sich gut an«, sagte ich.

»Das Science Museum?«

Ich nickte.

Er streckte mir die Hand entgegen, und ich ergriff sie.

Das Science Museum war wie leer gefegt und auf unheimliche Weise wunderschön. Ich schlenderte durch die riesige Eingangshalle, drückte willkürlich auf irgendwelche Knöpfe und fummelte an diversen Sachen herum, während Finn mich beobachtete.

»Hat Madeleine dir auch für hier einen Rabatt verschafft?«, fragte ich – wie ich meinte – wahnsinnig lässig.

Er lachte. »Wir sind nicht so oft zusammen ...«

Ich sah ihn an. »Wart ihr denn jemals wirklich zusammen?«

Er zuckte mit den Schultern. »Na ja, vielleicht ... habe ich in deiner Gegenwart ein bisschen übertrieben, was sie betrifft.«

Ich sah ihn fassungslos an.

»Moment mal. Entschuldige bitte, aber ... Verstehe ich dich richtig? Du hast eine Zellmitose-Biologin dazu benutzt, um mich eifersüchtig zu machen?«

»Hat es funktioniert?«

»Also ... – ja.«

Er wand sich nervös.

»Holl, ich ... also, ich meine, wenn du noch in Addison verliebt bist, dann würde ich dich natürlich nicht fragen, ob du mit mir ... aber ...«

Ich drückte auf einen großen roten Knopf, worauf unzählige kleine Lämpchen hinter uns wie wild zu blinken begannen.

»Ich glaube ...«, sagte ich schüchtern – die Beweggründe für mein Handeln näher zu beleuchten, hatte noch nie zu meinen Stärken gehört – »ich glaube, ich war nur in ein Bild verliebt, das ich von ihm hatte.«

»Das glaube ich auch«, sagte Finn und tat irgendetwas Schlaues, das dazu führte, dass die Lämpchen jetzt hübsch kontrolliert blinkten.

»Manchmal«, sinnierte ich, »sind die Dinge, die man im Grunde wirklich will ...«

»Ein bisschen langweilig und streberhaft?« Er strich sich das wunderschöne dunkle Haar aus seinen wunderschönen dunklen Augen.

»Viel näher, als man glaubt.« Hatte ich das nicht schon einmal zu irgendwem gesagt? »Hey, wow!«, rief ich unvermittelt aus, als mir etwas einfiel. »Dann brauche ich jetzt ja nicht mehr so zu tun, als wüsste ich über *Star Trek* Bescheid!«

»Und über Spaghetti weißt du ja schon eine ganze Menge.«

»Na ja, zumindest esse ich eine ganze Menge davon.«

»Genau das meinte ich auch.«

»Wow. Meinst du, ich könnte mein Herz vielleicht doch noch an die Wissenschaft verlieren?«

»Ich glaube«, murmelte Finn und sah zu Boden, »ein Wissenschaftler könnte sein Herz an dich verlieren.«

Wir fühlten uns wie kleine Kinder, als wir Hand in Hand über die Acrylglas-Brücke durch den großen viktorianischen Saal schlenderten und die gewaltigen Maschinen und Bauten bestaunten.

»Da fällt mir ein«, sagte ich, ohne den Blick von den Ausstellungsstücken zu wenden. »Was ich dir vorhin schon sagen wollte: Gott ist heute Vormittag gestorben.«

»Das glaube ich nicht«, sagte Finn und lehnte sich neben mir auf das Geländer. »In Wahrheit spielt er bestimmt nur irgendwo im Universum Würfel.«

Epilog

Der Juli klang auf wunderschöne Weise aus. Um das – und uns – zu feiern, entführten wir Addison eines Tages aus seiner eleganten Privatklinik, um im Hyde Park ein Picknick mit ihm zu veranstalten. Er maulte zwar die ganze Fahrt über vor sich hin, aber wir bestanden darauf, nun endlich seine vor so langer Zeit versprochene Geburtstagsfeier nachzuholen.

Add ging es langsam, aber stetig besser. Er war ziemlich vergesslich und konnte keine längeren Strecken gehen, trotzdem gaben wir uns vorsichtigem Optimismus hin. Seine Persönlichkeit hatte sich anscheinend nicht sehr verändert, wenn man seine Abneigung gegen den Aufenthalt an der frischen Luft als Indikator verwenden durfte. Wir benötigten fünf Decken, um zu verhindern, dass seine nackte Haut das Gras berührte.

»Mir ist schlecht«, sagte ich und sah von meinem Beobachtungsposten auf Finns Schoß zu ihm auf.

»Warum musstest du auch vier Penguins essen?«, schalt Finn mich nachsichtig, ehe er mit seiner Untersuchung einer widerlichen Raupe fortfuhr, die er gerade vom Boden aufgehoben hatte.

Kate schenkte noch etwas Sekt nach. Sie und Josh hatten einen mit allen möglichen Leckereien gefüllten Picknickkorb dabei, während wir eine Plastiktüte voller Mandarinen beisteuerten und Claudia sich für McDonald's entschieden hatte.

»Ich möchte gerne auf uns anstoßen …«, verkündete Kate, als ich plötzlich zwei Gestalten entdeckte, die geradewegs auf uns zukamen.

»Mist! Mist! Mist, Mist!«, schrie ich und setzte mich auf.

»Nun ja, Holly hat wieder einmal sehr treffend zusammengefasst, was ich sagen wollte.« Kate hob das Glas.

»Nein, seht doch nur! Da kommen Carol und Farah!«

»Wir müssen uns verstecken!«, rief ich. »Los!«

»Super!«, sagte Josh.

»Wir können uns ja hinter Claudia verstecken«, flüsterte ich Finn zu.

»Unter die Decken!«, befahl Josh.

»Äh, ich glaube nicht ...«, meldete Addison sich zu Wort.

Carol und Farah steuerten eindeutig auf uns zu.

»Schnell! Addison, leg dich hin und dreh dich zur Seite!«, befahl ich, ehe wir tatsächlich alle kichernd unter die Decken krochen. Will man unbedingt ganz besonders still und flach liegen, sind das natürlich die besten Voraussetzungen für ein absolutes Desaster – wir konnten nicht mehr aufhören zu kichern, während wir uns gleichzeitig gegenseitig ermahnten, den Mund zu halten.

»Ich meine«, hörte ich Carols Stimme, als die beiden näher kamen, »dieser Park ist doch wirklich ein Schandfleck für die Stadt. Sieh doch nur, da hat doch tatsächlich jemand einen Rollstuhl stehen lassen.«

»Und einen Picknickkorb!«, sagte Farah, die wie immer versuchte, Schritt zu halten. »Oh, sieh doch, Bananen!«

»Es ist wirklich das Letzte.«

»Du bist das Letzte!«, entwich es mir, doch Finn hielt mir den Mund zu.

»Hast du auch eben etwas gehört?«, fragte Carol. »Ach, ist ja auch egal. Komm, wir gehen weiter. Sag mal, Farah, meinst du, du könntest unseren Schornstein mit einem langstieligen Besen sauber kriegen?«

Kaum waren sie weg, kroch ich unter der Decke hervor und nahm Finn bei der Hand.

»Noch nicht rauskommen«, zischte ich den anderen zu. »Sie sind noch nicht ganz weg.«

Finn legte die Arme um mich, und wir entfernten uns ein paar Schritte.

Ich erwiderte Finns Umarmung. »Schön, dich endlich für mich allein zu haben.«

Er grinste.

»Unter freiem Himmel in einem der beliebtesten Parks auf dieser in Kürze überbevölkerten Welt …«

»… gibt es für mich«, unterbrach ich ihn mit einem Kuss, »nur dich.«

Ich küsste ihn noch einmal.

»Holly! Sind sie jetzt weg?«, schrie Josh.

»Ja, genau – mich kitzelt das Gras in der Nase, und Claudia stinkt!«, rief Kate. »Tut mir Leid, Claudia.«

Wir hörten, wie sich unter den Decken jemand küsste.

»Wie? Ich habe nicht zugehört«, sagte Claudia.

Wir betrachteten die vier unter den Decken zappelnden Gestalten. Auf einmal schrie Claudia auf.

»Huch, Entschuldigung«, sagte Josh. »Ich dachte, du wärst Skates.«

»Das will ich überhört haben!«, beschwerte Kate sich.

»Au!«, quietschte Josh.

Danksagung

Ich danke Ali »the golden« Gunn, Rachel Hore und Fiona McIntosh für alles. Nick Marston, Carol Jackson, Lorna McDonald, Jonathan Lloyd und allen bei Curtis Brown, außerdem Nick Sayers, Anne O'Brien, Jennifer Parr, Yvette Cowles, Claire Round, Phyllis Acolatse, Very Brice, David North, Martin Palmer, Adrian Bourne und allen Vertretern von HarperCollins. Des Weiteren: Katie Stone für ihre unermüdliche Unterstützung; Ben Moor für die Wissenschaft sowie dafür, Ben Moor zu sein; Salty Sandra McKay, der Gründerin von McKay BMS; Susan Hoyer; Jason Foxwell-Moss für das Schachspiel und ein, zwei andere Dinge; James Crawford für seine Küche; Shappi Khorsandi; Karen Murphy MRCS, der offiziellen medizinischen Beraterin bei ZZA (wobei sämtliche Ungenauigkeiten und Übertreibungen selbstverständlich von mir stammen); Katrina McCormack; Lisa Jewell sowie Robin und Dominic, meinen genialen Brüdern. Während ich dieses Buch schrieb, hörte ich *Equatorial* von Chris Horban.

GARDNER MCKAY

Der »Toyer« versetzt Los Angeles mit seinen Verbrechen in Angst und Schrecken. Die Polizei kommt keinen Schritt weiter, denn Toyer hinterlässt keine Spuren. Als die Ärztin Maude Garance hilflos zusehen muss, wie Toyers jüngstes Opfer für immer ins Koma versinkt, wächst in ihr der Wunsch nach Vergeltung ...

»Ein Leckerbissen für alle Kenner des Genres.«
New York Times

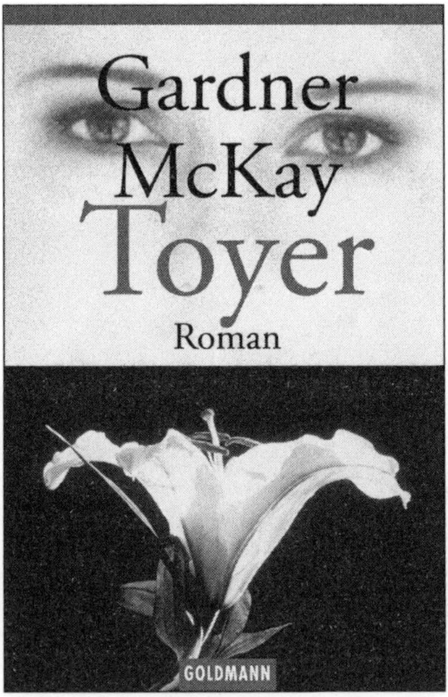

44997

GOLDMANN